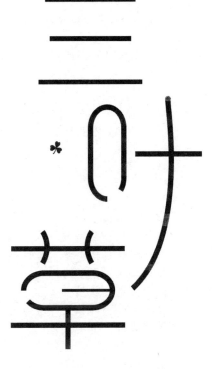

三叶草

张秋紫——

著

南方出版传媒
花城出版社

中国·广州

图书在版编目（ＣＩＰ）数据

三叶草 / 张秋紫著. -- 广州 ： 花城出版社，
2017.8
ISBN 978-7-5360-8432-2

Ⅰ．①三… Ⅱ．①张… Ⅲ．①长篇小说－中国－当代
Ⅳ．①I247.5

中国版本图书馆CIP数据核字(2017)第184953号

出 版 人：詹秀敏
文学策划：屈洪波
责任编辑：张　懿　陈诗泳
特约编辑：张　岩
封面绘图：收纳空白
技术编辑：薛伟民　凌春梅
装帧设计：仙境设计

書　　　名　三叶草
　　　　　　SAN YE CAO
出版发行　花城出版社
　　　　　　（广州市环市东路水荫路 11 号）
经　　销　全国新华书店
印　　刷　佛山市浩文彩色印刷有限公司
　　　　　　（广东省佛山市南海区狮山科技工业园 A 区）
开　　本　880 毫米×1230 毫米　32 开
印　　张　11.375　1 插页
字　　数　275,000 字
版　　次　2017 年 8 月第 1 版　2017 年 8 月第 1 次印刷
定　　价　39.80 元

如发现印装质量问题，请直接与印刷厂联系调换。
购书热线：020 - 37604658　37602954
花城出版社网站：http://www.fcph.com.cn

"三叶草又称为"苜蓿"，是随处可见的那种不起眼的草，通常它是三片叶子的，极少数有四片叶子。三叶草的花语，一片叶子代表祈求，一片叶子代表希望，一片叶子代表爱情，最后的一片叶子代表着幸福。

我曾经找到过真正的四叶三叶草。那是在参加完外婆的葬礼后的一天，在她曾经精心打理如今却有些荒凉的院子里，我找到了四叶的三叶草，比其他的三叶草看起来要小、要柔弱，我小心翼翼地把它夹在书里，而没过一会儿，失去了土壤和水分。

目 录

以爱为名

洛杉矶的胜地马布里海滩，湛蓝的天空与碧蓝的海水连成一片，海浪轻抚着细软的沙滩，一群穿着比基尼的模特在海滩上展现完美的身姿，仿佛誓要与天空中嬉戏的海鸥比一比美丽。

沙滩上满是人。这里一向是极好的电影取景场所，也是洛杉矶著名的景点之一，从来都是宾客如云、游人如织。这个时间也不例外。

此刻，正是上午十点，沙滩上挤满了前来旅行休闲的游客。而同时，沙滩的一角还有一个电影剧组的工作人员，正忙忙碌碌地拍着外景。

淡定的美国人民似乎对这种场景早已习以为常。虽然也有不少人好奇地看向那些漂亮又身材火辣的电影演员。然而，大多数人还是懒洋洋地躺在沙滩上，休闲的同时，还能一饱眼福。如果运气好，说不定还能看到国际影星拍摄的场面呢！

除非取景需要，否则剧组的人员可没空管这些在沙滩上玩耍的人。导演和摄影师此刻围绕模特们忙碌着，时不时有"对，很好，继续"之类的声音传出。

这惬意的场景，令人不得不感叹，周末的胜地马布里海滩，还是一样的美丽和悠闲啊！

直到——

"吱！"一辆艳红色的布加迪以一个炫得不能再炫的漂移动作，停在沙滩上。

紧接着，车门缓缓打开，一个英俊之中还带着一丝狂放不羁的气质的男人从跑车上走下来。他潇洒地转了转手指上的车钥匙，对着人群吹了声口哨。

顿时，沙滩上女人们的惊呼声与抽气声响了起来。就连正在忙着拍摄的模特们，也忍不住停下拍摄，瞪大了漂亮的眼睛，令维持得极为美好的表情露出了一丝破绽。

这个男人只是随便地站在那里，就仿佛有一种君临天下的气势。他漆黑的眼珠转动，犹如一个国王一般在人群中巡视了一圈，然后耸耸肩，露出失望的表情。

下一刻，这个英俊得犹如传说中的武神降临凡间的男人，在众目睽睽之下干了一件极为破坏形象的事。

他转身从艳红色的布加迪威航中翻了翻，掏出一个巨大的扩音喇叭。举起喇叭放到嘴边，这个男人就毫不在乎形象地大叫起来："嘿！吴迪，我已如约而至！你人呢？赶紧出来。"

海滩上一时寂静无声，只剩下海鸥的鸣叫。

男人仿佛生怕自己的形象崩坏得还不够，举着那个土得不能再土的扩音喇叭又叫了好几遍。这正是前来赴约的王子尧，加州大学洛杉矶分校计算机系的天才毕业生，加利福尼亚州的游泳冠军，各种世界游戏竞技大赛的冠军获得者。他身上的每一个头衔，都为他的身份镀上了一层金光。金钱与地位就摆在他面前，唾手可得。

然而，王子尧却做出了放弃这一切，回国从头开始创业，开办电子游戏公司的决定。

也正因为如此，他和前来购买别墅的国际金融投资人吴迪，达成了一个疯狂的赌约。两人在马里布海滩进行游泳比赛，王子尧如果获胜，吴迪将出双倍的价钱购买房产。如果王子尧输了，则输掉这栋位于洛杉矶最好街区的豪宅，以及豪宅内的所有物品。

如今，王子尧已如约而至，可沙滩上，还是看不到吴迪的身影。

终于，在王子尧叫到第三遍的时候，他听到了一个有些抓狂的声音："别叫了，我已经到了！"

王子尧循声望去，只见吴迪西装笔挺，正在从拍摄外景的电影剧组里挤出。

"原来你已经到了，怎么躲在那里？"王子尧笑道，"我还以为你不来了呢！"

吴迪微微一笑，推了推鼻梁上的眼镜，水晶磨制的镜片在夕阳下闪过一道耀眼的光："不错，你果然是个守诺的人。能让我欣赏，并且发出赌约的男人，果然不是什么普通人。你都如此守约了，我吴迪又怎么可能怯战？我早就来了，只不过，这个电影有我的投资，趁着你还没到，我顺便去看看。"

两人面向而立，均为人中之龙，有着极为出色的外表和气质。王子尧狂放不羁，吴迪儒雅深沉，两人之间，竟形成了极为强烈的对比，成功吸引了沙滩上所有人的目光，就连正在拍摄电影的剧组，也停下了拍摄，将摄像机转向他们这边。

王子尧张狂地笑了笑，他是个人来疯的性格。此刻，他和吴迪两个人，简直就是吸引了沙滩上所有人的注意，这也令他更为得意。他将吴迪拉到自己身边，向着人群挥挥手："嘿，先生们，女士们。这位先生在三天前与我打了一个赌。"

"我在贝莱尔有一所房子想要卖掉，它价值 7500 万美金，而这位先生愿意出双倍的价钱来买下这栋房子。前提是，我在和他的游泳比赛中获胜。"王子尧骄傲地昂着头，仿佛他已经拿下了这场比赛的胜利。

而站在他身边的吴迪轻笑一声，不紧不慢地补充："而这位先生如果在比赛中输了，他也要付出相应的代价。代价便是，他要将那套房子和布加迪一起免费送给我。"

顿时，人群中发出阵阵欢呼，如美国这般好山好水好无聊的地方，即使是这以胜地著称的海滩，人们也一向难得找个乐子。这次，有这样精彩的比赛，还涉及了价值如此巨大的豪宅，整个海滩上的人都兴奋了起来。

吴迪笑容满面地举手，立刻，人群中走出一名西装笔挺的律师。

"这位律师姓布什，一向是我的私人律师。"吴迪轻笑着说道，"考虑到这次赌约所涉及的金额巨大，因此我委托他起草了一份协议。你可以先看看，如果觉得其中所列的条款没有问题，那我们就签字。"

王子尧并不在意签不签协议，不过，看到吴迪一副慎重的样子，他也不敢怠慢，急忙将协议看了一遍。

不得不说，吴迪所聘请的不愧是专业的律师，协议起草得很不错。最重要的一点是，这份协议不偏不倚地将两人在赌约中所要承担的责任列了出来。

子尧看罢，点头说道："我没有意见，可以签字。"

吴迪笑着做了个请的手势，很快，双方签过字之后，两人便开始了下水前的准备。

运动能力超强的王子尧褪去 T 恤露出完美身形，吴迪脱掉西装也显出矫健的肌肉。两人换上泳裤，赤裸着上身站在了一起。身着比基尼，身材姣好的沙滩女郎欢呼着，殷勤地为两人送上了新鲜的果汁。

子尧接过果汁，心下暗赞了一声吴迪果真细心。与王子尧单身赴约不同，吴迪显然考虑到了很多方面的问题，并在这些方面提前做好了准备。比如此刻忙碌着在海滩上对终点进行最后装饰的工作人员，就是吴迪带来的。

吴迪依旧一副云淡风轻的样子，他对着王子尧举起自己手中的果汁，然后喝了一口。王子尧不屑地撇撇嘴，将杯中泛着红色的新鲜汁水一饮而尽。他对送上果汁的这名有着火辣外表的美女露出迷人的微笑。接着，他扭头看向吴迪，做出挑衅的姿态，狠狠地将那形状优美的杯子扔在了沙滩上。

王子尧率先走向大海，吴迪也跟了上来，两人踏上吴迪早就准备好此刻正停靠在海边的游艇上，这艘游艇立刻向起点处进发。

当游艇终于在一处有着蓝色浮标的位置停下时，无论是吴迪还是王子尧，都已经做好了热身。暂停拍戏的导演也跟着上了船，他将在这次比赛中充当临时裁判。

根据之前王子尧所签署的协议上所写明的比赛规则，海面上的那些黄色小球，是吴迪早就布置完毕的浮标，无论是王子尧还是吴迪，都需要沿着浮标标出的路线来前进。蓝色和红色的浮标则分别标示着比赛路线以及起点和终点。起点与终点的距离为三英里，他们需要游完这三英里，谁先到达终点，谁就是胜者。

导演用一瓶香槟充当了发令枪，在香槟喷射的"发令"声中，早已等待不及的王子尧和吴迪同时跃入大海。

王子尧一入海，就仿佛一条回到水里的鱼，优雅而又迅速地向前游去。对于他来说，战胜一个非专业的对手实在不是一件很难的事。

很快，吴迪被他甩在了身后。

　　但是这个心思深沉的国际金融投资人似乎毫不紧张，只是努力跟在王子尧身后，尽力不被他甩得太远。

　　赛程过半，海面上风平浪静，然而王子尧却觉得自己仿佛一只漏了气的玩偶，身体里的力量正迅速流失。三英里的距离，对于一个游泳高手来说并不算远，却极为消耗体力。他艰难地坚持着，不得不放慢了速度。身体的奇怪反应让他意识到，下水前那位身材火辣的美女端来的果汁，有问题……

　　一直跟在他身后的吴迪慢慢地追了上来，与已经体力不支的王子尧相比，吴迪显得精力充沛。他一边游，一边还有余力对王子尧喊话："王子尧，你的实力就只有这一点吗？"

　　王子尧没有理会吴迪的挑衅，他已经没有多余的体力用来说话了。子尧咬着牙，喘着粗气开始进行最后的拼搏，他紧紧盯着远处的那枚浮在海面上的红色小球，提前向终点发起了冲刺。

　　然而，他的手臂越来越沉，腿也像灌了铅一样。他的身体正在慢慢下沉。王子尧挣扎着，想要凭借自己的意志摆脱这种危险的境地，然而果汁里所蕴含的药物却阻止了他最后的努力。他体内的力量如水一样迅速消失，疲倦涌了上来，他全身发软甚至连手都抬不起来。

　　最终，王子尧挣扎了一下，然后完全无法抵抗地向海底沉了下去。

　　而就在这一刻，吴迪超越了他，迅速地游向那漂着红白两色浮标的终点。

　　在沉入海底的那一刻，子尧觉得自己仿佛听到了海岸上的尖叫声。又觉得，仿佛再次看到了郝波波巧笑倩兮的容颜。他瞪大了眼睛望着蔚蓝而又澄澈的天空，身体却不听使唤地沉入大海。海水涌了上来，汹涌地灌进他的眼睛里、鼻子里、嘴巴里。

　　蔚蓝的天空渐渐离子尧远去，黑暗吞噬了他。

　　当王子尧再次睁开眼的时候，已经回到了海边的沙滩上。黄色、白色、黑色，各种肤色，各种发型的人们围着他，看起来既焦急，又担忧。

　　一个陌生而又健壮的男人正蹲在他的身边，为他做心肺按压，见子尧醒来，这个男人立即长出了一口气："幸好吴迪先生考虑周全，专门请了我过来。王子尧先生，看来您今天的状态不太好啊！"

　　王子尧没有理会他的话，他瞪大了眼睛看着再次映入眼帘的天空。他输了，一败涂地。

　　然而，他王子尧却并不是因为技不如人而输掉了这场赌约，他是输给了一场卑鄙的阴谋。

　　吴迪从人群中走出，站在王子尧身边，居高临下地看着犹如一条死狗般躺在地上的王子尧。这一刻，吴迪的眼中没有高兴，也没有嘲讽，反而如古井一般平静无波，让人看不出他的心思。

　　"王子尧先生，你总算醒了。为了救你，我们的救生员费了好大的劲儿呢！"吴迪高高在上地站着，俯视着王子尧。水晶磨制的镜片架在他的鼻梁上，挡住了他的眼神。在他脑后，明亮的太阳发出璀璨的光芒。吴迪慢慢地说道，"你在水中力竭而导致了溺水。还好大家都在关注比赛，迅速地把你救了起来。但是，你也因此输掉了这场比赛。虽然我也觉得很遗憾，但还是不得不通知你，现在你名下的那套房产，包括别墅里的所有物品，都已经是我的了。"

　　王子尧张开口，想要说话。然而，刚一开口他就被气管里的水汽呛得连连咳嗽。好不容易止住了咳嗽，子尧勉力，自己爬了起来。王子尧的手脚仍然虚弱无力，而由于溺水缺氧，他的脑袋甚至有一种晕乎乎的感觉。子尧缓了一会儿，这才狠狠地开口说道："你够狠。"

　　"我不懂你什么意思！"吴迪的眼中闪过一丝精光，"虽然你在比赛期间出现了失误，但大家都是成年人，该负的责任，还是不要抛弃的好。别忘了，我们签的协议。"

王子尧咬紧了牙关，没有说话。他突然恍然大悟，明白了吴迪的意思。吴迪在子尧喝下的果汁里，加了一些东西，导致子尧在比赛期间体力不支，输掉了比赛。

然而，赛前他们所签订的协议，让王子尧有苦却说不出。因为，协议里只约定了比赛方式和赌约，以及双方的责任、义务，赌约结束以后的执行问题。却没有任何一个条款有说明，如果在比赛中，一方以其他手段获得胜利应该怎么处理。

而现在，子尧也无法证明，吴迪真的在果汁里下了药。

由于协议的存在，王子尧一旦爽约，更是没有任何好的结果。他的房子，会被法院强制执行，判给吴迪。而另外一方面，他自己的信用记录，也会被记上重重的一笔。王子尧甚至有可能会因此而入狱。

而子尧思来想去，始终是因为他对于吴迪这种人没有任何防范，下意识地就以为吴迪和自己一样光明磊落，会堂堂正正地进行比赛，才导致这样的结果。这六年来，不再接触商场，脱离了那个令自己不适的不择手段的环境，始终是让自己的警惕心退步了啊！王子尧长叹一口气。

想到这里，王子尧明白，自己虽然心有不甘，却真的只能认了。他锐利的眼神紧盯着吴迪，嘴角勾起一抹冷笑："算你狠，这把我认栽。"

"承让！"吴迪推了推眼镜，温文尔雅地笑道："哪里，如果你有报复的能耐，随时欢迎。"

王子尧笑了笑，挣扎着爬了起来，找出自己穿来的衣服，从裤兜里拿出布加迪威航的钥匙扔给吴迪："愿赌服输，房产证和其他东西都在车里，归你了。"

"多谢你的大方！"吴迪敏捷地抓住布加迪威航的钥匙，看了看，轻松地笑道，"一份7000多万美金的大礼，还有这辆几百万的车，我就不客气了。"

子尧没再说话，他故作潇洒地挥挥手，不再看沙滩上熙熙攘攘的人群，扬长而去。

这场赌上全部身家的豪赌，他输了。他愿赌服输，将别墅交给了吴迪。这三年来靠自己在美国所赚到的一切，在这一刻消失殆尽。

一个行李箱，一张机票。现在，这些成了他唯一的财产。他踏上了归国的航班，却成为了富二代海归中最极品的那一个。

虽然身无分文，但是他依然高昂着头，因为他是王子尧！他要靠自己，成为中国游戏行业的新贵，因为他是个天才，他坚信自己是个天才……

而在同一时间的中国上海，此刻正是上午。在一间办公室里，穿着天蓝色连衣裙的女设计师郝波波正站在设计室正中那巨大的制作台边。她那微微有些卷曲的长发柔顺地垂下，随着她的动作轻轻晃动。她美丽的眸子专注地盯着制作台上的作品。

这间办公室的装修极为奢华，纯天然的大理石被擦洗得光可鉴人。天花板上垂落下来的水晶吊灯昭示着它不菲的身价。金丝楠木制成的制作台上，堆满了洁白的丝绸。

然而，郝波波却没有时间与心情去观察自己办公室的装修，她沉浸在服装设计与制作之中，整个身体都仿佛被埋在了柔软的丝绸之中。华丽而柔软的丝绸在她手上犹如海浪般翻滚着，慢慢堆叠出一件婚纱的形状。

郝波波不紧不慢地飞针走线，时不时取出放在工作台一角的设计稿看上一眼。

　　距离她进入冯记服装设计工作室工作，已经有了一年的时间。当初郝波波入职时，和冯经理曾约定的一年试用期，即将到了满期的时候。

　　而这件婚纱的设计与制作，则正是冯经理交给她的转正考验。

　　这件婚纱从材质到设计，无一不是最为精心。从选材开始，到给客户看设计稿，等待客户的意见。郝波波花了足足三个月的时间，一次又一次地修改，一次又一次地审查。终于服装的设计流程到了最关键的一环，制作！也不知道这名客户是对郝波波满意呢，还是觉得设计师亲自制作服装更有利于服装与设计稿的相似度，他指明了要由郝波波亲自制作这件价值不菲的婚纱。

　　而制作这件婚纱，也绝对不是什么容易的事。由于婚纱要求纯手工制作，郝波波不能使用缝纫机，她需要靠自己的双手，一针一线地缝起这件有着一米八宽的婚纱长裙。婚纱的下摆，白色的丝绸、雪纺、变色绸缎等各种质地的布料层层叠叠，营造了一种如烟似雾的景象。令人感觉只要穿上这身婚纱，就仿佛笼罩在了一层洁白的烟雾中。而婚纱上的每一点装饰，每一个褶皱都经过了精心计算，倾注着郝波波的全部心血。

　　上身需要考虑好客户的身材，突出纤细的腰肢与丰满的胸。而最重要的，却是在婚纱上缝缀数千颗纯天然的水晶。

　　为了这件婚纱，郝波波连续忙碌了两个月，这才将这件婚纱制作成型。而这最后一周，郝波波一直忙着将那些晶莹剔透的水晶靠自己的双手一针一线地缝到婚纱上去。

　　这是一件极为细致的工作，只要有丝毫差错，就会破坏整体的布局，令婚纱失去原有的设计效果。

　　今天，是婚纱制作的最后一天，郝波波疲惫地伸了个懒腰。她在连续给婚纱缝了一周的水晶以后，终于看到了最后的曙光，婚纱即将制作完毕。

郝波波端详着自己倾注心血的作品，一股满足与自豪感从心头升起。这件婚纱，将成为她八年服装设计学习的证明。也是她工作以来，第一次独立负责的项目，从选材到设计再到制作，都是由她一手操办。郝波波小心翼翼地看着堆叠在工作台上的婚纱，吃力地把它抱了起来，套在塑料模特的身上。这是她唯一的机会，唯一向全世界证明自己的机会。

波波端详着套在模特身上的婚纱，用极为挑剔的目光审视着自己的作品，这将是她改变命运的一件作品。无论是出于职业道德，还是出于对自身命运的把握，这件婚纱，郝波波都不得轻慢。

就在这时，郝波波的手机响了，打断了她的动作与思绪。郝波波又看了一眼即将完成的婚纱，这才拿出手机。看到来电显示上那个可爱的小女孩照片，波波忍不住轻轻弯起嘴角，露出一丝微笑。是秋秋的电话，秋秋今年已经五岁。这一年来，在郝波波与陈美媛的努力下，秋秋正在慢慢地好转。虽然她依然有着严重的自闭症，但至少在面对家人时，不再像之前一样展现出严重的自闭症症状。

如今面对郝波波，秋秋会像普通小女孩一样表述自己的想法，也比往常要活泼一些。而这，都是郝波波一年来努力的结果。

但很快，她的微笑便被轻愁所掩盖。虽然秋秋已经好转，但这种病往往容易反复。何况，秋秋如今面对外人，依旧是那一副木木呆呆，完全不理会人的样子。

她无暇继续回忆，迅速地接通了电话。

这是一通使用电话手表拨出的可视电话，电话刚一接通，手机屏幕上就出现了一个精致可爱的小脸蛋，正是秋秋。然而，她却一直愣愣地看着屏幕，并没有开口说话。

"妈妈很高兴。秋秋找妈妈是为了什么呀？"

秋秋表情呆滞地坐在小椅子上，怔怔地看着屏幕，很久以后才小声地问："妈妈，你去哪了？我想你，我找不到你。"

"妈妈在上班！"郝波波对女儿表现出超乎寻常的温柔，她轻声解释道，"妈妈在设计一套全世界最漂亮的婚纱，穿上婚纱的人会成为全世界最幸福的新娘。等这套婚纱设计完毕，妈妈就为秋秋设计一条全世界最好看的小裙子，秋秋穿上小裙子，就会成为全世界最幸福的小公主了。"

"妈妈不来陪我吗？"秋秋的大眼睛里，闪过一丝失望，看得郝波波心中一痛。而秋秋的这个问题也让郝波波赫然发现，为了设计和制作这件婚纱，她已经有一个多月没有去幼儿园陪女儿玩耍了。想到一直以来自己所坚持的，每周都到幼儿园陪伴女儿的计划，郝波波羞愧不已。

竟然因为工作忙，就放弃了去幼儿园陪伴女儿，不可原谅。

然而，看了一眼那件晶莹璀璨，仿佛笼罩在江南烟雨中的婚纱，郝波波又狠下了心来。如果不抓住这个机会转正，自己将继续拿那每个月只有几千块的底薪，秋秋也将无法获得更好的治疗。

想到这里，郝波波终于狠了狠心，对女儿说道："秋秋乖，妈妈忙着制作一件婚纱呢，等婚纱做完了再来陪秋秋好不好？"

"那，好吧！"秋秋的眼中闪过一丝失望，她并没有明白郝波波的话，也不知道制作婚纱是在做什么。秋秋所唯一能理解的就是，郝波波将无法来陪她了。但是，秋秋在失落了好久之后，慢慢露出了一个甜美的笑容，小声说道："妈妈加油。"

郝波波只觉得鼻子一酸，自己实在是太没用，为了工作，竟然让秋秋想让自己陪伴，也不可得。她勉力露出一个微笑，阳光照在她的身上，那一瞬间，她宛如天使一般圣洁而美好。郝波波对着手机屏幕，一字一顿地回答："谢谢秋秋。"

秋秋咧嘴，露出一个纯真无瑕的笑容，短短的一段电话，似乎她所有的疑惑与烦恼都已解决，在这样的笑容里，电话毫无预兆地断掉了。

波波愣愣地看着手中屏幕已变黑的手机，一股心酸默默地涌了上来。秋秋想要自己的陪伴，自己却没办法去陪她。自己这个母亲，做得真是不称职啊！

郝波波默默地闭上眼睛，将即要沁出眼眶的泪水逼了回去。不能哭，绝对不能哭。秋秋还要靠自己呢，自己曾经决定了，要给秋秋幸福的生活和无忧无虑的童年，哪能这么容易就放弃？

想到这里，波波猛地睁开眼睛，坚定地看着面前的婚纱。自己不能放弃，一定要抓住这个机会。她再次投入到婚纱的精心制作中，就连身后打开的电视机都忘了去看一眼。

而电视里，正直播着一个节目，世界服装设计大赛。这是服装设计业最顶级的赛事，延续至今已是第四十三届。这场比赛在被誉为世界时尚之都的意大利米兰举行，世界上最有影响力的时装发布会也会与大赛同时进行。此刻的米兰，超模云集，天才遍地，时尚界最有影响力的人聚集在一起，共同庆祝这盛大的典礼。

而每一届世界服装设计大赛的参赛作品都异常的别出心裁。每一个获得世界服装设计大赛最高荣誉的设计师，均代表了行业的最高水平。

此刻，大赛进入了最瞩目的时刻，评审已经结束，获奖者即将揭晓。

T台上，身价上亿的超模们穿着顶级服装设计师们所设计的各类服装一字排开，尽情向人们展示着这些服装的美好。而评委们则极为严肃，他们用最严格的目光审视每一件服装，用最挑剔的理念找出它们的不足。

同为服装设计师，郝波波当然也关注着这场比赛。而更重要的是，平凡获得了这次比赛的参赛资格。

作为郝波波的邻居兼秋秋的幼儿园园长，这一年的相处，平凡与郝波波早就成为了朋友。他对郝波波的帮助，更是不知凡几。作为一个单身母亲，很多时候，郝波波兼顾不过来。虽然有陈美媛的分担，然而秋秋是一个自闭症儿童，这个病所带来的麻烦也不仅仅是比普通的孩子多双倍那么简单。

幸好，有平凡作为她的邻居，经常提供帮助。

郝波波虽然觉得不好意思，然而，更多的时候也选择礼尚往来。邻里间的关系十分亲密。

而平凡在获得了世界服装设计大赛的参赛资格后，郝波波正是第一个知道消息的人。虽然没能亲自带着秋秋送平凡上飞机，但郝波波依然做了一桌丰盛的晚餐给平凡践行。这一个月来，也时时关注着平凡的比赛进度。

今天是决赛的日子，郝波波更是专程打开了电视机，第一时间等着比赛结果。然而，就连她自己也没能想到，在秋秋的一通电话后，她甚至忘了看电视。

就在这时，电视里发出了一阵震耳欲聋的欢呼。这阵欢呼终于将郝波波从专心致志的工作中拉了出来，她回头，看向声音发出的源头——电视机。只见电视里，所有的人都在欢呼雀跃，主持人欣喜的声音传了出来："那么，我们的大奖获得者，究竟是安娜·克鲁斯女士，还是平凡先生呢？请拭目以待！"

就要决出大奖获得者了吗？郝波波悚然一惊，她紧张地看着电视，屏住了呼吸。

电视镜头转动着，最终停留在了一件衣服上。主持人激动地宣布，经过评委会的评审，所有的评委均对同一件衣服的设计给出了满分。

而这件衣服，就是设计界的鬼才、家喻户晓的天才设计师平凡所设计的，主题为"春"的服装。

主持人歇斯底里地大声宣布着："恭喜平凡先生获得了第四十三届世界服装设计大奖，请平凡先生上台领奖。"

郝波波猛地握紧拳头，深深地呼出一口气，心中没来由地高兴。他获奖了，他终于获奖了。

这一刻，她听不见来自电视机里观众的欢呼，也看不见这些衣冠楚楚，平时都是社会最顶层的名流和贵媛犹如普通人一般跳起来大声呼叫、相互拥抱的场面，所有的声音在她的脑海里渐渐汇聚成一个名字，平凡。

这是她所认识的那个平凡，是那个温柔细致，会小心地为秋秋剔去鱼刺的平凡；是那个会在她最艰难的时光里，默默伸出援手的平凡。

"请平凡先生上台领奖！"主持人再次叫道，他伸出手做出邀请的姿势。

然而，并没有人上台。现场渐渐安静了下来，所有人都在寻找这名获奖者——平凡。

可是，当镜头终于转向平凡的座位时，大家发现，这个座位是空的。原本应该坐在这里参加大赛，并最终上台领奖的平凡，早已不知所终。

世界服装设计大赛的现场，在安静了一会儿以后，爆发出了轰然的声音。这声音是如此巨大，甚至淹没了主持人结结巴巴的声音："这，世界服装设计大赛还从来没有出现过这样的场面。"

然而，无论情况怎样，也不管在场的人们如何想，本期的大奖得主平凡，确实已经在人们毫无知觉的时候偷偷溜出了会场，不知所终。

直播匆匆地切换成了广告，而在大赛会场失踪的平凡，此刻却正随意地穿着休闲服在米兰的街头悠闲地散步。

他已经很久没有像这样心态平静地散步了，没有繁重的工作，没有商场上各种各样的利益纠葛，只有自己，只有自己一个人。

由于世界服装设计大赛的召开，这里满是热情的人们，街道上也洋溢着热情的气氛，但他却不受任何影响。他漫无目的地在街头走着，逛着一间又一间陈列精致的店铺。意大利的街头满是作坊式的小店，与百年传承的精制手艺。平凡就这样兴致盎然地逛着，他的所有精力，仿佛都放在了逛街之上。

然而，下一刻，他的手机就猛地发出了刺耳的铃声，手机不停地振动着，发出一次又一次的呼唤。

平凡漫不经心地掏出手机看了一眼，见是一个不认识的号码，平静地按了挂机键。

但他没想到的是，这通来电刚挂断，下一通电话又挤了进来。这次的来电显示，是一个他在国内的泛泛之交。平凡意兴索然地再次挂断了这个电话。然而，又一通电话挤了进来。顿时，平凡有些烦躁起来，他不想接电话，他只想好好地逛个街。

可是，老天爷似乎就是不想让平凡安心地逛街，电话一个又一个地打进来，让平凡烦不胜烦。他不停地挂断着电话，甚至有了想要关掉手机的冲动。

突然，新拨进来的电话让平凡的手顿了一下，手机闪烁的屏幕上，赫然显示着"王海涛"这三个大字。

再见擦肩而过

平凡足足盯了屏幕三十秒。接，还是不接？最终，平凡还是接通了电话。毕竟是老板，还是要给点面子的。

于是，平凡接了电话，却依旧漫不经心地对着电话那头打招呼："王总。"

来电的正是平凡的老板，国内第一大服装集团"海尧集团"总裁王海涛。然而，王海涛却没好气地说道："你跑哪儿去了？现在会场上所有人都在找你，等着你领奖呢！"

"领奖？领什么奖？"平凡奇怪道。

"世界服装设计大奖啊！这一届的获奖者是你！"虽然对平凡在会场上莫名其妙地失踪感到十分愤怒，然而提起平凡获奖，王海涛还是十分自得，就连声音都变得愉悦了。他兴奋地对平凡说道："这次，你算是立了一件大功。你获奖无论是对于巩固我们公司的地位，还是你所负责的 FAN 品牌都有极大的好处。等你回来，我给你开庆功会庆功。"

"啊！是我吗？那可真是好事，不过，谢谢您的好意，庆功会就不必了。"平凡有些讶异，却依旧十分淡然地回应着，他并不在意这些虚名。不过，得了奖始终是好事。然而，平凡想了想，却又拒绝了王海涛开庆功会的提议，他参加比赛，为的不是这些东西。

挂断电话，关掉手机，也掐断了接连不断进电话的可能。平凡带着一丝淡淡的愉悦感，再次开始了逛街之旅。那闲适的样子，仿佛他刚才并没有接到王海涛的电话。

无论是身边匆匆而过的行人，还是好奇看着他的店员都没能想到，眼前的这个人，会是本届世界服装设计大赛最新出炉的获奖者。他如一个普通的游客一般，瞪大了眼睛好奇地看着橱窗里精致而美丽的物品，用手指在透明的水晶玻璃上画着圈。

当他走进一家看似普通但实际上早已存在百年的店铺之时，平凡突然来了兴致。他饶有兴趣地看着橱窗里精致的皮包和木偶，突然觉得，这是可以送给郝波波和秋秋的最好的礼物。

橱窗里琳琅满目的玩偶仿佛童话里的匹诺曹一般，只要有仙女对它们吹一口气，就能活过来。而在平凡心里，郝波波与秋秋，无异于仙女一般的存在。于是，平凡开始仔细地挑选。最终，他选定了一大一小的两个礼物。大的那个，是一个真皮手工鞣制的皮包，朴素却极有格调的设计，纯手工的制作，让它在低调之中透露着奢华。

而送给秋秋的玩偶，则是精致可爱，还有着如匹诺曹一般的长鼻子。

平凡满心欢喜地指着这两件商品，对店员说道："请把这两个包起来。"

他看着那被包装好的一大一小的两个礼物，嘴角再次勾起，带着幸福的微笑……

洛杉矶机场，王子尧正趁着候机的当口拨打电话。他所拨的，正是平凡的号码。早在几天前，子尧就考虑好了，只要回国，就投奔他这位从小一起长大的发小、铁兄弟。然而，平凡的电话却一直都打不通，每次拨打都是占线。

王子尧的脸色渐渐变得铁青，他不可置信地看着手机，怀疑是不是自己的手机出了问题。为什么每次拨打，平凡的电话都是正忙？王子尧咬着牙，再一次拨出了电话。

这一次，手机里终于传出了不同的声音，却是："您拨打的电话已关机。"

王子尧随手把手机扔进背包里，突然觉得茫然无措。

平凡怎么了？是终于对自己这个发小失望了，还是出了什么事情？

"不能继续这么胡思乱想下去。"王子尧喃喃地念着，把手机塞进裤兜里，站起身来。

他打算离开候机室，出去散散心。

毕竟，距离登机还有不少的时间，而子尧又是除了一个行李箱，什么其他的东西都没带的人。想要避免胡思乱想，最好的办法，还是找点什么转移注意力。

王子尧拖着自己的行李箱，默默地走向候机室的出口。然而，就在他走了几步之后，一阵惊呼突然破坏了候机室的气氛。王子尧循声望去，只见一群身着黑色西装的保镖簇拥着一个美女出现在候机室的大门口。只见这名美人身形高挑，身材曼妙，穿着更是性感而又诱人。引起了机场所有人的注意。美女似乎正在寻找着什么，她四顾张望着，时不时看看自己的手机。

王子尧眯起眼睛看着眼前的情形，下意识地觉得那个被众多保镖包围的美女十分眼熟。然后，下一刻，他就拖着自己的行李箱躲进了候机厅的一根柱子后面。他小心地观察着候机室大门口的情形，同时趁着美女回头的时候，迅速看清了这名被保镖簇拥着的美女的模样。

顿时，王子尧被吓得魂飞魄散！不是美女不美，而是太美了，更重要的是，这名美女他认识。

而且眼尖的王子尧发现美女的手机上，有一张照片被放到最大。即使隔得远看起来模糊不清，王子尧依然发现，那张照片，似乎是海滩上的自己。

子尧立刻小心翼翼地打开箱子，从行李箱中找出一个红黑相间的棒球帽戴在头上，遮住自己俊朗的外形。这顶帽子，是他曾经去米兰看球赛的时候专程购买的，作为铁杆 AC 米兰球迷，他从来舍不得戴。然而，在输光了一切的现在，这也是他仅剩的一顶帽子了。

王子尧整理好自己的形象，头上带着那顶红黑相间的棒球帽，就做出一副普通游客的样子，借着柱子的掩护，拖着箱子向候机室的另外一个出口走去。

这是他的计划，先离开这里，离开这个危机四伏的候机室，然后再想办法登上飞机。

然而，子尧还没走上两步就发现，另外两名穿着黑衣服的保镖守在了那个出口处。

王子尧脸色一白，难道真的要束手就擒吗？他咬着牙，默默地拖着箱子回到柱子后。这个角度，正是美女和她的保镖们现在所处位置的死角，她根本就无法发现柱子后还藏了一个人。

但王子尧依然涔涔地直冒冷汗，现在这个处境，太危险了。他随时都有可能被美女发现，被她和她的保镖抓走。

要用最快的速度离开这里，王子尧迅速做出了决断。然而，看着熙熙攘攘的大厅，子尧不禁犯起愁来。要怎么离开这里呢？而且，离开这里之后，又该如何登上飞机？

　　子尧紧张地打量着候机厅的环境，思考着脱身的办法。当他再从柱子后伸出头，偷偷地看了一眼时，整个人都愣住了。

　　美女此刻已经站在了登机口的位置，正一个一个地检查着要登机的人。

　　登机口都被堵住，看来，自己连登机都不用想了啊！子尧重重地叹气，却一筹莫展。时间一分一秒地流逝，负责排查的保镖拿着装有王子尧照片的手机挨个对比着候机厅里的人。眼看着，他们就要离子尧藏身的柱子越来越近。

　　难道天要亡我？子尧长叹一口气，颓废无比。就在这时，机场的广播开始通知登机，王子尧的脸色立刻变得煞白。保镖还堵着候机室的各个出口，美女亲自堵住了登机口，现在自己的飞机却已经到了。

　　怎么办？怎么办？王子尧急得原地直打转。

　　不对，还有办法！当王子尧的目光扫过人群，看到工作人员推着一名残疾人，走进绿色登机通道时，眼前一亮。

　　美女应该是觉得他没有可能使用绿色的残疾人通道，因此，这里没有人把守，自己完全可以从这里登机。

　　但是，想要混进残疾人通道，自己就要先伪装成残疾人。不但要伪装成残疾人，还要获得工作人员的认可，这可怎么办？

　　子尧皱着眉，漂亮的眼睛里，满是纠结。

　　然而，登机的广播通知，再一次响了起来，提醒着王子尧，不能再拖。王子尧猛然想起，如果到了起飞的时间，自己还没有登机的话，广播里会呼叫自己的名字，并提醒自己登机。顿时，王子尧直冒冷汗。必须在广播呼叫自己之前，就登上飞机。

　　被逼无奈之下，王子尧决定铤而走险。他在防备着保镖的同时小心翼翼地打量着在场的机场工作人员，考虑着哪一个看起来比较好说话。

但很快，他就发现，这个办法行不通。保镖对于机场乘客的检查已经过半，如今他们所处的位置，离自己藏身的柱子也不算远。此刻自己如果从柱子后面走出，势必会引起保镖的注意，到时候，反而会得不偿失。

就在王子尧心焦的时候，他突然看到，一名机场的工作人员正向着自己的方向走来。

"拼了！"王子尧咬咬牙，暗自下定了决心。

观察了一下保镖所处的位置，发现此刻他们发现不了躲在柱子后的自己。于是，王子尧立刻伸出手，对着那名工作人员拼命地挥舞。

很快，那名工作人员就发现了王子尧，她轻快地向王子尧的位置走了过来。

子尧紧张地看着周边的环境，同时他打量着那名工作人员，这才惊讶地发现，这是一名漂亮又年轻的女性。她穿着空乘人员的制服，一顶小巧的帽子戴在头顶，然而帽子底下，散碎的金发依然俏皮地跳了出来。

她皱眉站在王子尧的面前，漂亮的小嘴微微翘起，显得十分不开心："这位客人，请问您在这里做什么？候机室里还有很多座位，您可以随意找一个位置坐下。"

"你先别急，我找你是有事情要问的。"王子尧一挥手说道，说罢，他有些心虚地看了一眼面前的这个漂亮女孩。

"什么事？"作为机场的工作人员，女孩虽然因为王子尧的态度而有些不满，但依然十分有涵养地问道。

"是，是这样的！"王子尧低头，俊脸闪过一抹可疑的潮红，他小声说道，"我的腿刚刚摔断了，所以我在这里动弹不得。但是，刚才我听到了我要搭乘的航班的登机通知。请问，你能不能扶我从残疾人通道登机呢？"

"您是说，您的腿摔断了？"女孩似笑非笑地打量了一下王子尧，轻轻地举起了手中的对讲机，"那我觉得，您现在最重要的不是登机，而是去医院治疗您的断腿。"

"不，不行的！这趟航班很重要，我一定要赶上。而且，我也没钱买第二张机票了。"王子尧急切又不好意思地解释道。

"没关系，我们有提供改签服务，我回头可以帮您改签。您的机票不会浪费的。"女孩带着温柔的微笑说道，"您是我们至高无上的顾客，您受伤了，我却不送您治疗，还让您上了飞机。如果在途中出现什么问题，我是担不起这个责任的。不但我担不起，整个机场，和您所搭乘飞机的航空公司都担不起。所以，您一定要去医院。"

说着，女孩儿作势把对讲机放到耳边，打算通知机场的其他工作人员。王子尧情急之下，一把抢下了女孩的对讲机。

"您做什么！"女孩大声叫道，却被担心引来保镖的王子尧一把捂住了嘴巴。

"我真的不用治疗，其实我的腿没有骨折，就是，就是扭伤。请你送我上飞机。"子尧一边紧张地观察着周围的情形，一边小声对女孩说。

他警惕地看了看候机室的动向，又小声说道，"我承认，我说了谎，我的腿没有骨折，也没有扭伤。但是，我实在是没有办法了，才出此下策。"

女孩的眼中，透露出一丝讶异。王子尧深吸一口气，下定了决心，说实话就说实话吧！大不了也就是被这个女孩引来那些保镖，把自己抓走。

想到这里，王子尧小声说："我现在放开你，你不要叫。我会把实情跟你说清楚，愿不愿意相信，是你的事情。如果你不信，那就叫人来把我抓走吧！我是哥伦比亚大学洛杉矶分校的毕业生，我叫王子尧。你看到这个候机室里出入口把守的人员了没有？他们是来抓我的。"

女孩一愣，微微扭头看了一眼，正好看到了两名拿着手机找人的保镖。

"我需要一个人帮忙，带我通过绿色通道上飞机。"子尧说着，慢慢地松开了捂住女孩的手。

"就算您没有说谎吧！"女孩重重地喘了一口气，又看了王子尧一眼，微微皱起眉头，"但是，这并不能成为我带您走绿色通道的理由。"

"我现在只想要登机，而且是在不被人发现的情况下登机。"王子尧急切地说道，"你放心，绝对不会为你带来麻烦的。"

女孩咬了咬唇，犹豫地看着王子尧，最后，她似乎终于下定了决心。

"您跟我来！"她说着，警惕地看了看四周，带着王子尧离开了藏身的立柱。王子尧跟着她，两人一路躲躲藏藏，走向那亮着绿灯的残疾人登机通道。

有女孩带领，在登机通道前，虽然有工作人员疑惑地看着王子尧，却依然什么也没有问，就放王子尧顺利地进入了通道。他们刚走进残疾人通道，机场的广播就响了起来："MLH250 号航班即将起飞，请王子尧先生迅速登机，请王子尧先生迅速登机。"

广播的声音传遍了整个机场，也让王子尧的脸色一变。

女孩也听到了广播的声音，她立刻跑了起来："快点，快上飞机。"

王子尧紧跟在女孩身后，带着自己随身的小型行李箱，两人一路飞奔。很快，王子尧就看到了夜幕中的 MLH250 号航班，它静静地停在轨道上，即将起飞。飞机的舷梯处站了几名工作人员，看起来正要将舷梯挪开。

"等一等！还有一名乘客！"女孩发出大声的呼喊，王子尧紧跟在后，两人终于在舷梯挪走之前，赶到了飞机下。

"我是王子尧，我要上飞机。"经过了候机室的这一场惊心动魄，即使是王子尧，也依然心悸不已。

"快上去。"女孩推了王子尧一把，子尧踩上了飞机的舷梯。

"谢谢！"王子尧回头，看着夜幕中站在机场地面上的女孩，由衷地说道。他发现，自己甚至连这名女孩的名字都不知道。

"不用谢！"女孩坚定地看着王子尧，她大声说道，"祝您好运！"

而此时的上海，正是清晨时光。郝波波在一件婚纱面前打转，这正是她设计并制作了许久的婚纱。在经历了长久的制作之后，这件婚纱终于完工了，它被套在身型优美的塑料模特身上，看起来漂亮极了。婚纱上的水晶在阳光的照耀下仿佛一滴一滴的露水，晶莹剔透，将整件婚纱衬托得绚烂无比。

郝波波仔细地检查着婚纱的状态，剪掉多余的线头，将装饰品整理好。然后，小心地把这件婚纱从模特身上脱下，折好收到工作室定制的高档婚纱盒里，准备送往虹桥机场。

"波波，我陪你一起去。"郝波波的办公室门被推开了，她的好闺蜜陈美媛，欢呼着扑了进来。她正在为郝波波有可能转正而高兴，同时又担心郝波波独自交货，于是选择了自告奋勇地一同前往。

陈美媛兴奋地带着郝波波，开着自己的哈雷机车向机场飞驰。一路上，郝波波紧紧抱着装有婚纱的盒子坐在陈美媛身后，心情愉悦，嘴角也直往上翘。

来到与客户约定好的地点，郝波波抱紧了手中的婚纱礼盒，又是期待，又是紧张。她期待作品最后交给客户的那一瞬间，对于自己的设计，顾客究竟是满意，还是不满呢？波波忐忑不安地等待着。

一旁的陈美媛，却微微皱起了眉头。她太熟悉郝波波了，郝波波这副表现，正是极度焦急与紧张时的状态。因此，陈美媛忍不住出声问道："波波，你是不是太紧张了？这样可不好。"

"啊！有吗？"郝波波猛地回神，却依旧一副精神无法集中的模样，"没关系的，我只是在等客户而已。"

郝波波又转了几圈，在过度的焦急之下，她忍不住抓住陈美媛询问："美媛姐，你说，客户怎么还不来？"

"客户和我们约好了晚上八点见面，现在才七点。"陈美媛皱眉道，在她看来，郝波波的这种紧张状态，是极为不好的。可她却不知道如何去劝，去缓解。美媛试图陪着郝波波说话，可焦虑中的郝波波，却无心聊天，完全忽视了陈美媛的好意。

"要不然，我们去附近的咖啡厅先喝一杯咖啡？"看着紧张的郝波波，陈美媛终于绞尽脑汁地想出了这样一个提议。

"不，不行，如果客户出来，发现我们不在。那是会影响客户对我们的第一印象的。"郝波波断然拒绝，她继续在原地等待。

然而，很快，在等待了十来分钟之后，郝波波又焦虑地问道："美媛姐，要是我的作品没有整理好怎么办？"

"没关系的，客户不会在乎这些。"陈美媛安慰着郝波波。

"不，我要检查一下，一定要检查一下！"郝波波坚定地说着，打开了手中的婚纱盒子。

"不要，波波，我们还是换个位置检查婚纱吧！"陈美媛有些紧张，T2 航站楼是一个人流量极大的地方，虽然她们身处的位置比较偏僻，但是，却难保有冒失的人影响到她们。

"就在这里吧，要是客户出来，我们再赶过来就来不及了。"焦虑中的郝波波，带着一种异常的坚定，要求着。

于是，郝波波打开礼盒，拿出了那件流光四溢的婚纱。

从礼盒中取出的漂亮婚纱吸引了绝大多数人的目光，经过的人都驻足停留，为这件美丽的婚纱啧啧惊叹。也因此忙坏了陈美媛，她一会儿劝说停留的行人离开，一会儿警告路过的人不要靠太近。而郝波波和陈美媛都不知道的是，也许是命运的巧合，也许是老天爷的一个恶意玩笑。王子尧所搭乘的飞机，正在这一时刻，降落在了上海虹桥国际机场。

此刻的王子尧正在飞机上坐立不安，十二个小时长途飞行的疲惫，并不能抵消他心头莫名的恐惧与担忧，还有那无法言喻的淡淡忧愁。

"上海！我回来了。"看着飞机舷窗外开始闪亮的灯光，以及远方的东方明珠电视塔，王子尧不禁喃喃地念道。

与此同时，飞机上响起了广播，提醒在座的乘客，飞机正在降落。

当飞机在跑道上停稳，王子尧率先起身，走下了飞机。

上海，这个熟悉的上海，这个陌生的上海。他感慨万千地看着熟悉的机场，以及远处隐约可见的建筑物，长叹了一口气。带着自己的行李，向航站楼走去。他所出站的航站楼是 T2，这是一个人流量极大的出口。出于对洛杉矶机场遭遇围堵事件的谨慎，王子尧飞快地从上衣口袋里取出了那顶红黑相间的 AC 米兰棒球帽。

有帽子总比没的强。默默地念叨着这句话，王子尧把红黑相间的棒球帽扣在了脑袋上。他低着头，拖着行李，鬼鬼祟祟地向航站楼走去。

十二个小时的长时间飞行，令王子尧疲惫不已。但是，在洛杉矶机场的经历却让他丝毫不敢放松。他一边走着，一边警惕地看着四周。没多久，他就又发现了"莫名"的仇敌，四名黑衣大汉堵住了接机处！

大汉面前，站着一位笑容可掬的中年男子。

王子尧宛如看见了鬼。他飞快地缩头，躲藏到了人群中，小心地观望着出口的景象。穿着黑衣的大汉把守着出口，一处也没有遗漏。

"来了，果然来了！"王子尧苦笑着摇头。

子尧迅速观察着地势，很快就发现了在他右侧，有不少人围在一起，仿佛在围观着什么。

从那里逃，王子尧飞快地做出了决定，他压低了帽檐，做出若无其事的样子，向着那边人群靠拢，他混在人流里向前走去。然而，没想到笑容可掬的中年男子却迅速发现了异样，他一声令下，大汉们迅速追了上来。此时王子尧刚刚进入人堆，见势不妙，他猛地向前一蹿撒腿就跑。他是运动健将，跑起来速度飞快。很快就冲过了人群，来到场中。

人群中央，正是郝波波和陈美媛。此时的陈美媛已经放弃了治疗，只要围观的人不靠近郝波波和婚纱，她就不再驱赶。

而郝波波，则仿佛陷入了自己的世界里。她正爱惜地抚摸着自己的作品。洁白的婚纱蓬松着散开，巨大的裙尾犹如天空中洁白的云彩，婚纱上点缀的水晶熠熠闪光，引发人们的啧啧惊叹。

就在这时，王子尧手按棒球帽猛地冲了进来，手中的行李箱立刻刮到了波波手中的婚纱一角，婚纱的白色真丝线被行李箱的轮子钩起，越拉越长。

"啊！"郝波波发出一声惊叫！她急忙扯断那根被钩起的丝线。然而，婚纱早已被扯破了一道口子。

"你赔我婚纱，你这个浑蛋！"郝波波尖声叫着，仿佛陷入了癫狂之中。她心急如焚，顾不得其他，扔下婚纱就开始追赶。

"等一等，波波！"陈美媛同样陷入了异乎寻常的紧张与恐惧之中。怎么办？马上就要交付给客户的婚纱，就这样坏掉了！然而，美媛虽然紧张，理智却还在。她飞快地抱起婚纱，小心地将它收进怀里，可是一回头，却早已不见了郝波波的踪影。

"这可怎么办！这可怎么办！"陈美媛紧张地念叨着，掏出手机拨通了冯经理的电话。

郝波波下意识地拼命追赶着前方破坏自己婚纱的这个男人！但这个男人跑得太快，她根本追不上，也看不清脸孔，只能看见那顶红黑相间的帽子和帽子上的红黑剑条标记……

这个戴着红黑色棒球帽的男人越跑越快，他身后紧紧跟着四个穿着黑衣的大汉，而大汉后方，远远跟着的，是欲哭无泪的郝波波。

终于，王子尧在路边被包抄而来的大汉抓住了，他们拉着他来到一辆豪华轿车边把他塞入车里。

"站住，赔我的婚纱！"看到破坏婚纱的坏人上了汽车，郝波波不禁大叫出声。然而，却没有人理会她的呼喊，汽车呼啸而去，只剩下郝波波呆立在原地。

不知道过了多久，郝波波终于回过神来，她失魂落魄地回到原处，呆愣地站着。她不知道如何面对客户，也不知道，如何才能做出一个交代。

在晚点半个小时后，乘坐飞机来接收婚纱的新婚夫妻终于抵达，他们惊讶地看着陈美媛怀里的婚纱，却难以相信郝波波和陈美媛所说出的这个离奇的故事。

身材娇小、衣着时尚的新娘翘起嘴冷哼着，高大英俊的新郎则对着婚纱下摆的巨大裂口直皱眉。

"抱歉，我无法接受您的说法。"在沉吟半响之后，新郎终于开口。他说话彬彬有礼，言谈间透露出他所接受的良好教育，但他却摇着头对郝波波说出了残忍无情的话语，"我们考虑过机场人流量大的问题。按照约定，在交货时，婚纱应该装在特制的礼盒中。而且我和我的妻子不到场，您不能擅自打开盒子。"

"而现在，"他看了看狼狈的郝波波，又看了看陈美媛怀中凌乱又脱线的婚纱，"礼盒不但被打开了，而且出现了巨大的损坏。这损坏导致我们无法接收这样的婚纱，也直接影响了我们的婚礼安排。"

"因此我要求，贵工作室按照之前所签订的合同来赔偿我们的损失。"新郎说着，对郝波波点了点头，"我会给你们工作室的冯经理打电话，由他来直接处理这次的问题。我需要一个满意的答复。"

陈美媛想说些什么，却说不出。郝波波捧着婚纱站在原地欲哭无泪。这是她三个月的心血，是她最重要的作品，却被那个"红黑帽子的恶人"，毁于一旦。

她的手机响起，清脆的铃音刺激着她的耳膜，也刺激着她的心。波波摸出手机，看也不看，直接挂断了电话。手机不依不饶地响了起来，波波却一次又一次地挂断了电话……

她没有发现，在机场的另一角，平凡失落地拿着电话，他不停拨打着的，正是郝波波的电话。

平凡刚从米兰回到国内，他已经很久没有休息了，手机也因为长途飞行而电力不足。在连续拨打了好几个电话之后，终于由于电量耗尽而关机。平凡看着彻底变黑的屏幕，又看看手里仔细包装好的两个礼物，失望之情溢于言表。

命运的阴差阳错

在前往上海市中心的街道上，"绑架"着子尧的豪华轿车，一路疾驰。王子尧坐在车后座，在机场围堵他的黑衣大汉就坐在他的身边。

王子尧显得极为平静，仿佛对此早有预感。他骄傲地抿着嘴看窗外，上海的大街车水马龙，仿佛被挟持的并不是自己。

豪华轿车随着车流走走停停，慢慢地来到了一个拥堵的十字路口。司机焦躁地打着方向盘，打算趁着仅剩的几秒绿灯冲过这个路口。就在这时，意外发生了。一辆 SMART 微型车同样试图趁着绿灯变红这一刻冲过路口，两辆车发生了刮蹭。

豪华轿车的司机脾气火暴，对着车窗外就开骂。却没想到，SMART 微型车的车门打开，走下来一个身材瘦小的男子，双手叉腰站在豪车前面。这正是郝波波所在工作室的老板——冯经理。

冯经理显然心情也是极差，即使看到豪车里挤着四个大汉也毫不怯弱，与司机直接对骂："哦哟，你们有钱人就是了不起啊！剐蹭了别人的车，还想要骂人！你们车上坐了这么多大汉，是不是还想要打人啊？来来来，让你们打，打不死我咱们就警察局见！"

他异常的伶牙俐齿，骂得司机根本就插不上话。

　　两辆车就这样一起堵在十字路口的中间。四面来往的车辆过不去，都被堵在了这个路口。围观的人群渐渐增多，形成了一个巨大的包围圈。

　　坐在后排的黑衣大汉终于忍不住打开车门下车。

　　"喂，那个小不丁，你嫌命长是不是？剐了老爷们的车，还在这骂天骂地的，你再骂我直接掀了你的车。"说着，黑衣大汉对着个头瘦小的冯经理秀起肌肉。这名黑衣大汉身材异常高大，配上虬结的肌肉，显得虎背熊腰，异常魁梧，和个头瘦小的冯经理形成了鲜明的对比。

　　冯经理立刻就叫得惊天动地："啊，你剐了我的车还想打人？有钱人欺负人啦！"

　　随着冯经理的喊声，愤怒的人群围了上来，他们愤怒的目光简直就要把车上的人给焚毁。原本笑容可掬的中年男子再也无法淡然处之，他皱眉下车，来到冯经理的面前，打算与冯经理谈判。

　　就是现在，机会稍纵即逝，王子尧抱起自己的行李箱，飞快地跳车！说时迟那时快，他就好像一只灵敏的猴子，飞快地钻进了人群中，没一会儿就不见了。

　　"站住，拦住他！"即使是在与冯经理的谈判之中，中年男子依然眼观六路耳听八方，迅速发现了王子尧的逃离。他立刻大叫起来，指挥着黑衣大汉们追上去围堵。

　　就在中年男子自己也打算前去围堵时，冯经理却猛地拉住了中年男子的胳膊："喂，你这个人怎么回事？事情还没谈完就想走？"

　　"够了，两万就两万！李司机，给他开一张两万的支票。"中年男子心急如焚，压根就没有与冯经理继续谈下去的心思，他甩开冯经理的胳膊，迅速向着王子尧逃离的方向追了上去。

　　拿到了自己满意的赔偿，解决了交通事故的问题，冯经理拍了拍车上被蹭伤的部位，直接向机场开去。一到机场 T2 航站楼，他就看到了郝波波与陈美媛。郝波波依然是一副失魂落魄的样子，而陈美媛的怀里，还抱着那件破了个大口子的婚纱。

而这次本应验收婚纱的两名客户，正皱着眉头站在一边，显然心情极差。

冯经理连忙上前，赔笑着和两名客户说着话。很快，他们的谈话就结束了，需要转机的两名客户立刻就又走进了候机厅。

而冯经理则皱着眉走了回来，站在两人面前，他明确地向郝波波说出了一个残忍的事实："我已经接到了客户要求执行合同上赔偿条款的电话，按照合同，这件婚纱的价值为三十万。如果执行合同上无法按时交货十倍赔偿的条款，那么，我们工作室需要赔偿客户三百万元。但是，客户也不是不明事理的人，在我的劝说之下，对方终于决定不执行合同的赔款，但是他们要求三十万的现金赔偿。这是他们本来要支付的婚纱价格。"

"三十万？"陈美媛惊愕地重复了一遍这个数字。

"对！"冯经理点头，他严肃地说道，"由于这次的失误全是因为郝波波私自打开婚纱礼盒所造成的，因此，这个费用由郝波波一个人承担。她必须一人承担这个赔偿的费用。"

"冯经理，我，我没有这么多钱。"郝波波吓得眼圈都红了，她强忍着眼泪向冯经理诉说着自己的艰难。

"没有钱就去筹钱，我不管你用什么方法。"冯经理不耐烦地说道，"本来就是你引起的问题，无论从哪个角度你都应该承担责任。如果你能抓住那个所谓损毁婚纱的浑蛋也行，但你没能抓住。我已经尽力帮你争取了，赔偿价格现在已经比合同上所约定的要低了十倍，如果你不肯赔偿，那我为了工作室着想，也只能向法院提起诉讼了。"

"冯经理，您千万不能提起诉讼！"陈美媛吓了一跳，她猛地扑上去，双手抓住冯经理苦苦哀求。

"那就筹钱吧，否则我也没有其他办法。"冯经理皱眉道。

"好，我们赔，我们赔！"陈美媛喃喃地念道，她下意识地就将郝波波的责任揽了一半过去，心中充满了当时没有劝服郝波波的悔恨。

这个消息对波波来说无疑是晴天霹雳，但不还钱就会丢工作还面临被起诉，她心中恨不得抓住那个破坏婚纱的浑蛋，碎尸万段，可现在却只能自己忍受这突如其来的灾难……

回到工作室，波波犹如木偶一般。

"波波，你还好吗？"看着郝波波呆滞的动作，陈美媛终于忍不住小声地问道。

"美媛姐！"回到办公室，又没了外人，郝波波强忍的泪水终于忍不住了，她猛地抱住陈美媛的脖子哭得稀里哗啦。

陈美媛搂着郝波波，任她哭泣。直到郝波波的抽泣声渐渐小了，才小声对郝波波说道："你心里的委屈我都知道，冯经理也是没办法，他求了很久人家也不愿意放弃赔偿。"

郝波波红肿着眼睛对陈美媛摇头："我不怪他。"

陈美媛看了看郝波波，从随身的小手包里掏出一张银行卡塞给她："这是我的工资卡，里面有我的存款，总共五万，我暂时拿它没什么用，你先拿去。"

"不，这不行，我怎么能用你的钱！"郝波波惊道。她连连拒绝，把银行卡推回陈美媛手里。

"咱们两个，都好了这么多年了，谁跟谁啊！你这份工作还是我介绍的呢，现在出了这么大的事，我理应帮你。"陈美媛说着也红了眼眶，"不说别的，秋秋还得叫我一声姨，看在秋秋的分上，这钱你也不该拒绝。闺蜜是干什么的，闺蜜就是你的另一半！"

波波看着陈美媛，再次落下眼泪，她默默地收下了这张银行卡开始计算自己手里的资金。她有五万的存款，现在再加上陈美媛的存款，两人辛辛苦苦各自存下的钱总共十万。

郝波波决定先行赔给客户十万元……

夜渐渐地深了，王子尧走在上海街区，他无处可归。平凡的电话依旧无法拨通，他在上海街头的大屏幕上，看到了有关平凡获奖的滚动通知，这才得知这名好兄弟无法联系的原因。

但是，王子尧手上依然紧紧握着手机，时不时地拨打平凡的电话，不放弃一丝希望。只是，从他下飞机到现在，已经过去了三个小时，而对方却始终关机。

王子尧无处可去，只能在上海的街头走走停停。好在他对上海还算熟悉，知道有哪些夜晚仍然开放的店，即使不消费，也能够进去坐坐。此刻，子尧正拖着箱子，朝着那个方向前进。

子尧前进的方向，正是上海市著名的酒吧街，整条街幽暗而浑浊，只有稀疏的灯光在闪烁。可是酒吧里却会传出或是富有情调，或是震耳欲聋的音乐。站在街口，王子尧看着前方幽深的长街，突然觉得自己很累。

灯火辉煌的上海，看不到一丝星光。颜色不明的黑云涌动着，仿佛王子尧此刻沉重的心情。他原本踌躇满志，却没想到在离开美国前被人摆了一道，以至于落到现在这种落魄的境地。而回到上海，却又联系不上平凡这个唯一可靠的好友，即使是王子尧也不禁心中郁闷。

到底是去酒吧里熬一夜，还是用仅剩的钱去找个小酒店住一晚？子尧犹豫着，不由得摸了摸口袋。口袋里，装着他仅剩的两百元。

还是找个便宜的小酒店睡一夜吧，至少手机还能充充电，自己的精神也能恢复。就算是明天联系不上平凡，至少有精力去找点兼职什么的。

王子尧心里想着，迈步打算离开。

然而，他刚转身，一个醉鬼迎面而来。这个醉鬼走路歪歪斜斜，却十分直接地向他撞来。王子尧试图避开，却没想到这人直接倒在地上，手中却还死死抓着他的腿不放。

"喂，您好，醒醒，您抓住我的裤角了。"无奈之下，王子尧蹲下身，对着地上的醉鬼叫道。然而他发现，这个醉鬼与他所想象的猥琐男不同，这是一个长相可爱的女孩，她梳着高高的马尾辫，虽然已经醉得不省人事，却依旧哭得厉害，一边哭，一边念叨着："为什么？为什么……"

王子尧手足无措，他根本就不懂女孩念叨这话的意思，也不知道怎么处理。扔下也不是，带走也不是……

他发现女孩手里紧紧攥着手机，于是灵光一闪。王子尧把手机从女孩手里抽了出来，小心翼翼地打开，查看女孩的通话记录。

很快，王子尧就发现，女孩的手机上，有一个连续拨打了五次的电话名字"李伟"。显然，这个人和女孩十分熟识，于是王子尧拨打这个号码。

电话响了两声，断掉了。

"怎么可能？"王子尧一愣，不信邪地又打了几次，结果却如出一辙。似乎电话那头的人并不想接听来自女孩的电话。

怎么办？子尧犹豫地看着醉倒在地的女孩，又看看灯红酒绿的酒吧街，以及嬉笑着走过的人。

酒吧街是一个极为混乱的地方，黑社会、有着丰富夜生活的富二代、站街女、外围女等充斥其间。王子尧觉得不能将一个女孩子扔在这样的地方，于是他扶起这个倒地的人，一手半拖半抱地扶着女孩，一手拉着自己的行李箱离开了酒吧街。

他在街头犹豫了一会，又摸了摸口袋，终于一咬牙，带着女孩开始寻找酒店。

"算了，就当我积德，你要记住，你花了我最后的两百块钱。这两百，我本来是打算用于自己休息的。现在给你开了房，我就没地方休息了。"王子尧小声念叨着，带着女孩在上海的街头四处寻找，他找了很久，终于在一个小巷子里找到一间简陋的不超过两百元小酒店，并用身上仅剩的钱为女孩开了一个房间。

王子尧小心地把女孩扛进房间放到床上，又为女孩盖好被子。一切完毕，他正打算拖着自己的行李箱离开，却发现房间的门被两个男子堵上了。

这是两个看起来极为凶悍的男人，身上穿着民工常穿的那种背心，身材结实健壮，汗迹斑斑。

两人目光灼灼地盯着他，眼神凶狠，杀气十足。领头的男子一步一步地向房间里逼来，一边走一边沉声说道："自我介绍一下吧，我叫刘龙，这是我弟弟刘虎。"

所谓来者不善，善者不来，王子尧不知道这两兄弟的来路，更是没想明白这两人为谁而来。他紧张地看了一眼床上依旧醉梦不醒的女孩，又看了看门口那两个健硕的男子，强自镇定地警告："这里虽然是酒店，但是，你们俩不请自来，又没有经过我的同意就进了房间，也算是非法入侵，请你们出去。"

听到他的话，看起来较为沉稳的刘龙却猛地扑了上来。他一把揪住王子尧的领子怒吼："好哇，你这个负心汉，还敢装？那床上躺的是我妹刘欣雨，我哥俩跟了你一路了。害我妹为你怀孕，还带我妹来开房。你还敢跟我说什么非法入侵？"

刘虎也跟了上来，愤怒地向王子尧的肚子打了一拳："你这个不要脸的东西！我们就是想为我妹要个说法！去你妈的非法入侵。"

"让我哥俩进去，你还想干吗？"叫刘龙的汉子恶狠狠地盯着王子尧，朝他脸上啐了一口，"见过不要脸的，没见过像你这么不要脸的。"

"哥，别废话了，咱俩先揍这个小子一顿。"刘虎粗声粗气地说着，同样恶狠狠地瞪着王子尧。他们兄弟俩都是异常健硕的类型，即使王子尧身为运动健将，但挣扎了好几回也没能挣扎开来。

"你们，你们弄错了。"王子尧一边挣扎着一边说明，他的领子被揪得太紧，以至于说话都颇为艰难。而肚子上被揍的那拳太重，此刻依旧生疼不已。

但兄弟俩的话总算是让王子尧明白了一点原委，原来这个女孩叫刘欣雨，她遇到负心汉，怀孕了。他想起女孩手机上那个连续拨打了五次却没有接通的电话名字"李伟"，看来，负心汉就是那个叫李伟的人。

"弄错？什么弄错！我可是看得明明白白，我妹妹房间垃圾篓里扔着一个验孕棒。显示是怀孕的。"刘龙粗声道，这个粗豪的汉子说到这里也红了眼圈，"我妹多好的女孩啊，又聪明，又乖巧，怎么就碰到你这样的……"

"行了，哥，这会子不是说这个的时候，咱们是来谈事儿的。"刘虎狠声提醒，"咱们乡下人不懂得什么，既然咱妹怀了这小子的孩子，那也没什么可说的了。咱妹的名声要紧。"

"你说得对！"刘龙的沉稳中带着一丝愤怒，"咱妹的名声要紧。"

他抓着王子尧的手又紧了一些，圆圆的眼睛紧盯着王子尧，冷笑道："小子，便宜你了。要是咱妹没怀上你的孩子，就凭你这人渣的行事，我跟我弟刘虎两个人怎么说也得把你打个半死才舒心。"

"既然咱妹怀孕了，那也没啥说的。"刘虎粗声粗气地补充，"你小子让我们打一顿，然后明天一早，你们就去民政局领结婚证。"

"你们，你们胡说什么！"王子尧依旧努力挣扎着，他试图辩解，"我跟你们妹妹一点关系都没有！你们妹妹肚子里的孩子也不是我的。"

正说着，他看到酒店服务员从门口经过，立刻大叫起来："嘿，服务员，服务员，这里有人非法入室，救命啊，快叫警察来。"

"你还敢叫！"刘虎愤怒地又给了王子尧一拳头。

门外的服务员立刻跑远了，但很快，这个服务员又带着一帮酒店的保安冲了进来。

见此情景，刘虎更加愤怒了。他指着被揪住衣领喘不过气来的王子尧，对刚进来的一帮人说道："兄弟们，这事儿你们不能拉偏架啊！这小子，这小子哄了我们妹妹。我们远远地就看见他抱着我们妹妹，把她带到这酒店来开房。"

刘龙也异常悲愤地叫道："俺们妹被他灌醉了啊，这小子是个浑蛋，俺们妹妹为他吃了多少苦，以为他是个正经人儿，还打算嫁给他。可他都做了些什么？"

这些话一出，本来义愤填膺的酒店人员看着王子尧的目光就变得有些奇怪了。特别是那个帮王子尧叫人的服务员，本来同情的眼神此刻仿佛要喷出火来一般。她同情地看着依旧醉倒在床上的刘欣雨，又扭头怒视着王子尧。

"不是，根本就不是这样。我连她的名字都不知道。"王子尧大喊。

"好哇，骗了我妹的感情还敢说连名字都不知道！"刘虎气得直跳脚。

刘龙更是气得把王子尧往地上一扔，他喘着粗气，看着重重摔倒在地上的王子尧，对刘虎说道："别跟他说啥了，咱们先把这不要脸的小子揍一顿出出气。"

王子尧被摔得七荤八素，但总算他是运动健将，身体素质强悍，很快就回过神来。一眼望去，只见刘龙和刘虎摩拳擦掌地看着自己。而被服务员带来的保安们丝毫没有阻止的意思，甚至一脸赞同的表情，更有甚者都开始撸袖子了。

在这强敌环伺的情况下，王子尧决定，好汉不吃眼前亏。他飞快地爬起身，迅速又灵活地逃跑，就连箱子也不要了。穿过人墙时外套不知道被谁拽住，王子尧果断地甩掉外套逃了出去。

刘龙和刘虎怒吼着在他身后紧追，王子尧根本就不敢回头看，他疯狂地摆臂奔跑，跑遍了十条街，才把这二人甩掉。

王子尧喘着粗气停了下来，他总觉得自己今天到上海是来参加奥运会田径项目，跑了一整天。还没感叹完，不远处两个人影就向他冲来，正是刘龙刘虎两兄弟。

王子尧扭头就跑，头上的棒球帽掉下也顾不上了，他飞快地钻进身后的巷子中。

他没有注意到，离巷子口不远处的自助银行里，郝波波正在陈美媛的陪同下取钱。她手里拿着的，正是自己和陈美媛两人的银行卡。

唯恐夜长梦多被冯经理扫地出门，郝波波深夜冒险带着陈美媛来到了自助银行。打算先交上一部分的赔偿以示自己的诚意。她急切地一笔又一笔地取着卡里的现金，门外却突然传来了大呼小叫的声音。

"站住，你这个浑蛋！再敢跑我们不客气了啊！"粗犷的男子声音，在寂静的夜里显得格外清晰，也让郝波波和陈美媛紧张不已。总觉得这里不安全，郝波波小心翼翼地数清数额，飞快地把这一笔巨款塞进钱包里，然后，她就打算和陈美媛一起离开。

然而，刚走出自助银行的大门，就有一双手猛地伸出，突如其来地抢走了那个装满人民币的包包。这名劫匪不知道在自助银行外蹲守了多久。一旦得手，劫匪熟门熟路地转身就跑。

"啊！"郝波波吓得惊叫起来，她下意识地一把抓住了劫匪身上的衣服。劫匪猛地挣扎，随着一声清脆的撕拉声，劫匪的衣服被郝波波撕成了两半。然而劫匪却头也不回，看都不看被撕下的衣服一眼，弹射起步，飞快地冲进了旁边的小巷里。

"站住，把钱还回来！"钱包被抢走了，郝波波和陈美媛大声尖叫着，在劫匪身后紧追不舍。

陈美媛更是一边跑一边大叫着："抢劫了，快来人啊！"

这名劫匪显然是一名惯犯，他出了自助银行就往黑漆漆的巷子里钻，在小巷里拐来拐去，如入无人之地。

陈美媛和郝波波努力奔跑着，想要跟在劫匪身后并追上他。可很快，两人就被甩开，连劫匪的影子都找不到了。

然而郝波波与陈美媛却不甘心就这么放弃，两人依旧锲而不舍地向前奔跑着，试图将劫匪从漆黑的小巷中找出来。陈美媛更是一边奔跑，一边报了警。

然而，刚挂断电话，陈美媛就愣住了，面前是一个岔路口。小巷从这里一分为二，她们根本就无法确定劫匪的逃跑方向。

于是，很快的，陈美媛和郝波波就做出了兵分两路的决定。陈美媛顺着其中一条路追了下去，而郝波波独自向另外一条路追击。

突然，郝波波看到前方有一个光着膀子的男人正呼哧呼哧地奔跑着。

郝波波飞快地掏出手机，用微信给陈美媛发了一个位置。紧接着，郝波波猛地从后面扑上去，一把扑倒了这个光着膀子的男人！

"哎呀！"男人发出一声惊叫，由于郝波波突如其来的袭击，他重心不稳向一侧歪了下去。两人直接摔倒，抱在一起在地上连滚了好几圈。郝波波重重地摔在这个男人的身上，当他们停下来的时候，两人的嘴吻在了一起……

郝波波愣住了，她从未想过，自己的吻会在这个时候，这个地方，送给这样的一个人。想到这个男人抢走了自己和陈美媛辛辛苦苦攒下的钱，她又愤恨不已。

满心的恼怒、愤恨与羞愧交织融汇在一处，令郝波波发出了一声响彻夜空的尖叫："啊！流氓！"

郝波波尖叫着一跃而起，捂着嘴离这个男人远远的。

然而，惊慌失措的她却没有注意到，这个男人并不是抢了自己十万块钱的劫匪。

这个光着膀子的男人正是王子尧，郝波波的突然袭击吓得他够呛，然而，作为一个男人的尊严却不允许他如郝波波一般叫出声来。只是，郝波波的尖叫却让他心烦意乱，王子尧不由得怒吼了一声："喊什么喊，号丧吗！"

郝波波吓了一跳，这才后知后觉地想起陈美媛的吩咐，心下暗自后悔不已。这样漆黑的一条小巷子里，自己独自一个女人，面对一个劫匪，怎么可能会是他的对手？她吓得连连往墙角躲去。然而，挪动了一半，却停下了。

郝波波惊讶得宛如看见了鬼魂一般，她紧紧盯着面前的男人，简直不敢相信自己的眼睛。

王子尧不敢置信地抬头，看向这个刚刚发出尖利叫声的女人。当他看清对方的面孔之后，他瞪大眼愣在了原地。

无论是郝波波还是王子尧，他们都仿佛被吓得愣住了，竟然好几分钟没有任何动作……

虽然只是几分钟，却仿佛过了几个世纪。王子尧苦笑一声，打量了一下自己。只见自己下身穿着一条破旧的牛仔裤，裤腰上扎着一条同样破旧的皮带，上身却光着膀子，可谓狼狈极了。

而郝波波也好不了多少，她头发散乱，形容狼狈，由于刚才的奔跑，一头一脸全是汗，发丝全都沾在了脸上。

就在两人相对无言，异常尴尬之时，突然响起的警笛，将他们从这种异常的气氛之中拯救了出来。待两人反应过来时，警察已经赶到，王子尧立即被警方逮捕。

"老实点儿！"警察丝毫没有因为王子尧长得帅就给他好脸色，子尧的双手被手铐反扣，押到了小巷外的警车上。

看到警察，郝波波蓦然从恍惚中回过神来，猛地抓住警察的双手，叫道："我被抢劫了！我和美媛姐全部的积蓄，一共十万元，全部被抢走了！"

"您别急，女士！"被郝波波拉着手，警察有些紧张，也有些尴尬，他小心地扶着郝波波站起身来，安慰道，"我们已经抓住了劫匪，这就带他回警察局进行调查，您能否和我们一起到警察局，做个笔录？"

郝波波有些犹豫，她从来没有想过，抢劫她钱包的劫匪，竟然会是王子尧。她并不愿意面对王子尧，但是想到那些被抢走的钱，却还是点了点头："好，我跟你们去做笔录。"

来到警车附近，郝波波左右顾盼，发现陈美媛并没有在警车上，她顿时有些焦急了起来，拉着警察的手问道："警官先生，请问报警的那位陈美媛女士去哪里了？"

"陈美媛女士？"警察一愣，他随即笑道，"现在两个方向都有警情，虽然不知道是什么情况，但既然已经出警，我们就两边都去了。你稍等，也许你的朋友马上就到了。"

没过多久，又一批警察押着另一个光着膀子的人走了过来。这个人有着五大三粗的身材，一脸络腮胡子。郝波波在自助银行的时候因为紧张，没能记清他的长相。但是再次见到他时，却马上认出了。

这个人正是抢劫郝波波十万元人民币的那个抢劫犯。他此刻走路歪歪扭扭，甚至有点站不稳，哪还有一点之前抢劫时候的凶悍样子！

两个警察一左一右地扶着他，饶是如此，他依旧大声哀号着，头上布满了密密麻麻的汗珠。

"队长，我们抓到了一名犯罪嫌疑人，从他身上缴获了这个皮包，里面有十万元现金。"其中一名警察走上前来，将手中的一个精致的女式提包交给郝波波身边的警察。

眼尖的郝波波立刻发现，这是自己的钱包。她立刻叫了起来："啊！这是我的钱包！里面的钱是我刚从巷口的银行里取的。"

"正好，看来不用寻找受害者了！"郝波波身边的警察队长点头道，"就在这旁边。"

就在这时，一声惊呼从人群中传出："波波！波波原来你在这里！"

命定之人

　　郝波波循声望去，只见陈美媛正向她飞奔而来。美媛的脸上还带着惊慌之色，然而，整个人却显得精神十足。在她的身边，还跟着两名五大三粗熊背虎腰，一看就是头脑简单四肢发达的男人。

　　"美媛姐！"郝波波发出惊喜的呼喊，她迎上前去，握住了陈美媛的手。

　　陈美媛抓住郝波波的双手，喋喋不休地讲诉着她刚才的经历。原来，她身边的这两个男人，就是帮她抓住劫匪的功臣。他们是一对兄弟，哥哥叫刘龙，弟弟叫刘虎。陈美媛在追出去没多久，就遇见了刘家兄弟。他们也在追一个光着膀子的人，在看到同样光着膀子的抢劫犯以后，两人仿佛打了鸡血一样地拼命追上前去，兄弟同心，如饿虎扑食般将真正的抢劫犯压在了地上。

　　他俩沉沉的体重甚至压断了抢劫犯的一根肋骨，于是陈美媛轻而易举地人赃并获，而陈美媛没能想到的是，她尖利的嗓音居然迅速地引来了出警中的警察，劫匪被随后而来的警察带走。而陈美媛和刘家兄弟则受到警察的邀请，前往警察局做笔录。

　　陈美媛兴奋不已，飞快地答应了警察的要求。而刘家兄弟也没想到，自己"寻仇不成"，却误打误撞地当了一回英雄……

来到警局，大家分别进入了不同的审讯室接受隔离审讯。在警察极其专业的审讯下，劫匪很快就供认了抢劫郝波波的罪行，被送往医院。

王子尧和郝波波却因为在同一个现场出现，被分在了同一个审讯室。

负责询问他们的，是一个极具经验的老警察老许，他端正地坐在审讯台后。

老许清了清嗓子，和颜悦色地问："你们俩大晚上的在小巷子里，是怎么回事？"

"我……"两人同时开口。

郝波波愤怒地瞪了王子尧一眼，本该让步的王子尧，也不知道是抽了哪根筋毫不服气地回瞪。

紧接着，两人再次同时开口。

"我被劫匪抢劫了，劫匪衣服被我撕裂，逃到了巷子里。我追到巷子里是为了抓劫匪。"郝波波急急忙忙地说道，生怕落在王子尧的后面。

"我在酒吧街碰到了一个醉得不省人事的妹子，好心送妹子去酒店休息，却没想到引起了她两个哥哥刘龙和刘虎的误会。他们俩都是解释不清的人，我没有办法，只好先跑掉再说。"王子尧不甘示弱。

两人七嘴八舌的话语让警察老许听得头昏脑涨，不得不喝止了两人。老许收起脸上的和颜悦色，严厉地看了两人一眼："我一个一个问，问到谁谁就回答，不准抢。"

被老许眼中的厉色和杀气吓到，两人同时乖乖点头，不敢再随便发声。

见到这个场景，老许终于满意地点头。

"女士优先，郝波波女士你先说。"警察老许看向郝波波说道，他很快就提出了第一个问题，"你认识你身边的这个男人吗？"

郝波波轻蔑地扫了王子尧一眼，高傲地答道："不认识。"

"那么，王子尧先生，你认识你身边的这位女士吗？"老许一愣，皱了皱眉头，转头看向仍然光着膀子的王子尧。

王子尧此刻虽然落魄，却有着极强的自尊心。见郝波波这个表现，他不禁怒从心头起。虽然仍然光着膀子，但依然做出一副傲气十足的模样，高高地昂起头对郝波波翻了个白眼，回答道："不认识。"

"好的，既然你们都不认识。那么女士，你是怎么在巷子里碰到这位先生的？"老许继续问着。

郝波波再次瞪了王子尧一眼回答："我的钱包被抢了，里面装着大量的现金。我为了追赶抢劫我钱包的那个混蛋，追进了那条巷子。却没想到后来追错了路，没追到歹徒，却遇到了一条疯狗。"

王子尧立刻愤怒了，他顾不上自己还光着膀子一副小流氓的模样，猛地站起身来，居高临下地看着郝波波怒吼："郝波波你说谁是疯狗？"

"说的就是你。"郝波波翻了个白眼，"你既没担当，又没责任感，一天到晚只知道骗单纯的小妹妹。"

"胡说什么？我什么时候骗过单纯的小妹妹了？"王子尧怒气冲冲地瞪着郝波波，"我在学校的时候连绯闻都没有一个。"

"呵，你有没有绯闻我怎么会知道？我又不是你肚子里的蛔虫。"郝波波冷笑道。

"你别造谣，没谁要你当我肚子里的蛔虫。"王子尧怒道。

坐在审讯台上的警官老许看两人吵架，只觉得摸不着头脑。这两个人都不承认自己认识对方，可是这表现，却更像是相识很久的样子。

　　两人一直在吵，甚至彻底无视了警官。

　　等了很久，老许终于觉得不耐烦了。他怒气冲冲地拍着桌子，猛地站起身来说道："你们两个够了，只是让你们配合调查而已，你们倒好，自顾自地吵起来了。反倒是我问的问题没人答。也罢，你们这也不是什么大事，抢钱的犯罪嫌疑人已经被抓了，你们要嫌我的问题不好答，那也好说……"

　　说着，老许猛地打开审讯室的门，对着门外的年轻警察叫道："小魏，去调一下档案，看看这两人什么来路。"

　　"是！"年轻的小魏警察领命而去，王子尧和郝波波面面相觑，终于停下了争吵。一时间，审讯室里寂静无声。

　　"许哥，这是他们俩的档案。这两个人是大学同学呢！"很快，小魏就回到了审讯室，将一份厚厚的打印文件交到老许手里。老许接过档案，翻看着，却皱起了眉头。档案中显示，他们两个人就读于同一个大学，他们是大学同学……

　　但是，仅仅只是大学同学这样的证明，根本就没法说明郝波波和王子尧之间曾经认识。于是，老许皱着眉再次问道："你们两个，当真不认识？"

　　立刻，二人异口同声地回答："我不认识他（她）！"

　　老许无奈，只好将两人分开询问。针锋相对的两个人这才消停了下来，开始老老实实地回答警察的问题。

　　如此操作，老许终于明白了情况，他迅速做出安排。被抢的钱由郝波波自行领走，王子尧由于是误抓，也直接放他离开。

　　王子尧掏出手机，试图摁亮它却发现，手机早已因为没电，关了机。顿时，王子尧只觉得一阵绝望。

　　他还没有联系上平凡啊！现在手机关机了，箱子丢在了酒店里，就连衣服也被撕掉，只能光着膀子。

这个样子离开警察局，大概就只能流落街头了吧！子尧心里想着，默默地转身，看向跟在他身后的老许警官。

"那个，许警官，您看，反正我都这样了，手机也没电关机了。"王子尧搓着手，涎皮赖脸地说道，"不如您借警察局的电话给我，让我给我的朋友打个电话吧！"

老许点头，同意了。

王子尧跟着老许警官来到警察局的电话机旁，凭借自己的超强记忆回忆平凡的手机号码，并拨了出去。

电话那头，传来嘟、嘟的等待音，王子尧的心立刻悬了起来。不会又像之前一样，拨一下就断了吧？

好在天无绝人之路，这一次在经过等待之后，平凡的电话终于接通了。

"喂？请问哪位。"平凡的声音里带着一丝疲惫，听起来倒不像是在家里休息，而是在别的地方一样。

"平凡！我是王子尧！"仿佛看到了曙光一般，王子尧激动地大声叫道，"我回上海了，现在要去投奔你，你住哪？我到你家里去。"

"你回上海了？"平凡惊讶无比，"怎么没有通知？"

"别说了，回国之前就想联系你！可你的电话总打不通，就要登机了我也是没办法，只好等到回国了再给你打电话。你怎么回事？这么长时间没法联系。"王子尧感叹道。想起回国之后这一整晚的经历，王子尧差点没哭出来。要是再联系不上平凡，他就只能流落街头了啊！

"我还在外面！还有客户要陪。"平凡犹豫道，但很快他又说道，"不过你可以自己先去我家安顿，我家里是电子密码锁，密码是2016PFABB，一共九位。"

"2016PFABB，行，我记住了。"王子尧自信地点头，他对自己强大的记忆力十分有信心。

"嗯，"平凡心不在焉地说道，"地址是幸福家园二单元十一层，十一层一共有四户，我住的是1103那一家。"

"好，我现在就过去。"收到了平凡的住址信息，王子尧终于长出了一口气。

按照平凡给的地址，王子尧走进了小区二单元十一层的房间。他敲了敲门，却没有任何人回应。不过，由于平凡已经提前把自己的住址告诉了王子尧，子尧并没有任何的犹豫，在输入了正确的密码之后，平凡家的大门应声而开。

王子尧走进屋里，他轻车熟路地从平凡的衣柜里找出一件衬衫给自己换上。然后又来到酒柜边，取出杯子给自己倒了一杯红酒，犒劳疲惫了一整天的自己，那熟悉的程度好像就是在自己家一般……

虽然天已经快要亮了，可平凡却依旧在忙碌。他是海尧集团万众期待的设计天才，又刚刚获得了世界服装设计大赛的大奖，更是深受董事长王海涛的器重。也正是因为如此，他会比别人更忙。其他设计师只需要负责设计就好，而平凡，却不得不随着王海涛一起出席各种酒宴，会见各种挑剔或者不挑剔的客户。

平凡讨厌这样的生活，讨厌这种不能专心做设计，反而需要在觥筹交错与客户需求中左右为难的生活。

海尧集团的大楼里，空无一人。平凡看着自己办公桌上散落的各种草图，突然心中一阵烦闷。

这些设计稿，都是在他去意大利参加世界服装设计大赛之后设计的作品。平凡早已发现自己似乎陷入了瓶颈，他的工作台上堆满了各种设计草图。可这些设计稿，他却全都不满意。这些作品，都有各种缺陷，这让完美主义的平凡，无比痛苦……

平凡想起不久前接到的王子尧的电话，决定先回家。

然而，他在公司的走廊上被李伟拦住了。李伟是公司的新人，作为一名刚进入公司的设计师，他表现得异常的积极。这次他兴奋地拿出一款设计方案，略带骄傲地对平凡说："平总，我有一个非常好的设计方案，这个方案我已经想了很久，也花了很多心血，想请您指正。"

平凡皱了皱眉头，他现在很累，只想休息。

但是，看着李伟略带得意与殷切的眼神，平凡还是接过李伟的方案，细细地翻看着。

李伟既兴奋又得意地看着平凡，期待着从这个刚获得最高荣誉的服装设计师口中得到赞誉。

可是，平凡却只是冷淡地看着他，轻轻扬了扬手中的设计方案："你平时，除了设计以外，有没有关注过同行的设计风格，以及行业的动态？"

"嗯，当然有！"李伟犹豫了一下迅速回答，但他的语气，却难免显得有些底气不足。

"如果你关注过，那就应该知道，在三年前，英国有一位著名的设计师亨利，曾经举行过一场名为印象的服装发布会。"平凡淡淡地说着。

"那又怎么样？"李伟有些不服气，又有些不甘心地反问。

"这场名叫印象的服装发布会，其主要设计风格，就是你这个设计方案里所提出的。而你给我看的这个设计方案，与这场发布会上出场第三款服装的构思简直一模一样。而且，设计师亨利对于风格的处理，比你更为细致，色彩的对比也更为浓烈大胆。"平凡不带丝毫感情地诉说着这个残酷的事实，"对于时尚界来说，一两个月，足以主宰时尚的变化。何况是一款三年前的设计？"

"更何况你在这个主题的构思上没有任何新意，甚至在很多方面的处理，比起英国设计师亨利，要弱得多。"平凡顿了一下，冷冷地补充，"我觉得你还需要再补习一下基本功。"

说完，平凡转身离开。

李伟愣在原地，他恨恨地看着平凡的背影，眼中冒出嫉妒与愤怒的火光。他不甘心，不甘心一个月的努力，在一分钟内被打击得一无是处。

他一直以为自己是个设计天才，却没想到在平凡这里受到了如此深重的打击。平凡居然说他需要补习一下基本功？他的内心极度不满，看着平凡离去的方向，李伟暗自发誓，有朝一日，一定要战胜这个高傲的平凡……

平凡并不知道李伟的心思，他强忍着疲惫驱车回到家里，发现门开着。王子尧坐在酒柜旁边的吧台上，身上穿着他的衬衫，手中端着一个红酒杯正在品酒，并时不时地向门外张望，似乎是正在等待着平凡的归来。

"平凡，亲爱的平凡，我想死你了！"见到平凡进门，王子尧立刻兴奋地放下杯子，他一把抱住平凡，激动万分。

"你要勒死我了……"平凡却没有表现出王子尧那样的激动，面无表情地说道，"还有，你有什么目的就直说。"

王子尧笑了："我们认识这么多年了，你怎么还是像块石头一样！"

平凡耸了耸肩没有搭话，他看了看自己那乱糟糟的客厅与房间，不由得摸摸鼻子，摇了摇头。

很快，王子尧就欢脱起来。他毫不客气地霸占了平凡的浴巾、洗发水、睡衣，甚至是游戏机。平凡与他熟惯了，也不理他，由着王子尧随便折腾。

就在王子尧忙着打游戏时，突然一抬头，他在平凡精致的橱柜里，发现了新大陆。那是两个包装精美的礼物盒。嫩粉色的包装，与纤长优雅的缎带，说明了这是两个打算送给女性的礼物！而这种做法，对于平凡来说，异常罕见……

王子尧啧啧称奇，连游戏也不打了。他拿起那两个精致的盒子一边把玩一边打趣："平凡，你这个石头也有开窍的一天？这两个礼物，是送给女人的吧？你看上哪家姑娘了？"

平凡回头，正好看到王子尧手中的礼物。他猛地红了脸，一句话也说不出。犹豫许久，平凡终于一跺脚叫道："放下，你快给我把东西放下。"

王子尧惊讶了，他看了看手中的礼物，震惊地问道："不是吧？我就随口一问，你真有恋人了？"

"不，不是恋人！"平凡连耳根都涨得通红，他不知道该怎么对好兄弟说，而他的天性，让他也说不出隐瞒的话。

"不是恋人？"王子尧抛了抛手中的礼品盒揶揄道，"难不成，你就是单方面看上了人家？这可属于暗恋。"

平凡急忙将礼品盒从王子尧的手中抢了过来，拿在手里小心地检查："你小心点，我还要送人呢。"

"真是暗恋？"王子尧难以置信地任由平凡抢走了礼物。

平凡确认礼物没有问题，这才松了一口气，红着脸点了点头。

"哟，还真是？"王子尧震惊得一跃而起，围着平凡上看下看左看右看，"是谁家姑娘？性格怎样？长得好看吗？"

"很，很好看。"平凡红着脸结结巴巴地回答，"不是谁家的姑娘，她结过婚，还有一个女儿。"

"什么？结过婚，还有一个女儿？你怎么会看上这样的女人？"王子尧倒吸一口凉气，疑惑地打量着平凡，似乎想看出，平凡这样一个要钱有钱要貌有貌要才有才，还脾气好的钻石王老五，为什么要喜欢一个离过婚还带着孩子的单身母亲。

"她很好，特别特别好。"平凡回答，他也不知道该如何去跟好兄弟解释。但是，想到郝波波，平凡还是不由自主地带上了微笑。

"行了兄弟，咱什么也不说了。看你这着急的样子，估计也是个不会追女孩儿的。"王子尧拍拍平凡的肩膀，郑重地说道，"正好我来了，你想追她，我可以帮你。"

"真的？"平凡的眼睛亮了，他兴奋地看着王子尧，试图找出王子尧的闪光点来。然而，眼前的王子尧除了长得帅一点，并没有别的什么特色，平凡甚至还觉得，王子尧这种大男子主义者不如自己体贴。

"别小看我。"王子尧得意地笑着，"我王子尧出马，保证你不管多难搞定的女人都手到擒来。不过，事先说明一下，我教你追求女性是有条件的，我要收学费。正好我现在身无分文，这学费就当作房租了，你也不用给我，我也不用给你。"

平凡听了哭笑不得，他这才明白王子尧的真正目的，不过是想要省掉一点费用。于是平凡十分仗义地拍拍王子尧的肩膀，告诉他："你住吧，住我家没有任何问题，你想住多久就住多久。"

虽说平凡并不信王子尧的胡诌，但他的心里也还是升起了一阵希冀。只是，平凡并没有告诉子尧，那个女人就住在自己隔壁。

而平凡的隔壁屋内所住的，正是为了三十万违约金而忧愁，却还要面带微笑，哄着女儿秋秋入睡的郝波波……

王子尧也不知道，在重新遇见他以后，郝波波已是一夜未眠。她想着街上那偶然的一吻，心烦意乱。

当从小就被大家称为嗜睡小王子的王子尧再次醒来，是被清脆的电话铃音吵醒的。

"什么人，这时候打电话！"子尧嘟囔着，随手接通了电话。

那边一个粗豪的声音响起："老板，你那办公室我们已经装修好了，什么时候结款哪？"

"什么？"王子尧猛地睁开眼睛，整个人彻底清醒了。他终于想起，在美国时因为觉得自己有钱，所以已经提前一个月在上海最繁华的地段租好了写字楼，并且找了国内最好的装修公司负责装修。而这个自己看起来十分眼熟的号码，正是装修公司负责人王经理的号码。

"糟糕，疏忽了！"王子尧捂住话筒，暗暗地骂了一声。紧接着，他又笑道，"我记得，咱们约定的装修时间是五十天。装修完毕再给尾款，这才一个月，还没到工期。你怎么就向我要钱来了？"

"哎哟，老板，您是不知道啊！我们知道您是从美国回来的大老板，因此全公司上下都特别上心。您的装修委托，我们可是视为重中之重。您之前虽然和咱们约定了五十天的工期，但您不也说了嘛，能快点结束那是最好！因此咱们公司上下那是紧赶慢赶，终于一个月就给您完工了。"电话那头的王经理格外的巧如簧舌，王子尧的心情却是越听越阴沉。

虽然如此，王子尧却依然不动声色，他笑道："你们这么快就完工了，我倒有点不放心呢！这样吧，我明天请一个专业人士来验收，通过了验收我立即付款，你看如何？"

"哎哟，那可忒谢谢您啦！不愧美国回来的大老板，就是爽快。那咱们明天见哈！"电话那头刚刚还在哭诉的王经理立刻喜出望外，千恩万谢地挂了电话。

挂断电话，王子尧愁眉苦脸地看着天花板。

怎么办呢？这回，他是睡不着了。也许，只能找平凡先借一点了。然而起床才发现，平凡并不在家里。客厅的茶几上，有一张纸条："子尧，我要出去一趟，这两天都不会回来，家里你自便。"

这下，可就连借钱也没法借了，王子尧纠结地看着纸条，陷入了深深的矛盾之中。该怎么办才好呢？平凡显然是有事出差了，就算是现在打电话，让他给自己筹措资金，也来不及了。

不，也不是毫无办法。王子尧猛地抬起头，目光坚定了起来。他是王子尧，无论遇到什么困难都不会放弃的王子尧。

第二天飞快地到了，王子尧带着选定的验收人员来到自己的办公场地。很快，他潇洒地支付了这笔数额巨大的装修工程款。

当所有人都离开，办公室里只剩下王子尧一个人以后，望着装修完毕的办公室，王子尧的心里升起了一股豪情。

他的办公室位于上海 CBD 核心区域的一座写字楼里，王子尧将其中最好楼层的整层都租了下来，装修得异常气派，黑白的风格彰显着科技感，透明的玻璃将员工的工作间隔开。整个办公室既大气又异常有格调，看得王子尧十分满意。

这座写字楼将作为他事业的起点。

输掉的钱，他一定会亲手赚回来。而且，要赚得更多，更多！

回到小区时，天已经黑透了，只有小区门口的保安室灯火通明。付完了装修公司的尾款，王子尧无事一身轻，心情也顿时好了很多。他双手插在裤兜里，吹着口哨，施施然地打算往小区里走。

然而，就在王子尧正打算进入小区时，却来了一个急刹车。他惊讶地发现保安室里坐着的保安竟然是刘龙和刘虎这两兄弟。

　　王子尧赶紧收住了迈出的脚步缩到角落里。他远远地望着灯火通明的保安室，试图想出一个不惊动刘氏兄弟进入小区的办法。

　　就在他苦思冥想的时候，一大群结束了广场舞的大妈拿着水红色的舞扇沿着街边走来，她们兴高采烈地聊着天，还时不时甩一甩扇子，而她们前往的方向正是小区的大门。王子尧眼前一亮，反应更是十分迅速。他飞快地站起身来，装作散步的样子，双手插在裤兜，混进了大妈的队伍里。

　　大妈们正兴致勃勃地聊着跳舞的感受，对于自己队伍里多了一个陌生人没有任何反应。王子尧就这样低着头，和大妈们一起向小区的大门走去。

　　"龙子、虎子！我们锻炼回来啦！快开门。"来到小区门口，领头的大妈用大嗓门叫着。

　　"唉，我这就开门！莫大妈，你们每天的精神都是这么好！"保安室里传来一声粗豪的回应。随着这句话，一颗大脑袋探出了保安室的窗户，正是刘虎。他笑着和莫大妈打起招呼。

　　王子尧顿时心头一紧，他不着痕迹地闪身，将自己藏在了一个胖胖的大妈身后，低着头向前走去。

　　由于人多，探出头的刘虎也没能注意到王子尧。一走过保安室的可视范围，王子尧撒开腿就跑。他一直跑到平凡家的楼下才停下来，心有余悸地拍拍胸口。

　　当他打开平凡家大门的时候，看到的是一片漆黑的客厅，以及静静地抱着双臂站在落地窗边的平凡。

　　"嗨！平凡，你不是留了纸条说要出门两三天吗？怎么这么早就回来了？"王子尧顿时被吓出了一身冷汗，他结结巴巴地和平凡打着招呼，缩头缩脑地进入客厅里。

平凡穿着一身极为得体的西装，正是早晨上班时专门挑出来的。此刻，他正倚靠在窗户边，路灯昏暗的灯光照进屋子里，在平凡身上照出了极为漂亮的剪影。平凡看起来有些忧郁，他的目光一直投向窗外，即使王子尧和他打招呼也无动于衷。

在最初的惊吓过后，王子尧迅速地平复了心情，他嬉皮笑脸地走上前去，伸手搂住平凡的肩膀问："嘿，兄弟，你怎么了？看起来这么忧郁。"

"这句话不该是你问我吧？"平凡淡淡地回答，目光却没从窗外收回来，"你该主动解释一下，家里的东西都去哪了？为什么连我最喜欢的那两把美国手工吉他都不见了？要不是我提前结束工作，回到家里，过几天是不是这个房子也会被你卖掉？"

王子尧尴尬地看了看屋子，这套本来被平凡布置得极为漂亮的房子，此刻几乎可以用空无一物来形容，客厅里，原本摆放着的意大利真皮定制沙发，墙上镶嵌了玛瑙的水晶挂钟，超大 4K 背投电视，餐厅里限量版的巴西松木餐桌，摆放在画室里的手工吉他，全都消失不见了。餐具、铺盖等生活必需品堆在墙角，而原本应该摆放着各种高档家具的地方，此刻都是空空荡荡的。

除了两个房间里的床，这个屋子里，已经什么都不剩了。

"那个！"王子尧搓着手，嬉皮笑脸地说道，"你家里的家具实在太过老土，所以，我就联系别人给你卖掉了。"

"是吗？"平凡挣脱王子尧的胳膊，指着空荡荡的屋子冷笑，"我还以为家里被打劫了，愣了半天才想起来去找物业调监控。却没想到是你在捣鬼，你不打算给我一个解释？还是说就打算用这种审美老土的理由来对付我？"

王子尧不敢再搂住平凡，只是笑着说："我觉得作为恋爱中的男人，要换成柔情似水的风格。"

"柔情似水?"平凡冷哼,"那你怎么不把你说的那些柔情似水风格的家具都买回来?"

"嘿嘿,嘿嘿!"王子尧尴尬地笑着,又伸出手去试图拍拍平凡的肩膀。

"别拍我。"平凡很灵活地闪开了,他上下打量王子尧,冷笑,"咱俩从小一起长大,你是什么性格我最了解,觉得家具老土所以卖掉?别人会信我会信?之前我就听说你不知道因为什么一个人跑去美国,也不跟家里联系,整个人都踪影全无的。王伯父顾忌面子,没有把事情宣扬开来,却是私下问过我的。你到美国,到底是去做什么了?"

"别这样,我可是真心实意想要帮你追求你的女神。我去美国,也真的只是读书而已,什么别的都没做。"王子尧顾左右而言他,根本就不敢回答平凡的问题。

"那你卖掉家具的钱呢?你那柔情似水的布置呢?"平凡根本就不信,"你在美国安心读书,别的倒是没学到,就学到偷卖朋友的东西?"

"好吧,我说实话!是这样的。"王子尧见躲不过,举起双手做出投降的姿势,一不做二不休地决定说出真相,"你也知道,我回国是打算开公司创业的。但是我在回国前与一个人进行了一场比试,比试的赌注是我在美国的所有财产。"

"嗯?"平凡冷哼一声,又回头冷冷地看了王子尧一眼,"这么说来,你把财产都输光了?"

"是!"王子尧耸肩:"我输了。所以,我现在其实就是身无分文,什么都没有了。而我在回国之前就定好了写字楼,并找了装修公司负责装修,现在装修完成,我需要结款。"

"所以你就卖掉我家里的家具？"平凡恶狠狠地瞪着王子尧，语气里却没了杀气。他想起王子尧第一天来到自己家的情形，却又笑了笑，"难怪你过来，什么行李都没带，还穿着我的衬衫呢！你的 T 恤呢？"

"因为一个意外，毁掉了。"想到自己那死无葬身之地的 T 恤，王子尧就悲从中来。

平凡顿时又好气又好笑，本来的满腔怒火，也因为王子尧的这副惨状而消失无踪。他想了想警告王子尧："你说过的，你是恋爱专家，要帮我追到我的女神的。所以，王子尧你要是不帮我追到那个女人，我就把你赶出去！还要你赔偿我的所有损失，让你吃不了兜着走。"

王子尧赶紧拍着胸脯一口答应："放心，你的事就是我的事。你知道我是谁？当年上海大学的情圣一枚，还没有我想追却追不到的女人呢！"

"说得好听，你读大学的时候我又没见过你！"平凡冷哼一声，"读高中的时候跟我一样就是个木头，大学里怎么可能突然开窍了。反正，不管怎样你一定要帮我追到她就是。"

"是是是！一定帮你追到。"王子尧连连点头。他看着平凡那痴迷的样子，突然对那个带着孩子的女人产生了一丝好奇。他非常期盼平凡所发起的第一次追求，因为子尧想知道，这样一个带着孩子的女人，是有什么样的魅力，能让一直以来都有着无数女生倾心仰慕的平凡如此在意。

错过再也不见

子尧给平凡定了目标，首先要成功地把女神约出来。

随着一番搜索，王子尧慎重地选定了一家位于上海外滩的名为 JG 的餐厅作为约会地点。这家餐厅历史悠久，在上海已经开了近百年，属于上海难得的百年老店。而最大的重点则是，从租界时代起，这家餐厅便是上海最好的餐厅，以菜的外形漂亮、味道漂亮、价格也漂亮而著称。

而平凡的女神郝波波，正在公司里忙碌着。犯了这样的大错，郝波波不但没能获得梦寐以求的转正，反而记了一个大过，背下了巨额的欠债。

她对着自己面前的图纸，不由得唉声叹气。虽然冯经理依然有将设计任务交给自己，也没有开除自己的意思，但想起虹桥机场的那一场噩梦，以及那个带着红黑相间的 AC 米兰棒球帽的男人，郝波波拿铅笔用力地戳着面前的纸张，恨恨地咬着牙："别让我再碰见你，否则，我一定要报仇，要将你碎尸万段！"

"你要把谁碎尸万段？"一个尖厉的声音突然响起，吓了郝波波一跳。

她猛地抬头，只见冯经理正站在自己面前，好奇地望着她。

"没，没什么！"郝波波十分不自然地收起被自己戳得不成形的草稿纸，急急忙忙地站起身来，紧张地和冯经理打招呼，"冯经理，您今天怎么突然过来了？"

"我有事情要跟你说。"冯经理点了点头，表情却十分严肃，"你用最快的速度交了十万元违约金，这很好。但是现在已经又过了几天，客户没能收到后续的费用，已经开始不满意了。"

"啊？"郝波波一脸惊讶，"这才过了几天？他们就不满意了？"

"客户不满意也是正常的，好好的婚礼，因为定制的婚纱没有按时交货而被迫延期。"冯经理摇头道，"你还有一周的时间，如果再不付剩下的违约金，那对夫妻就会把你告上法庭。所以，这一周，你去想办法筹钱。否则，你也只有进监狱这一条路了。"

"我，我知道了！"郝波波眼眶一红，她心下酸楚，却不能表露出来。

冯经理郑重地拍了拍郝波波的肩膀，劝诫道："好自为之。"

郝波波没有说话，她默默地看着冯经理走出了办公室。

就在这时，郝波波的手机有来电铃音响起。郝波波拿起手机看了一眼，发现来电话的人是林老师，秋秋的班主任。难道，秋秋在幼儿园里出了什么事情？

她匆忙地接起电话。

林老师的声音传来："秋秋妈妈，秋秋已经入学一年啦。幼儿园本周要缴纳下一年的学费，所以我打电话通知您。下一年的学费和生活费总共是五千元整。"

"是，是吗？好的我知道了……"郝波波失魂落魄地说着，挂断了电话。

钱啊，钱从哪里来？郝波波瘫倒在座位上，抬头看着天花板。自己和陈美媛的积蓄，已经全部赔出去了，秋秋的治疗需要钱，秋秋的学费也需要钱。可是现在，无论是她还是陈美媛，储蓄卡里的金额都不超过四位数。还能从哪里弄出钱来赔款，还有缴纳秋秋的学费呢？

看着自己手机里的联系人，走投无路的郝波波，终于狠狠心，拨通了平凡的电话。

接通电话之后，郝波波小声地开口："平凡，幼儿园最近的学费，能不能暂缓几天？"

"没关系，没关系。你想什么时候交都可以。"平凡没想到郝波波主动打电话是为了这个，他急忙答道。

"谢谢！"挂断电话，郝波波长出了一口气，向后靠在椅子上，只觉得全身的力气都被抽空。

她仰头望着明亮的天花板，想起冯经理刚刚说过的话，如果一周之内付不出二十万，她将面临牢狱之灾。

就在这时，办公室的门猛地被推开，陈美媛兴奋地推门冲了进来。她高兴地摇着手中厚厚的一沓设计稿，兴奋地欢呼着："波波，太好了，我们有救了。"

"怎么了？"郝波波猛地直起身体，双手扶着办公桌站了起来，激动地问。

"我联系了手头的客户，有一个客户对这个设计非常满意，愿意出二十万元的价格买下你的设计。"陈美媛兴奋地挥舞着郝波波的那份婚纱设计稿，高兴得像个孩子。

"真的？"郝波波的眼睛立刻明亮起来，似乎不敢相信这个突然出现的好消息。

"真的，真的！"陈美媛连声说道，她从口袋中摸出一张银行卡，拍在郝波波的办公桌上，露出特别骄傲的表情，"钱已经划到我的账户，你可以安心了。"

郝波波颤抖着手握住那张银行卡，激动得不知道如何是好，她连声说着："太好了，太好了。美媛，谢谢你！"

相比郝波波激动的样子，陈美媛却显得有些平静和犹豫。她看了看郝波波，决定还是不要把实情告诉郝波波的好。

实际上，美媛并没能把郝波波的设计稿卖出二十万的高价。那个所谓特别欣赏郝波波的设计，愿意出二十万的客户，也并不存在。在郝波波毫不知情的情况下，她擅作主张，将郝波波的设计初稿和尾稿修改之后，来了个"一女二嫁"。并凭借自己做销售练就的口才将两个方案都卖出了十万元的价格。

但是，这件事情，还是不要让郝波波知道了吧。如果出了事，那就一人做事一人当，自己来扛好了，陈美媛心里想着。

三十万的赔偿款有了着落，郝波波心里的大石头终于放下。

想到这些天，由于工作的意外，对秋秋的陪伴有所减少，她决定去幼儿园看秋秋。

幼儿园里，孩子们正在教室里上课，白色的窗户中传出琅琅的童音，正跟着老师学唱歌。郝波波悄悄地来到秋秋的教室外，通过教室的后门朝里看。

秋秋坐在第一排，两只小手扒着桌子，正瞪着圆圆的眼睛看着讲台上的老师。而老师手中握着一本书，正一句一句地教着一首儿歌。

郝波波站在门口，带着一丝痴迷的笑容看秋秋。这是秋秋，是她的女儿。

就在这时，林老师发现了站在门口的郝波波。她立刻向郝波波的方向走来，笑着给郝波波打招呼："秋秋妈妈，你又来看秋秋啊？"

郝波波笑了："是啊，我又来看秋秋了。"

"您这次是要陪着秋秋上课呢，还是提前接秋秋出去玩？"林老师笑着说道，她转头看向坐在第一排的秋秋。而秋秋，愣愣地坐在那里，仿佛一切与自己无关一样。

郝波波想了想，说道："我很久没有带秋秋出去玩了，今天就提前带她回去吧。"

"也好！"林老师点点头，笑道。紧接着，林老师呼唤着秋秋："秋秋，秋秋，你看谁来了？"

然而，秋秋却没有丝毫的反应，她就这么默默地坐在座位上，不动，也不说话。

郝波波一愣，她顿时想起了之前的观察。老师在询问的时候，秋秋是没有理会的。她顾不得林老师还在和秋秋说话，激动地开口叫道："秋秋，妈妈来了！"

秋秋一震，这才有了点反应，她慢慢地抬头，看向郝波波。当她看到真的是郝波波时，这才露出了一点似乎是委屈，又似乎是欣喜的表情。秋秋慢慢地站起身来，无视身边的小朋友，就这么走向教室的门口。

直到站在了郝波波面前，抬头看着郝波波，秋秋才小声叫道："妈妈！"

"是！秋秋，妈妈来了。"郝波波抹了一把不知不觉中沁出的眼泪，激动地抱住了自己的女儿。一时间，别的一切都被郝波波抛到九霄云外，她的眼里和心里，只剩下秋秋一个。

林老师静静地站在一边，看着郝波波与秋秋母女的亲情互动。等到郝波波终于平复心情，牵着秋秋的小手站起身来的时候，她终于开口提醒道："秋秋妈妈，我觉得秋秋最近病情又严重了，你最好注意一下，可以的话带她去医院看一看。"

　　"谢谢您，林老师，我最近确实对秋秋有些疏忽，我这就带她去医院。"郝波波连忙对林老师表示感谢，秋秋的这个班主任，对秋秋十分关心，好多次秋秋的病情恶化都来自她的提醒。因此，郝波波也对林老师十分地感激。

　　"不用谢，我也是尽到老师的责任。"林老师笑道。她看着秋秋和郝波波离开，这才回到了教室。

　　而郝波波牵着秋秋慢慢地走，心中却五味杂陈。这么久了，秋秋的病情一直在反复。无论是医院的程主任还是林老师，都曾经提醒过她，自闭症儿童的治疗需要耐心，需要母亲多多地陪伴。可郝波波却总因为自己的生活和工作问题，不知不觉地忽略秋秋，把秋秋摆到工作之后。

　　直到走了好久，郝波波才惊醒过来。她发现自己居然又因为思考而忽略了秋秋，不由得懊悔不已。波波懊悔地看着秋秋，可秋秋只是默默地牵着郝波波的手，默默地向前走着。对于郝波波的注视，她竟然没有一丝一毫的反应。

　　秋秋的自闭症，果然变得越发严重了。

　　郝波波愧疚地对着秋秋半蹲下身来，温柔地问："秋秋，妈妈今天有时间，可以带秋秋去想去的地方。秋秋有没有什么想去的地方啊？"

　　秋秋慢慢地抬起头，看了看郝波波，又低下了她可爱的小脑袋，好一会才小声答道："妈妈今天不开心，秋秋担心。"

　　郝波波愣了愣，慢慢地露出一个微笑："别担心，秋秋，一切都好。妈妈最希望的，还是秋秋能够快乐，你快乐是我最大的幸福。"

　　"嗯！"秋秋似懂非懂地点了点头，再次抬起了她的小脑袋，眼睛里，似乎明亮了一些。

但是郝波波再去看，却没有什么变化。

郝波波不再多想，她牵着秋秋的手，进了附近常去的一家亲子游玩店，决定好好陪秋秋玩一回。

而郝波波所不知道的是，让她心烦的其中一个人物——王子尧，正躲在不远处的花坛后，紧紧盯着她和秋秋。

王子尧原本是来购买家具的。

在得到了平凡的谅解之后，王子尧终于放宽了心。他的公司可以正常起步了，卖掉平凡家具的钱，除了支付装修的尾款，还剩下一笔。

手里有钱，又想到平凡家里如今空荡荡的，生活起居都十分不便，王子尧觉得自己有责任重新购买一套家具，来赔给平凡，也让自己和平凡的生活起居不至于那么的艰难。

然而，子尧刚到家具城外就看到了一对母女，只见母亲身材窈窕，容貌姣好。女儿穿着可爱的小公主裙，看起来异常甜美。即使只看了一眼，王子尧也认了出来，母亲就是郝波波。

"不可能，这不可能！"王子尧不可置信地看着她们俩，简直不敢相信自己的眼睛。郝波波怎么会有了小孩？难道，她结婚了？

于是，子尧小心翼翼地一步一步蹭到比较靠近郝波波，又不容易被她们发现的地方，偷听着郝波波与秋秋的对话。

可惜，这里毕竟是商业区，各种嘈杂的声音，令他的偷听大计实施得不是很成功。他只能隐约地听到一些对话。

听到"妈妈"这个词，王子尧犹如遭遇了五雷轰顶。妈妈！妈妈！那个小女孩真的是郝波波的女儿，郝波波，真的已经结婚嫁人，当了妈妈！

王子尧缩在花坛后，张口结舌，说不出话来、也动弹不得，他太震惊了。直到郝波波带着秋秋进了一家亲子游玩店，他才觉得自己夺回了身体的控制权，终于从躲藏的地方走了出来。

平凡在等待了几天之后终于下定决心邀请郝波波，他早早地来到幼儿园。

趁着郝波波和陈美媛来接孩子，平凡于是心下一横，对郝波波说道："波波，我在 GJ 进行了预订，周五的时候你愿不愿意、愿不愿意和我一起共进晚餐？"

郝波波一愣，下意识地问道："这是为什么？"

"我！我！"平凡涨红了脸，却怎么也吐不出一个字。

郝波波顿时明白了平凡的意思，她本待拒绝，没想到，陈美媛却偷偷地拉了拉她的袖子。

郝波波疑惑地看向陈美媛，却见陈美媛一脸微笑地替她回答道："平先生您放心，周五波波一定到。"

平凡感激地对陈美媛报以微笑，郝波波却一脸茫然。

在回家的路上，郝波波牵着秋秋的手，却忍不住埋怨地问道："美媛姐，你为什么要拉我的袖子，还替我答应了平凡的邀请？"

陈美媛却正色看着郝波波问道："波波，你觉得平凡这个男人怎么样？"

"平凡怎样？"郝波波惊异于陈美媛会提出这样的问题，她想了想，认真地答道，"当然很好啊，又体贴又细心，脾气又温柔，人还很能干。"

"这就对了！"陈美媛严肃地点点头，"大家认识也这么久了，郝波波，我想，你应该不是没有察觉。平凡喜欢你，不如给他个机会。"

郝波波低头，慢慢地说道："可是，我只想好好地把秋秋抚养大。"

虽然不知道郝波波当年的那位男友是谁，可郝波波因为他而痛苦了许久，却是陈美媛亲眼所见的。于是，陈美媛咬牙切齿地问道："为什么你连平凡这样既有才华又痴情的黄金单身汉的追求也可以视而不见？"

"不，我……"郝波波愣住了，她发现自己竟然说不出反驳的话。她想起前几天在深夜小巷的遭遇，以及那个让她不知道怎么形容的吻，突然觉得，那些不愿回忆的过去，确实需要画上一个句号了。

"好，我去。"郝波波点了点头，也许，她应该尝试一下新的生活，接受平凡的追求也许是一个不错的选择。

时间过得很快，转眼便是周五，平凡与郝波波约会的日子。

趁着平凡去接女神，王子尧提前来到了 GJ 等待。他对平凡倾心的女神异常好奇，非常想看看这个带着孩子的女人，到底是个什么样别具魅力的女人。

他坐到了某个有着盆栽掩映的座位后面，这个座位可以把整个餐厅尽收眼底，却不会暴露自己，实在是观察平凡和他女神的最佳位置。王子尧非常满意。

很快，天色就慢慢地暗了下来，餐厅的客人也渐渐增多。

没过多久，王子尧就看到平凡挽着一名打扮得体的女子向餐厅走来。虽然隔得远看不清长相，然而，从这名女子妙曼的身姿和优美的步伐来看，她绝对不会是那种传统观念中的离婚女性。

平凡和那名女子慢慢地走进了餐厅，平凡体贴地挽扶着那名女子，早就得王子尧告知的领班迎上前去和两人打招呼，引着平凡和那名女子到王子尧提前预备好的座位上落座。

而此刻，王子尧的笑容却僵在了脸上。因为，这个女人正是之前和他产生过误会，甚至因此导致两人同时进了警局的郝波波。

王子尧被这个事实震撼，心里久久不能平静，甚至连时间过去多久都不知道。

"先生，先生！这位先生。"一声声的招呼声，终于将王子尧从严重的震惊状态中唤醒，他抬起头，只见一名穿着西装配马甲的服务生正站在他的面前。

"你好，怎么了？"王子尧愣愣地问着，还没反应过来是什么情况。

"先生，现在我们餐厅的座位已经满了，但是今天预约的客人还有人要过来，马上就会有客人到您所坐的这个位置上就餐。您可以挪动一下，换一个位置坐吗？我们店长在前台为您单独安排了一把椅子。"服务生礼貌地说道。

王子尧一怔，他下意识地看向平凡和郝波波的方向，这才发现，不知道什么时候，天已经全黑了。从巨大的落地窗上看出去，就如他之前所想的那样，外滩美丽的夜景尽收眼底。郝波波和平凡正在就餐，不知何时，他们的桌子上已经摆满了食物。

而在子尧的身边，一张张的桌子上，早已坐满了人，只剩下他的这个位置，也许是因为他一直坐在这里，也许是视角不够好，店员一直没有安排人过来坐下。

王子尧恍恍惚惚地站起，从掩映的盆栽后走出，却惊讶地发现，自己没有办法离开。他想要离开只有两个办法。一个是，从郝波波和平凡的桌边走过。还有一个是，从其他客人的桌子上爬过去。

子尧正犹豫着，郝波波突然一回头，眼角的余光正好看到了王子尧，波波举起杯子的手立刻就顿在了空中。

平凡察觉到异样，向着郝波波注视的方向看了过去，立刻就看到了站在一边发呆的王子尧。平凡愣了愣，他心中十分惊讶，却还是开口问道："你怎么来了？"

王子尧尴尬得不知道如何回答。

平凡虽然心中疑惑，却依旧教养良好。他看郝波波和王子尧都是一副不自在的样子，于是微笑着向郝波波介绍："波波，这是我的好友王子尧，他最近刚从加州大学洛杉矶分校计算机系毕业，回国没多久，正打算自主创业。"

"呃！你好你好。"波波有些魂不守舍，她向平凡点了点头，似乎在对王子尧打招呼，却根本就没有朝王子尧的方向看。

平凡敏锐地发现了异样，却只得继续向王子尧介绍郝波波："子尧，这是我的朋友，她叫郝波波，是一名非常有才华的服装设计师。"

"幸会，幸会！"王子尧尴尬地笑着，没有看郝波波，却是顺势坐到了平凡身边的座位上。

然而，郝波波却飞快地放下了手中的红酒杯，她微笑着看向平凡，十分温柔地说道："平凡，谢谢你今天的招待，我十分尽兴。"

"不吃了？"平凡一愣，看着郝波波盘子里满满的食物。

"不用了，我已经吃好了。"郝波波微笑，拿起自己的手包款款站起，"既然你们朋友见面，就再慢慢聊，我先回去了。"

"我送你！"平凡急忙站起身来。

"不用了，"郝波波微笑，"我认识你这么久，你这个叫王子尧的朋友却从来没有见过，也没听你提起过他。想来，你们也很久没见过面了吧。不如你们好好地聚一聚，我自己回去吧。"

"这怎么行，哪能让女士自己回家。"平凡摇头坚持道。

郝波波却微笑着摇头，十分坚持地自己一个人打了车走。

平凡无奈地看着郝波波所搭乘的出租车绝尘而去，他心情低落，却什么也说不出来。怎么说呢？难道要责怪王子尧不该在那个时候出现？

王子尧吊儿郎当地走下楼来，看着独自一人站在路灯下的平凡，问道："她就是你的女神？那个有过孩子，现在独自带着小孩生活的单身妈妈？"

"嗯！"平凡点点头，却什么都不想再和王子尧说，他带着王子尧，驱车回家。

夜晚，平凡家的气氛却十分沉重。虽然已经回到了家里，坐在新买的沙发上，王子尧却依然心潮浮动。好兄弟的追求对象，竟然是她？那天她带着的那个小女孩就是她的女儿？这个女儿是怎么来的？

就在这时，王子尧抬起头，诚恳地看着平凡的眼睛，对平凡说道："平凡，我觉得，这个女人不太适合你。"

"你说什么？"平凡激动起来，"为什么？她哪里不适合我了？我觉得，她和我十分合适，她就是最适合我的女人。"

王子尧顿时不知道怎么说才好了，最终他总结道："平凡，这个女人，她实际上并不像你所见到的那样精致脱俗，也没有你想的那么聪明。她不适合你。"

"就因为这个？"平凡十分不以为然，"我一直都知道她不是完美的，我喜欢她，也不是因为她的外表精致脱俗或者头脑聪明。"

夜深了，王子尧躺在床上翻来覆去。他睡不着，心情十分烦躁，他一会想到郝波波牵着的那个小女孩，一会又想到郝波波和平凡约会的场景，那焦躁的情绪根本就无法抑制。

终于，他忍不住飞快地换好运动服下楼，围着小区的道路疯狂地一圈又一圈地奔跑着。

郝波波刚刚哄睡了秋秋。她的心情也非常不好，一直烦乱地在房间里走来走去，显然，也是受到了约会时见到王子尧的影响。

最终，波波决定还是不要留在家里影响其他人比较好。她穿着拖鞋啪嗒啪嗒地了下楼。刚出电梯，就看到楼道出口有人正推门进来。顿时，单元的电子感应灯亮了，照亮了整个楼道，也照亮了那个人，正是刚跑完步归来的王子尧。

郝波波的脸色猛地一变，她黑着脸看着浑身是汗，仿佛头上都还在冒着热气的王子尧，冷冷地问道："你怎么在这里？"

"我为什么不在？"王子尧莫名其妙地看了郝波波一眼，他的心情也异常烦躁，看到郝波波之后，原本好不容易才被压抑的烦躁之意又迅猛地涌了上来，"这句话该我问才对吧？你怎么会出现在这？"

"我为什么不能在这里？"郝波波心塞，她冷冷地瞪了王子尧一眼，什么都不想和他说。

"难道你是来找平凡的？"王子尧上下打量了一下郝波波，心头也是一阵阵地不舒服。

郝波波此刻穿得异常休闲，她穿着睡衣一副家居打扮，脚上还穿着一双拖鞋。如果她真是来找平凡的，那么，她和平凡之间到底发展到什么程度了？

"你才是来找平凡的吧！这么大半夜的在这里出现，难道是住在平凡家？"郝波波冷笑，心里却郁闷无比。

"郝波波，你不准胡说！"郝波波的话语正戳中了王子尧的痛处。王子尧用一声低吼来掩藏心中的愤懑。

"我哪有胡说！"郝波波大叫。

"是！我是住在平凡家里没错，但你呢？"王子尧豁出去了，他一不做二不休地问道，"你穿成这样跑到这里来，难道又不是想要勾搭平凡？"

"王子尧，你什么意思！"听到"勾搭平凡"这四个字，郝波波气得眼都红了。她举起颤抖的手，指着王子尧，说话的声音都带着失望，

"你怎么可以随意侮辱我的人格？我看错你了，原来你是这种人。"

王子尧心里，其实也懊悔不已。然而，他却嘴硬道："你穿着睡衣在这里晃，这难道不是事实？"

"够了！"郝波波尖叫，她心中的失落无以复加，"你是什么东西，要你管我穿什么衣服，在什么地方晃吗？"

两人你一句我一句地争吵着，声音在安静的夜里显得十分的刺耳。

小区里的住家一间一间地亮起了灯，有人在楼上向下大吼："深更半夜的，还让不让人睡觉了！物业呢，把这两个疯子带走！"

没过多久，王子尧就看到了平凡，他穿着睡袍，很随意地披着一件外套急匆匆地奔了下来，显然是听到了楼下的争吵声，又发现王子尧不在，专门下楼来查看。

然而，还没来得及开口询问，平凡就看到了一身家居打扮的郝波波。平凡整个人都愣住了，他疑惑地问道："波波？怎么是你？你们怎么会吵起来？"

郝波波没好气地回答："这就要问你这位好兄弟了，你不如问问他都说了些什么话！"

平凡一愣，转头看向王子尧，带着询问的眼神："子尧，怎么回事？"

王子尧梗着脖子用力地扭过头去，直接无视了平凡的询问。三个人莫名地陷入了沉默之中。

就在气氛诡异的时候，小区楼下的道路上，一个粗豪的声音突然响了起来："喂，你们几个，大半夜的不睡觉，在吵什么呢！"

随着这个声音，一道手电筒的光晃了上来，正好照在王子尧的脸上。

立刻，另外一个同样粗豪的声音发出了怒吼："哥，是那个人，是那个不要脸的负心汉，那个对妹妹始乱终弃又跑掉的人渣！"

王子尧被手电的强光晃得睁不开眼睛，他勉强用手遮住眼睛向亮光处望去，却只看到两个模糊的人影。但是，被人这样诬陷，子尧果断不能忍啊。王子尧忍着被手电晃得要流泪的冲动，对着晃着手电的人怒吼道："瞎胡说什么呢你们！告你们诽谤啊！"

"好哇！你小子，我就知道你不会承认！"前一个声音怒吼着，带着浓浓的愤怒，"别忘了上次我和我弟可是在酒店抓了你的现行。现在你就想抵赖了是吧？上次被你小子逃过了，有警察护着你，你以为这次还能这么容易地就跑掉？"

"就是，就是！这次还深更半夜的扰民，都有人投诉到我们物业去了。"后一个声音接腔，同样带着愤怒与不甘。

随着手电的光芒越来越近，这两个人影也渐渐清晰了起来，王子尧终于看清了，拿着手电的正是刘龙和刘虎两兄弟。

祸福两相依

"你们，你们怎么会在这里？"王子尧下意识地惊叫起来，看到刘龙与刘虎两兄弟，他就想到了被追着跑的那个夜晚。这两兄弟此刻出现在这里，竟然让王子尧莫名地觉得头皮发麻。

然而紧接着，王子尧就发现，郝波波和平凡的脸色似乎不太对。王子尧的智商极高，几乎是立刻，他就明白了郝波波和平凡想到了什么。

王子尧脸色变来变去，他想要解释这个误会，却没想到刘虎的嗓门更快："小子，看你人模狗样的，怎么这么不地道？我家妹子都被你整怀孕了，你还直接跑掉，有你这么办事情的吗？没想到你就住这个小区，还半夜跟妹子吵架。也是咱两兄弟运气好，巡个夜也能抓到你。"

郝波波和平凡都惊呆了，原本只是吵架，现在这又是哪一出？郝波波愣愣地看了这两个保安半天，突然恍然大悟地叫道："两位大哥，你们，你们不就是前几天在街上帮我抓劫匪的大哥吗？"

刘龙和刘虎一愣，转头看向郝波波，想了想，想起了郝波波是谁，赶紧打招呼："哎呀，妹子是你啊！你怎么在这里？是不是这个人渣纠缠你来着？别担心，大哥这就把他揪出去。我跟你讲，你可要小心别被他骗了。他看起来长得人模狗样的，实际上可不是什么好东西。那天我们逮他就是因为他趁我妹喝醉了，带我妹去酒店来着。"

刘龙絮絮地警告着，真切地为郝波波担忧。

"我没有！你不要乱说！"王子尧只觉得一股热血直冲脑门，他的怒吼脱口而出。

"负心汉都是这样一套说辞。"郝波波冷哼，她扭头看向一直默不作声的平凡，微微皱着眉头，"平凡，你一直是个细心的好人，可我没想到，你的朋友居然是这样的人。"

说罢，她又回头看着王子尧冷笑："跟你吵了半夜，我也没兴致再跟你这种人渣吵下去了，警告你，你要是再捶墙扰民，我就报警。"

"你们，你们怎么直接给我安这种帽子，我说我没做过就是没做过。"王子尧气得直跳脚，郝波波却不理他，她跟刘龙和刘虎打过招呼之后，就上楼了。

王子尧彻底傻掉了，原来，平凡和郝波波是邻居？

刘龙和刘虎两兄弟依然警惕地盯着王子尧，刘龙冷冷地说道："至于你，这位王先生，你不是这个小区的业主，却在深夜出现在小区里，而且行为可疑。请你证明自己在这个小区出现的原因，又或者，跟我们走一趟吧。"

"我！我也是这个小区的住户。"王子尧急忙叫道，"我现在住在这个小区里。"

"没错，他确实住我家里。"平凡在良久的沉默之后点了点头，承认了王子尧的话。

"算你好运！"刘虎黑着脸，看了王子尧一眼。

而刘龙却冷笑了一声："留得青山在，不怕没柴烧，没错，我们现在上班不能公报私仇。不过，小子，既然你住这里，那你等着，咱兄弟俩下了班就来找你。"

他招呼了一声，带着刘虎渐渐走远了。

王子尧绝望地回头，看向了脸色冷漠却一声没吭的平凡，仿佛溺水的人抓住浮木一样地抓住平凡的手："平凡，你要信我。我真的就是好心而已，我什么都没做。"

平凡抽回自己的手，冷冷地说道："本来我也是不信的，不过你来我家的第一天，确实什么都没带，连上衣都没了。"

王子尧一愣，顿时想起了来到平凡家的第一天，自己确实是半裸着身子穿上了平凡的衬衫才见他啊！他急忙叫了起来："平凡，我不是有意想要隐瞒的，实在是这事太过丢人……"

"你也知道丢人！"平凡冷冷地打断了王子尧的话，他上下打量了一下王子尧，长叹了一口气，带着惋惜与无奈，"你去美国学坏了……"

说罢，平凡转过身上楼，不再理会王子尧，只留下他一个人在风中悲凉。

王子尧悲哀地发现，自己这次洗不清了。他想到了那句古话——解铃还须系铃人。于是，子尧觉得，自己还是要找到那个女孩，只有她才能证明自己的冤屈，才能证明，自己是真的想要帮助她。

无奈之下，王子尧只得来到当初偶遇醉酒女孩的酒吧街，一直守在那里，希望有这个运气，能遇到那个当时醉倒在地的女孩，请她出手，洗清自己的冤屈。

在接连蹲守了好几天之后，王子尧终于再次看到了那个导致这一切事件的罪魁祸首。

刘欣雨依旧梳着高高的马尾，向酒吧街款款而来。

看到刘欣雨，王子尧气不打一处来，他小跑着冲上去，堵住她的去路。

刘欣雨显然被突然蹿出的拦路人吓了一大跳，她看着王子尧的眼神仿佛见了登徒子，简直是下一刻就要叫救命了。王子尧急得不行，他急切地挥舞着双手，示意自己没有恶意，然后急忙说明情况："抱歉，我叫王子尧，很冒昧地拦住你，你的两个哥哥对我产生误会，只有你出面解释才解释得清。"

刘欣雨疑惑地看着他，依然十分紧张，但是却没有喊出来，王子尧抓紧这个机会将两周前在酒吧街遇到她，好心送她去酒店，却被她的两个哥哥误以为是她男朋友的事情解释了一通。

刘欣雨露出恍然大悟的神情，她惊讶地说道："我说呢，那天我喝醉了，醒来却发现自己在酒店，哥哥们看起来还特别紧张的样子。原来是因为这样，我并不知道这件事，这几天也只是听到哥哥们嘀嘀咕咕地说要抓住那个负心汉。我以为他们说的是我的男朋友李伟，所以也没有理会。他们怎么会以为我怀孕了？"

最后，她连连道歉："真是对不起，这场误会看来为你带来了不小的麻烦。你好心帮我，不该承担这样的结果，我这就去跟哥哥解释。"

在刘欣雨的陪同下，王子尧再次来到小区的保安办公室。

见到王子尧和刘欣雨一起进来，刘虎立刻叫嚷了起来："好哇，你这个浑蛋小子，还是跑去找我们妹妹了吗？我都说了，情愿她把孩子生下来，我们帮她养也不会让你用花言巧语继续骗她。"

刘欣雨的脸颊刷地红了，她跺着脚叫道："虎哥，胡说什么呢！"

"怎么不是？上次我们都看见了，你跟男朋友在电话里吵架后，你就跑了出去。我跟你龙哥找了你好久才在酒吧街找到你，这小子当时就抱着你，还带你去酒店开房。"

"瞎说什么呀！我跟男朋友吵架是不假，可他不是我男朋友啊！"刘欣雨叫道。

"妹子，你可要洗眼看清。你都怀孕了，这小子还打死不承认，你要是因为维护他才到这里来帮他一起撒谎的，以后我们可帮不了你。"刘龙看了半天，最终沉声说道。

"哎呀，我什么时候怀孕了！你们怎么净瞎说！"刘欣雨急得直跳脚。

"没怀孕？那我们在你房间的废纸篓里找到的验孕棒是怎么回事？那上面可是清清楚楚地标着怀孕呢！"刘虎急吼吼地问道。

"哎呀，那个验孕棒是过期的！我没有怀孕，他也真不是我男友，我男朋友叫李伟，他叫王子尧。他就是在酒吧街碰到我喝醉了，担心我一个人在那里会出事，才送我去酒店的。"刘欣雨红着脸咬牙解释，"你们误会人了，要找我男朋友的麻烦也要弄对人，不能找到无辜的好心人身上啊！"

"你真没怀孕？"刘龙疑惑地打量着刘欣雨的身材。

"真没怀！怀孕了总要有点妊娠反应，你们看我有一点怀孕的样子吗？"刘欣雨觉得自己快被这两个哥哥给打败了，"而且他真不是我男朋友。你们俩也是，总找他的麻烦，害他实在没办法，只能在酒吧街那里一直等着。直到今天碰到了，我才知道有这回事儿。人家好心帮我，你们还恩将仇报！"

"哎呀！真弄错了？"刘虎后悔不迭，他憋了半天，吭哧吭哧地对王子尧说道，"对不起啊！大兄弟。"

刘龙原本一副沉稳的样子，现在也是愧疚不已，他别扭地对王子尧说道："兄弟，真是不好意思，我们急了眼，也没想到去问问小雨。

这事儿是我们的错，我们道歉，兄弟你要什么赔偿的，你说。”

“不用了，不用了。误会说清就好。”王子尧连连摇手，他现在倒觉得这对兄弟直爽得可爱了。

刘龙和刘虎立刻拍着胸口向子尧保证：“以后如果你有什么事情需要帮忙的，尽管开口，我们就是你的小弟。”

王子尧笑了笑，这个异常困扰人的事情就这么解决了，于他也是十分高兴的。而刘龙与刘虎兄弟耿直得可爱的性格，也十分投他的胃口。这场风波终于在刘龙和刘虎的连连道歉中平息。

最后，刘虎还从保安室的柜子里翻出一个箱子来，正是王子尧那天逃跑时掉落的。刘虎郑重地将箱子交给王子尧。王子尧笑了笑，收回了这件陪伴他多年的东西。

和刘氏兄弟的误会澄清，总算恢复了自己的名誉，王子尧开始把重心全部投在自己的事业上。

没有钱，他就自己配办公电脑，然后自己一台一台地装好。自己挑选服务器，然后带回高高的 CBD 办公室自己安装。

没有人，他就自己跑各种机关单位，去注册公司，办理各种证件与执照。

经过几天的忙碌，公司的一切终于准备就绪了。王子尧站在办公室里，看着一切准备就绪，由衷地感到一股满足。这一些都是他自己辛辛苦苦置办的，他将从这里起步，重新站起来，站在高高的巅峰上。

就在这时，办公室的门铃突然响起了清脆的“叮咚”声。

王子尧去开门，却见到刘欣雨拎着一袋礼物站在办公室门外。

“刘欣雨？你怎么来了？”王子尧惊讶地问着，他连忙打开公司大门，把刘欣雨迎了进来。

“之前虽然向哥哥们解释了误会，但是总觉得给尧哥你造成那么大的麻烦挺对不起的。而且，你帮了我，我还没向你道谢呢！所以我去问了你那个叫平凡的朋友，他说这几天你都在 CBD 这边准备公司的开张事宜。我就过来了。"刘欣雨笑着举起手中的礼物，她把礼物塞给王子尧又笑道，"也是提前祝你开张大吉。"

"哎呀！谢谢，谢谢，那我不客气了。"王子尧又惊又喜，他也不矫情，收下了刘欣雨的礼物，又赶紧把刘欣雨往自己的办公室里让，"快进来坐。"

刘欣雨也没有谦让，好奇地走进了这间位于 CBD 的办公室里。

一进来，刘欣雨的眼睛就亮了。她对这个装修豪华的办公室啧啧惊叹，更是对王子尧能以一人之力将办公室布置得如此完美而赞叹不已。

当听到王子尧的公司现在还只有他一个人，正在为人手发愁时，刘欣雨的眼神更亮了。她试探着问道："那个，尧哥，我现在正是求职的空窗期，正在找工作。不知道我有没有可能成为你公司的一员？"

"可以啊！"正在为招聘员工而犯愁的王子尧立刻眼前一亮，他爽快地回答，"你以前是做什么工作的？"

"我在前公司做行政类工作，最近刚刚离职。"刘欣雨干干脆脆地回答道。

"太好了。"王子尧欣喜若狂，"我正缺一个有行政工作经验的助手，你来做我的助理吧。负责公司的人事和行政工作。公司下周开业，在此之前，我会整理一份招聘要求发给你。"

"是！我下周一定会准时来上班！"刘欣雨兴奋地说道。

很快刘欣雨进入王子尧公司任总经理助理一职的事情，就被刘家兄弟得知。刘龙与刘虎对王子尧更是充满了欣赏和感激。

王子尧的事业渐上正轨，喜事连连，然而郝波波却可以算得上是厄运缠身。

冯记工作室，冯经理的办公室里，冯经理正在大发雷霆。

"我跟你说过多少次了，做咱们这行生意的，诚信是立足的根本！"冯经理尖声叫着，用力拍着桌子，"咱们的客户，很多都相互之间有联系的。你这样做，毁掉的不但是你在这个圈子里的名声，还有咱们工作室的名声。你还要不要吃这碗饭了。"

"冯经理，您等等，一切都是我的责任。"郝波波推开门大声叫道。

"你以为你躲得过吗？"冯经理抬头，严厉地扫了郝波波一眼，他压着心头的怒火，将现有的情况简单地介绍了一下。

郝波波不敢置信地抬起头来，嘴里呆呆重复着冯经理的话："您说，美媛她为了多收钱，把我的设计稿修改后，同时卖给了两家客户？"

冯经理沉重地点头："她在工作室一直表现良好，连我都没想到她会这么做。现在，客户非常生气，根据合同，十万的酬金要被退回。我和客户进行了协商，其中一名客户同意接受退款，并直接使用这份设计稿。但另外一名客户程经理却不依不饶，要求追究责任。"

"她这是为了我。"波波扶着办公桌，摇摇欲坠，低声道，"要不是我欠了这么多的赔款还不上，美媛姐也不必做出这种事来。"

"对不起，波波，对不起！我骗了你。"陈美媛紧咬着嘴唇，眼泪滚滚而下，"这件事是我做的，我一人做事一人当，你不要管。"

"不！你没错！"波波回过头，坚定地看着陈美媛说道，"要不是你，我现在可能已经被拘留了，你曾经保护了我，现在，该是我来保护你的时候了。"

"波波！"陈美媛激动地叫道，她陈美媛没有看错人啊！

"冯经理，请把那个程经理的电话给我吧，我来处理这件事。"

郝波波看向冯经理，坚定地说道。

冯经理拿起笔在纸上写下了一个号码，他将纸条递了过来："这是程经理的联系电话，你可以自行联系他。"

"谢谢冯经理！"郝波波接过写有电话号码的纸条，只觉得自己的身体里，所有的力量仿佛都被抽空了。

而陈美媛，早已泪流满面。

挂断了电话，郝波波长出一口气，慢慢地蹲了下去。虽然只是短短的一通电话，却仿佛过了一个世纪那么久，同时，也耗尽了郝波波所有的精力。

她成功地约出了程经理，在 CBD 的凌霄阁谈判。赶到目的地的郝波波把车停在了附近的停车场。

她没有注意到，在不远处，一个人疑惑地停下了脚步。

"那不是波波吗？这个时候，她怎么会跑出来？"这个人看着郝波波的背影，疑惑地念叨着。

这个人正是王子尧，他看着郝波波径直进了一间高档餐厅，在临街的落地窗前坐下。同时，她偏着头看向窗外。

王子尧飞快地闪到花坛的后面，猥琐地蹲下身，把自己整个人都藏在了绿化带的底下。没过多久，一名大腹便便的中年男子就踱着方步走进了餐厅，在服务生的带领下来到郝波波所坐的那一桌。

一股怒意从王子尧心头升起，郝波波，她怎么可以！她怎么可以在这种时候，跑出来和男人约会？而且，还是这种大腹便便的中年男人！

猜疑不定之下，王子尧给平凡打了个电话。

"平凡，郝波波的朋友里，有没有一个大腹便便的中年男人？"电话刚一接通，王子尧就急切地问道。

"你在说什么呢！"平凡觉得莫名其妙，他疑惑地问道，"什么大腹便便的中年男人？为什么你要突然提到郝波波？"

"我看到郝波波了，她正在和一个中年男人吃饭。那个中年男人大腹便便，看起来接近五十岁的样子，还有些秃顶。长得也挺丑的。"王子尧压低了声音说道。

"什么？"平凡惊讶地叫道，"这怎么可能？"

"我还骗你不成！"王子尧一蹲身，又躲进了绿化带里，他一边抬头向着餐厅落地窗的方向张望，一边压低了声音说道，"现在他俩一起吃饭呢！就在 CBD 商务中心这里的凌霄阁。"

平凡在电话那头沉默了一下，然后声音有些低沉："就在几天前，郝波波刚和我提了一个要求，希望能缓交秋秋的学费。学费都交不起，秋秋住院更是一笔大的费用，她是不是缺钱了？"

"缺，缺钱？"王子尧的脑海里，立刻就想起了一些自己曾经见过的场景。其内容，无一不是年轻漂亮的女性，为了钱接近年老而且难看的男性。

顿时，王子尧的脸色变得极为难看，他大声吼道："她怎么可以这样做？就算是缺钱，也不能这样做啊！"

"等等，子尧，你想到哪去了？"平凡在电话里大声叫着。然而，子尧却早已挂了电话，冲向郝波波与中年男人一起吃饭的餐厅。

餐厅里，波波与程经理相对而坐。这位人老成精的市场经理，占据了优势，在谈判中寸步不让，让郝波波不知道怎么办才好！

"郝波波女士，我的要求，你最好考虑一下。你提出的条件，在我看来并不合理。"程经理得意地笑着，手里端着高脚水晶杯，水晶杯里装着暗红色的葡萄酒。他一动，那酒就荡漾出极为美丽的涟漪。然而，这么漂亮的红酒却显得与这位油光满面的中年男人极为不相称。

"我……"郝波波刚说了一个字，一只手带着巨大的怒意拍在了桌子上。

手的主人正是王子尧，他带着极大的怒气，用愤怒的目光看着郝波波，大声叫道："郝波波，我没想到你是这种女人！"

"我是什么女人？"郝波波顿时怒火满腔，本来和程经理的谈判就十分不顺利。程经理坚持要求郝波波退回他购买设计稿的十万元，同时赔偿十万元的责任金，共计二十万。同时，程经理还要求保留对设计稿的使用权，而且郝波波需要免费给他改稿。

而现在，这个王子尧，还不知道从哪里冒出来捣乱。

"你居然在这种地方跟这个老男人一起吃饭！"王子尧更加愤怒了，他用更大的声音吼了回去，"你要是缺钱，用什么方法不好，为什么要偏偏用这种？"

说着，王子尧指向程经理，用极为挑剔的目光审视着这个他眼中甚至连情敌都不能算，却偏偏能和郝波波同席吃饭的家伙："你看看他，这胖胖的身材，这圆滚滚跟怀孕了一样的肚子，还有这地中海一样的脑袋！你挑谁不好，挑这么个人！这种年纪大的色老头，除了手上有点小钱，还有什么了？"

"郝女士！你约我出来就是为了找这么个疯子侮辱我一顿的么！"程经理在经历了最初的惊讶之后，终于在王子尧的疯狂攻击下回过神来质问郝波波："一份设计稿卖两家本来就是你们的问题，我是受害者！现在，你还让人来破坏我的名誉！"

"对不起，对不起，程经理，这人真不是我让他来的。他也许对我们有些什么误会。"郝波波连连道歉，焦急不已。

"你不用道歉，之前买设计稿的钱，你必须全额退给我！还有违约责任金十万，一共是二十万人民币！"程经理怒吼着。

王子尧张口结舌地看着程经理和郝波波，就算是他之前再生气，也知道自己这次是误会了波波。而且，看这个样子，自己似乎还给郝波波惹出了大麻烦。

"这位先生，不好意思，是我不对，我误会了你们。你就看在我的面子上，不要再为难波波了吧！"王子尧见此情景向程经理说道。

"你的面子？你的面子多少钱一斤？"程经理冷哼道，"我也不认识你，凭什么要给你面子？"

王子尧一滞，就在这时一个温和的声音突然插了进来："发生什么事了？波波，子尧，你们这是怎么了？"

王子尧和郝波波循声望去，只见平凡在万众瞩目之下走进了这间餐厅。

"你怎么来了？"王子尧立刻愣住了。

"电话打到一半你就挂了，我听你的情绪有些不对，担心你闯祸。所以过来看看。"平凡说道，他看了看餐厅里的情形，皱眉道："怎么，看样子你是在冒失之下做了什么吗？"

然后，平凡看向了程经理。

程经理显得极为奇怪，自从平凡进了餐厅以后，他似乎就没有再说话。此刻更是看着平凡，目光无比激动。

"您好，我叫平凡，是郝波波女士的朋友。"平凡友善地伸出手，和程经理握手，并自我介绍着。

程经理立刻紧紧握住了平凡的手，他与有荣焉一般地大声叫道："您就是服装设计业界的传奇，那位被称为鬼才的设计师吧？今年在米兰举行的世界服装设计大赛我看了，您真是太厉害了啊，居然能拿到那个多年没人获得的服装设计大奖。太荣幸了，能遇到您，我真是太荣幸了。"

"您客气了。"平凡微微笑着，不着痕迹地从程经理手中抽出自己的手，"这些都是业内的朋友们给的些许面子而已。"

"不不不，您太谦虚了。"程经理大声说道，"我看过您的设计，真的是奇思妙想啊！我完全没法想象，您是怎么样才能想到像那样的服装设计。"

平凡微微一笑，没有回答，却转向了郝波波，温柔地问道："波波，你是不是遇到什么麻烦了？我能帮你吗？"

"这，"郝波波为难地看了看平凡，又看了看程经理，犹疑道，"没什么。"

"没什么？"平凡皱了皱眉，疑惑地道，"这不太对吧！"

"我……"郝波波犹豫着垂下了头，她不知道怎么向平凡说出这件事。何况，一直以来，她受到的来自平凡的照顾已经太多太多，多到她早已不知道如何报答。

平凡恳切地望着程经理问道："请问，程经理您能告诉我原因吗？为什么波波今天会来与您见面？"

"这……"程经理看了郝波波一眼说道，"是这样的，平凡先生。我是尚佳服饰贸易公司的经理，鄙姓程。在前一段时间，我们公司由我做主，从冯记服装工作室一位名叫陈美媛的女士手上购买了一份服装设计稿。是一份婚纱设计稿，由于设计得十分出彩，所以虽然要价十万而且立刻打款，我们公司也还是咬牙把钱付了，买下了这款设计的使用权。"

"嗯！"平凡认真听着，点点头，神情专注。

"但是，在设计稿到手之后，我们打算打板制作样品的时候才发现，有一个同行和我们购买了极为相似的服装设计。公司在调查之后才发现，这位名叫陈美媛的女士，竟然胆大包天地将同一份设计稿卖给了两家企业。"程经理偷偷看了一眼平凡,见他仍然神色平和,稍微放下心来,继续说道,"按照合同的条款,我们的设计稿版权购买,应该是唯一的。现在陈美嫒女士把设计稿同时卖给了两家企业,违反了合同协议。所以,这次我过来,正是想要和郝波波女士商量这个事情怎么解决。至少,我对于郝波波女士以及她们工作室所提出的解决方案很不满意。"

"我明白了!"平凡点头道,"您希望的赔偿是什么样的呢?"

"退还我们购买设计稿的十万人民币,同时给予十万人民币的违约赔偿。"程经理说道,"而且,由于设计稿已经被另外一家公司使用,我们要求郝波波女士免费修改设计稿,或者重新提供一个全新的服装设计稿。"

"原来如此。"平凡轻声说道,"那么,您觉得我的设计稿如何?"

"什么?"程经理瞪大了眼睛,简直不敢相信自己的耳朵,"平凡先生,您说的,是您的设计稿吗?"

"当然!"平凡微笑,点头,"退还您购买设计稿的十万人民币费用,不做赔偿,同时由我免费修改设计稿。"

"不,不行,平凡!"郝波波猛地叫了起来,"你不能这么做,你的设计稿价值太高了!"

程经理却有些激动,他连连点头:"平凡先生,您给出的条件实在是太优厚,我确实无法拒绝。我被您说服了。您的人品与您的才华同样优秀,这个条件,我接受。"

郝波波怔怔地看着,虽然事情已经解决,可她的心底,除了高兴之余,还多了深深的惆怅。从平凡那里得到的帮助越来越多了呢!

走出酒店,郝波波看着地面,低声说道:"平凡,谢谢你,帮了我那么多忙。这个人情,我大概是还不上了。但是,如果有机会,我一定会还的。"

"你上次给我打电话，要求延缓缴纳幼儿园的学费，就是因为这件事吧？"平凡抬头，看了看已经黑下来的天空，叹息道。

"是！"郝波波头垂得更低了，她不知道如何面对平凡。

"之前的二十万酬金已经赔付出去了吧？这一次，一个客户十万，两个客户，又是二十万。你有没有想过，要去哪里筹这次的二十万赔款？"平凡回头，看着郝波波垂下的头顶，认真地问。

"我，我会自己想办法的。"郝波波急忙道。

平凡笑着摇头，然后，他想了想，说道："我有一个提议，就是不知道你愿意不愿意接受。"

"什么提议？"郝波波愣愣地问，完全没能反应过来。

"我的工作室一直找不到合适的助手。"平凡轻声说着，他纤长的睫毛在上海夜晚的霓虹灯下犹如蝶翼般扑扇，漆黑的眼睛深深地看着郝波波，目光里带着浓浓的深情，"由于我的工作时间十分混乱，别人上班的时候，我在外面乱晃着找灵感。别人休息的时候，我却在工作。很多人都受不了这个工作时间，不愿意当我的设计助手。何况，我平时还要负责海尧集团的设计工作，也只有下班以后，才会有空去自己的工作室里晃一晃。"

"啊？"郝波波一愣，完全不明白平凡为什么要突然提起自己的工作室。

"再加上我的设计要求非常严苛，一般人我看不上，看得上的人又心高气傲的不愿意做设计助手。所以，工作室里一直都只有我一个人负责设计，其实也蛮辛苦的。但实际上，我需要一个助手，负责设计时的一些琐碎工作，以及设计的细节处理。"平凡轻声抱怨着他在工作上所遇到的烦恼，最终提议道："所以，不如我先借钱给你，不需要利息。而你每天下班后到我的工作室来，做我的设计助手。我每一单给你百分之五的利润提成，你用工资抵债。"

"这，这怎么行！"郝波波惊叫道，她深知，平凡所说的那些艰难虽然都存在。但是对于一个服装设计师来说，能成为平凡的设计助手，那将是与有荣焉的荣耀。何况，还能得到平凡的亲自指导和名誉加成，简直就是一本万利的买卖。何况，平凡给出的条件还是如此的丰厚。

"没关系，"平凡轻柔地笑着，带着一丝温柔与宠溺，"其实，如果是随随便便地找一个设计师做我的助手，确实不难。可第一，我不知道他的设计能力；第二，我不清楚他的为人如何。与其冒险请一个不熟悉的人，还不如请波波你来啊！这样，咱们两个，也算是互惠互利了吧。"

郝波波犹豫了一下，低声说道："可这样，我就欠你太多了。"

平凡笑道："虽然在你看来，我好像是帮你解决了了不得的大事，但对于我自己来说，其实并没有付出什么。所以我们扯平了。我工作室的工作并不轻松，我是真的需要一个负责任的助手，你如果负责了这部分的工作，就会知道，我给你开出的工资相对于你的付出，一点都不高。"

"那好吧！"郝波波想了想，同意了平凡的提议。平凡看着眼前这个真诚善良的女人，爱意与日俱增……

爱已成过去

　　直到将郝波波送回了医院，平凡这才放下心来。他慢慢地往家里走去，王子尧跟在平凡身后。

　　子尧看着平凡的背影，犹豫了很多次，一直盘绕在心底的疑问终于问了出口："平凡，为什么你喜欢她？"

　　平凡微微一笑，笑容里带着怀念与温柔。他抬头看着昏黄的路灯，和王子尧一起并肩缓缓走着，平凡开始讲诉当年的经历。

　　三年前，子尧留学美国后。平凡因为家庭事故，母亲的含恨去世，他陷入了痛苦与忧郁之中。这一症状持续了好几个月，最终，无法解脱的他想要自杀了结此生。

　　他借口旅游，来到一个风景优美，却乏人问津的风景区。那个风景区里，有一座风景独特的桥梁。这里是平凡为自己选择的自杀地点。

　　可是，那个自杀胜地早已被一个女人占据。

　　他忍不住上前质问，两人得以因此相识，平凡这才得知女人压根不想自杀，只是在沉思回忆。

　　这个女人就是郝波波。

　　也是在那个时候，郝波波跟他聊了一个下午，她劝慰了平凡。为了阻止他自杀，拖着他离开了景区，还在接下来的日子里陪着他。而在景区外的农家乐，她亲手做的一碗汤，更是让平凡再次感受了母亲的味道。郝波波的乐观与坚强也令平凡重新燃起了对生活的希望。他整理了自己的作品，将自己忧郁时候所画的那些颓废色彩甚重的画作全部丢弃，并开始重新学习画画和服装设计。

从此，那个忧郁的艺术青年消失无踪，天才设计师平凡正式崛起。

只是，在那一次偶遇之后，郝波波就从他的世界里消失了，他再也没能收到郝波波的任何消息。即使他确定了自己的心情，知道自己喜欢波波，也无从表白。

直到一年前，波波带着自闭症的女儿申请入园，他们再次相遇。

从那时候起，平凡就决定，一定要追到这个生命中的女人。在打听到波波住在这个小区以后，平凡放弃了郊区的别墅，另外购买了这套房子，和波波做了邻居。他们的关系日渐亲密，但波波一直没有答应平凡的追求，似乎她有过不去的心结……

平凡的爱意正浓，子尧试图劝阻，却不知道从何开始说起。子尧决定，先沉下心来创业，慢慢找机会影响平凡。

于是，做好了一切准备，高高兴兴来上班的刘欣雨，在上班的第一天，就遇到了一个难题。

她新晋的老板王子尧，给她布置了一个不靠谱的任务。

原来，王子尧早早地就在网上发布了公司的招聘信息，由于地理位置良好，且待遇福利优厚，吸引了大量的求职人员投递简历。而王子尧一直都没有对这些简历进行管理。

如今，公司要开业了王子尧更是受到了平凡和郝波波的刺激。于是，他组建公司研发团队的想法就更为迫切。

亟须挑选人才，王子尧便将这些工作扔给了刘欣雨。他要求刘欣雨在一天内筛选出二十名合格的工作人员，包括了前端、后台、美术、设计、运营等等相关人员。

"老板，您确定是一天之内？"刘欣雨不敢置信地重复问着。

然而，心情不好的王子尧，却显得十分不耐烦："当然是一天，现在公司已经成立了，当然要用最快的速度组建公司团队。"

"好，好吧！"刘欣雨有些犹豫地回到了自己的工位上。她简单地统计了一下，发现去除掉重复的简历，居然有三千多人投递了公司所招聘的工作岗位。

刘欣雨只觉得一股无力感油然而生，然而，再怎么遭受打击，事情总是要做的。看着空荡荡没有其他同事的办公室，刘欣雨从包包里掏出一根红色的头带，狠狠地勒在额头上。这是她入职以来的第一件工作，她一定要做好。

一天一夜之后，刘欣雨疲惫地走进王子尧的办公室，将二十份简历放到王子尧的办公桌上："尧哥，这是二十名候选人的名单，这些人都已经通过了面试，并谈妥了薪资。随时可以上班。"

"非常好！我们游戏公司就是要有这样的效率和速度。"王子尧点头道，他飞快地接过刘欣雨手中的简历翻看起来。

翻阅完毕之后，子尧又点点头："非常好，这些人都十分符合我们的要求，薪酬也十分合理。你做得很好，通知他们明天入职吧！"

"是！"刘欣雨点头，回到自己的工位开始挨个通知这些选定的人员上班。

终于搞定了公司的人员，王子尧松了一口气。这时他才从繁忙的工作中抽出身来，去看一看自己身边的事。

如今，波波每晚都会准时到平凡的工作室报到，他们会一起在夜晚加班赶制设计稿。

由于白天要上班，夜晚又要作为平凡的设计助手帮助平凡进行设计，郝波波开始变得非常的忙。她再也没法像以前一样，每天亲自接秋秋回家，为秋秋做饭。陈美媛主动接过了帮助照顾秋秋的任务。

平凡对秋秋也十分照顾，夜晚结束设计工作后，他们会一同给秋秋买第二天的早点。甚至有时候下班得早，秋秋还没睡，平凡也会主动把秋秋接出来，三个人一起吃一顿夜宵。这些变化让平凡觉得这是属于他们的温馨时刻。他甚至希望这样的时刻能一直持续下去。

而王子尧眼看着平凡和郝波波越来越亲密，却开始烦躁不堪。每天看着平凡满脸笑容地出门，两人亲密地一起回小区，王子尧甚至有了冲进两人之中强制把两人拉开的想法。

终于有一天，王子尧做出了一个决定。去平凡的工作室看看郝波波和平凡，究竟是如何配合工作的。

平凡的工作室也位于上海CBD核心区，是一所上面是设计办公室，下面是门市的高档店铺，距离王子尧的公司并不远。

于是，在结束了加班之后，王子尧专程绕得远一点，来到平凡工作室的楼下。他在门市后面的小巷里驻足，抬头向上看去，却只能看到明亮的灯光，与工作室里洁白的天花板。

屋子里，王子尧看不到的地方，平凡和波波正在联手进行一处剪裁。这是"FAN"品牌所需要的一款冬季主打服装，由于其重要性，由平凡亲自负责设计。

为此，郝波波与平凡连续一周都在检查设计稿，进行修改与新的思考。

如今，设计终于完毕，开始了样品制作流程。平凡时不时地指导波波如何操作，才会让服装更加的完美。而此刻，正说到了一处重要的细节处理。

一时间，二人贴得很近，近得平凡都能听清郝波波的呼吸。顿时，平凡只觉得连心跳都漏了半拍。他深吸一口气，抑制住激动的心情，小心翼翼地指着面料的那个极为精细的位置，小心讲解着，内心却有一种情愫渐渐弥漫。

如果，一辈子都能这样，那就好了。

"你，你看懂了吗？"终于讲解完毕，平凡艰难地放下了剪刀。他是多么希望时间就这么停滞下去啊！

"懂了！"郝波波对平凡的紧张恍然未觉，她笑着回答。然后，郝波波拿起那把巨大的剪刀开始依样处理布料的另外一处。

"啊！"然而，刚剪了几下，郝波波就发出一声痛呼。

"怎么了？"平凡吓了一大跳，他猛地奔过来，下意识地想要查看。郝波波默默地举起手，只见白嫩如玉的手指赫然被剪刀剪开了一个大口子。

"糟了，怎么伤得这么严重！"平凡立刻紧张起来，他紧张得犹如一个孩子，手足无措地在原地转了半圈，接着突然眼前一亮，"对了，工作室有云南白药。"

说罢，平凡立刻慌慌张张地去翻。然而，就在平凡打算去给郝波波上药时，工作室的灯闪了闪。下一刻，整个屋子就都陷入了黑暗之中。

"怎，怎么了？"平凡惊讶地叫着，向窗外望去。只见整个城市没有一点灯光。原本灯火通明的大上海，此刻全都笼罩在一片黑暗之中。

停电了，这是一次从来没有过的大停电。平凡摸索着回到办公桌旁，从抽屉中找出应急灯打开。小小的工作室再次亮了起来，昏黄的光朦朦胧胧地笼罩着平凡和郝波波。

"上药要紧，先上完药再去看是怎么回事！"平凡说着，拿着云南白药来到郝波波身边。

郝波波轻轻地"嗯"了一声，将受伤的手伸了出来。平凡在应急灯的照耀下，小心地查看着郝波波的手伤。紧张之下，他几乎把波波搂进了怀里。郝波波的心跳一下子就快了起来。

平凡对她的心意，她不是不懂，虽然她一直在伪装、逃避。但是，平凡多年以来的追求，以及一直以来的温柔体贴和默默付出，她也能感受到。

波波不是铁石心肠，平凡的温柔，她感受得最深。但是，她却不能接受平凡的感情，否则……

波波闭上眼，想起心头的那道伤。她默默地低头看着平凡小心地在她的伤口处撒上洁白的药末，又小心翼翼地拿起纱布进行包扎。她始终没能说出自己的心思。

而无论是平凡还是郝波波，都没有注意到，应急灯将他们的影子投射在了窗户上。

王子尧仍然站在楼下，此刻他陷入了一片呆滞之中。全城大停电是一场意外，然而，子尧却不知道自己此刻所看到的，算是什么了。

昏黄的应急灯光把郝波波和平凡的影子投映在了窗户上，显得那么清晰。两个人站得很近，平凡低着头，慢慢地，两人越靠越近，越靠越近。最终，两个人的脑袋靠在了一起。

这不行，这不行！王子尧的心里疯狂地呐喊着。不是说，只是当助理吗？为什么他们两个会这样？要阻止，一定要阻止。王子尧在心里叫嚣着。

急切之下，他顺着墙外的护栏爬了上去，来到了平凡工作室的窗外。

就在这时，一个怒吼声，打断了王子尧的动作："那个混蛋，你想做什么？不过是停电而已，你就按捺不住想犯罪了吗？"

子尧一愣，从二楼的窗外向下望去，只见两名保安急匆匆地朝他的方向跑来，还有不断乱晃的手电向着这个方向不停地扫射。原来，在一片漆黑之下，王子尧趴在窗外的影子实在太明显，被四处巡逻的保安发现了。

平凡和郝波波听到响动，停止包扎，打开窗户向外查看，却正与趴在窗外的王子尧撞了个正着。气氛顿时凝固了，平凡和郝波波都冷冷地看着王子尧。

子尧尴尬地看着两人，犹豫了一下，向郝波波和平凡挥了挥手："嗨，我就是路过，来看看。"

说罢，子尧也不等平凡和郝波波回复，立刻从窗台上跳下，独自灰溜溜地离开。

作为波波的好闺蜜，陈美媛对总是破坏波波和平凡约会的王子尧异常反感。

得知这次事件，陈美媛皱着眉抱怨道："他怎么回事？总是晃出来影响你和平凡！长这么大居然一点都不识趣。"

郝波波却显得极为消沉，她并不愿意和陈美媛谈起王子尧这个话题，只是摇摇头说："别说了，他就是一个混蛋，我不想提起他。"

她拎着食材走进厨房，根本就不给陈美媛一点继续这个话题的机会。

"波波！"陈美媛叫道，她一直觉得平凡是个难得的好男人，外形俊朗，事业有成，再加上他对郝波波倾心已久，对波波照顾有加，知道秋秋的存在也不曾犹豫，更是把秋秋当作亲生女儿一样疼爱。最重要的是，无论波波还是秋秋，对平凡都并不排斥。如果郝波波能和平凡在一起，那真是再好不过的结局了。

美媛希望自己最好的闺蜜郝波波能抓住这个机会，不要因为错过了平凡而抱憾终身。怎样才能给郝波波和平凡创造机会，让他们有更多的接触呢？陈美媛十分纠结地想着。

无意中，她的目光扫过郝波波留在客厅茶几上的手机，顿时她眼珠一转，计上心来。陈美媛拿起手机，找到平凡的号码，发了一条邀请平凡来家里吃饭的短信。同时，她对着厨房里的郝波波叫道："波波，平凡帮了我们这么多忙，难得今天有空，不如请平凡来吃个饭吧！"

正在厨房里忙碌的郝波波顿时停下了手上的活儿，她犹豫了一下，问道："到家里来吃饭吗？这样是不是太不正式了？"

"吃个便餐而已，我短信都发给他了。"陈美媛叫道。

想到平凡帮自己解围，解决了程经理的大麻烦之后，自己还没正式对平凡表示过感谢，郝波波便点头道："行，那我做几个他爱吃的菜。"

很快，平凡如约而至，陈美媛把平凡让到沙发上，扬声对厨房里的郝波波叫道："波波，平凡来了！"

"啊？平凡来了？"郝波波惊讶地叫道，她一边忙碌，一边远远地和平凡说着话，"平凡你等一下，中午咱们开饭。都是家常菜，不要嫌弃。"

"哪有，你做的饭可比外面的好多了。"平凡笑着钻进厨房里，看着简单的食材，脸上露出了怀念的神色，"我至今还记得你煲的那一碗汤。"

"都过去那么多年了，你还念念不忘的！"郝波波笑着摇头说道，"不过还好，我正好今天准备了食材，可以煲汤。"

郝波波麻利地收拾着食材。养生汤的食材要求并不高，厨房里现有的就可以做。波波将一个砂锅坐到火上，烧开水后放入食材，慢慢地用小火熬煮，汤的香味慢慢地飘逸而出。

"真、真是怀念的味道啊！"很快，给波波打下手的平凡就开始吸起了鼻子。他闻着锅里飘出的熟悉的香味，垂涎欲滴地感叹着。

而此时，被平凡一个人留在家里的王子尧，也闻到了对门传来的阵阵香味。那诱人的味道令王子尧腾地站起身来，三步并作两步地来到了郝波波家的门口。闻着那浓烈的饭菜香味，他毫不犹豫地敲响了波波家的大门。

前来开门的是平凡，看到王子尧，平凡明显愣了一下。没说什么，放他进了门。

"哟，真是没想到，今天咱们家还能有不请自来的客人啊！真是三生有幸！"子尧刚一进门，就听到陈美媛的声音。由于子尧的每次出现都会令郝波波情绪低沉，陈美媛本就对王子尧十分不满。再加上这次她好不容易为平凡和波波创造独处的机会，又被不请自来的王子尧搅了进来，美媛说话就十分不客气了。

这句话，瞬间就让几个人之间的气氛再次转为了尴尬。然而，陈美媛却不管不顾，她直接对着王子尧翻了好几个白眼。

好在王子尧的脸皮厚得很。他直接当作没听到陈美媛的话，自顾自地钻进厨房里，看着正在忙碌的郝波波欢快地叫道："波波，我来了。我是来帮你做饭的。"

平凡脸色立刻一变，想要阻止王子尧，却已经晚了。他只好也跟着进了厨房。

郝波波正在厨房里做最后一道菜，子尧突然闯进来，吓了她一跳。她一扬头，竖起柳眉对王子尧吼道："出去！谁让你进来的。"

"我来帮忙打下手。"王子尧涎皮赖脸地笑着，凑到郝波波的面前，夸张地大叫，"波波，你的手艺真好，做个饭也这么香。一看就知道很好吃。"

"你会做饭吗？别在这里帮倒忙了，出去，去客厅！"然而，郝波波却不给王子尧好脸色。只不过王子尧是客人，虽然不请自来，郝波波却依然觉得，不应该对客人不礼貌。因此波波也只是让王子尧离开厨房就罢。

"我真是来帮忙的，我会做饭，你相信我。"王子尧认真地说道，"不信，我就给你露一手。"

"行啊！那你就露一手。"郝波波狠狠地把菜刀拍到砧板上，冷笑着看向王子尧，"厨房给你，你来做饭，我倒要看看，你能做出个什么东西来。"

"好啊！"子尧说道，"那你们等着，做好了我就端出来。"

"那我就等着了。"郝波波冷笑，她拉着平凡走出了厨房，只留下王子尧一个人在厨房里折腾。

过了很久以后，王子尧终于端着一盘黑乎乎看不出原貌的东西走出了厨房。

这盘黑乎乎的东西被他装在一个洁白的陶瓷盘子里，洁白的盘子衬着黑色的食物，倒也显得相得益彰。

"开饭啦！大家都来吃饭！"王子尧张扬地大叫着，得意洋洋地把盘子放到餐桌上。这盘黑乎乎的菜与郝波波和平凡联手做出的色香味俱全的菜摆在一起。一对比，王子尧做出的东西立刻就显得惨不忍睹。

只见郝波波做出的菜，冒着腾腾的热气，青翠的蔬菜，洁白的萝卜，嫩红的肉块，每一种都显得如此诱人。而王子尧做出的，就纯粹是黑乎乎的一坨，不干不稀的，一丝热气也没有，还散发着异样的一股焦煳味，让人闻了就不想吃。

"你做的这是什么呀？"陈美媛嫌弃地看着这一盘东西，还夸张地用手扇动着。

"什锦炒饭！"王子尧看了一眼那盘黑乎乎的东西，答道，"虽然制作的过程艰难了一点，最终的成品也难看了一点，但是味道绝对没问题，你可以放心地吃。"

"我才不要！"陈美媛翻了个白眼，自顾自地吃起了郝波波做的菜。

平凡和郝波波则看着那盘让王子尧拥有迷之自信的菜，哭笑不得。八百年不进厨房的王子尧亲自下厨，做出来的，那可绝对是黑暗料理的王者啊！

闹腾了许久，终于吃完了这顿混乱的午饭。归家后关上门，王子尧吹着口哨，心情很好地打算去休息，平凡却突然拦住了他，神情严肃："子尧，我注意很久了。有个问题，我实在是憋不住了。"

"什么问题？"王子尧笑着说道。

"为什么你总是针对波波？"平凡挡在王子尧面前，想起自己与波波的每次约会，都总是会被王子尧以各种方式破坏，平凡的情绪看似平静，实际上心里却是暗潮汹涌。

平凡有些恼怒地紧盯着王子尧的眼睛质问："为什么每次我和波波在一起，你总是会来插一脚？你是不是看上波波了？"

"不，你理解错了。我不可能看上这种要才没才，要貌没貌，除了胸大什么都没有的女人。"王子尧尖刻地回答，"当然，我也确实并不讨厌她。我只是觉得这个女人不适合你而已。"

"她适不适我不用你管！"平凡愤怒地低吼了一声，"我已经跟你说过我和她的过去，我是真的喜欢她，对她动心，想和她在一起。

她是我看中的女人，我觉得合适就可以了。王子尧，我警告你，你管得太宽了。"

王子尧平静地看了平凡一眼，耸了耸肩："我很遗憾，但是，如果继续下去，你会受伤的，平凡。"

"我能受什么伤？"平凡冷冷地答道，"波波是我喜欢的女人，我想要和她在一起，自然也考虑过和她在一起的所有风险。就算是我看走眼了，今后感情受伤，那也轮不着你来管！"

"是吗？"王子尧冷笑一声，原本成功破坏了平凡与郝波波独处的好心情顿时土崩瓦解，"希望你以后还是一样这么说。"

"我会的。"平凡冷笑。

两人的谈话不欢而散。王子尧却并没有把这次谈话放在心里，他依旧试图插进郝波波与平凡之间，由此获取自己的位置。原本，子尧以为三人的关系会一直在这种朦胧中交错。

可是，因为一个孩子的进入，打破了这种平衡。

仿佛命中注定一般，王子尧在一阵疯狂的忙碌之后，做出了提前回到平凡家的决定。

然而，刚打开大门，他就听见画室里有脚步声。那声音极小、极轻，却绝对不会是平凡的脚步声。

王子尧迅速地做出判断，如此轻的脚步声，肯定不会是来平凡家做客的客人发出的。更何况，平凡如今经常留在工作室里，赶制今年秋季新品时装发布会的设计稿，根本不会这么早就回家来。所以，进到家里的人，只有可能是贼。

子尧迅速地抄起放在门后的棒球棍作为武器，蹑手蹑脚地向画室走去。他小心翼翼，尽量不发出一点声音地推开门，却没有看见他想象中的小偷，只看到一个穿着粉红色连衣裙的小女孩不断地在空旷的房间里转着圈向前走。

转圈行走,这是典型的自闭症儿童的特征。而这个孩子,也被子尧迅速地认了出来。她正是子尧曾经见过一次的秋秋,郝波波的女儿,一名自闭症患者。

而王子尧所不知道的是,作为一名自闭症患者,秋秋与世界交流的最好方式就是画画。

平凡一直会在有空的时候前往幼儿园,而秋秋进了幼儿园之后,平凡更是一闲下来就会去教导秋秋绘画。甚至为了让秋秋学画方便,平凡还将门口密码锁的密码改成了秋秋的生日,以便于秋秋可以进入自己家的画室,这也是他最终的空间,除了秋秋、郝波波和王子尧这几个在他心里最为亲密的人之外,其他人都不允许进入。

而秋秋,却更是获得了平凡的绝对信任,可以随意进出平凡家,以及平凡心中最为重要的画室。

这一次,秋秋也是和往常一样来平凡家画画的。可是,房间里突然闯入了一个手握棒球棍,凶神恶煞的男人。

"哎呀!小妹妹!没吓着你吧?叔叔不是故意的。"见到是秋秋,子尧立刻放下了手中的棒球棍。他蹲下身来,对着秋秋好言相哄。

然而,秋秋根本就不理会他的哄劝,见王子尧靠近,她猛地推开他,从门背后冲出去直接躲进了柜子里。

"等一等,秋秋,柜子里不能躲!"王子尧害怕秋秋把自己闷到,急忙冲上前去用力拉开柜子门。秋秋正瑟缩在柜子的一角,柜门被打开,秋秋立刻尖叫起来。

郝波波和平凡结束了一天的工作刚刚到家,两人正在门口礼貌地告别。然后,就听到秋秋的尖叫声从平凡家里传了出来。

"糟了,是秋秋!"郝波波发出一声惊呼。爱女心切的她猛地冲

进了平凡的家里。她顺着声音冲到画室，正好看见秋秋瑟缩在柜子的
角落，双手紧紧抱着小腿，正瑟瑟发抖。晶莹剔透的眼泪顺着秋秋的
脸颊滚滚而下，秋秋正一边哭，一边发出恐惧的尖叫声。

而王子尧站在柜子前，一手抓着柜子门，一手正向秋秋伸过去。

"王子尧，你这个混蛋，放开我女儿！"郝波波立刻急红了眼，
她疯狂地冲上去推开王子尧，力量之大甚至把体育健将王子尧推得摔
了个跟头。紧接着，波波一把抱起秋秋就往外走！秋秋伸手搂住郝波
波的脖子，在妈妈怀里哭得上气不接下气。

王子尧狼狈地从地上爬起来，徒劳地试图挽回什么。

郝波波一脸凶狠地回过头对着王子尧怒吼："不准碰我的孩子！
不准打秋秋的主意。从今天起，你要是敢靠近秋秋五米以内，我就用
菜刀砍死你，说到做到！"

子尧慢慢地停下脚步，他落寞地看着郝波波头也不回地抱着秋秋
回了自己家里。

郝波波砰地关上了家门。

然而，王子尧却推迟了自己每天上班的时间，开始每天早上跟踪
郝波波，躲躲闪闪地看着郝波波送秋秋前往幼儿园。

该如何才能让秋秋原谅自己呢？王子尧冥思苦想着。

在路过玩具店的时候，王子尧驻足看着橱窗中琳琅满目的玩具。
他看着那些可爱的玩偶，挑选了一只可爱的小熊玩偶，暗自决定等秋
秋再来画室，就作为礼物送给秋秋。

他没有等待太久，没过几天，王子尧就成功地在画室找到了正在
画画的秋秋。他小心地举起熊仔玩偶，把自己的俊脸藏在熊仔玩偶后，
学着玩偶的声音对秋秋说："嗨，秋秋你好，我是可爱的维尼小熊，
我们可以做个朋友吗？"

秋秋不作声，她回头白了王子尧一眼，直接离开。

王子尧失落地抱着熊仔玩偶，目送着秋秋小小的身影离开画室，又砰的一声关上了门。玩偶计划失败了呢！子尧挠着头，想着为什么秋秋对自己这么排斥，不知不觉间，王子尧来到了画板前。他猛地停下了脚步。

那看似空白的画板上，其实画着一幅画。

这幅画很简单，只有寥寥几笔线条，勾勒出一个童稚可笑的大灰狼头像。而在大灰狼的脑门上，却写着一个小小的汉字——"王"。

原来，在秋秋的眼里自己就是一只吃人的大灰狼……

王子尧失落地站在原地，看着手里可爱的小熊玩偶，只觉得自己就像是一个笑话。

难以尘封的爱

　　随着时间的推移，很快，夏天就露出了颓势。而秋秋，也即将迎来自己的生日。

　　幼儿园对于孩子们的心思，向来是方方面面都有考虑到的，生日这天也不例外。幼儿园有规定，每个孩子的生日，父母都要陪同孩子进行亲子活动。

　　亲子活动，就是过生日的孩子，父亲和母亲均要到场，陪伴孩子过一个完整的生日。

　　秋秋生日的当天，郝波波带着漂亮的蛋糕，早早地就来到了幼儿园。也许是因为自己的生日，也许是因为母亲的陪伴，秋秋显得极为高兴。

　　而秋秋就读的班级教室，早已布置一新。小黑板上，林老师精心地用粉笔画着美丽的花边，还用极为可爱的字体写着"祝秋秋生日快乐！"这几个大字。

　　郝波波牵着秋秋的手，慢慢地走进教室。小朋友们都已经到了，大家好奇地瞪大了眼睛看着打扮一新的秋秋。郝波波为秋秋这个小寿星专门设计了一套极为合身的衣服，穿在秋秋身上，显得又乖巧，又可爱。

平凡也从繁忙的工作里抽身，特地来到幼儿园，和小朋友们一起坐在了教室里。见到郝波波和秋秋，平凡微微笑着对她们点头。

一看到郝波波和秋秋走进教室，林老师就带着小朋友们鼓起掌来，她笑着对大家说道："小朋友们，今天是我们班秋秋同学的生日。让我们一起祝秋秋生日快乐好不好？"

"生日快乐！"教室里的小朋友们七嘴八舌地叫着，顿时，整个教室里热闹了起来。秋秋和郝波波站在教室的最前方，接受着小朋友们的祝贺。

然而，就在祝福声结束之后，一个天真无邪的声音响起了："秋秋，你的爸爸怎么不来？"

秋秋低下头不回话，本来就自闭的小孩儿，此刻显得更加沉默。郝波波一时之间也不知道该如何回答才好，气氛陷入了尴尬之中。

就在这时，平凡突然起身，从教室后方走了过来。他来到秋秋面前，半蹲下身，达成一个与秋秋平行的高度，然后微笑着问："秋秋，我能不能当一天你的父亲？"

秋秋愣愣地看着平凡，过了一会，重重地点了点头。

平凡微笑着起身，牵起秋秋的手，笑着对班上的同学们解释道："秋秋的爸爸没办法到幼儿园来陪她过生日，所以，今天由我来临时充当秋秋的爸爸。"

"哇！"下方坐着的小朋友们响起了一片惊呼。

平凡微笑着说道："下面，我们开始举行生日会的活动吧！"

"好！"小朋友们顿时欢呼起来。平凡微笑着抱起秋秋，带着大家唱起生日歌。

秋秋带着硬纸板做成的皇冠，对着那个巨大的蛋糕，用力地吹了一口气。噗的一声，蛋糕上的蜡烛应声而灭。顿时，所有人都欢呼起来。

很快，班上简单的庆祝活动结束，大家都吃过秋秋的生日蛋糕之后，平凡抱着秋秋来到幼儿园外。秋秋作为小寿星，今天可以获得特殊的优待，由爸爸妈妈陪着，去随意地游玩，吃自己想吃的东西，玩自己最想玩的东西。

平凡十分熟练地把秋秋抱在怀里，与郝波波并肩而行。郝波波看着平凡，这个男人犹如淡淡的流水，让人在不知不觉中被他吸引。

三人在阳光下散着步，慢慢地向幼儿园附近的购物街走去。而平凡和郝波波却没有注意到，在幼儿园外的不远处，王子尧呆立在树荫下，目光紧紧地盯着平凡怀里的秋秋。他看着平凡抱着秋秋，宛如父女，内心激烈动荡。

步行街里人来人往，十分热闹。即使是患有自闭症的秋秋，在进入步行街之后也显得有些兴奋。她有些不安地在平凡怀里扭来扭去，时不时地盯着自己喜欢的东西呆呆地看着。

"喜欢吗？"当平凡发现秋秋盯着橱窗里的一个娃娃时，他微笑着在秋秋耳边问道，仿佛一个真正的父亲带着自己的女儿逛街。

秋秋用力地点头，平凡毫不犹豫地抱着秋秋走进了那间店铺。

笑着将那个精致的娃娃交到秋秋手上，秋秋立刻就抱紧了。她看着平凡，伸手搂住他的脖子，突然口齿清晰地叫了一声："平凡爸爸。"

平凡猛地一愣，他不敢置信地看了秋秋好久好久，终于惊喜地叫道："秋秋，你刚才在叫什么？再、再叫一次。"

"平凡爸爸。"秋秋似乎有些害羞，她小声地叫着，将脑袋埋进了平凡的怀里。

平凡抱着秋秋，心潮澎湃。他第一次真切地感受到，秋秋真的需要一个爸爸。

秋秋的生日过后，平凡主动给陈美媛打了电话，单独约陈美媛在 CBD 的咖啡厅见面。

没过多久，陈美媛就带着疑惑来到了咖啡厅。

"平凡，你专程给我打电话，是为什么？"美媛疑惑不解地问道。

"美媛姐，我做了一个决定。"平凡有些不自然地说道，"我想在今年的秋季新品发布会上，当着所有人的面，向波波表白。"

"什么！"陈美媛发出了一声不敢相信的尖叫，"你说的是真的？"

"是！"平凡瞪大了眼睛，连连点头，"所以美媛姐，今天单独约你出来，其实想请你帮忙。"

"我一直觉得，如果直接告诉波波我会在新品发布会上向她表白，她肯定会跑得无影无踪。"平凡说着，慢慢地抿了一口咖啡，"所以，我需要一个和波波关系非常好，而且愿意帮助我的人，来帮我瞒着波波。同时，还要带她去服装新品发布会的现场。"

说着，平凡诚恳地抬起头，看向陈美媛："美媛姐，除了你，我想不到更合适的人选。我喜欢波波，也想真心地对她好。你愿意帮我吗？"

"我当然愿意帮你！"陈美媛不停地吸着气，结结巴巴地说道，"这，这简直太浪漫了！帮，这个忙我肯定帮。"

"谢谢你，美媛姐！"平凡露出一个感激的微笑，他从口袋中掏出两张邀请函递了过去，"这是我这次秋季新品发布会的邀请函。给你们的，是最好的位置。我希望在发布会当天，美媛姐你能带着波波坐到这两个位置上。"

"而我，会在新品发布会结束之后，带着玫瑰上场。"平凡紧盯着陈美媛，等待她的回答。

陈美媛郑重地接过平凡手中的邀请函,重重地点了点头:"你放心,无论用什么方法,我一定会把波波带到新品发布会的现场。"

"就拜托你了,美媛姐。"平凡又看了一眼那两张邀请函,决定开始筹备他的示爱方案。

时间飞快地流逝,转眼就到了举办秋季新品发布会的时间。平凡站在忙乱的会场,指挥着工作人员忙忙碌碌地搭架子,布置展台,架T台。从他做出那个疯狂而又大胆的决定以后,平凡就开始了忙碌的准备。鲜花是专程从云南那四季如春的地方空运而来,服装发布会的展台,平凡也特意做了专门的设计,使得它更适于求婚。一切的一切,都有条不紊地向着他的计划发展。

然而,距离那个决定性的时刻越近,平凡的心里就越紧张。前所未有的压力压在他的身上,令这个成熟冷静的男人,一时间竟然如小孩子一般。

不行,不能这样!平凡看着忙碌的会场,深吸了一口气,转身向着酒店顶楼走去。

此刻,王子尧正在会场上闲逛。突然,子尧发现了被郑重摆放在桌子上的一束红玫瑰。这束玫瑰包装精美,娇嫩欲滴,一看就知道,是刚从枝头剪下来,就进行了包装,并通过空运送到了上海这座没有玫瑰的城市。王子尧好奇地伸出手,拉了拉玫瑰的包装,一个声音厉声喝道:"别动那束花。这可是平总今晚示爱的重要道具,要是弄坏了,平总发怒的话,看你赔得起?"

一个小助理小心翼翼地把花抱在怀里,愤怒地对王子尧直嚷嚷。

"平总?"王子尧念叨了一下这个称呼,这才反应过来,"你说平凡?他要示爱?对谁?"

小助理发现花没有任何损伤,心情也立刻变好。她燃起了熊熊的八卦之心，毫无芥蒂地拉着王子尧说道："平总说她叫郝波波。"

子尧的脑海顿时轰然一声炸响，他呆立在原地，如遭雷击。

一想到平凡深情款款当众表白的画面，再想到郝波波满面娇羞地从那白色的座位上站起，款款走上 T 台。两人一起对全世界宣布他们在一起了的场景，王子尧就疯狂地摇头。不可以，这个事情绝对不可以。

王子尧在后台转了一圈，没有发现平凡，立刻扭头就往酒店顶层跑。他实在是太熟悉平凡了，也十分清楚平凡习惯在发布会之前，在位于酒店顶层的泳池游泳减压。

与嘈杂的会场不同，酒店顶层显得孤单而又静谧。平凡果然在这里，他穿着泳裤泡在水里一动不动，他漂浮在水面上，仰头看着被彩霞染红了一半的天空。

"平凡！你今天打算向郝波波表白？"王子尧大喊一声，引起了平凡的注意。

平凡回过头，眼中满是幸福："对，我做了一个疯狂的决定，但我觉得，我应该这么做。秋秋需要一个父亲，波波也需要一个爱她的人去呵护她。而我，刚好又喜欢波波。所以我打算试试，在全世界的面前示爱，赌一把，她会不会拒绝我？"

"你不能！你不能！"王子尧低声说着，声音慢慢地变大，"你不可以这么做！"

"为什么？"平凡的声音里带上了一丝怒意，"你一直在插手我的感情，一直在说波波不适合我。但是，她是我喜欢的女人。而你，是基于什么样的目的要来拆散我们？"

"不，我……"王子尧突然不知道该说些什么。

"既然你已经提前知道了我要示爱的消息，并且过来找我，那我希望能和你坦诚地交谈一次。"平凡平静地从泳池中爬起，晃动着双腿坐在泳池边上，偏头看着身边的王子尧，"我喜欢波波，我希望在向她示爱之前，能够收到你的祝福，而非莫名其妙的阻挠。"

王子尧无助地蹲了下来，怔怔地看着泳池碧波荡漾的水面，犹豫着。他那藏在心底的秘密啊，除了当年的那些当事人，再也没有一个人知道。现在，要不要说出来？

平凡静静地偏头看着子尧，见子尧如此反应，平凡心里不由得一阵失望。他沉沉地叹了口气。一个侧身跳入水中，疯狂地向对面游去。

王子尧穿着一身西装，毫不犹豫地紧随其后跳入水里。平静的水面，泛起巨大波澜。

两人你争我夺地在水里激烈地游着，他们似乎在比赛，又似乎不是。但是，从两人那拼尽全力的动作来看，他们的内心都充满了挣扎。

在水里不知道游了多少圈，直到精疲力竭，平凡与王子尧才一起冲出水面。平凡气喘吁吁地趴在泳池边，侧头看着同样累得趴在泳池边的王子尧。

他不屈不挠地问道："王子尧，你的答案呢？"

子尧身上笔挺的西装早已被水泡得满是褶皱，湿淋淋地往下直淌水。子尧没有回答平凡的问话，他愣愣地望着前方，仿佛在发呆。

平凡又等了一会，终于彻底失望，他从泳池中爬起。

就在这时，王子尧猛地抬头看向平凡，他的眼中闪着异乎寻常的坚定光芒。

子尧轻松地一撑泳池的边缘，站到了平凡的面前。他的全身上下依旧湿漉漉地淌着水，看起来异常狼狈。然而，王子尧的态度却是如此的坚决，坚决得让人彻底忽略了他此刻狼狈的样子。

"平凡，你和郝波波真的不能在一起。"王子尧挡住了天台的出口，"因为，郝波波是我的前妻。"

平凡下意识地后退了一步，他震惊地看着王子尧，想说些什么，却发现自己发不出声音。

王子尧看着波光粼粼的泳池，慢慢说出了一个故事。

一段尘封的情史，随之展开。

六年前，王子尧就读于上海大学，正巧与郝波波是大学同学，同校不同系。一次校园里的意外，让他邂逅了郝波波。而之后的接触，更是让他对郝波波情根深种。

在一次精心策划的浪漫表白后，王子尧成功地打动了郝波波纯洁的心，俩人成为恋人。

大四的时候，郝波波由于成绩优异，被选中成为学院的交换生，得以前往意大利游学。王子尧不在留学名单，却靠着积攒的零用钱自费追到了意大利。

在意大利，两人许下生死不弃的誓言，并且因"一夜浪漫"而在教堂闪婚。

但是两人却因性格不合，最终分手。天各一方，六年间，再无见面。

那段过往子尧说得极为简单，因为，这对他而言也是极其痛苦的回忆，他不想再经历一次……

但即使是如此简略的消息，对于平凡而言也无疑是惊天炸弹。他从未想过，子尧与郝波波曾经有过这样一段感情，甚至还曾经在教堂结婚。而他们，一个是自己最好的兄弟，一个是自己最爱的女人。

"这次回国见到郝波波我本来打算忍耐，毕竟我和她都过去了。但是我见到了秋秋，而且发现了秋秋的生日。她在我和波波分手的七个月后出生，跟我和波波在一起的时间非常吻合。而且，秋秋的脖子上，还带着我当年送给波波的四叶草项链。平凡，秋秋应该是我的孩子。"

平凡慢慢地蹲了下来，把脸埋在双手之中，不敢看，也不敢听。可王子尧的声音却清晰地传入耳中："如果没有秋秋，也许一切过去了就是过去了。但秋秋她还在，我必须说出事实。我要对秋秋负责，也必须对那段感情负责。"

"别说了！"平凡猛地站起身来，嘶吼着推开王子尧，"你自己的问题，让一个女人承担后果，你还是不是个男人。王子尧，我看不起你！"

平凡冷冷地看了子尧一眼，披上浴巾离开了天台。

子尧一个人留在天台，听着发布会的音乐声，随着音乐的渐渐平息，王子尧的心情也渐渐平静下来。他换了一身衣服走下楼。平静地看着散场后忙忙碌碌收拾善后的人群。

现在，平凡在举行发布会时有没有继续向郝波波表白，已经不重要了。重要的是，他王子尧打算怎么做。

服装发布会已经结束，楼下只剩下乱糟糟的记者，和正打算散场的参会人员。那束艳红的玫瑰仍然摆在后场的白色小桌上，看起来依旧是那么的娇艳欲滴。

花还在，平凡却已经骑着机车离开。

王子尧伸手碰了碰玫瑰娇嫩的花瓣，一触之下，玫瑰的花瓣竟簌簌落下。红色的花瓣散落一地，就仿佛平凡与王子尧那散落一地的心。

平凡一夜未归，子尧坐在漆黑的客厅里，默默地回想着曾经的时光。他与平凡自幼相识，从小就是铁兄弟。但他却从未想过，自己和平凡，竟然会因为郝波波而扯上感情的纠葛。

直到天渐渐亮了，平凡才回到家里。

见到平凡，子尧有些无措地起身，平凡却温和地笑了笑："我想通了，你和波波的那些都过去了，重要的是她现在单身。我会和你公平竞争，波波愿意和谁在一起，就看她的意愿了。"

子尧松了一口气，他笑了笑："那你要当心了，为了秋秋，我是不会放弃的。"

平凡冷笑："我喜欢了郝波波这么多年，非常明白自己的心意。这么多年，只有我从来没有放弃过，也没有输给过谁，你也当心。"

在发布会的两天后，平凡第一次在小区的路上遇到了陈美媛。

彼时陈美媛刚取了自己订购的杂志归来，手中正拿着最新的一期时尚杂志。杂志的封面上，用极大的字体印着"发布会语言错乱，平凡疑似江郎才尽"。

平凡踟蹰地看着陈美媛和她手中的杂志，一时之间不知道以什么样的态度来对待这次偶遇。

而陈美媛却冷哼了一声，白了平凡一眼，昂起头高傲地从他身边走过。与她平时面对平凡时的温和，完全不可同日而语。

平凡犹豫了一下，伸手拦住了陈美媛。他有些局促地看着明显余怒未消的陈美媛，小声叫道："美媛姐。对不起，我没有告白。因为，在服装发布会之前，我得到了一个消息。你知道波波和子尧有一段过去吗？"

"什么？王子尧和波波？这怎么可能？"陈美媛的情绪十分激动，"你是从哪知道的？好哇，我就知道那个王子尧出现不是什么好事。所以，那天是他对你说了波波曾经跟他谈过，你才放弃了表白？"

"不！美媛姐！"平凡激动地叫道，"我从来没有想过放弃波波，只是得到的这个消息太过震撼，我需要一段时间来消化这个消息。"

"那你现在消化完了？你是来向我求证的吗？"陈美媛冷笑着看向这个曾被她视为钻石王老五的男人。

平凡深吸了一口气，郑重地看着陈美媛说道："美媛姐，我知道，有过这一次失望以后，你也不会再随意相信我的解释了。但是，我也会用实际行动让你看到，我并没有打算放弃波波，即使秋秋是波波和子尧的孩子，即使子尧决定挽回这段感情，我也不会认输。"

"你说什么？"陈美媛惊得倒抽一口凉气，"秋秋是波波和王子尧的孩子？这怎么可能！波波可是跟我说过，秋秋是她领养的孩子。"

"子尧已经亲口承认了。"平凡垂着头回答，"他们曾经在意大利教堂举行过婚礼。而且秋秋长得像他，生日的时间也吻合。秋秋，应该就是他的孩子。"

"不，这不可能，波波，波波……"陈美媛手中的杂志啪地掉在了地上，她茫然无措地原地转了几圈，急急忙忙地绕过平凡，向家里跑去。

"美媛姐！"平凡没能拦住陈美媛，眼见她越跑越远，只得捡起杂志追上去。

陈美媛飞快地跑到门口，砰砰地敲门。平凡紧跟其后。

郝波波打开门，看到门外激动的陈美媛和紧张的平凡一脸疑惑地问："出什么事了？美媛姐你怎么出去拿个杂志，就变成这样了？"

"波波，你告诉我，是不是真的。"陈美媛喘着粗气，一把握住郝波波的肩膀问，"秋秋是不是你和王子尧的孩子？"

"秋秋是我和王子尧的孩子？你听谁说的？"波波觉得十分奇怪，她反问道。

"抱歉，波波，这事是我告诉她的。"平凡低着头，羞愧地承认。

"你？平凡，你怎么会觉得秋秋是我和王子尧的孩子？"郝波波的面色沉了下来，"是王子尧那家伙跟你说的吗？"

"是。"平凡连头都不敢抬。

"果然是这个混蛋！"郝波波冷笑了一声，来到平凡家的门前，用脚踹门。门很快就打开了，王子尧一脸迷糊地站在门后。

郝波波抬起头，看着比她高了大半个头的王子尧冷笑："你跟人说秋秋是你的亲生女儿？"

王子尧一愣，随即，他就看到了郝波波身后的平凡。子尧平静地看了平凡一眼，坦然答道："对。"

郝波波被王子尧的态度激怒了，她愤怒地后退一步瞪着眼睛怒吼："我告诉你，秋秋不可能是你的亲生女儿。"

"我知道你一直在生我的气，连我是秋秋的父亲这种事也不愿意承认。秋秋出生，更是从来没有通知过我。"王子尧认真地回答，"但是，波波，我又不是傻子，我有眼睛看的。秋秋的生日跟咱们在一起的时间吻合，她又跟我那么像，还带着我送你的四叶草项链。她不是我的亲生女儿，又会是谁的？"

"呵！王子尧，你还是一如既往的自恋啊！你总是从你的角度和想法行事，完全不关注事情的真相是什么。你一出现，就总是把人的生活弄得一团糟。"郝波波咬着牙道，"我真希望你从来没有回来过。"

说完这段话，郝波波愤怒地转身，拉着目瞪口呆的陈美媛回到自己家，砰地关上了大门。只留下平凡和王子尧两个大男人面面相觑。

王子尧偷偷看着秋秋。如今他到幼儿园帮忙已经有半个月的时间，这半个月来，他的进展十分不顺利。像大多数自闭症儿童一样，秋秋活在自己的世界里。她并不理会子尧的讨好，他带的玩偶、小零食、小玩具全都被秋秋弃之不顾。

这次，老师带着小朋友们来到户外。小朋友们三五成群地聚在一起，只有秋秋一个人茫然地站在人群外的大树下。

王子尧注意到了秋秋的异常，他小心翼翼地靠近秋秋。秋秋看了他一眼，没有动。

子尧立刻意识到，这是一个好机会。他心中一阵窃喜，飞快地从口袋中掏出一个硅胶制的软皮面具远远地向秋秋挥手。这个面具是王子尧专门从玩具店买来的，以王子尧的直男审美所选择的 Hello Kitty，粉红色的小猫头像看起来异常可爱。

"给你，这个面具是专门买来给你的，要不要带上？"王子尧站在离秋秋四米之外的地方，手舞足蹈地示意着。

秋秋却只是看了看这个硅胶面具，把头扭到了一边。她没有离开这个唯一让她觉得有些安全的大树，只是小小的身子又往里靠了靠。

王子尧放低了声音，小心地跟秋秋说话："秋秋，拿着啊！这是爸爸的礼物，是专门买来送给你的。"

秋秋转过身子，直接背对着王子尧。

王子尧再次蛊惑道："你不想试一试吗？戴上这个，可比孤零零地站在一边要好得多哦。"

秋秋又回头看了一眼王子尧手中的面具，她的眼中，清楚可见地流露出一丝好奇与渴望。然而，很快秋秋又扭过了头去，一动不动。

子尧想了想，把面具放在地上："这样吧！我不靠近你。这个面具就放在这里，你要是不讨厌这个礼物，拿起来戴上就好啦。"

说着，王子尧慢慢地倒退着离开，走到了离秋秋很远，却可以看见她的地方。

秋秋终于转过身来，她小心地看了王子尧一眼，只见他果然退到了离自己很远的地方。于是，秋秋这才小心翼翼地走了过去，飞快地捡起地上的面具戴在脸上。

粉红色的猫脸挡住了秋秋可爱的小脸，只剩下一双漆黑而又漂亮的大眼睛，在面具后面咕噜咕噜转动着。秋秋就透过面具上的洞看着外面的世界。

送出的礼物被秋秋接受，王子尧笑得像个傻子，他高兴地向秋秋挥了挥手，虽然直接被秋秋无视，却也毫不介意。这个小小的成功，让王子尧欢喜地决定继续努力。

很快，在星期一的一大早，幼儿园才开园，王子尧就抱着一个制作精巧的儿童机器人来到了幼儿园。

子尧焦急地等待着机会，没多久，就让他等到了。

课外活动的时候，小朋友们都选择了一起玩耍，只有秋秋独自坐在幼儿园外场的秋千上，慢慢地晃动着秋千。

"秋秋，这个送给你！"不会办事的直男王子尧，立刻欢喜地把这个儿童机器人直接递到秋秋面前。

秋秋被吓了一跳。刚刚和王子尧熟悉了一点，适应了王子尧存在的小女孩猛地跳下秋千，飞快地躲到大树后。

王子尧无奈，抱着儿童机器人也跟着绕到大树后面，发现秋秋面朝着大树一动不动。直男王子尧总算是后知后觉地想起秋秋对陌生物品的抗拒，他按照之前送面具给秋秋的套路，把儿童机器人放到一边，然后小心翼翼地退后。他很想伸手摸摸秋秋软软的头发，然而，只能强制忍住了。

接着，王子尧放柔了声音说道："秋秋，这是我为你找的小伙伴，不是什么可怕的东西。"

秋秋动了一下，却没有回头。见语言劝说无效，王子尧启动了小机器人，小机器人闪烁着灯光慢慢地挥手，用僵硬的电子音向秋秋打招呼："你好，秋秋，我是你的小伙伴哦！"

秋秋终于控制不住自己，她回过头小心地看了小机器人一眼。

小机器人慢慢地"走"到秋秋面前，向秋秋伸出它的右手。它脸上的电子面板显现出一个笑脸的表情。

秋秋眨巴着眼睛，好奇地看着这个奇怪的小机器人。她还从来没见过这种东西。

"你好，秋秋，我们可以握握手吗？"小机器人继续用僵硬的声音打着招呼，它伸出的右手一动不动。秋秋犹豫了很久，终于伸出小手，握住了小机器人伸出的右手。

王子尧兴奋起来，他高兴地站在远处提醒："秋秋，它还没有名字，你可以给这个新伙伴起个名字。"

秋秋没有理他。

王子尧尴尬地掏出手机，输入了一段文字。很快，小机器人闪烁起来，它用电子音对秋秋说道："我还没有名字，希望秋秋能给我起一个名字。"

秋秋眨巴着眼睛，开始思考。良久之后，她第一次开口，吐出了一个词："小冬。"

王子尧飞快地在手机上输入，机器人慢慢地用电子音问："小冬，是我的名字吗？"

秋秋点头。

机器人小冬脸上再次显现出一个大大的抽象化笑脸，这令它发出的平板电子音也带上了高兴的色彩，它说："你好，秋秋，我是小冬。"

秋秋脸上第一次有了木然以外的表情，她露出了甜美的微笑，握着小冬的手再也没有放开，她小声回答："你好！"

王子尧一时兴起，学着小冬用僵硬的电子音向秋秋打招呼："你好，秋秋，我是王子尧。"

秋秋终于回过头，认真地看了王子尧一眼，说道："你好！"

这一刻，王子尧只觉得自己想飞上天和太阳肩并肩。

秋秋说话了，秋秋还和他打招呼了，秋秋和他说了一句"你好"。

"你好"！多难得的一句话。秋秋在和他打招呼，不是跟小机器人，也不是跟老师或者别的小朋友，是跟他王子尧打招呼。他王子尧，终于突破了林老师的监视，秋秋的无视，以及郝波波的防备，和秋秋实现了对话！

只是，当王子尧从兴奋中回过神来时，发现秋秋已经牵着小机器人走远了。

无论是秋秋还是小机器人，都无情地只留给王子尧一个远去的背影。陷入慈父情怀的王子尧却丝毫没有觉得有什么不对，他那毫不服输的性子令他开始思考，对于秋秋，他应该怎么做？

折翼的天使

然而，王子尧的好景不长。

儿童机器人小冬很快就被郝波波发现了。

"秋秋，这个礼物，是那个坏叔叔送的。我们不能要，还给他吧。"看着紧紧抱着小冬，沉默不语的秋秋，郝波波蹲下身，耐心地劝解道。

"不！"秋秋用力摇头。

"你不是很不喜欢那个坏叔叔吗？他还欺负你。"郝波波惊奇地问道。

秋秋抬起头，一个字一个字地对郝波波说道："小冬，是我的朋友。"

郝波波只感到一阵无语，她扶额，勉强地看着小冬。发现这个小小的儿童机器人，确实给秋秋带来了不少的快乐。

甚至，它的存在令秋秋仿佛开朗了许多。之前一直不断恶化的自闭症，似乎也开始慢慢地好转了起来。

也许，让秋秋留下小冬不是什么坏事。郝波波无奈地想着。

担忧着秋秋的自闭症，郝波波最终还是做出了妥协："那好吧，你可以把小冬留下。不过，我们以后不要再收坏叔叔的礼物了，好吗？"

秋秋想了想，认真地点头："好！"

郝波波长长地松了一口气，然而，想到王子尧对于自己女儿的觊觎，郝波波觉得，还是有必要去警告一下。

于是，她挑了一个周末，敲开了隔壁的房门。

郝波波的拜访令王子尧始料未及。

"波波，你怎么来了？"见到郝波波，子尧欣喜地起身，打算给郝波波让座。

然而，郝波波却面色铁青，她冷冷地盯着王子尧警告道："你不要再去找我的女儿了。"

"为什么？"王子尧做出一副完全不明白的样子问道，"为什么我不能接近秋秋，我很喜欢她，希望她能够开心、幸福。"

"因为我不希望你接近我的女儿。"郝波波冷冷地说道。

"你不能因为自己的喜好，就耽误秋秋的一生！"王子尧激动地说道，"秋秋现在患有自闭症，你作为秋秋的母亲，却没有太多的时间去陪她。"

"所以你就打算趁着这个机会接近秋秋？"郝波波激动地说道，"王子尧，我已经跟你重复过很多次了，我不想再重复一遍了！秋秋，不是你的女儿。"

"你为什么要欺骗自己？"王子尧惊讶地看着郝波波，问她，"否认秋秋是我的女儿，难道就能否认我们曾经相恋的事实吗？而且，郝波波，我接近秋秋是因为我喜欢她。就算她不是我的女儿，我也会一样把她当作我的亲生女儿看待。"

"我不明白，为什么你要阻止我和秋秋在一起玩耍。这对她没有好处，不是么？"

"你！"郝波波气结，然而，一想到秋秋的病情，她又说不出其他的话来。

最近这段时间，她白天在工作室上班，晚上还要给平凡做助理，参与平凡的工作室的设计工作，确实没什么时间陪伴秋秋。而王子尧的介入，却仿佛填补了自己的空缺一般。那个王子尧送给秋秋的儿童机器人，似乎也让秋秋的病情得到了极大的好转。

也许，自己强行制止王子尧与秋秋的接触，并不是什么正确的决定？

郝波波开始怀疑自己的决定，最终，她长叹了一口气，什么话也没说，转身离开。

得到了郝波波的默认，王子尧开始更加尽心尽力地往幼儿园里跑。

他把公司的大部分工作扔给了刘欣雨，从而得到更多的时间来陪伴秋秋，秋秋每天在幼儿园里待上八个小时，他就八个小时都泡在幼儿园里。

作为一个粗枝大叶的直男，他开始关注秋秋的一言一行以及穿衣打扮。

当王子尧发现秋秋脖子上带着四叶草的项链时，他立刻送了秋秋一株四叶草盆栽，说等它长大会帮秋秋实现很多愿望。秋秋和子尧说了第二个词："谢谢"。

幼儿园模拟野营时，子尧给秋秋做了特制的屋内帐篷。王子尧支好帐篷以后，说跟秋秋进帐篷有小秘密。秋秋跟王子尧进入帐篷，并拿出和王子尧一起做的小射灯，照在帐篷的顶端，变成了五颜六色的四叶草。

射灯晃动，四叶草在帐篷顶端慢慢旋转，秋秋非常开心地发出了笑声。活动结束时，秋秋和子尧说的第三个词是："再见"。

王子尧明白，秋秋现在已经开始接受自己了……

但是，还不够，王子尧的目的是通过秋秋，让郝波波再次接受自己啊!

很快王子尧的机会就来了，幼儿园提出了周末家庭亲子活动。活动的地点安排在城市游乐园，父母需要带着自家子女参加。

整天泡在幼儿园的王子尧第一时间得到了消息，刚下课，他就欢快地带着秋秋来到两人第一次对话的大树下说悄悄话。

"这个周末的亲子活动，秋秋和我一起参加吧！"想到可以光明正大地以亲子活动的名义拉上郝波波，带着秋秋去游乐场玩耍，王子尧乐得快要笑出声来。

"可以吗？"秋秋抬头看着高大的王子尧，小声问。

"当然，亲子活动要跟爸爸妈妈一起参加，我可以当秋秋的爸爸。"王子尧笑眯眯地回答。

"那好呀！拉钩钩。"秋秋的眼睛闪起一点亮光，她期待地看着王子尧，伸出了自己的小指。

"拉钩钩。"王子尧笑着将自己的小指和秋秋小小的手指勾在一起，心中满是从未有过的温柔与甜蜜。

"我要坐过山车。"秋秋羞怯地说出了自己的愿望。

王子尧惊奇地看着秋秋，这是秋秋第一次主动说出自己的想法。他急忙满口答应，完全忽略了自己恐高的事实。

而这一幕，正被前来接秋秋回家的郝波波和平凡看了个正着。

郝波波沉着脸，叫了一声："秋秋！"

"波波和平凡来了？"王子尧露出一个灿烂的笑容，欢快地和两人打招呼，"我和秋秋刚刚约定好了，周末亲子活动的时候一起去游乐场。"

秋秋木然地看着郝波波和平凡，这一刻，她又恢复了那个自闭症儿童的状态，不爱说话，也不理人。

郝波波皱眉，她并不想和王子尧一起去游乐场，但是，为了秋秋，她只能妥协。

"恭喜，祝你们周末愉快。"平凡微笑着发出祝福，他礼貌地和郝波波告别，率先离开。

本来，平凡打算利用这个机会和秋秋培养一下感情，却没想到王子尧捷足先登，已经得到了秋秋的约定。

但是秋秋快乐，他就快乐。既然秋秋愿意，那他让出这次亲子活动的机会也没关系。

周末的游乐场人潮汹涌，秋秋一手牵着王子尧，一手牵着郝波波，兴致勃勃地拉着他们向前走。

王子尧笑逐颜开心情很好，他弯腰问秋秋："想不想吃东西？"

秋秋连连点头，向王子尧伸出手。王子尧抱起秋秋，向热闹的小吃街走去。

小吃街上，摊主都打扮成了各种童话人物的模样。有穿着女仆装的，有穿着小丑服脸上画油彩的，还有穿着蓬松的公主裙的。各式各样，不一而足。

秋秋躲在王子尧怀里，用两只小手蒙着眼睛，从指缝里观察外面的世界。街上人流涌动，带着小孩的父母、约会的小情侣三三两两地从她面前走过。

秋秋伸出小手，指着一个糖画摊子。

摊主穿着五彩斑斓的小丑服，正以舞蹈一般的夸张动作画着糖画。金色的糖液流淌在洁白的大理石板上，煞是好看，吸引了一大堆人挤在摊前围观。

王子尧抱着秋秋挤到小摊前，豪气地叫道："老板，我要一条龙。"

"好嘞，您稍后，这就给您画一条。"摊主爽快地回答。

秋秋伸出小手拉拉王子尧的袖子，小声说道："三叶草。"

"哎呀，我忘了这个。"王子尧笑道，赶紧补上，"老板，再加一个三叶草的糖画，先画三叶草。"

"好嘞！"摊主一边说着，一边从手边熬糖的锅子里舀起一勺糖稀。金黄的糖在空中拉出又细又长的丝来。

摊主掂了掂勺，在空中停了一下，紧接着将勺子微侧，一道细细的长线从勺中流下。

秋秋捂着眼睛，从指缝中聚精会神地看摊主的动作。

摊主明显是个老练的糖画艺人，随着勺子飞快的滑动，一片栩栩如生的三叶草就出现在光洁的大理石板上。

摊主顿了顿，突然手腕一顿，已经成型的三叶草又多了一片玲珑剔透的叶子。

待糖凝固后，这个脸上满是油彩的小丑摊主笑眯眯地递过多了一片叶子的三叶草，笑道："四叶的三叶草代表幸福，多加一片叶子，祝你们一家人幸福永远。"

王子尧笑着接过这个精致的三叶草糖画递给秋秋。

秋秋小心地接过，看了看手里的三叶草，又看了看摊主，小声说道："谢谢。"

跟在一旁的郝波波简直不敢相信自己的耳朵，秋秋居然向陌生人道谢。她惊喜地看向秋秋，只见秋秋小心地握着糖画细细的竹棍紧盯着这片晶莹剔透的三叶草，虽然没有笑，可秋秋脸上的表情不再是之前那种木木的神态。

郝波波感激地看了王子尧一眼，她第一次切实地觉得，让王子尧和秋秋接触是正确的选择。

经过了小吃街的冒险，秋秋明显放开了，她很快就提出之前的愿望，要坐过山车。王子尧爽快地答应，带着秋秋来到过山车前。

看着插入云霄的过山车，王子尧腿都软了。他不由自主地抖了抖，却依旧强行忍住了心中的恐惧。

秋秋没有发现王子尧的异常，待过山车在他们面前停下，她立刻拉着王子尧上车。子尧咬着牙，勇敢地带着秋秋走上过山车。他紧张地检查着车上的安全设备，试图以此来证明，乘坐一次过山车没什么大不了的。

只是，他还没检查完毕，过山车就启动了。

王子尧立刻发出一声惨叫，引起同车游客的哄笑。

过山车飞快地加速，开始进行弯道俯冲之类令人恐惧的动作，在满车的尖叫声中，王子尧终于度过了这一场异常漫长的冒险，成功地带秋秋体验了期盼的刺激。

当车终于停下，秋秋蹦蹦跳跳地下了车，丝毫不受冒险的影响。王子尧却瘫在座位上，连站起来的力气都没有。他吓得腿都软了。

一天的欢乐时光过得很快。西方的天空云霞漫天时，子尧和波波终于带着意犹未尽的秋秋走向出口。

在游乐场出口处，秋秋好奇地看向一处人声鼎沸的地区。和秋秋相处了一段时间，对她的想法已经非常熟悉的王子尧立刻抱着她挤到人群里。

这是一个灯火辉煌的表演台，有主持人在台上主持着活动。主持人的身后，摆放着一排礼物，正中间，一个巨大的维尼熊玩偶异常地引人注目。

秋秋紧盯着那个玩偶，露出渴望的神色，看得子尧怜爱不已。

主持人正在台上高呼着："参加游戏赢取礼品，第一名奖品，维尼熊……"

王子尧不假思索地抱着秋秋跳上台去。

见王子尧上台，主持人立刻开始鼓动气氛："一位先生带着他的女儿上台了，先生好样的。不过先生，您的妻子呢？我们这个游戏，可是需要情侣或者夫妻才能参加的哟。"

子尧看向郝波波，郝波波无奈，只得登上了表演台。

"好，第一对参加活动的夫妻到位，大家给这位漂亮的太太一点掌声。还有要参加活动的朋友吗？"主持人高喊着，气氛迅速到达高潮。

在狂热的气氛中，一对又一对的情侣、夫妻跳上台来，活动迅速开始。

作为运动健将，王子尧在活动中发挥了异乎寻常的优势，他和郝波波一起，将所有的参赛对手都甩在了身后。

最终，两人毫无争议地获得了活动的冠军。

主持人开始分发奖品，秋秋颠颠地跑过去，率先抱住了那个巨大的维尼熊，她小小的身子整个埋在了大熊里。

就在两人以为就这样即可顺理成章地领走奖品时，主持人开始搞怪。

"既然咱们这活动是仅限夫妻和情侣参加，各位也都证明了自己和另一半的默契。那么，在领走奖品之前，大家还有一个小小的挑战。"主持人坏笑着，看向获得了一等奖的王子尧和郝波波，"我建议，获奖的都要在领奖之前啵一个。"

台下立刻山摇地动地欢呼起来，"啵一个，啵一个……"

郝波波为难地看着台下欢呼的人群，打算让主持人取消这个环节。没想到王子尧却霸道地一把搂住郝波波吻住了她的唇。

一瞬间，郝波波只觉得思维都停滞了。当她反应过来时，王子尧已经结束了这个霸道的吻。他搂着郝波波得意洋洋地对主持人叫道：

"怎样，这下够满意吧！"

"满意，满意！"主持人忙不迭地点头，"两位可以带走奖品了。"

郝波波愤怒地推开王子尧，带着秋秋率先下台。

"波波，别生气，这都是为了秋秋。"王子尧虽然大大咧咧，也明白自己此举激怒了郝波波，急忙追着下台道歉。

看着秋秋难得露出的笑脸，郝波波咬着牙道："我们俩之间的一切都已经过去了，以后你不许再对我有任何想法。"

"是是是，坚决不再擅自行动。"王子尧搞怪地承诺。

他一手抱着秋秋，一手抱着大熊，看起来极为滑稽。可秋秋却乖乖地搂着他的脖子，似乎子尧身上有一种魔力，能让对旁人抵触的秋秋特别信任。

夕阳西下，余晖洒在这对"父女"的身上，郝波波不由得看呆了。

就在这时，她的电话响了。是平凡打来电话关心她和秋秋在游乐场的情况。

郝波波面对温柔的平凡，竟然不知如何是好，她慌乱地说着："很好。"

一旁的子尧殷勤地请她和秋秋上车，打算带她们回家。

夕阳虽然已是强弩之末，却依旧刺眼。子尧未戴墨镜，于是从车里翻出一顶红黑色的棒球帽，试图用它来遮挡阳光。

郝波波的目光停在棒球帽上，愣住了。

"能让我看一下这个帽子吗？"她问。

"一顶帽子有什么好看的？"子尧疑惑，却依旧递上帽子。

郝波波接过，慢慢地转动，帽子正面，红黑色的剑条标记赫然在目。郝波波的双手颤抖起来："你是什么时候回国的？"

"8月，8月23日。"王子尧回忆，他莫名其妙看着郝波波，不明白她为什么要问这样奇怪的问题。

郝波波语气冰冷，她紧紧抓着这顶红黑色的棒球帽，人却愈发冷静："你是不是还在机场被四个彪形大汉追赶了？"

"你怎么知道？"王子尧奇道。

"原来罪魁祸首就是你！"郝波波愤怒地把棒球帽扔到王子尧脸上，猛地抱起秋秋，打开车门就打算离开。

"等等，怎么回事？什么罪魁祸首？"子尧不明就里，追下车拦住郝波波试图弄清她突然发怒的原因。

"让开！"郝波波尖声叫道，她猛地甩开王子尧，抱紧秋秋往外冲。

"郝波波，你把话说清楚，到底怎么回事，不要吓到孩子。"王子尧毫不犹豫地追上来挡住郝波波的去路。

在两人的激烈冲突中被吓坏的秋秋，终于哇地哭出声来。

郝波波急忙搂着秋秋柔声安慰。王子尧手忙脚乱地打算帮忙，却被郝波波一次又一次地推开。

秋秋终于慢慢止住了哭泣，却依旧委屈地依偎在郝波波怀里。王子尧看得心痛，试图抱过秋秋再安慰一番，却被郝波波冷冷地拒绝。

"够了，郝波波，我不知道你莫名其妙地发什么气。但是，为了孩子，咱们有话直说不行吗？"脾气本就暴躁的王子尧终于忍不住了。

郝波波愤恨地抬头看向这个熟悉又陌生的男人。他曾是她的男友、丈夫，他们曾有着甜蜜的过去。可后来，他成了陌生人。而现在，他是那个在机场破坏自己的完美作品，让自己欠上巨款的罪魁祸首。

而这个男人此刻正强忍着愤怒，以孩子的名义质问她。

郝波波只觉得一阵疲倦涌上心头，她累了。王子尧，这个男人也许就是她前世的冤孽，就这么了结也挺好。

她指着王子尧的鼻子，冷冷地笑着："你问我原因？好，我告诉你。

你在虹桥机场被人追赶的时候，我正好也在那里。你拖着的行李箱刚坏了我的作品，害得我无法将制作好的婚纱交付给客户。害得我不得不向客户赔偿巨额的违约金。"

"程经理的那次，你不是怀疑我在做什么见不得人的事么？我告诉你，那都是你害的。"

郝波波重重地喘着气，愤恨地补充："而你，现在却一脸无辜地来问我，为什么莫名其妙地发脾气？"

"我……我……"王子尧震惊得说不出话来，他从未想过，事情的真相竟然是这样。想到那时郝波波所受的委屈，子尧愧悔不已，"我不知道在机场还发生了这种事，我一定把钱还给你，补偿你的损失。"

"不必了！"郝波波愤怒地回答，她昂起头，抱着秋秋走过王子尧身边，"从今以后，你不要打扰我和秋秋的生活就好。如果你还有一丝良知，请不要再出现在我面前。"

她高傲地昂着头，只留给王子尧一个渐行渐远的背影。

王子尧悲哀地看着手中的红黑色棒球帽，恨恨地把它扔进了车里。就在和郝波波一起参加活动的时候，他还觉得，自己和郝波波更进了一步，因为秋秋，有了一丝亲情在内。

然而现在却因为这顶帽子，消失殆尽……

繁华的上海，即使夜晚也灯火通明。王子尧站在小区树木的阴影里，抬眼看向远方流淌着五彩霓虹的高楼。

小区的道路上，两个人影正慢慢地靠近。王子尧不想让人看到他现在这副落魄的模样，于是装作没事人一般从隐藏的地方走出。他正打算再溜达一番，却被一个粗豪的嗓门喝止。

那正是刘虎的声音，这个健壮的汉子指着从阴影里钻出的王子尧大喊："喂，前面是什么人，给我站住。大半夜的，在这里鬼鬼祟祟地做什么？"

王子尧无奈站住，回头看去，发现来的正是刘龙和刘虎两兄弟。他们挎着电击棍拿着手电，正在巡夜。

"是我。"王子尧出声答道。

"你怎么在这？有什么烦心事吗？"刘虎豪爽地拍着王子尧的肩膀，对他提建议，"正好我们兄弟也巡查完打算下班了，不如你跟我们一起去喝酒？"

"喝酒？"王子尧疑惑地看向刘龙。

刘龙沉稳地点点头："我和虎子上完班都会出去吃个夜宵喝个酒啥的，你跟我们一起来吧，热闹一下会畅快点儿。"

"唔，那我就不客气了。"王子尧连连点头。

刘家兄弟带着王子尧出了小区，左拐右拐，没多远就来到一片夜市。

"离小区这么近的位置，居然还有这么热闹的夜市。"王子尧目不暇接地看着夜市上的人流和摊贩，啧啧称奇。

王子尧跟着刘龙和刘虎来到一处大排档。

刘龙豪爽地和摊主打着招呼，点了一大堆烤串，又叫了一瓶二锅头。

这种摊位，是夜市上最常见的大排档。摊主用帐篷围出领地，又用一辆小推车装着自己的全部家当。折叠桌错落在帐篷里和帐篷外，塑料的凳子随意地摆放着。桌子有些油，摊主在桌上铺了一层白色的一次性塑料桌布。

王子尧好奇地看着摊主熟练地烤着肉串，又望望周边吃喝着喝酒划拳的人，突然觉得这种热闹，也挺好。

肉串被放在一个干净的大瓷盘里端上来，堆得仿佛一座小山。同时送来的还有刘龙点的二锅头，满满的一大瓶。

刘龙打开瓶盖率先给王子尧斟了一大杯，王子尧试了一小口。这种酒口感并不好，入口仿佛有火在烧着舌头一样。咽下去，火辣辣的感觉顺着喉咙直到胃里。

然而，这种灼烧的感觉竟带给他一种奇异的爽感，一口下去，烦恼似乎都被烧去了一半。子尧不由得低吼一声："爽！"

"哈哈哈哈！我就喜欢子尧你这样的人，又有本事，又没架子。"刘虎似乎胆子大了许多，他豪气地拍着王子尧的肩膀，毫不顾忌地夸着王子尧。

刘龙小心翼翼地给王子尧添着酒，他能看出王子尧遇到了烦心事。但是，他只是个小保安而已，这种大老板的事，他不懂，更不知道如何去劝。他只知道，王子尧帮了自己的妹妹，还给了妹妹一份优厚体面的工作。他感激王子尧，这就够了。

几杯酒下肚，王子尧的情绪有些兴奋，舌头也有些打结。他一边吃着烤肉一边感慨："还是你们哥俩好啊！哪像我，工作的，感情的，一大堆烦心事。"

刘虎拍拍胸膛豪爽道："烦心事什么时候都有，如果有我刘虎能帮忙的，你尽管说。如果我帮不上忙，那也没关系，难处和烦心事都是能解决的。男人嘛，就是要知难而上。"

刘龙喝多了酒也显得比平时活泼起来，他大着舌头说道："就是，男人嘛，没什么难处还能成了？就是要知难而上，不难不好玩儿。"

"嗯，你说得是！"王子尧又喝了一杯，被烈酒刺激得思维涣散，"咱是男人。"

他抓起酒瓶又给自己倒了一杯，高高举起："这杯我敬你们，我先干为敬。"

说罢，子尧将杯中的酒一饮而尽。

刘龙和刘虎目瞪口呆地看着王子尧在喝完这杯酒之后就轰然倒下，畅快地瘫在大排档的桌上打起呼来。

王子尧醒来的时候，天已经大亮。

"痛！"一睁眼，子尧就发出了一声痛呼。

喝酒一时爽，醒来火葬场。特别是喝二锅头这种廉价酒，宿醉简直就避免不了。他用力地捶了捶脑袋，这才发现自己躺在平凡家里。而此刻他睡的位置，正是他临时睡了很久的那张床。

昨晚的事情他有些记不清了，只记得自己跟刘家兄弟去夜市的大排档喝酒，然后自己就喝醉了。至于后来，自己说了什么，做了什么，完全没有印象。

但是有一点他却记得清清楚楚，刘家兄弟对他说，男人就要知难而上，不难不好玩！

没错，王子尧暗自捏了捏拳头。是男人，就得不怕艰难险阻。

他回忆了一下最近的情况，想到郝波波昨天的警告，子尧决定，先发展事业。像现在这样寄住在平凡家，吃住都得依靠平凡，他拿什么去养郝波波和秋秋？

还有因自己而导致的三十万元赔偿金，这是郝波波的债，也是他王子尧的"债"。作为虹桥机场事件的罪魁祸首，王子尧觉得自己理应负起责任来。

子尧不再每天泡在幼儿园，他狠下心来，开始发奋工作。

他不在公司的时间里，刘欣雨展现出了她杰出的才能。公司的第一个手游项目研发进展良好，按照目前的进度，再有半年就能进行测试。

但王子尧觉得，一个项目，似乎有些不够。于是他做出了决定，再开项目，多招员工，扩大公司规模。

为了他唯一的女儿秋秋过上更好的生活，王子尧觉得，冒一点险是值得的。

决策的冒进带来的是大量的变化，一个月不到，公司的员工数量由最初的二十人迅速地增加到五十人。

在王子尧的强力调度下，公司有条不紊地运转着，新的项目负责人就位，新项目上马，市场调查，用户画像，游戏策划，王子尧引领着公司一步一步向前走。

无法释怀的过去

只是，很快王子尧就发现，冒进的做法为公司带来了极大的风险。由于方案仓促，经不起推敲，精明的风险投资商们纷纷拒绝了他找上门的合作。

而巨大的人员成本则压得他喘不过气来。

很快，王子尧发现，自己连员工发工资的资金都拿不出来。资金的压力迅速转化为员工的怨气，并向王子尧砸了过来。

这时王子尧才发现，公司已经濒临解散的边缘。原本迅速扩张到五十多人的公司，仅剩下了二十人。而这二十人，趁他来到公司，将他团团围了起来，争先恐后向他递交着辞呈。

王子尧目瞪口呆地看着满满的一手辞呈，然后，看向人群里的刘欣雨："怎么回事？"

"老板，你犯不着问刘助理，我来回答你。"一个员工粗声粗气地回答，"公司里大家都传言，老板每天泡妞，压根不管理公司。"

王子尧愣住了，这些围着他的员工，是刘欣雨花了一整天筛选出来的，精英中的精英。从公司成立到现在，他们一起经历了多少风风雨雨。而如今，这些人，也开始质疑起来。

面对如此困难，王子尧的性格和机智却救了他……

"我不是泡妞。"子尧整了整心情，跳上办公桌开始讲诉自己的过去。他用充满感情的态度，向同事们讲述了自己和心爱的女人在六年前的故事。讲到动情处，他超常发挥，声泪俱下。

愤怒地围着他的员工渐渐安静下来，有心软的小姑娘开始抹眼泪。

王子尧趁热打铁，开始劝说员工们帮助自己完成梦想。

然而用处却并不大，在公司发不出薪水的情况下，仅有花痴的六人决定留下，帮助这个"情痴"。其他员工依旧要求辞职。

很快，原本坐得满满当当的办公室空了下来。

但王子尧不在乎，只要还有人，他就坚信自己能够东山再起。

刘欣雨十分为王子尧的故事而感动。

于是在商城，刘欣雨偶遇郝波波时，她鼓起勇气拉着郝波波，诉说了子尧的想法。她告诉郝波波，自己的老板虽然有时候像个孩子，但是他内心真的希望你们母女快乐。

郝波波目瞪口呆地看着面前的刘欣雨，这个突然跑出来的女孩，眼中的光芒，却亮得令郝波波都无法直视。

刘欣雨说完了想说的话，默默地独自离开。

郝波波看着刘欣雨离去的背影，却不知说什么好。

一旁打了半天酱油的陈美媛看着刘欣雨消失的方向，微微笑道："这女孩，倒是挺好玩的。"

"这不是重点。"郝波波淡淡地说，"重点是，她突然跑来说这么一堆话，到底真是她自己的意思，还是王子尧的意思？"

"她自己的意思又怎样？王子尧的意思又怎样？"陈美媛拍了拍郝波波的肩膀，"重点是，你不能再这样慌乱下去了。"

"嗯？"郝波波疑惑地回头看着陈美媛。

"自从上次你跟王子尧带秋秋去游乐园回来，我就发现了。"陈美媛扭过头，装作毫不在意的样子，"你表面上看起来非常气愤，非常地恨他。可实际上，你没有自己想的那么愤怒。"

"你的意思是？"郝波波摇着脑袋，试图厘清关系，"你觉得我对王子尧还留有旧情？"

"对！"陈美媛点头，她想了想又道，"也许不能算是旧情。"

"我明白了。"波波点点头，自语道，"我和王子尧之间，当年分手确实不是出于深思熟虑，所以才会导致现在这种状况。也许我该和他谈谈。"

和王子尧见面的地方，约在了一家咖啡厅。

"我昨天，在商场碰到了刘欣雨。"郝波波拨弄着茶碗，慢慢地说道，"她向我解释了一些东西。"

"她？"王子尧一愣，"她说了什么？"

"你挺厉害的，这么快就又俘获了一个女孩的心。"郝波波笑了笑，"她一直在为你说话。"

"不，我跟她，不是你想的那样。"王子尧飞快地解释。

"我并不介意她帮你说话，"郝波波平淡地说，"其实今天约你来，也是因为在商场碰到了她。"

"她为你澄清了很多东西，顺便帮你表了个白。其实我也想过，之前在游乐场对你发怒，其实是我的错。不管怎么说，你不是故意的。"郝波波捧着茶杯慢慢啜饮，"但是碰到刘欣雨以后，我觉得我应该和你见一面，有些事情，也到了了结的时候。"

"你想说什么？"王子尧顿时紧张了起来。郝波波这话是什么意思？什么叫到了了结的时候？

郝波波抬眼看向王子尧，她看着这个她曾经深爱过的男人，最终慢慢地闭上了眼："我很感激你为秋秋做的一切，也谢谢你为了我煞费苦心。但错过就错过了。"

"不，没有错过。你看我一回国就遇到了你。"王子尧激动地起身抓住郝波波的手腕，他紧盯着波波的眼睛，嗓音嘶哑，"当年的事情，不是你想的那样，可以给我一个解释的机会吗？"

"给我一点时间。"郝波波慢慢地推开王子尧抓住她手腕的手，"我需要一点时间来看清一切，也看清自己的心。"

子尧慢慢放手，坐回柔软的沙发里。

"也好！我等你看清。"他低声地说着，从随身的皮包里取出一个听诊器递给郝波波，"这个送给你，这是那次在游乐场的时候，我为你准备的礼物。那次没机会送出，这次你不要拒绝。虽然我们分开了，但我相信总有一天你会听到我的真心。"

王子尧将双手插在裤兜里慢慢地往回走。他没有回头，也不敢回头。

那个古朴典雅的咖啡厅里，坐着他曾经深爱过，现在也依然深爱的女人。他害怕自己一回头，就忍不住红了眼眶。

如果没有发生那件事就好了。

刚打开门，一个温软而又魅惑的声音就响了起来："嗨，达令！你终于回来了。"王子尧抬头，下一瞬间，他露出见了鬼的表情。

沙发上坐着一个穿着性感居家服的美人，她长长的卷发顺着纤细的身体流淌，修长的美腿微微翘起，坐姿既性感又慵懒。她纤细的手指捏着一枚巧克力往嘴里送，如樱桃般饱满欲滴的红唇正微微翘起，仿佛在等待着谁的亲吻。

这正是当日在机场追击王子尧的那个女人！

见到王子尧，她微笑道："你以为你藏到这个地方，我就找不到你？

王子尧，告诉你吧，我徐丽莎早就决定赖上你了，就算你躲到天涯海角，我也会把你翻出来。"

王子尧默默地移开目光不说话。

这个漂亮得不像凡人的女人是国际著名的超模徐丽莎，也是与平凡和王子尧自小就认识，一起青梅竹马长大的女孩。

她的家族，徐氏，正是上海最负盛名的家族风险投资公司。由于徐父徐母多年前因空难去世，徐家只剩下八十多岁的徐奶奶和徐丽莎。

可是，这个仅剩下一老一小的家族，却是国内首屈一指的风险投资业巨头。而徐丽莎可谓真正的千金。

而这个集美貌、智慧与财富于一身的女人，从小就一直喜欢王子尧。早在多年前，她就把自己当作王家的儿媳妇，从此展开了对王子尧的追求。无论糖衣炮弹还是穷追猛打，只要能用上的手段，她用起来都毫不犹豫。

而此刻徐丽莎出现在平凡家里，王子尧心中顿时一声哀号。

就在这时，平凡的声音突然响起："子尧，怎么在门口不进去？哟，丽莎来了？"

"没错没错，丽莎来了，平凡，你这个主人还不好好招待她。"王子尧急忙把平凡推进屋里，"我想起公司还有点事，你们聊着，我去处理一下。"

嘴里说着话，王子尧却一溜烟跑掉了，速度快得仿佛身后有鬼在追一样。徐丽莎看着王子尧逃跑的背影，微微一笑："你跑不掉的。"

一直跑到小区门口，王子尧才惊魂未定地回头。徐丽莎的手段，他可是领教过不少。这个丫头性格又倔又傲，看中的东西再没有放手的可能。他从小被徐丽莎纠缠，早就被缠得怕了。

王子尧决定，最近都到公司住。

然而，他还没畅快多久，一辆熟悉的黑色轿车猛地停在了他的面前。

王子尧脸色大变，扭头就跑。

可刚回头，子尧就看到了那曾在虹桥机场堵截他的那四个黑衣大汉。他再次转身，中年男人正倚着车门朝他笑。

这一次，王子尧被有备而来的这几人包了饺子，他再次被强制塞上车。而这一次，大汉们显然聪明了许多。王子尧刚被塞进去，车门就砰地关上了，紧接着咔嗒一声，车门落了锁。

眼见着跑不掉，王子尧也安静下来。他舒舒服服地窝在车子后座上，看着一路滑过的，熟悉而又陌生的风景。

车子越开越偏，慢慢地，上海那高耸入云的摩天大楼全都被甩到了身后。路边的景物也变得小桥流水起来。

看到这些古朴的小院，王子尧轻轻一哂，露出一副不屑的表情。

这里是上海周边，很多附庸风雅的人，最喜欢的，就是这种古色古香的风格。黑色的轿车，开进了其中最大的一座庄园。这庄园看起来气势不凡，屋子更是飞檐翘角。

王子尧被大汉们押着，直接带到了庄园的一所办公室里。

这个办公室看起来异常简陋，黑色的办公桌后方，坐着一位看起来充满魅力的老者。虽然头发已花白，但与生俱来的气势却让人看不出他的年龄。之前一直负责指挥那帮大汉的中年男人默默地站到老者身边，微微低头，仿佛一尊泥塑木雕。

这老者正是王海涛，海尧集团董事长，他的海尧集团是国内顶级的服装制造公司，旗下以"FAN"为代表的一系列高档服装占据了服装领域的半壁江山。

而他，更是著名的中国百大富豪之一，以及中国服装界最有影响力的企业家。

　　也正是王子尧的父亲……

　　王海涛笑眯眯地看着王子尧："终于回来了。"

　　王子尧冷笑："这也能算我回来，我不想见到你。用这种方式，我完全可以告你限制人身自由。"

　　"我如果不用这种方式，你会主动回来见我吗？"王海涛慢悠悠地捧起一杯茶水喝了一口，"你不会，所以，我动用这种方式逼迫你回来见我，也是情非得已的做法。"

　　"哼！"王子尧无话可说，他恨恨地哼了一声，用力把脑袋扭到一边，尽量不去看这个人。

　　王海涛并不介意儿子的态度，他依旧保持着他那不紧不慢的速度说着话："听说，你创建了一个网络公司，而且，现在正处于资金极度紧缺的状态。我可以帮你。"

　　"帮我？"王子尧冷笑，"你只是想控制我而已。你那强大的控制欲让你习惯于将所有的东西都玩弄于股掌之中，即使是你的儿子也不例外。而我，并不想做你的提线木偶。"

　　看着王子尧这副剑拔弩张的样子，王海涛终于叹了口气："我并没有控制你的意思。"

　　"那你放我走啊！"王子尧毫不领情，他瞪了一眼至今跟在他身边寸步不离的黑衣大汉。

　　"你想走，随时可以走。"王海涛叹气。

　　王子尧头也不回地离开，连一点犹豫都没有。

　　王海涛看着儿子的背影消失在门外的走廊，慢慢地目光移回自己的办公桌上。桌上摆放着一张照片，照片里，一个温婉的女子，露出淡淡的笑容。

那正是王子尧已逝的母亲，王海涛一生挚爱的妻子。他温柔地看着这张照片，笑了一笑，这笑容里泛出了几点泪花。

"馨茹，我一定会将最好的交到子尧手上……"

刚刚离开王海涛庄园的王子尧怎么都想不到，他前脚出了庄园，后脚，一辆火红的玛莎拉蒂就开进了庄园的大门。

徐丽莎风姿摇曳地下车，进入了同一个办公室。

王海涛依旧在品茶，见到徐丽莎，他十分慈祥地请徐丽莎坐下。

徐丽莎翘起嘴角，坐到王海涛身边的座位上，带着一丝娇嗔："王伯伯，这次专门叫我过来，可是有什么吩咐？"

"请你过来，是希望你能帮我一个忙。你知道，我有个不省心的儿子。"王海涛笑道，"子尧这孩子，从小叛逆，实在是让我操了不少的心，如今他回国也不愿意回我这里，我很不放心。希望能有一个人帮我管好他。你是我看着长大的，我一直把你当儿媳妇来看。这件事交给你我最放心。"

"王伯伯信任我，丽莎自然义不容辞。"徐丽莎的眼睛亮了，她高兴地一口应承了王海涛的委托，"正好我最近也没有什么活动，能和子尧哥多接触接触那自然是最好。"

"那就拜托你啦！你的任务可不简单，当年那个郝波波，现在可又回来了。"王海涛摇头，递过一张打印得密密麻麻的纸张，"当年子尧就被她迷得昏头转向，现在她又出现，指不定会出什么幺蛾子。"

"我这就去看看！"听到郝波波，徐丽莎一刻也不想等，她接过郝波波的信息就立刻起身，决定先去探一探情况。

徐丽莎简单地扫了一下王海涛给她的资料。循着资料上的介绍，她驱车来到郝波波工作的工作室。

国际超模的光临，震惊了整个工作室。冯经理和陈美媛赶紧重点照顾，两人一左一右地围着徐丽莎，生怕她有什么不满意。

而郝波波躲在角落里，看着那个被人围在中间，光芒四射的女人。

没错，就是她！

郝波波的心里呐喊着，六年前所发生的一幕幕闪过眼前，郝波波紧紧握住双拳，只觉得心如刀绞。

就是她，徐丽莎，那个六年前和王子尧一起半裸着躺在床上的女人。

郝波波默默地退后，躲进了自己的办公室，却没想到，徐丽莎紧跟着艳光四射地走了进来。

"我是来找你的，郝波波！"徐丽莎十分随意地关上门，反客为主，自己找了一把最为舒服的椅子坐下。

"找我有什么事？"郝波波低声说着。

"找你来谈谈，你和我家子尧的事情。"徐丽莎高傲地笑着，"不瞒你说，虽然大家都不提，但你应该知道子尧的身份，海尧集团的太子爷。"

"是的，我知道！"郝波波重重地吸了几口气，静下心来。

"你应该也知道，像我们这种家庭出来的孩子，婚姻其实并不能自主。我们要考虑到很多东西，家族、企业还有利益。所以，他不可能和你这样的女孩在一起。"徐丽莎的嘴角翘起，慢慢地说道，"而我，正是子尧父亲看中的儿媳妇，是他的未婚妻，我们迟早会结婚。子尧他自己也清楚这个事实。"

"我知道你曾经和子尧有过一段情缘，也知道，最近他和你走得很近。但我仍然希望你和王子尧保持距离。这样对你，对我，对他都好。"

郝波波紧紧握着拳头，艰难地开口："过去的一切都已经过去了，我并没有和王子尧继续的打算。六年前那段失败的感情就已经证明了，我和他并不合适。我也不会和他保持什么密切的关系。你可以放心。"

"这样就好。"徐丽莎轻笑着起身离开，"那我就不打扰了。"

虽然郝波波的态度让徐丽莎还算满意，可她依旧不能放下心来。想到一直以来王子尧对她避之惟恐不及的态度，她决定再做点什么。

红色的玛莎拉蒂灵活地转了个方向，朝着上海 CBD 的方向急驰而去。

上海 CBD 最中心的那栋楼，是王子尧的公司所在地。

徐丽莎一路顺畅地来到王子尧的公司门口。子尧公司仅剩的那六个人正忙碌着，程序员敲着代码，美术画着三视图。而刘欣雨正忙着从应聘者中筛选出合适的人才。

王子尧不在，徐丽莎推开门口的玻璃门，径直走了进去。

"请问您是哪位？"刘欣雨迅速发现了异样，她飞快地起身迎接。

"啊，你好。"徐丽莎看了看刘欣雨，笑着点点头，却没有停步，径直走向王子尧的办公室。

"等等，您不能过去。"刘欣雨试图阻拦，却被徐丽莎拨开。

"我知道这是什么地方，王子尧成立的公司。"徐丽莎继续向前走，一边走一边说道，"忘了自我介绍，我是徐丽莎，你们老板的未婚妻。"

"未，未婚妻？"刘欣雨吓得愣在原地，看着徐丽莎旁若无人、气势十足地走进了王子尧的办公室，刘欣雨甚至不敢拦下她。

徐丽莎坐在王子尧的老板椅上巡视了一圈，心中十分舒畅。一直以来，她对王子尧的追求总是以失败告终，而这一次，顺利地对郝波波进行了警告，又成功地在王子尧的公司宣布了主权。让她觉得，这是一个好的开始。

然而，下一刻，徐丽莎就被王子尧的办公室里各种各样的儿童玩具吸引了目光。她立刻想起了情报上有关秋秋的部分。

这些玩具都是给秋秋准备的。

徐丽莎咬紧牙，迅速地拿起桌上的电话机打了一个电话。五分钟后，一个小型装修队就来到了王子尧的办公室。

刘欣雨目瞪口呆地看着这一切，想阻拦，却又不敢。这么风光靓丽的女子，这么旁若无人的态度，她应该真的是王子尧的未婚妻吧？

徐丽莎指挥着装修队把王子尧的办公室按照她的喜好重新布置了一番，所有办公室里她看不顺眼的东西，以及子尧淘来的那些儿童玩具，全部被她扔进了垃圾桶。

不到一个小时，王子尧的办公室变了一个模样。

徐丽莎满意地看着自己的劳动成果，拍拍手走人。

在徐丽莎完成了对他办公室的改造之后没多久，王子尧就回了公司。

被徐丽莎的行为吓坏的刘欣雨，几乎是在见到他的同一时刻就冲了上来，向他汇报："尧哥，刚才你的未婚妻来访，她可能对你的办公室布置不满意，把办公室重新布置了一番。"

王子尧一头雾水："我的未婚妻？我什么时候有个未婚妻了？"

刘欣雨惊呆了："什么？不是老板你的未婚妻吗？她说她叫徐丽莎。"

"徐丽莎？"王子尧脸色一变，他迅速冲进自己的办公室里。整个房间焕然一新，王子尧目瞪口呆地看着眼前陌生的屋子，心中却在咆哮。

那些玩具，那些他千辛万苦为秋秋淘来的玩具，全都不见了！

"刘欣雨！"王子尧叫道。

"在！"紧跟在王子尧身边的刘欣雨急忙回答。

"你当时怎么不把她赶出去？"王子尧恨恨地一拳锤在徐丽莎新

换的办公桌上，仍在心痛自己买的那些玩具。

"那个，老板你别怪我。"刘欣雨缩了缩脖子，小心地说道，"这个徐丽莎，又风光，又漂亮。我就不敢赶她出去。而且后来发现她还是国际超模，就觉得这样的名人，不可能冒充老板你的未婚妻。"

王子尧看了看装扮平凡的刘欣雨，扶额苦笑。

上次带她去拉风投的时候，他就感受到了刘欣雨小小的自卑。只是没想到，这自卑还能导致这样的结果。

王子尧做出了改造刘欣雨的决定。他带着刘欣雨去买衣服，去美容院，各种整理妆容。

只是，在经过王子尧这样的直男癌审美改造后，刘欣雨甚至连自己本身的甜美都被掩盖了，彻底成了一个四不像。

王子尧带着四不像的刘欣雨回了小区。

他们刚进小区门，迎面就开来一辆红色的玛莎拉蒂。这辆车看起来是正打算出小区，却在小区门口硬生生地又拐了个弯，一直开到了王子尧和刘欣雨的面前。

"哟，这不是霸道总裁王子尧吗？"车窗摇下，徐丽莎神采飞扬地和垂头丧气的王子尧打了个招呼，"这是怎么了？这么没精打采的。"

"你少说两句，莫名其妙闯地进我公司，改造我办公室的账，我还没跟你算呢！"王子尧烦躁地回答。

"啊，说到办公室，你身边的这位小妹妹不就是你手下的员工么。我在你办公室里见过的，她当时还和我打招呼来着。"徐丽莎显然心情很好，笑眯眯地说道，"怎么她今天被弄成了这副丑样儿？明明上次见到还是个挺可爱的妹子。"

刘欣雨顿时躲也不是，不躲也不是，最后只好羞愧地站在原地，头低得低低的。

偏偏徐丽莎还不放过她，继续补刀："我猜猜啊，这肯定是子尧你干的好事。也只有你这种直男癌的审美，才能把妹子改造得这么丑。"

"你还能再恶毒点吗？"王子尧愤怒地回答。

"恶毒？"徐丽莎冷笑，"把她改造成这副模样的人可不是我。"

她转了转眼珠，又笑了："难得我今天心情好，你要是拜托我一下，我就来负责对妹子进行改造，保证让她一天变女神。"

王子尧狐疑地看着徐丽莎："真的假的？小时候抢东西你从来不让人的，还能这么好心？"

"那是抢东西，这又不是。"徐丽莎理直气壮地回答，接着她又问道，"最后一次机会，要不要我帮忙改造？"

"行，那你来负责改造！"王子尧爽快地回答，心情也顿时好了很多。

"上车吧，妹子。"徐丽莎推开车门，招呼刘欣雨。

刘欣雨胆怯地看了看王子尧，子尧把她往车上推："上去吧，徐丽莎别的不行，打扮什么的，还挺厉害，你跟她走，回来就脱胎换骨了。"

"什么叫我别的不行？"徐丽莎愤怒地对子尧比了个中指，一踩油门，带着刘欣雨离开了。

名模出手，果然不凡。

徐丽莎的形象设计团队为刘欣雨量身打造了一套形象，令刘欣雨受宠若惊。在经过了一番改头换面之后，刘欣雨整个人仿佛脱胎换骨了一般。无论是从形象还是气质上，都能直接媲美一线明星，简直成了上海 CBD 区最靓丽的风景之一。

王子尧十分欣喜，他觉得徐丽莎在围追堵截之外，总算是干了点好事。

刘欣雨的改变让大家都很开心，唯一不开心的人，就是她的男友李伟。李伟原本对自己自信满满，觉得以自己的能力和海尧集团设计师的身份，配刘欣雨肯定没有任何问题。

然而，他现在却眼睁睁看着自己的女友，从一个小白领变成了网络公司的总裁助理，总管全公司的事务。

而现在，她又从一个看起来容貌普通的女孩，变成了堪比明星的大美人。

本来淡定的李伟焦急起来。

他开始患得患失，害怕失去这样完美的女友。他开始更加努力地工作，以期有成功的那一天。

而对于王子尧来说，除了刘欣雨成了 CBD 女神这样一个好的变化以外，他还获得了另外一个好消息。

刘欣雨告诉子尧，有一家风投公司看中了子尧的游戏项目，打算对这个项目进行评估。这是一家由徐丽莎推荐的风投公司，投资人是一名美籍华人，在风险投资领域极其资深。

对于即将面临弹尽粮绝的王子尧来说，这简直就是最好的消息。

他迅速调整状态，准备面见投资人。

到了约定好的时间，投资人如约而至。他优雅地迈着方步走到子尧身边，向他伸出右手："你好，我是吴迪。"

"居然是你？"王子尧指着吴迪叫道："游泳比赛耍诈的家伙！"

"哟，是你啊！"吴迪毫不在意地笑着，仿佛使用手段骗走王子尧的财产算不得什么大不了的事，"你是这个游戏项目的负责人？"

王子尧收起放在桌上的笔记本电脑，看也不看吴迪，对刘欣雨说道："我们走！"

"你不想要投资么？"吴迪推了推眼镜，玩味地看着王子尧，"据我所知，你的公司现在面临着资金链断裂的风险，如果再拉不到投资，这个项目就只有就地解散或卖掉两个选择了。"

"不用你管。"王子尧怒道。

"但是，在北美输光了所有财产的你，如果游戏项目也失败了，该拿什么翻身呢？"吴迪异常冷静地陈述着事实，"你回国的时候已经身无分文，据我所知，你连装修工程的费用都是问朋友借的，才好不容易撑起这个公司。我很看好这个游戏项目，我认为它很有前景。"

"但国内的风险投资商并没有如我一般的眼界与豪气，在你的项目展现出强大的盈利能力前，所有人都会捂着自己手里的那一点钱，却不肯投出。也就是说，除了我，你很难在短期内找到合适的投资方。既然如此，为什么不选择跟我合作呢？"

"与其因为我们过去的不愉快而拒绝我的加入，倒不如好好考虑一下我们合作的可能。"吴迪笑笑，伸出了右手，"作为风险投资人，我在业内的名气与信誉都非常高。我只对敌人用手段。"

王子尧脸上神色变换。他想到了自己的抱负与梦想，想到了对郝波波的承诺，想到了秋秋。想到被自己卖了整屋的贵重家具和藏品，却选择了大度原谅的平凡。

子尧知道，这一次，如果他放弃，就真的如吴迪所说，再难翻身。

既然如此，子尧想着，倒不如像这个吴迪所说的那样，相信他一次。反正现在，自己也没有什么可以被骗的了。

他笑了笑，握住了吴迪伸出来的手："你的口才真好，我被你说服了。那么，我愿意接受来自你的投资。"

"那么，合作愉快。"吴迪的金丝眼镜在太阳下闪过一道光芒，他的嘴角微微勾起，显得非常愉悦。

谈判完毕，王子尧长长地出了一口气，这一段时间一直笼罩在他头上的资金链断裂的阴影，终于散去。

吴迪礼貌地告别，他径直走向泊车的停车场。

"谈判得怎样？"他刚打开车门，一个温软的声音便传了出来。

"他接受了我的投资。"吴迪拉开脖子上整整齐齐的领带，坐进驾驶座。而副驾驶座上坐着的艳丽明媚的女子，却正是对王子尧纠缠不休的徐丽莎。

"真厉害，居然能说服王子尧那个自大狂。"徐丽莎由衷地赞道。

"我不过是在和他的赌博中小小地阴了他一把，又不是什么刻骨铭心，永远都化不开的仇恨，他又怎么会因为这个而放弃自己的梦想和前途呢！"吴迪笑道，"不过，你又是让我把他所有的财产都赢过来，又是让我帮他的公司渡过难关。究竟是为了什么？"

"我就是要让他知道，我对他来说有多重要。"提到这个，徐丽莎狠狠地咬住了唇。她愤怒地说道，"我要他从此以后，再也不能离开我。就算得不到他的心，我也一定要得到他的人。"

独家定制

　　王海涛看着办公桌上熟悉的照片，想着平凡最近的表现，淡淡地对石管家说道："我要举行一场服装设计比赛，所有的新锐设计师都可以参加。"

　　"老爷！为什么突然要举办比赛？"石管家有些不解地看向王海涛。

　　"平凡越来越不可控。"王海涛冷冷地说，"我需要扶持一个人来和平凡抗衡，这个人要有一定的设计才华，服装大赛冠军是最好的选择。比赛需要造势，顺便邀请徐丽莎担任评委吧！"

　　"是！"石管家点点头，毫不犹豫地执行了王海涛的命令。

　　石管家离开了，王海涛开始顺着楼梯，慢慢地一层一层往下走。他保持这个习惯，已经有很多年了。多年以前，他与好友一起打下了这样一片商业帝国。在那财富疯长的年代，他每晚都要巡视一下自己的领土。而如今，他这习惯也还是保留了下来。

　　此刻早已天黑，办公室里一个人也没有。只是，当王海涛走到七楼设计部的时候，他突然发现一个地方还亮着灯。

　　他慢慢地向亮着灯的办公室走去，这间办公室的主人是一个瘦小的男子，天色已晚，他却毫不在意。他埋头在稿纸上一张又一张地疯狂勾画着草图，几乎进入了忘我的境界。

王海涛的脑海中顿时回想起当年的自己。没有才华，却懂得努力，每天拿命去拼，终于获得了今天的一切。

这小子，也许就是当年的自己。王海涛在心中评价着。他推开门，走进这间灯火通明的办公室。

李伟依然在专心致志地画着草图，丝毫没有注意到王海涛的到来。

王海涛用赞许的目光看了看这个努力的小设计师，清了清嗓子。

李伟终于注意到，办公室里多了一个人。他慌忙抬头，却发现，站在他办公室里的，正是自己的老板王海涛。

"老，老板！"李伟惊异万分地叫出声来，"您怎么会在这里？"

"回去的时候发现这里还有灯光，所以过来看看。"王海涛温和地说道，"你很好，现在的公司，像你这么努力的人不多了。"

"哪，哪里！"李伟激动得说话都结巴了，"公司里勤奋的人也，也很多的。我不过是愚钝而已。"

王海涛伸手一张又一张地翻着李伟画好的图纸，评价道："不错，不错，肯努力，有想法，又有相应的才华。现在的年轻人，像你这样的不多了啊！"

"想不想更进一步？"突然，王海涛压低了声音问。

"什，什么？"李伟不敢相信自己的耳朵，还好，他迅速反应了过来，连连点头，"想，当然想。做设计师的，谁不想更进一步。"

王海涛笑了："公司现在所面临的处境是，所有的设计师都比不过平凡。他一个人压倒了所有的设计师，在他的强压下，谁也不敢有与他不一致的意见。"

李伟想起平凡之前讥讽的话语，连连点头，露出不能更赞同的神色。

　　王海涛话锋一转："然而，这不是我所愿意看到的。我希望海尧集团能有更多不同的声音。百花争鸣，所有人都能出成绩，这才是我的目的。"

　　"所以，我打算培养一个自己的设计师，让他获得与平凡等同的话语权，来与平凡进行对抗。你愿不愿意成为这样一个角色？"

　　你愿不愿意成为这个角色？愿不愿意成为这个角色？这句话直接在李伟耳边炸响，在他的脑海内循环了无数次，他才想起，还没有说出自己的选择。

　　"愿意，我愿意！"李伟激动得连连点头，一条腿直接就跪了下去，"老板，您放心，我要是真的能成为可以对抗平凡的那个人，您就是我的再生父母，我一定这辈子都听您的，绝不背叛您。"

　　"好，公司有一个新锐服装大赛马上就要举行。"王海涛点头道，"你明天就报名参加新锐服装设计大赛吧！只要你能获得冠军，就有了可以与平凡直接对话的成绩。我也好有调动你职位的借口。"

　　"是，老板，我一定会努力去争夺服装设计大赛的冠军，决不让您失望！"李伟大声回答。

　　这一瞬间，李伟觉得，只要在这次大赛中得了冠军，他就会像平凡一样，进入上流社会，拥有一切！并且，彻底地征服刘欣雨！

　　很快，海尧集团要举行新锐服装大赛的消息就传遍了业界。

　　平凡在知道比赛的第一时间就驱车前往郝波波供职的工作室。在他看来，以郝波波的才华，完全有资格，也有能力参加这样的比赛。

　　只是平凡却没能想到，在他兴奋地告知郝波波的时候，郝波波却拒绝参赛。

　　"波波，为什么不参加比赛？"郝波波不肯参加比赛，平凡急得团团转。

他努力运用自己并不强大的劝解能力，只得到郝波波的一个回应，那就是摇头。

就在平凡不知道如何再继续的时候，一声尖叫猛地响起。伴随着"砰"的一声，郝波波办公室的门被猛地撞开。

一个瘦瘦小小的男人闯了进来，正是工作室的负责人冯经理。

"我的天，郝波波，你竟然想放弃这么好的机会。新锐服装设计大赛啊！这可是海尧集团举办的新锐服装设计大赛啊！"冯经理凶神恶煞地冲上前大叫着："郝波波，我跟你说，你必须参加，你要是敢不参加，我炒你鱿鱼。还有，参加比赛就要拿到第一，你要是拿不到第一，那你就麻溜儿地自己走人！"

郝波波默默地扶额："好吧，我参加，我参加就是了。"

冯经理立刻喜滋滋地出去了，扔下平凡和郝波波两个人风中凌乱。

在海尧集团铺天盖地的广告宣传下，在无数设计师们的期盼下，这一场暗流涌动的比赛，终于拉开了帷幕。

由于新锐服装设计大赛声势浩大，引起了业内所有人员和无数吃瓜群众的关注。

服装大赛如火如荼地展开。

波波和李伟在设计大赛中表现出色，过五关斩六将，一起进入了最后的决赛。

作为本次比赛中最紧张也是最隆重的一个环节，决赛一共需要耗时三天。而且，决赛要求参赛者将自己的设计图制作成衣。

组委会公布的设计主题——风。

李伟在自己的稿纸上涂涂画画。他对自己的设计稿十分不满意，却一时之间想不到更好的设计方案。无奈之下，他烦躁地扔下铅笔，开始思考。

铅笔在桌面上弹跳了两下，滚落在地。

李伟弯腰捡起，在他起身的时候，突然发现，从这个角度，郝波波的设计稿赫然映入他的眼中。

只看了一眼，那飘逸的设计与精美的褶皱就令李伟再难忘怀。

他的思维灵感大动，飞快地在稿纸上涂画起来。

李伟飞快地推翻了自己原本的设计，进行了重新创作，郝波波作品的闪光点被李伟一点不改地窃取。

而坐在评委席上的徐丽莎，发现了李伟的异样。看到李伟的动作，她立刻意识到，李伟可能看到了郝波波的设计稿。

徐丽莎微笑起来，她敏锐地发现，把李伟的出场时间放到郝波波之前，是她最好的抉择。

如果李伟有抄袭郝波波，率先出场将对他有利。而在李伟之后出场的郝波波，即使采取了同样的设计方案，也无法获胜，反而会成为业界的笑话。

很快，徐丽莎轻声将自己想要调换出场顺序的想法，向作为组委会负责人的王海涛提了提。王海涛心领神会，不到五分钟，新的出场顺序就调整完毕，赶在选手们提交设计稿之前，就重新分发给了组委会的所有成员，以及各个评委。

平凡看到出场顺序的变动，心立刻沉了下去。

作为世界知名的顶级设计师，他也注意到了李伟的异样。可他并没有切实的证据，也无法阻止徐丽莎的行动。

封闭创作会一结束，平凡就把郝波波和王子尧拉到了一边，低声将自己的猜想与担忧说了出来。

"这次封闭创作会，为了保持神秘性，就连记者的摄像机也不会拍摄选手的设计稿。只有在事后公布时，才会将设计稿展示出来。"平凡深吸一口气，努力抑制着自己的激动，"根本就不会有证据证明，你的设计方案在李伟之前，而李伟，是看到了你的设计，然后才进行了新的修改创作。"

郝波波全身都在颤抖。竟然会遇到这种事！

"后天才是成品的时间。在此期间，波波能不能对作品做出一些改动？"王子尧问。

"不行，"平凡摇头，"设计稿和效果图已经上交了，如果做出来的成品和设计稿相差很大，反倒证实了波波心虚，故意改动了成品。"

"我们率先对外宣布李伟抄袭呢？"王子尧接着问。

"也不行！"平凡继续摇头，"李伟抄袭，只是我的猜测。现在，所有决赛选手的设计稿都在组委会负责人，也就是你爸手里，没有对外公布。如果我们率先公布抄袭，可结果却是李伟没有抄袭，波波一样会身败名裂，被冠上心胸狭小，为获胜不择手段的罪名。"

"所以这事就无解了吗？"郝波波绝望道。

突然，子尧眼前一亮："不，也许不是无解。"

"怎么做？"平凡比郝波波还要急切。

"强迫他们改变比赛规则！"王子尧咬牙道，"我们在网上散布流言，逼迫海尧修改决赛规则，这事我比较熟，我来操作。"

郝波波绝望地看着王子尧，在这种时候，也许只有这种方法可以试一试了。

很快，新锐服装设计大赛的微博话题就登上了热门搜索榜单的第一位。整个话题里，铺天盖地地充斥着各种有关服装设计大赛决赛题目泄露，有参赛人员提前做好了设计稿的内容。

而且，那些流言最终都指向了李伟。新的谣言鹊起，海尧集团为了让自己的员工获胜，不惜泄露决赛题型的内容大热。

很快微博上就群情沸腾。

就在这时，突然有人提出了新时代新人类新决赛办法的口号。要求海尧集团取消原本的决赛设计，重新提出新的设计标准，并改用当场利用现有服装面料，现场创作即兴服装的规则！

这一轮要求，再次被各种转发，对各式各样的互联网吃瓜群众造成了一波屠版伤害。

当时间到达晚上的时候，新时代新人类新决赛办法仍高踞微博热搜榜榜首，话题热度久久不降。

而此时的平凡，正参与着集团高层的会议。

会议上，王海涛平日里的儒雅早已不见踪影，他开着电脑，调出微博热搜榜一阵咆哮："这是怎么回事？究竟是谁在捣鬼？"

"王总，现在网上提出了新时代新人类新决赛办法的口号，要求我们作废之前的决赛设计，重新出题，改用现场创作即兴服装的规则！"坐在平凡身边的高层，企业策划总监说道。

"不可能！如果海尧集团能被那群网络暴民威胁，那今后我们将寸步难行。"王海涛怒吼。

"但网上现在说得有鼻子有眼的！如果放任发酵，会直接影响到企业形象。这种情况，就算我们公布设计稿，也无法洗清。"媒体公关总监平静地说明问题。

王海涛一滞，作为设计稿的保管人，他深知，设计稿不能公布。因为李伟确实抄袭了郝波波的设计亮点。

就在王海涛犹豫的时候，他的手机响了。接完电话，王海涛巡视了在座的高管一眼："可以散了。电视台和服装协会对现场创作即兴服装的想法非常感兴趣，要求我们接受网民提议修改规则。"

平凡偷偷地在大会议桌下捏了捏拳头，心中无比兴奋，郝波波的这次危机，居然真的成功度过了。

很快，新规则的决赛就开始了。

郝波波站在舞台上，深吸了一口气。这次危机的度过，让她有了一种劫后余生的感觉。她站在舞台上，心情却异常平静。

场下的观众席上，王子尧正带着秋秋和陈美媛、冯经理等人在台下加油。

无论如何，也要发挥出自己的最好水平，把冠军带回去，郝波波心里想着。

只是，当她拿起布料时，那一条横贯布料的大口子令现场的所有人目瞪口呆。

郝波波并不知道，王海涛早已暗中布置了人手，在决赛现场随机发放布料的环节做了手脚，故意将分给波波的布料弄坏。

李伟已经开始了制作，可郝波波仍然因为布料的问题，而不知所措！

平凡在评审台上心急如焚。

就在这时，郝波波看到了自己的女儿秋秋。她灵机一动，将残缺的布料裁开，进行了二度创作。

在她灵活的手指下，一件童趣十足的成人休闲服装渐渐成型！

在电视台设计的大赛提问环节，面对自己的作品，波波不慌不忙地说道："服装设计，其实本该是量人裁衣。布料的残缺，不代表生命力的消损，根据原料的特质进行裁衣，这才是设计师的最高境界……"

局势迅速逆转，观众们纷纷鼓掌！

平凡毫不犹豫地为郝波波打出了满分。一旁早已得知王子尧为了郝波波动用网络资源的徐丽莎却再次冷笑，她为郝波波打出了六分的低分。

"我不是设计师，不知道你所谓的量人裁衣是什么概念，"徐丽莎冷冷地讽刺，"我只知道，你这件衣服如果交给任何一个普通人，都不会有人乐意穿出去。服装本身与它的使用人群气质不符，你告诉我，穿着这种衣服的成人，是什么模样？"

最终评分结果算出，李伟以平均分九分的成绩获得冠军。而郝波波，虽然感动了全场的观众，却依旧与冠军失之交臂。

波波平静地看着台下，虽然没能获得冠军，但她已经证明了自己的才能，她在心里极为感激子尧和平凡的帮助。

走下舞台，郝波波时隔六年之后，再一次主动拥抱了王子尧。

这是她第一次觉得，在王子尧的冒失背后，还有着敏锐的直觉，与缜密的思维能力，高智商不是吹的。原来，王子尧也是个靠得住的人。

一旁的冯经理红着眼眶拍了拍郝波波的肩膀："做得不错，我会一直支持你，虽然你没能拿到官方颁布的冠军，但在我心里，你就是冠军。"

一向毒舌的冯经理能说出这样的话，郝波波都惊呆了。她好久以后才回应："冯经理，您会这么说实在是我的意料之外。我还以为我真的要走人了呢！看来您还是喜欢我的。"

冯经理傲娇地哼了一声："别以为我喜欢你，我只是喜欢你的才华！给我努力工作！"

郝波波顿时哭笑不得……

王子尧站在海尧集团的大门前，他是来找他的父亲，那个被叫作王海涛的男人。

在等待很久之后，王海涛的车，终于缓缓从海尧集团开了出来。

王子尧冲上前去，挡在车的前方。车停下了，王海涛打开车门下车，看着王子尧在寒风中冻得瑟瑟发抖的身影。

"真是没想到啊！我的儿子，居然还会来主动找我。"两人对视良久，终于还是王海涛先开口了。

子尧摇头："我一直很怕您，但是这次，我觉得我必须来找您了。我希望您能公平地对待郝波波。"

王海涛淡淡地道："原来是为了那个使用各种手段勾引你，迷了你心窍的女人啊！你想让我怎么公平地对待她？"

"父亲，我现在还叫您一声父亲，因为没有您，确实不会有我的存在。但是，您说波波勾引我，迷了我的心窍，我却是不能接受的。"王子尧冷冷地回答，"她从来没有勾引过我，是我先爱上她。她也没有迷了我的心窍，她只是教会我思考，让我明白，一个独立的人该如何生活。"

"是吗？前脚跟你吵架，后脚就跑去跟别人嘴对嘴接吻，真好啊。"王海涛冷笑，"别忘了你们当年是怎么分手的。"

"那都是误会！我跟她谈过了，她当时在跟别人玩游戏。"王子尧急急地辩解。

"游戏都玩到嘴对嘴接吻了啊，你还能接受？"王海涛摇摇头，回到车里，"我老了，不懂你们年轻人的想法。我只认定徐丽莎这一个儿媳妇。其他乱打主意的女人，还是从哪儿来回哪儿去吧。你可别忘了，徐丽莎等你等了十几年。"

父子的谈话不欢而散，王子尧失落地站在寒风阵阵的初冬夜里。

而父子俩都没注意到，街角，一个抱着单反相机的小报记者正翻着相机里的照片，嘿然而笑。

　　第二天，海尧集团父子为了一个女人而不合的八卦在传统纸媒与各类网络新媒体上铺天盖地地传播。

　　王海涛气得砸了一张桌子。

　　最终，他觉得不能就这么算了，于是拨通了郝波波的电话。

　　"我希望你离开我的儿子，王子尧。"王海涛在电话里一字一句清楚地对郝波波说道，"作为补偿，我可以安排你进入海尧集团，给你首席设计师的位置。年薪、提成，随便你开。如果不愿意进入海尧，我也可以安排你进你想去的任何一个服装设计工作室。你觉得如何？"

　　"我不会离开子尧。"郝波波也一字一句地回答。

　　"如果你是觉得我开的条件太差，还可以加上分手补偿费用。金额你可以自己定。"王海涛强硬地说道，"但是，我警告你，不要敬酒不吃吃罚酒。如果你非要赖在我儿子身边，我会用尽一切手段毁掉你。我知道你很喜欢设计，郝波波，如果让你永远失去自己最爱的职业。从此再也无法进行服装设计，你觉得如何呢？"

　　王海涛的威胁，反而激起了波波的战斗性。她冷笑着不为所动："六年前，我因为一些误会离开了子尧。但这一次，无论如何选择，我都只会遵从自己的内心，绝不会被其他人影响。所以，您还是收回您的威胁吧，我不会因为这个就离开子尧。"

　　"好，很好！那你最好小心一点。"王海涛冷冷说着，挂断了电话。

　　郝波波猛地担忧起来。

　　"石管家，你找到郝波波的老板。"挂断电话，王海涛又拨通了石管家的电话，"你找到他，告诉他，只要找机会开除郝波波，我会将'FAN'旗下用于快时尚的品牌的其中一些设计交给他们工作室来做。"

　　王海涛冷冷地吩咐着。

很快，他就收到了来自石管家的汇报，冯经理已经同意了王海涛的条件。

冯经理开始有事没事地找波波麻烦，波波为了孩子和生活，忍气吞声，常常加班到深夜。

陈美媛再一次负担起照顾秋秋的任务。

在没日没夜地忙碌了小半个月后，郝波波终于等到了一个不需要加班的日子。波波特地通知陈美媛，今天不需要去接秋秋了，她亲自去接。

可没想到，到了快下班的时候，冯经理又亲自拿过来一个订单。

"波波啊，这是之前小赵的设计任务，客户有些不满意，点名要求你帮他改。"

郝波波疲惫地叹了口气。

在一阵疯狂的赶工之后，郝波波向幼儿园飞奔。到达幼儿园时，天已全黑了，郝波波跌跌撞撞地冲进幼儿园白色的大门。

"秋秋，秋秋，妈妈来接你了！你在吗？"郝波波大声叫着，期待秋秋的回应。

幼儿园的大门紧闭，院子里静悄悄的，班级里也是，哪里都找不到秋秋的身影。

"秋秋，秋秋你在哪？"遍寻不应，郝波波抖抖索索地掏出手机，翻出林老师的手机号，给老师打电话。

"林老师，我家秋秋呢？"电话刚接通，郝波波就急切地问道。

"秋秋啊，她下午的时候被一个男人接走了，说是你让他帮忙接孩子的。"林老师回答。

郝波波顿时想起了王海涛的威胁，她的脑海中轰的一声，接下来的话，她全都听不到了。

"不会，不会的！"波波喃喃地念着，跟跟跄跄地向幼儿园外走去。

就在这时，街边的公园里传来一阵笑声。

"秋秋，是秋秋的声音。"郝波波疯狂地向着声音发出的方向跑去，靠近了才发现，子尧和秋秋正在幼儿园隔壁的公园里荡秋千。

子尧站在秋秋身后，轻轻推动着秋千，秋秋显然很开心，难得地笑出了声。

郝波波愣在原地，一股怒气猛然从她胸口升起。

"王子尧！你接走秋秋怎么不事先跟我说一声？"她凶巴巴地走上前去，拉住秋千，把秋秋从秋千上抱了下来。

"抱歉，我手机没电了。"王子尧疑惑于郝波波的情绪激动，却依旧老老实实地回答。

"为什么不留在幼儿园里？接走秋秋说是我让你去的！却不说你的名字！你知不知道我有多担心？"郝波波想起之前的惶恐，悲从中来，情绪失控怒吼。

"幼儿园关门了，我也是怕你担心，才一直和秋秋在这里玩。"王子尧被莫名其妙的一顿吼，觉得十分委屈。

郝波波没再理他，拉着波波转身就走。就在这时，秋秋突然拉了拉郝波波的袖子。

"怎么了？"郝波波疑惑地看向秋秋，却见秋秋一副欲言又止的样子。

秋秋愣愣地看着郝波波半天，颤动着嘴唇慢慢地逐字逐句地说道："手、机，掉、水、里，是、我、的、错。"

"你是说，因为你的原因，王叔叔的手机掉到了水里？"郝波波思考了一下，问道。

秋秋连连点头。

王子尧手足无措地站着，竟不知如何是好。

"秋秋刚才说，你的手机不是没电了，是被她弄掉到水里了。"郝波波抱着秋秋转过身来，看向王子尧，语气温和，"秋秋从来不说谎，所以，这才是真相吧！"

"秋秋不是故意的。你别怪她。"王子尧下意识地回答。

"对不起。"郝波波满怀歉疚地向王子尧道歉，"我不会怪秋秋的，这是我的错。倒是你，莫名其妙被我迁怒。我真的不知道该如何向你道歉才好了。"

"啊，没关系，"王子尧笑着提议，"请我吃顿你做的饭就好了。"

"那行，今晚做饭给你赔罪。"郝波波笑了。

夜越来越深，郝波波的家中却灯火通明。秋秋高兴地在和王子尧一起玩。郝波波在厨房里忙碌着，桌子上，热腾腾的菜越来越多。

为了赔罪，郝波波专程为王子尧准备了一大桌他爱吃的菜。

吃着波波做的饭菜，看着可爱的女儿，子尧希望这幸福的一刻永远停驻……

平凡已经下班，他闻到了熟悉的香味，也听到了波波家传来的笑语，却平静地关上了门。

苍白的真相

服装大赛虽然结束，但是，郝波波作为呼声最高的参赛选手，依旧收到了海尧集团产品发布会的邀请函。而令她惊奇的是，王子尧居然也收到了邀请函。

王子尧皱着眉看着那封邀请函，以及随着邀请函一起奉上的王海涛亲自手写的信。王海涛希望子尧作为特殊嘉宾参加产品发布会。

子尧犹豫了许久，想到郝波波也要参加发布会，于是决定去看看。

服装发布会结束之后，照例是记者提问时间。底下的记者开始把各种长枪短炮向前伸。

"我想问王海涛先生，如何看待这次服装大赛决赛时出现的网友一致要求改变比赛方式的要求？"站在最前面的一个记者迫不及待地发问了。

王海涛高高地坐在主席台正中央回答："我们认为，这种新颖的比赛方式，必将改变服装设计比赛格局，它可能会被规模更大、数量更多的服装设计大赛所采用。而想出这种比赛方式的人，也将被所有人铭记于心。"

"我们都知道这个方式是网络上提出的，看王先生的意思，您似乎已经知道了这个比赛方式的提出者是谁？"记者追问。

王海涛意味深长地笑了："没错，说起来你们也许不信，新决赛方式的提出者正在现场。而且，特别巧的是，他正是我的独子，海尧集团的继承人王子尧。"

记者们顿时骚动起来，无数的闪光灯对着王子尧闪动着，照得王子尧睁不开眼睛。

"子尧六年前前往美国深造，今年已学成，毕业归国。今后我将慢慢把手中的权力交给子尧，他是我的接班人，也会是海尧集团下一任总经理。"王海涛趁热打铁，向记者们抛出了一记重磅新闻，"海尧集团在接下来将会进入一个新老交替期。容我介绍一下，名模徐丽莎，正是子尧的未婚妻。两人早已订婚，而子尧将在与徐丽莎成婚后全面接手海尧集团。"

现场也寂静了一小会儿，紧接着，整个场面都沸腾起来。

王子尧愣了一会儿，猛地抢过身边的麦克风大声地叫道："不，这个消息是个假消息，我和徐丽莎女士没有任何关系，我们不是情侣，也没有订婚，这是我父亲的一厢情愿。但是很抱歉，我不能同意。"

"我早已有了心爱的人，正是服装设计师郝波波，我喜欢她。"

郝波波惊讶地看向王子尧，不安地动了动，却没有反驳。

王海涛摇头道："子尧，我作为你的父亲，自然希望你幸福。但是，你别忘了，你和郝波波六年前就有过一次失败的闪婚，当时你们为什么分手不用我再说吧？而现在，她更是一个单身母亲，带着一个连父亲都不知道是谁的孩子。这样的女人，怎么可能配得上我的儿子？"

现场一片寂静，饶是见多识广的记者，也被这样的故事惊得愣住了片刻。

然而，没多久，发布会现场就响起了一阵更大的躁动。闪光灯向着郝波波闪个不停，记者们蜂拥般地挤向郝波波所在的位置，将各式各样的话筒纷纷往她面前伸。他们七嘴八舌地问着各种各样的问题，发布会现场热闹得像个菜市场。

郝波波惊恐地看着眼前混乱的场面，以及越来越露骨的问题。

她从未想过，只是参加一场新闻发布会，也会变成如此混乱的局面。王海涛有意公布了她和王子尧当年的婚姻关系，并以她是个单身母亲来攻击她的名誉，这让她不但手足无措，更是难以接受。

场馆内的声音越来越嘈杂，气氛也越来越诡异。郝波波面对着无数记者的问题攻击，终于承受不住这股压力，愤然离席。

王子尧急急忙忙地追了出去。

郝波波疯狂地向前奔跑，她忍住眼泪，掩面冲出新闻发布大厅，她不愿再面对记者们的疯狂发问。而来自子尧父亲的满满恶意，更是让她认识到，她和王子尧，想要走到一起，简直难比登天。

"波波，波波！你冷静一点。"王子尧大声叫着。

郝波波却头也不回地冲出了大门。

而因为这次的新闻发布会事件，郝波波已经心碎。

沉闷的空气，突然响起了惊雷，银色的闪电划过天空。突如其来的暴雨倾盆而下，仿佛老天也如郝波波一般的伤悲。

王子尧焦急地在人群中挣扎着，他被记者们团团围住，无法脱身。只能眼见着郝波波毫不顾忌瓢泼般的大雨，浑身被淋得湿透，却依然一步一步艰难地向前走着。而自己却被记者们环绕，寸步难行。

郝波波在雨中木然地向前走着，她早已被雨淋得湿透，脸上分不清是泪水还是雨水。她从未想过，人心可怕，竟然能可怕到这种程度。她并没有考虑过和王子尧重新开始，甚至从未打心底接受王子尧。

她一边走一边流着泪，根本就没有注意，自己已经走到了路口。

就在这时，斜刺里冲出一辆车，车速极快。因为大雨，郝波波没能听到车辆开动的声音，直到很近了，她才看到车头闪烁的灯光。

然而，已经来不及了。

车辆发出尖锐的刹车声,可那小车依然以极快的速度向郝波波冲来。

"就要死了吗？"郝波波愣在原地。

一只手猛地搂住了她的腰，她落进一个人的怀抱里，这个人带着她冲向另一边，险险地避过了那辆车速极快的小车。

紧接着，他们就重重地摔到了地上。

郝波波摔进了一个坚实又柔软的胸膛里，而身下作为肉垫的人，却疼得闷哼一声。

"你没事吧？"郝波波慌忙爬起来，想要看看救命恩人是否受伤。

然而她惊讶地发现，这个人是平凡。

"平凡！你不要命了吗？"郝波波惊叫着扶起平凡，"你受伤了！"

即使在雨中，郝波波也能看见，平凡的胳膊汩汩流出鲜红的血液。

"我没事。"平凡露出温柔的微笑。

"你不要再说了，我们去医院。"郝波波慌忙制止了平凡的话语，看着平凡身上的伤，波波泪如雨下！"平凡，你为什么那么傻？你知道不知道刚才有多危险？只要再慢一点点，你就会被车撞到啊！"

"只是擦伤而已。"平凡看了看自己流血的胳膊，温柔地答道，"如果我不去救你，那么你就会被那辆车迎面撞上了。你给了我第二次生命，为了你，我受点伤又算得了什么呢？"

郝波波的泪水混在雨里，模糊不清、伤心、感动、委屈的情绪接踵而至，她猛地扑到平凡怀里，抑制不住地大哭。

平凡紧紧地抱住波波，两人在雨中久久不分离……

王子尧直到晚上才到家里，他显得十分狼狈，参加新闻发布会时所穿的笔挺西装，现在已变得满是褶皱。发型也变得乱糟糟的，整个人看起来仿佛是从某个超市促销的人堆里刚挤出来一样。

平凡早已回家，一直坐在沙发上等待着王子尧。

"子尧，你有没有想过，你和波波在一起，到底给她带来的是幸福还是伤害？"平凡紧紧盯着王子尧的眼睛问。

"你这是什么意思？"王子尧不解。

"你的父亲，他并不喜欢郝波波，他也不希望你们在一起。"平凡直截了当地说道，"所以他在服装设计大赛上做手脚，在新闻发布会上对郝波波进行攻击。而且，只要波波和你还有联系，这样的攻击会源源不断。"

"王子尧，这样真的好吗？"

王子尧无言以对，他低声说道："即使如此，平凡，我相信，一切都会好的。我只是需要一点时间来处理这一切。"

平凡失望的摇头："子尧，我给过你时间，也给过你机会。我习惯于永远让着你。但你却没有让她快乐。所以，从今天起，我不会再让了。从今天开始，我将重新追求郝波波，和你公平竞争。"

说罢，平凡起身回到了房间，看着床头柜上摆放着的他与波波的合影，平凡第一次觉得如此畅快。他决定,从现在开始,将重新追求心爱的女人！

而隔壁的房间里，王子尧拿着手机，也在刷新今天的新闻。他与平凡有着同样的担忧，而在看到网络上铺天盖地的他与徐丽莎订婚的消息时，除了对郝波波的疼惜，王子尧心里只有愤怒。

为什么？为什么这个男人，总是要掌控他的人生？

忧心着郝波波的情况，王子尧起了个大早，他要向郝波波道歉。王子尧穿戴整齐，来到郝波波家的门前，轻轻敲响了大门。

门没有开，王子尧继续敲门，大门始终紧闭，只有陈美媛的声音从门后传出："她不想见你。"

王子尧愣住了，他看着紧闭的铁门，决定等到郝波波情绪平复的那一天。

子尧开始早出晚归，全身心地投入到工作之中。在一段时间的忙碌之后，子尧的游戏架构渐渐成型。项目进展十分顺利。

子尧觉得有必要向投资人汇报一下项目进度。于是，趁着吴迪还留在上海，子尧驱车来到吴迪位于上海的住所。他在别墅外停下车，走了进去。

吴迪和徐丽莎坐在一起，正讨论着什么。他们面前，咖啡散发着袅袅的余温。

见到王子尧，两人都惊讶地看了过来。王子尧愣住了，他将目光转向吴迪："你们认识？你向 tree 网络投资，是不是来自徐丽莎的授意？"

吴迪笑了笑，点了点头："我承认，确实是徐丽莎小姐推荐的。也确实是因为她，我才考虑你的公司。"

"所以，公司的控股人，实际上是徐丽莎吗？"王子尧忍住心凉，继续追问着。

吴迪还没有说话，反倒是徐丽莎坐不住了，她咬着牙紧盯着王子尧问："你从来到这里，就一直对我视而不见，我真的就那么引你厌恶吗？无论我为你做了多少事，付出了多少代价，你从来没有考虑过，也从来不领情。是吗？"

"抱歉，"王子尧苦笑着拒绝，"感情的事，不是你喜欢我，我就会喜欢你的。我不会为了投资而出卖自己的感情。我只喜欢她。"

徐丽莎猛地抓起咖啡杯向王子尧扔去，可惜她的准头并不好。咖啡杯划过王子尧身边，砸到地上摔得粉碎。

　　她转身抓住吴迪的手臂叫道："吴迪，撤掉他的投资，停止投资他的公司。"

　　吴迪悲伤地看着徐丽莎，握住她的手，却艰难地摇了摇头："抱歉，莎莎，我不能撤走。"

　　"为什么？连你也要背叛我了吗？"徐丽莎狠狠地叫道，"为什么不能撤？"

　　"莎莎，我们在商言商，王子尧并未违反我们之前所签署的投资协议。他的项目研发进度符合要求。而且，王子尧的公司确实有发展潜力。"吴迪扶着徐丽莎，小心翼翼地说道。

　　"所以，就算是我开口要求，你也不帮我了吗？"徐丽莎用力甩开吴迪的手。

　　"你和王子尧，我当然帮你，可是莎莎，这样的帮助，并不涉及商务方面。你让我投资王子尧，我帮你，但是我不能在王子尧未违背约定的情况下撤资，这是原则问题。"吴迪呆呆地看着自己被甩开的手，无奈地开口，"而且，感情这种事，不是可以强求的。"

　　"那又怎样？我就是要强求。"徐丽莎愤怒地起身走向自己的座驾，"人生在世，能遇见一个自己喜欢的人是多么难得，我才不要放弃。你不帮我，我自己来。"

　　红色的玛莎拉蒂发出轰鸣，绝尘而去。

　　徐丽莎一边流着眼泪，一边漫无目的地开着车。

　　一直以来，在她受伤的时候，吴迪都会陪在她身边，默默地安慰或者帮助她。但是这次，连吴迪都拒绝了她的要求。

　　想到这里，徐丽莎只觉得自己被整个世界抛弃了。

　　徐丽莎跌跌撞撞地在酒吧街下车，冲进了其中一间酒吧。

　　点了一打伏特加，徐丽莎熟练地打开酒瓶，仰头灌了一大口。

这口酒喝下去，一股火辣辣的感觉从口中顺着食道烧到胃里。徐丽莎觉得胸中的郁闷都淡了不少。

不过一会儿，徐丽莎面前的小桌上就摆了好几瓶伏特加的空瓶。而她自己已经醉眼蒙眬。

酒吧里从来不缺闲得无聊的男人，徐丽莎艳丽的容貌，和明显已经喝醉的状态，迅速引起了几个小混混的注意。

见到喝醉的徐丽莎，混混们轻佻地吹了声口哨。他们三三两两地围了上来，站在徐丽莎身边。

酒吧的工作人员来来去去，仿佛没有看到这里即将发生的犯罪。

"今天运气真好！出来玩，还能碰到这样的极品。"混混头目朝徐丽莎伸出右手，喜笑颜开，"这妞真正点，长得好看，身材还火辣。"

然而，在他的手即将触碰到徐丽莎的时候，却被另外一只手抓住了。混混头目挣扎了一下，可那手就如铁钳一般紧紧夹着他的手臂，让他无法挣脱。

"干什么？阻碍老子泡妞，找死啊！"混混头目骂骂咧咧地回过头。

一个拳头迎面重重地击中了他的脸。只一拳，就将他打翻在地上。

"你他妈的找死！给我上！"混混头目被打蒙了，倒在地上只剩下条件反射的叫喊。

混混们纷纷抽出随身携带的长棍、匕首冲了上来。

来人轻松地将他们全都撂倒在地上，他正是吴迪。由于不放心徐丽莎，在王子尧离开后，就跟着出了门。

徐丽莎心情不好，他只敢远远地跟着。徐丽莎冲进酒吧买醉，于是他也跟了进来。

吴迪伸手抱起徐丽莎，小心地带着徐丽莎离开了这个混乱的酒吧。

徐丽莎被抱起，伸手搂住吴迪的脖子不肯松手，她含糊地问着："子尧哥哥，是你吗？子尧！"

吴迪抿抿嘴，不说话，他默默地抱着徐丽莎来到自己的车边，打开门扶着徐丽莎坐下。

"你来接我了，我就知道，你不会忍心丢下我不管。"徐丽莎醉得不轻，她虽然看着吴迪，却没能认出他来，只把他当成了王子尧。

吴迪尴尬地松手，想要放开徐丽莎，却被徐丽莎抱得更紧了。他还没反应过来，就被徐丽莎堵住了唇。徐丽莎紧紧搂着他，疯狂地吻着。

这个绵长的吻结束后，徐丽莎已经喘息不定。

她的脸颊嫣红，眼神迷蒙，显得异常的美丽诱人。吴迪咬着牙，狠心将徐丽莎塞进车的后座，关上车门。又喘着气来到驾驶座，将徐丽莎送回家。

将徐丽莎安顿下之后，吴迪还是不放心，于是干脆在沙发上躺了一夜。

这一整夜，吴迪睡得并不安稳。房间里的徐丽莎时不时发出一两声短暂的抽泣，那哭声落在吴迪耳里，却伤在他的心上。

天刚亮，房间的门突然被徐丽莎打开了，看到沙发上躺着的是吴迪时，她依旧露出失望的神色："原来昨晚送我回来的是你啊！"

"抱歉，让你失望了。"吴迪默默坐起，看着一脸倦意的徐丽莎。

"不过，我倒是没想到，你昨晚居然能忍下来。"徐丽莎上下打量了一下吴迪，突然笑了笑，"你不是一直喜欢我么？"

"原来你知道，我一直以为我隐藏得很好。"吴迪惊讶，他笑了笑，"我是喜欢你，然而我不想成为别人的替代品啊。如果能够和你在一起，我希望徐丽莎喜欢的是吴迪，而不是你心中想着王子尧，却勉强自己和我在一起。"

平凡走过海尧集团大厦顶楼长长的走廊,身侧是初升的太阳。他回头看了一眼那耀目的光芒,毅然地在王海涛的办公室门前停了下来。

设计大赛后,李伟在公司地位上升得极快。王父甚至开始和李伟单独讨论未来的公司走向、设计风格。而这功利现实的风格,是平凡无法接受的。在一次设计会议上,李伟第一次顶撞了平凡,让平凡极为不快。随后王海涛却支持了李伟。

这是平凡所无法接受的,再加上对波波事件的不满,会议结束后,平凡独自推开了王海涛的办公室门。

"怎么了,平凡?"王海涛支起双手,略带奇怪地看着平凡,"为什么不敲门?"

"我大概是最后一次来找您了吧。"平凡淡淡地说。

"这是什么话?"王海涛好奇道。

"我觉得,如今我的理念和您的理念,已经产生了偏差。"平凡站在王海涛的办公桌面前说,"而且,公司已经有了一个实力高强的设计师,也到了我离开的时候了。"

"你是说李伟吗?"王海涛笑道,"你放心,他威胁不到你的地位,'FAN'这个品牌还要靠你来管理呢。我起用他,不过是想让他负责一个新的青春型的品牌线设计。"

平凡坚定地摇摇头:"感谢您的好意,可我心意已决。"

"那你别忘了,'FAN'一直是属于海尧集团的品牌。你离开可以,这个品牌就跟你没关系了。"王海涛沉下脸说道。

平凡愣住了,"FAN"这个品牌,是由他的父亲,也就是当年的十大裁缝师傅平东升创立的。他进入海尧集团,也是为了"FAN"而来。

为了保护父亲潜心创造的"FAN"品牌,平凡终于艰难地说道:"我明白了，王总，我不会放弃'FAN'这个品牌。所以，这次离职申请，我撤销。"

"这就对了。"王海涛得意地笑了起来，"加油啊！平凡，我看好你哟。"

平凡默默地离开了王海涛的办公室，厚重的木门在他身后关上，然而平凡没有回头。这个来过多次的办公室，竟然让他觉得如此陌生。

平凡开始渐离海尧集团。李伟当然高兴看到这一幕，他成为了海尧集团的红人。

在冬天来临的时候，李伟终于做了一个决定，他要向刘欣雨求婚。

毕竟，现在的刘欣雨早已不是当年那个傻傻的邻家小妹，她时尚、美丽、大方，而且管理着一个颇有前途的网络游戏公司，是公司的总裁助理，前途不可限量。

外滩的米其林餐厅，是一家极为著名的高档餐厅，以烤肉而著名。李伟早早地就在这里订了一个包间，为了保持浪漫的气氛，还专门吩咐服务员准备了烛光晚餐。

昏黄的烛光摇曳着，将一切的气氛都衬托得浪漫起来。

刘欣雨如约而至，李伟看着刘欣雨如花的笑颜，心中突然有了一点得意。这样漂亮又成功的女孩，是他的女朋友啊！

他把从口袋中掏出装着戒指的盒子打开，对着刘欣雨单膝跪下。

"欣雨，今天请你来，其实是想向你求婚。"李伟诚恳地看着刘欣雨说道，"我已经想明白了，我喜欢你，我希望你做我的妻子。"

刘欣雨错愕地看着那枚在烛光下闪闪发光的戒指，有些慌乱道："你先起来。"

"不，你先答应我！"李伟坚持。

刘欣雨看着单膝跪地的李伟，犹豫着，她早就发现李伟有些变了，浮躁、自负、目中无人。于是，摇了摇头："李伟，我暂时不能答应你。你收起戒指来吧！"

"为什么？"李伟激动地问道，"我比以前更成功了。为什么你不肯嫁？"

"我不跟你说了！"刘欣雨气急，她站起身，打开包厢的门，"你自己想想吧，你要是不反思，我肯定没法嫁给你。"

"站住！你凭什么不嫁给我？"李伟用力拉扯着刘欣雨往包间里拖，"我今天一定要好好教训你！"

"你混蛋！"刘欣雨尖叫着，"救命！"

"老子教训媳妇，"李伟红着眼睛扫视着被这边的动静吸引而来的食客，"我看谁敢管！"

听到李伟的话，原本起身的食客都坐了回去。

然而，就在这时，一声怒吼将整个餐厅都震得静了静："我看谁敢欺负我妹妹！"

刘欣雨转头，正好看见两个雄壮的身影从座位上站起，她欣喜地叫了起来："大哥，二哥！"

刘龙三步并作两步地赶到刘欣雨身边，拉过她，一拳将李伟打回了包厢："你这个只敢欺负女人的东西！敢说我妹妹是你老婆，也不看看自己是什么德行，癞蛤蟆想吃天鹅肉。"

"哼！"刘虎睁圆了眼睛，狠狠地瞪着李伟，"我警告你，再抹黑我妹妹的名声，我揍得你生活不能自理。"

李伟艰难地从地上爬起来，按着被刘龙打的地方，呲牙咧嘴地叫道："你们给我等着！"

"好小子，我们就等着，看你能耍出什么花样来！"刘龙对着李伟比了个中指，护着刘欣雨离开。

刘家兄弟离开后，李伟径直驱车来到刘龙和刘虎两兄弟工作的小区，找到物业。

物业经理姓李，是一名满脸胡渣的中年男子。他一脸疑惑地看着李伟，奇怪道："你是哪位？"

"李经理您好，我有事情想请您帮忙。"李伟小声道，他向李经理手中拍了个红包，"这里一万块，是孝敬您的。"

"哎！你这是干吗？"李经理看着手中的红包，想收，又不敢收。

李伟直截了当地说道："我跟您手下的两个保安，刘龙和刘虎有过节，希望您能开除他们。只要您办这一件事，这钱就是您的了。"

李经理贪婪地看着手中的红包，二话没说，撕开红包取出里面的钱数了数。

数罢钱，他点点头："成，这事我帮您办了。炒两个保安而已，这事我能做主。"

"那就拜托您了！"李伟只觉得胸中的闷气被一扫而空，从头到尾都透着舒爽。他得意洋洋地开车离开。

刘欣雨和刘龙刘虎两兄弟刚搭乘公交车回到小区。

李经理正在保安室等着他们。

"李经理，您今天怎么在这里？"见到李经理，刘龙异常讶异。

李经理冷着脸，将手揣在兜里偷偷地摸着那一叠钱："你们俩被业主投诉了。说你们俩以权谋私，还深夜在小区里打业主。你们的行为造成了极大的恶性影响，经公司决定，你们被开除了。"

"怎么可能？俺们兄弟俩可是本本分分的。"刘虎叫着。

李经理并不为刘虎的辩解所动，他昂着头从刘氏三兄妹面前走过："公司的决定已下，你们争辩也没用，还是想想今晚在哪过夜吧。"

"不会是你们揍老板的那次吧？"刘欣雨转身向门外冲去，"我去问问老板。"

刘欣雨飞快地冲到小区的二单元十一层,用力敲响了平凡家的大门。

门刚开,刘欣雨就问道:"老板,有没有向物业投诉我的两个哥哥?"

"你的两个哥哥?刘龙和刘虎?"王子尧一愣,"我投诉他们做什么?他们出什么事了?"

"他们被物业炒鱿鱼了。"刘欣雨把前因后果说了一遍,她眼眶一红,差点落下眼泪,"我知道不是你,可是还是忍不住来问一问。他们是因为我才被炒的。"

就在这时,平凡突然开口了:"正好,我的幼儿园缺两名保护小孩子的保安,要不然,你让你的两个哥哥到我的幼儿园来上班吧。幼儿园提供食宿。"

"真的吗?"刘欣雨抬起头,眼中又有了希望。

"真的!"平凡点头。

刘家兄弟顺利地在幼儿园入了职,孩子们都很喜欢这对看起来威风八面的叔叔,刘家兄弟也喜欢孩子们。王海涛也没有什么动作,平凡悬着的一颗心慢慢地放了下来。

平凡从公司撤身后,有了空余时间。他最近一直在陪伴着波波,甚至陪同波波和陈美媛,去看了陈美媛青梅竹马的男人,郝波波的亲大哥,现在在监狱中服刑的哥哥郝宋宋。郝宋宋由于七年前一起纵火案,被判有期徒刑十年,正在服刑期。

在探视室,当看到带着手铐和脚镣的郝宋宋时,陈美媛泪流满面。

"宋宋!"她深情地叫着,慌慌张张地把带来的礼物通过探视窗塞过去,"这些东西,是我和波波为你准备的,你在里面应该用得上。你拿着,我等你出来。"

郝宋宋接过陈美媛准备的礼物,垂下头,不说一句话。

陈美媛痴痴地盯着郝宋宋，叫道："宋宋，你好好改造，争取减刑，我一定等你。"

郝宋宋紧紧抓着礼物，却叹息着起身，拖着长长的脚镣，越走越远。

"郝宋宋，你记住，我等你出来。"陈美媛流着泪，对着郝宋宋的背影叫道。

郝宋宋顿了顿，头也不回地向前走了。

回程路上，三个人都十分安静。郝波波在发了一会呆之后，突然主动对平凡讲起自己大哥的事情来。

原来，当年宋宋为了培养波波，自己辍学，这才让郝波波有了足够的资金读完大学。而如今，即使郝宋宋身陷囹圄，波波与哥哥的情谊依旧没减弱。

郝波波的故事，让平凡想起了幼儿园附近的小区有很多外来务工的孩子，他们都由于没钱没法上学。

平凡觉得，他应该为这些孩子做些什么，于是，他决定组织一次义演，将义演所获得的收入全部捐献出来，用于资助这些孩子们上学。

而这次义演，将由幼儿园所有的小孩子一起参加。

主意一出，获得了整个幼儿园从老师到家长的一致赞同。

为了培养秋秋的自信心，在画义演的宣传画时，平凡带上了秋秋。

郝波波站在一边，远远地看着平凡和秋秋一起在幼儿园的墙上共同画彩色的颜色，很是欣慰但是脑海中，却总是不由自主地想起那日游乐场中，秋秋和子尧的背影……

她扭过头，无意中发现幼儿园附近一个老人，也一直在看着平凡。然而，他却在躲避波波的目光。

郝波波心生好奇，她走上前去询问着："大爷，您认识里面的那个人吗？"

　　老人擦了擦满是皱纹的眼角，答道："认识，那是我的儿子，平凡。"

　　"您的儿子？"郝波波笑了，"我不太信，既然是您的儿子，您为什么不去见他。您又是谁呢？"

　　老人苦笑着摇摇头："我啊，我叫平东升。"

　　他最后留恋地看了一眼仍在作画的平凡，没有过多的解释，默默地转身离开了。

　　"你在看什么？"平凡好奇地问。

　　郝波波回过神来，笑道："我刚才在这里碰到了一个老人，他说他叫平东升，是你的父亲。"

　　平凡的脸沉了下来，他僵硬地答道："哦，是他啊！他当年犯过大错，你别理他。"

　　"什么错？"郝波波觉得十分奇怪。

　　平凡犹豫地看了看郝波波，一咬牙，答道："也罢，这事跟你说其实也没什么。他当年是国内的十大传奇裁缝师之一。但是，当我的母亲患了癌症，住在医院里的时候，他却和初恋情人旧情复燃，导致我的母亲病情恶化去世。从此，我就再也不能原谅他。"

　　郝波波心疼地看着平凡，重重地叹了一口气："想知道我现在怎么想吗？"

　　"嗯，你怎么想？"平凡疑惑地看向郝波波。

　　"我在想，你父亲这些年所受的惩罚，也许够了。"郝波波抬头看向蔚蓝的天空，"我们不能活在仇恨与回忆里。他来看你，说明他还爱你，对你有诸多挂念。不要等到他去世以后，才来后悔。"

　　平凡低头沉吟着："我会好好考虑你的话。"

　　周末，平凡默默开出自己的座驾，前往郊外。也许，真的应该去看看父亲了，平凡想着。

守望中的幸福

自从妻子去世后，平东升一直住在郊外的一所农庄里。平凡把车停在了父亲的小农庄外。

平东升正在菜地里忙活，他摘了一大堆自己种的蔬菜，又抱着蔬菜进了厨房，准备了一大桌子菜。

平凡坐在车里看着这一切，心中五味杂陈。

他想起父亲跟他说过，无论周末他回不回家，父亲都会做好一桌子饭等他。平凡默默地咬紧了下唇，忍住了眼眶中打转的眼泪。

父亲上次跟他说这个话，已经是七年前了。

平凡拿起放在副驾驶座上的红酒，打开车门。

平东升正端着两盘菜走出厨房，看到站在小院外的儿子，惊讶得停下了脚步。他的全身都在颤抖，手更是抖得几乎抓不住盘子。

平凡深深地吸气，将心中的情绪强压下去，向平东升露出一个艰难至极的微笑，用尽量平淡的声音说道："我回来了。"

"啊！"平东升呆呆地点头，忙不迭地把平凡向屋内让，"回来就好，回来就好！"

父子俩终于在多年之后，第一次心平气和地坐在了一张桌子旁吃饭。

平东升捏着筷子，犹豫地看着平凡："那个，你今天怎么会想起回来看我？"

平凡大口吃着饭，却依旧没忘了说话："是一个女人改变了我，她劝我回来的。"

平东升定定地看着平凡，缓缓点头："是那个在幼儿园的女人吧？"

"对，就是她。"平凡点头。

平父笑了："我见过她，她是个好女人。如果你觉得值得等待，就默默地陪伴着她，总有一天，你会找到幸福……"

被父亲鼓励的平凡，对波波更加热诚。他决定幼儿园义演当天，在最后一个压轴的节目《小魔女》中，对波波表白。

然而义演当天，在秋秋上场后不久，一个圣诞老人从天而降。

真的是从天而降，他背着大大的礼物袋，从庭院中唯一的大树上轻盈地滑下。

现场立刻欢呼了起来。

圣诞老人摇摇摆摆地做出滑稽的举动，向小朋友们派发着礼物，小朋友们欢叫着，接过一个又一个礼物。

很快，圣诞老人的礼物袋就空了，他扭头，对秋秋做了一个手势。

秋秋看到了熟悉的手势，跳上前去，和圣诞老人一起跳起了转圈舞。在秋秋和圣诞老人的引领下，小朋友们纷纷拉着家长加入了舞蹈的行列，一次全场参与的大联欢开始了。

压轴节目异常成功，引发了捐款的大高潮。义演非常成功。

然而，平凡和郝波波都纳闷地看着场内。别人不知道，他们却十分清楚，这个圣诞老人，并不在节目的计划内。他是从哪来的？

节目表演完毕，圣诞老人摘下头套，露出一张帅气的面容，竟然是不请自到的王子尧……

秋秋欢快地扑进王子尧怀里，这一刻，她活泼得简直不像一个自闭症儿童。

王子尧抱起秋秋，意气风发地看着平凡和郝波波。他知道自己不受欢迎，如果贸然提出要参加义演，很可能会被拒绝。

因此，他只能选择这种方式从天而降。

义演结束，平凡做了一个决定。他邀请郝波波和王子尧一起前往咖啡馆，决定把事情说清楚。

在幼儿园附近的咖啡馆，平凡坐在王子尧对面，看着这个从小与自己一起长大的兄弟，心中不是滋味。

王子尧笑着捧起咖啡，看着平凡和郝波波："今天这个出场，我策划了很久，是不是帅爆了？"

"是啊，帅爆了。"平凡漫不经心地点头。

王子尧笑了笑："我也觉得。毕竟我喜欢波波，我要以最帅的姿势在她面前出场。"

"你先解决你家里那个未婚妻再说你喜欢我！"郝波波却不领情。

"波波，我曾经说过，我最喜欢的女人是你。以前是这样，现在也还是这样。"王子尧轻笑，"徐丽莎不过是我父亲强塞给我的女人，我并没有承认她的身份。"

"所以这就是你理直气壮地拖着你的未婚妻徐丽莎然后还来追求我的理由？"郝波波愤怒地砸碎了咖啡杯，"你的父亲不喜欢我，他公然在新闻发布会上挑衅，说我未婚先孕，是个单身妈妈，配不上你王大少。他甚至威胁我和秋秋。平凡为了秋秋的安全，专门聘请了刘龙刘虎两兄弟当幼儿园的保安，你别告诉我你不知道！"

王子尧愣住了，他从未想过，他的爱会为郝波波带来困扰。他更不知道，平凡突然说幼儿园需要两名保安，是由于这个原因。

"对不起，我没想过，会为你带来这么多的困扰。"王子尧嗫嚅地说着。

"你先把你身上的那堆烂摊子解决吧。在此之前，我们还是当普通朋友比较好。"郝波波说着，起身拿起自己的包包，"我累了，就先回去了。"

平凡紧跟着郝波波站起身来："波波，我送你。"

王子尧毫不示弱，跟着站了起来："虽然现在还没解决徐丽莎和我父亲的问题，但是，作为普通朋友，我送送你还是没有问题的吧？"

郝波波疲惫地摇摇手，示意他们随意。

两个男人紧跟在郝波波身后，一股奇怪的电波从他们身上发散。平凡和王子尧对视一眼，同时开口。

"我会给她幸福。"

一年一度的"FAN"品牌发布会，即将开始。一直以来，平凡都异常重视这个品牌的服装发布会，而这一次，他更是对发布会的每一个细节都亲自过问，容不得半点闪失。

海尧集团，他不再有感情，但是"FAN"品牌，却是父母一起创立的品牌，绝不能砸在自己手里。他甚至暂时放下了追求郝波波的计划。

随着时间一天天的推移，平凡越来越紧张。

王子尧如今虽然与平凡有着直接的感情竞争关系，但是对于这个从小一起长大的兄弟，却依旧是关心的。他终于把自己的精力从秋秋那里分出了一半，用来帮助平凡打理一些他能够出力的小事。

然而在发布会的前一天，王子尧却遭到了徐丽莎的纠缠。

徐丽莎优雅地在王子尧面前转了个圈，笑道："这次的服装发布会，我会上场呢！主打的五套服装，全部由我来负责走秀。"

"哦，那恭喜你了！"王子尧不冷不热地敷衍着。

"也不知道平凡设计了什么样的服装来给我穿，应该挺厉害的吧！"徐丽莎咯咯笑着，"说不定我穿出去，全场都会震惊哦！"

王子尧定定地看着徐丽莎："平凡设计的服装，会有那么厉害吗？"

"也许哦，他不是服装设计界的鬼才吗？"徐丽莎眨眨眼，将手机随手扔到了王子尧面前的小桌上，"我去一趟洗手间，帮我看着手机。"

王子尧看着徐丽莎离去的背影，目光顿时深邃起来。徐丽莎刚才说的那些话到底是什么意思？

子尧四下看了看，见没人注意到他，迅速拿起徐丽莎扔在面前的手机。

徐丽莎的手机没锁。

王子尧心下一沉，这次的服装发布会，绝对出事了。他飞快地翻开徐丽莎的短信，没有内容。打开 QQ，依旧没有内容。

当他打开微信时，微信第一条，王海涛的信息迅速晃进了他的眼睛。

"由你领衔走秀的系列服装须进行置换！撤下平凡设计的服装，改换为李伟设计的服装。'FAN'品牌风格由李伟负责。"

王子尧拿着徐丽莎的手机，呆若木鸡。

怎么会，怎么会这样？平凡，他可是海尧集团的功臣啊！

王子尧飞快地冲向主会场。他必须尽快将此事告诉平凡。

平凡正在检查着每一个小细节，务必要求尽善尽美。王子尧却管不了那么多了，他抓住平凡，拉着平凡来到一处偏僻的休息室。

"听着,下面这个消息,对你极为不利,你先深呼吸,然后听我说。"王子尧按着平凡的肩膀,压低了声音说道。

"怎么了?"平凡惶恐地看着王子尧。

"这次服装发布会,王海涛要换掉你设计的服装,改用李伟设计的服装。"王子尧说道。

"你说什么?"平凡猛地推开王子尧,推得他一个趔趄,"你怎么知道?"

王子尧勉强站稳了身子,定定地看着平凡:"徐丽莎的微信里,有王海涛的消息。这次服装发布会,她领衔走秀。"

"这不可能!我去问他!"平凡丢下这一句话,就往休息室外冲,他的速度之快,以王子尧的运动健将之能,居然也追不上他。

平凡直接冲进了王海涛的办公室。他重重地喘着粗气,瞪着血红的眼睛看着王海涛:"王总,我自认为对公司兢兢业业,从来没有什么不妥,为什么您要将我设计的'FAN'品牌系列服装置换掉?"

"啊,原来是为了这个。"王海涛慢条斯理地说,"这不是你自己的选择吗,平凡。虽然你收回了辞职申请,但是,看看你最近都做了些什么吧!设计部所有的事务处理都是李伟完成的,你并没有承担起设计总监的责任。"

"所以,您置换掉了我的设计?"平凡冷冷地问,"那么,我现在重新申请离职还来得及吧?"

"当然来得及。"王海涛微笑着点头,"但你记住,离职后,你将不能用'FAN'品牌。"

平凡平静地转身,把王海涛的办公室甩在了身后,他不想再受王海涛的牵制。

平凡驱车回到那个位于上海郊外的农庄,平东升正在菜地里浇水。

他冲下车，抱住早已老迈的父亲，强忍着悲伤告诉平东升，自己毁掉了"FAN"品牌，它现在已被王海涛易手。

平东升淡淡地拍了拍平凡的头："'FAN'不重要。"

平凡愣了愣，疑惑地看着父亲。

"品牌是由人创造的，"平东升苍老的声音，此刻却带着一股莫名的力量，"品牌能成就设计师，但更多的是一个好的设计师，成就一个品牌。'FAN'没了就没了，本来它就是属于海尧集团的品牌，即使它由我一手创建，却依旧不属于我。但是你，可以再创建一个新的，只属于自己的品牌。"

平凡呆住了，他咀嚼着父亲的话语，品味着其中的意思。慢慢地，他恢复了信心："我明白了，重要的不是品牌，重要的是人。失去一个品牌不重要，只要我的实力还在，我就能再创造一个比'FAN'更强的品牌。"

平东升点点头："就是这个道理。"

平凡目光灼灼地看着平东升："我一定会重新建立一个属于自己的，更好的品牌。"

看着儿子自信满满地驱车离去，平东升若有所思，他终于在时隔八年后，再次走入了王海涛的办公室。

八年前，他是王海涛的合伙人，共同经营服装企业海平集团，但却因故被迫离开公司。随后海平集团改变股份，更名海尧集团。

平东升冷冷地警告王海涛："我可以容忍你王海涛不顾一切地赚钱，但我不能容忍你对我儿子的打压！你是什么人，我太懂了，现在你逼他离开海尧，绝对不会就此收手。以你的性格，绝对不会容忍像平凡这样优秀的设计师流落在外。但是，我警告你，如果你想毁掉平凡，那么我也可以用我所知道的海尧集团的幕后交易，以及我以前的资源，毁掉海尧集团。"

王海涛并不想招惹昔日强劲的搭档，他想了想，笑了："你放心，有老友你的面子在，我绝对不会对平凡出手。"

平东升点头："就等你这句话。那我没别的事就先走了。"

平凡离职后，接到的第一个电话来自郝波波。

"平凡，你没事吧？"郝波波低声道，"你的事，我听子尧说了。"

"我没事。"平凡温和地笑了，是啊，没了'FAN'又如何呢？自己还可以创造出一个新的、更有影响力的品牌。

就在这时，冯经理的声音突兀地响起："郝波波，听说那个设计师界的鬼才平凡，从海尧集团离职了啊！你不是跟他很熟吗？你去问问他愿不愿意来咱们工作室！工资随他开！"

冯经理的声音，透过郝波波的手机，一字不漏地传到了平凡的耳朵里。

平凡忍不住在电话那头笑出了声。

郝波波尴尬不已，她捂住手机话筒，对冯经理叫道："冯经理，您声音小点，都被人听到了。"

"啊？被谁听到了？"冯经理疑惑不解。

平凡在电话那头笑道："他想我加入你们工作室，我可以和他谈谈。"

"什么？"郝波波惊呆了。

"替我转告冯经理，下午我上门拜访，就这么说定了。"平凡笑道。

郝波波挂了电话，只觉得自己仿佛仍然在做梦。平凡要加入她们工作室？

她用一种恍惚的口气对冯经理说道："冯经理，平凡同意加入我们工作室。"

"哦，你刚才就是在和他打电话啊！他不愿加入就算……"冯经理的话说到一半突然顿住了，"你说什么？"

"平凡同意加入我们工作室。"郝波波重复了一遍，她还是觉得自己在做梦，"他说他下午来工作室和您谈签约相关的事宜。"

"哎哟，这可是天大的好事啊！"冯经理大呼小叫地出去了。

很快，平凡从海尧离职，签约冯记工作室的事情，就传遍了整个设计师圈子。

王海涛第一时间得知了此事，他迅速叫来了刚刚升任设计部总监的李伟。

"平凡加盟了冯记。"王海涛阴沉沉地说道。

"您又何必为此而担心？冯记不过是一个小工作室。"李伟满不在乎地笑道，"在这样的小工作室里，他平凡就算是有天大的本事，难道还翻得了身？"

"蠢货！"王海涛猛地一拍桌子，"平凡是什么人，你难道不知道？世界服装大赛一百多年也才举行了四十七届，还有好几届情愿空缺也不肯选出不合格的冠军。我不管你用什么方法，'FAN'在口碑上，一定要打败冯记的品牌。"

"是，是！我保证。"李伟擦着汗道。

而平凡和郝波波成为真正的同事后，王子尧有事没事就往工作室跑，名为拜访，实则是查探。他异常担心平凡和郝波波，两人如今朝夕相处，如果在这期间发生了一点什么，子尧觉得，大概自己会后悔不迭。

而工作室成立的新品牌的名字，也是子尧给起的——"四叶草"。

很快，在平凡和波波两人娴熟的配合下，四叶草的第一个系列服装"活力"迅速定下了设计稿，并制作出了第一批成衣。

然而，设计好的系列服装，却邀请不到名模前来上身宣传。这是因为王海涛和徐丽莎作梗，早已在模特圈下了禁止令。

平凡陷入了困境之中。就在他一筹莫展，只能回到幼儿园平静心情时，突然看到了在幼儿园的王子尧。

子尧正陪着孩子们画画，他被落下的颜料涂得满身水彩。

见到这样的王子尧，平凡的眼前一亮。健硕帅气的王子尧，浑身的水彩，散发的就是自己追求的那种活力的感觉！

不如，就让王子尧来当这个模特？他将自己的想法说了出来，子尧和波波以为平凡是在胡闹，没想到王子尧穿上设计好的衣服，效果出奇的好！

于是平凡果断决定，就让子尧和秋秋作为模特参加时装发布会。

然而，秋秋能站在 T 台上，面对所有人的目光吗？子尧心中掠过一丝担忧。

她本来就是一个有着自闭症的小女孩，不爱接触陌生人，而现在却要参加那样人潮汹涌的一场时装秀。

在发布会开始之前，子尧在化妆间里陪着秋秋。他在秋秋的座椅旁边蹲下，小声说道："秋秋，你听我说。这个地方叫化妆间。"

秋秋愣愣地回头，茫然地看着王子尧，却没有回话。

王子尧伸出一只手，把秋秋的小手握在掌心，继续絮絮地讲诉着："化妆间这个地方，是给大家化妆用的，只有化妆师，和被选中的活动参与者，才有可能进入这样的地方。是很厉害的位置哦。"

秋秋直直地看着他，一动不动。

王子尧没辙了，他低声对秋秋说道："我知道你害怕，可是你看，我也在这里。你并不是一个人啊！"

秋秋攥紧了王子尧的手，眼中的恐惧慢慢地降了一点。

"等一下，我们还要去一个高高的舞台。下面会有很多人，但是我会和你在一起。"王子尧想了想，继续慢慢地和秋秋说着话，"你不要害怕，就像在玩一样好啦！"

秋秋愣愣地点头，慢慢地转动了眼珠。

王子尧松了一口气。他第一次觉得，自闭症真是一种可怕的病。

它能将一个原本活泼开朗的人，变得只能缩在紧闭狭小的地方，不敢说话，也不敢动，心里只剩下恐惧。

外间的气氛越来越热烈，王子尧站起身，牵着秋秋，义无反顾地向着那个 T 形的舞台走去。

原本，他还有些羞怯，然而，看到患有自闭症的秋秋依旧努力着，仿佛玩耍一般地展示着服装的美好，王子尧突然领悟了。

在秋秋的调动下，他开始解放天性，释放风采。

这场走秀，引起了巨大的轰动。

王子尧并非一个专业的模特，从训练到正式走上 T 台，不过三天的时间。然而，这个简陋的服装发布会，却让王子尧将"活力"这个概念阐述得淋漓尽致。

这样的走秀，引起了圈内圈外讨论服装发布会究竟应该使用什么样的模特的风潮。也让冯经理的工作室收获了大量的订单，一时间，联系加工厂，制作版型，大批量生产，工作室的所有员工都忙得团团转。

而作为国内时装杂志的领头羊，《经典》杂志声嘶力竭地呐喊着"一个自然的模特，未经任何修饰，却将服装本身的魅力发挥到了极致，彻底诠释了这套名为'活力'的服装的感觉。而那些经过专业训练的，号称可以展现服装最美好一面的模特们，却只能按部就班地走着猫步。"

而这套"活力"设计更是被评为 2016 年度古凡尼杯最具风格奖的

服饰。设计师平凡、郝波波，作为四叶草品牌创立人，被邀请前往意大利参加由著名服装世家，意大利米兰古凡尼家族主办的设计师晚宴。

而这次晚宴邀请更是让冯经理有了进一步的想法，古凡尼家族独家生产的绒毛布料，是世界上极为难求的原料！一旦能和古凡尼先生结交，采购到原料，简直就是一飞冲天的机会！

于是冯经理特批资金，让平凡和郝波波前往意大利。

王子尧"悲情"地送二人去机场，他十分不愿郝波波与平凡单独相处，却又无可奈何。毕竟，郝波波与平凡前往意大利是因为公务。而且，他自己至今还没能解决徐丽莎的事情呢。

也许是想什么来什么，王子尧还没"悲情"完，机场休息室里，就出现了李伟和徐丽莎的身影。

原来，2016 年度古凡尼服装晚宴，李伟和徐丽莎也一同被邀请参加。而他们，也是冲着布料而去。

一下飞机，两组人马竞争速度，都赶到了古凡尼家。但古凡尼家的老先生古凡尼本人，却压根不知去向。家族的管理者大儿子马尔科·古凡尼说父亲性格古怪，然而布料就掌握在他的手里……

平凡和郝波波若有所思。

"郝波波女士，有人在门口想要见您。"就在两人冥思苦想之时，一名侍者来到郝波波面前。

两人好奇地跟着侍者来到晚宴的大厅门口，他们却发现，这个人正是一身西装的目前最火的模特王子尧。他是自费转了三趟航班而来，却因为没被邀请，被保安阻拦在了门口。

王子尧得意万分，号称要帮助二人，实则，是来监督的……

然而，在听平凡和波波说了古凡尼先生失踪的事实之后，王子尧却直接拉着平凡和郝波波直奔古凡尼家族的现任管理者马尔科·古凡尼的办公室而去。

"您好，古凡尼先生，我叫王子尧。"王子尧顺手从侍者的托盘里拿起一杯红酒，向马尔科致意，"我希望从您这里获得一些线索，让我能够把古凡尼老先生找出来。"

马尔科微笑道："我们借助了米兰的警力，和几个著名的私家侦探，都没能找出我的父亲。如果您能够办到，我并不介意向您透露一切可以透露的信息。"

"那可太好了！"王子尧笑着从西装的口袋里掏出一张白纸和一只短短的铅笔，"能否请您帮忙，绘制一份简单的城堡地图？"

马尔科奇怪地看着子尧，却依旧按照他的要求，画了出来。

紧接着，王子尧利用自己精密的思维，将古凡尼常去位置制定坐标，分析数据，又利用马尔科的行动路线做交叉对比。

他在这张简陋的地图上画出了一条又一条的线，最终，整个地图被密密麻麻的线覆盖。

马尔科十分配合地回答着王子尧的问题，却对王子尧的做法十分不解。

"请问，您这是在做什么？"

王子尧抬头看了马尔科一眼，回答："城堡，虽然后期进行了修缮，却并没有增加电梯。"

"而您的父亲，古凡尼老先生，是一个因中风而瘫痪，行动不便的老人。我怀疑，您的父亲，古凡尼先生，根本就没有离开这个城堡。"

"什么？"马尔科震惊了，"这怎么可能？"

"没关系，您跟我来。我也只是推测，现在，根据这个推测去验证一下就知道了。"王子尧站起身来，自信地说道。

中世纪的城堡，表面上装饰得富丽堂皇，但是越是往前走，装饰就越简陋，城堡看起来也越是寂寞。

他们在王子尧的带领下到达了一个小房间外，深吸一口气，王子尧小心翼翼地推开了那扇木门。

房间里黑漆漆的，伸手不见五指，从门外射入的光，也仅仅照亮了门附近的区域。王子尧掏出手机，找到手电筒，啪地打开。

一束明亮的光照亮了整个房间，也照亮了坐在房间角落里，一辆轮椅上的老人。

"父亲！"马尔科瞪圆了眼睛看着这个老人，仿佛在做梦。他小心翼翼地走上前去，摸了摸老人的手。

"混蛋，把你的手拿开。"老人咆哮起来。

"父亲！真的是您！"马尔科欢呼，他冲过来一把抱住王子尧，"王先生，您真是太神奇了！真的没想到，父亲果然躲在这里！"

古凡尼老先生怒道："我只想清清静静地一个人躲起来！"

平凡说道："真是抱歉，我们希望能购置一批贵家族的布料，因此专门把您找了出来。"

"布料我不卖，我不卖！"老人赌气一样地叫道，然后，他想起什么似的，又小声地补充道，"除非你们能让我高兴。"

在场的四人目瞪口呆。

"哎呀，要让他高兴，这要求可特殊了。"王子尧抬头望天，无奈地说道。

郝波波想了想，从随身的小手包中取出一条丝巾，献宝一样地送到老人面前。

"您看，这是一条来自中国的丝巾。"郝波波笑道，"它上面的刺绣、工艺，以及花鸟，都极为精美，像您这样的顶级设计师，在看到这条丝巾之后，会很高兴吧！"

"不！"古凡尼老先生沉下脸，"我一点也不高兴，你们根本就不知道我想要的是什么！"

"那我请人来给您表演滑稽剧，您看如何？"平凡问道。

"我不要看滑稽剧！"古凡尼老先生怒道。

"那父亲，我陪您去草坪上散步？"马尔科问。

"你闭嘴吧！"古凡尼老先生没好气地瞪了儿子一眼。

王子尧在一旁一直没出声，他上下打量着老先生，试图从老人身上找出什么线索。

当他的目光落在老人的脖子处时，子尧突然眼前一亮。

"古凡尼老先生，我能看看您的背心吗？"王子尧问道。

"我的背心有什么好看的！你这个浑小子成天不做正事。"古凡尼老先生怒吼。

然而吼归吼，他却还是露出了自己的背心，给王子尧看了一眼。这是一件有着红黑条纹间隔的背心，与王子尧的棒球帽看起来倒像是同款。

王子尧笑了，他胸有成竹地说道："老先生，作为一个 AC 米兰球队的球迷，我带您去圣西罗足球场看球赛如何？"

"你也喜欢 AC 米兰？"这一刻，老人如一个孩子般期盼地看着王子尧，"你真能带我去看球赛？"

"当然，"王子尧笑了，"今晚正好有一场足球赛，我们现在就能去。"

在王子尧、平凡、郝波波的帮助下，一辆黑色的劳斯莱斯驶离了古凡尼家族的城堡。子尧亲自背起老先生古凡尼，到达现场。

老人许久未到现场看球，激动得热泪盈眶，他跟着众人一起欢呼，兴奋得像个孩子！

原来，自从他去年中风后，儿女们担心他的身体，一直不让他外出。而老人却是 AC 米兰的铁杆球迷，无法到现场看球这个事使老人憋屈了好久。

看罢球赛，开心的古凡尼老人满意地和三人签订了布料订单。

"你这个孩子有前途聪明，我很欣赏你哇！下次来米兰，你记得，还要来找我看球啊！"他拍着王子尧的肩膀哈哈大笑，中气十足的样子，根本就不像是一个中风后行动不便的老人。

王子尧连连点头："老先生，您放心，咱俩都是 AC 米兰的铁杆球迷。我看个现场什么的，也不乐意一个人看，来米兰绝对找您。"

遗忘的时光

事情谈妥，剩下的日子，则成了子尧、平凡、波波三人难得的休闲时光。

"谢谢你，子尧。"郝波波向王子尧致谢。

王子尧却心中一动，笑道："如果你想感谢我，不如就陪我去一个地方吧！"

"哪里？"郝波波问道。

"米兰大教堂！"子尧道。

郝波波愣住了，这正是他们当年结婚的教堂。然而，郝波波还是点了点头："好！"

故地重游，他们来到当初举行婚礼的小礼拜堂，神父已经老了，然而他依然一眼就认出了两人："六年前，你们两个曾经在这里举行过婚礼吧。"

神父突然想起什么，指着教堂的一个方向："对了，你们当年挂上的情人锁还在呢！"

"真的？那我们去找找。"王子尧惊喜地说。

他和郝波波一起来到那个位于教堂一角的大树前，六年时间过去，这棵已上百年的大树依旧郁郁葱葱，六年的时光并没有给它带来什么变化，只是树身上的情人锁与树枝上悬挂的许愿带多了很多。

王子尧凭着记忆在树身上寻找着，翻动着一个又一个写满了希望与祝福的锁头。

突然，他发出一声低低的惊呼："在这里。"

王子尧拿着那个小小的锁头，翻来覆去地看。黄铜色的锁头上面刻着小小的字"王子尧和郝波波百年好合"，锁依旧牢牢地锁在铁链上，即使已经带上了锈色斑驳，字迹却依旧清晰无比。

王子尧低头，含情脉脉地看向郝波波，却见波波眼中已经泛起了泪光。他偷偷地将手塞进口袋，摩挲着一个精致的小盒子。

这是子尧为这次旅行所专门准备的戒指，在这次旅行之前，他就曾设想过，故地重游，如果波波能有所触动，他就趁热打铁寻求重新开始的机会。

而现在，机会来了。

就在这时，突如其来的电话铃声打断了两人之间默默传递的情愫。

郝波波的手机正急切地响着，是平凡的来电。波波刚接通电话，平凡的声音就传了出来："子尧、波波，快，快去古凡尼城堡。"

"怎么了？"预备好的表白突然被打断，王子尧假装若无其事的抽出手问。

"布料的事情有变，李伟和徐丽莎好像用重金诱惑了马尔科，他们准备签合同。"平凡焦急地说道，"我已经在赶去处理的路上，你们尽快过来。"

"什么？"郝波波惊叫出声，"我和子尧马上过去。"

在赶到城堡之后，王子尧第一个冲进古凡尼老先生的房间，还未进门，他就急切地叫道："古凡尼先生，合同都签了，为什么你要破坏协议？"

老人愣住了："你说什么？"

"李伟和徐丽莎也要和贵家族签署布料认购合同，但是，我们的合同上可是写得很清楚，冯记工作室是今年中国区唯一的古凡尼布料合作商。"王子尧的语气缓和了一些，他飞快地说明了一下事情。

老人的表情严肃起来："你说的是真的？"

"真的！李伟和徐丽莎就在宴会大厅，马尔科已经决定和他们签署协议了。"王子尧说道。

"带我去宴会大厅。"古凡尼老先生当机立断。

王子尧飞快地推起轮椅，向一楼的宴会大厅冲去。

当他们到达的时候，平凡正在与李伟等人对峙。平凡厉声道："马尔科先生，冯记是今年中国区唯一的古凡尼布料合作商，您现在一旦和海尧集团签订了协议就会被算作违约。"

"没关系，不就是违约金嘛，我们付了。"李伟笑道，"只要钱能解决的问题，就不是问题。对于我们海尧集团来说，只要能拿到本年度的古凡尼特制毛呢布料，付出多少钱都算不上什么。"

"胡说！"刚进门的古凡尼老先生喝道。

"父亲！"马尔科惊讶地看着轮椅上的古凡尼老先生叫道，"您怎么来了？"

"我要不来，还真不知道你打算干这种好事。"古凡尼老先生骂道，"怎么，掌了几年权就昏了头，连毁约的事情都敢做了？布料的经营权还在我手上呢，你哪来的资格和别人签合同？"

"父亲，我也不希望毁约。"马尔科迅速来到古凡尼老先生身边小声道，"但是，对方给出的条件太让人心动。"

"心动？怎么个让人心动法？不就是钱么！"古凡尼老先生冷笑，

他狠狠戳着马尔科的额头，"蠢货，你这次毁约，看似得了好处，但是这事情一旦传出去，我们的布料还能有人订购吗？"

古凡尼老先生用恨铁不成钢的眼神看着马尔科："你在商场摸爬滚打也这么多年了，怎么就没想过，商人重利，但也重誉。名声毁了，谁还和你做生意？"

马尔科愣住了，他的表情晦涩难明。过了好一会，他才答道："是，父亲，我明白了。"

古凡尼老先生没理他，径自看向李伟和徐丽莎："两位，承蒙海尧集团看得起，但是本年度我们古凡尼已经与冯记签了合约，不可能再卖给贵公司。"

徐丽莎尴尬地笑着，李伟面沉似水。他们失落地离开，没有再看在场的人一眼。

任务完成归国，众人迅速陷入了忙碌之中。冯经理喜出望外，而平凡和波波投入了新款春季时装的设计之中。一时，工作室里紧张无比。每个人都仿佛上满了发条的闹钟，忙得团团转。

王子尧鼓起勇气，在一个特殊的日子，约见郝波波。

郝波波装作无意答应，内心却极为起伏，她知道这个日子代表什么，这是他们当年分手的日子……

然而，她按时到达江边，王子尧却始终没有到达。

"他是怎么回事，约我过来，自己却不到！"郝波波低声嘀咕着，打算给王子尧打电话。

然而，她这才发现，手机掉在了工作室。

"波波！"一个男子的声音传来，郝波波抬头，却发现来的人是平凡。

"平凡？你怎么来了？"波波惊疑不定地看着平凡。

平凡上前一步，拉起郝波波就跑。

"怎么了，平凡，你这是干吗？"郝波波被吓了一跳。

"你妈妈刚打了电话，你家失火了。"平凡招手拦了一辆出租车，急切地说道。

"什么？"郝波波惊叫出声。

"我也不知道怎么回事，你妈妈的电话打到了我家，是子尧接的。她说你家里失火了，让你去救她。"坐上车，平凡长出一口气，"你别担心，子尧已经赶去了，我们也打过火警电话，消防员应该已经到了。"

当波波赶到时，子尧已经冲入了火场！

原来，煤气管老化，沈家琳没有及时修理，导致煤气泄漏起火，她自己也眩晕在屋内。

郝波波在现场慌乱无措地绕了两圈，就想往火场里面冲。

平凡拦腰抱住郝波波，拼命地阻拦："波波，你别进去！里面太危险。"

"火场里面的是我妈，我能不进去吗？"郝波波哭喊道，"平凡，你父母要是在火里面，难道你能忍得住不去救他们？"

"子尧已经进去了，你留在外面。要是还不放心，我进去，我去救。"平凡大叫。

"不行，平凡，你不能让我就这么眼睁睁看着，却什么也不做！"郝波波拼命挣扎着，努力向火焰燃烧的方向移动。

平凡抿着嘴，紧紧抱着郝波波，怎么也不肯松手。

就在这时，陈美嫒的声音突然传来，伴着一阵小孩儿的哭喊："平凡，平凡，到底什么情况？"

平凡一愣神，回头望去，郝波波趁着这个机会猛地挣脱了平凡的禁锢，冲入火场。

"波波！"平凡没能拦住郝波波，眼睁睁地看着她冲入了屋子里。他正打算咬牙冲进屋子时，腿却被一个小小的身子抱住了。

"平凡叔叔！"秋秋大声哭着，紧紧抱住平凡。

"别担心，别担心！不会有事的。"虽然心中焦急，平凡依旧抱着秋秋小小的身子，轻言细语地安慰着，终于哄得秋秋安静下来。

就在这时，王子尧抱着沈家琳冲出了火场，顿时引起一阵轰动。

王子尧喘着粗气放下昏迷的沈家琳，平凡抱着秋秋迎了上去。

"平凡？秋秋也到了？波波呢？"子尧看见平凡，第一时间开始寻找郝波波的身影。

"波波冲进屋子了。"平凡焦急地说道。

王子尧一愣，他看了一眼依然昏迷的沈家琳，二话没说，冒着火焰再次冲入了火场中。

屋子里的火势已经很大，燃烧的火焰卷裹着风势缭绕在郝波波身边。她用手护住头、捂住口鼻，躲避着火焰与烟雾，艰难地寻找着自己的母亲。

各种带着火焰的物品从上面落下，那是燃烧着的墙纸、挂饰，以及其他各式各样的小物件。

然而，郝波波并没有找到母亲。

火势越来越大，郝波波右边的房体突然坍塌，熊熊的火焰缭绕着，挡住了出去的路！郝波波慌乱地发现，自己已经被火势困住了。

坍塌越来越厉害，房屋的主体开始掉落。房子的横梁从天而降，直直地正要砸向郝波波。

"小心！"耳畔突然传来一个声音，紧接着，她就落入了一个温暖的怀抱。这个人带着无与伦比的冲力，抱着她在地上连滚了好几下，这才险险地躲过了那根满是火焰的巨木。

"啊！"直到脱离危险，郝波波这才发出声来。她扭头看向救她逃离危险的恩人，却发现这个人正是王子尧。他的脸已经被烟雾熏得漆黑，头发有好几处被火焰烫得焦黄。常年一尘不染的白色衬衣也布满了一道一道的烟灰。

而更触目惊心的是王子尧的肩头，因救郝波波被坠落中燃烧的横木扫中，此刻，已经是一片焦黑，被横木扫中的皮肉翻卷着，鲜红的血液顺着胳膊流下。

郝波波惊呼一声，扑上前来，抓住王子尧的肩膀，想要检查王子尧的伤势。

可是，子尧却紧紧拉住了她："先出去。"

郝波波连连点头，跟着王子尧向外跑。

可是，没跑几步他们就发现，翻卷着的火势已经堵住了门，正气势汹汹地向房间内蔓延。王子尧紧紧拉着郝波波，挥舞着外套躲避汹涌的火势，躲闪中，他的口袋里突然掉出一个东西。

那是一个四方形的小盒子，在掉到地上之后，弹了两弹，盒子被摔开，露出了里面的东西。那是一枚闪闪发光的戒指。

然而火势凶猛，装着戒指的盒子迅速被火焰吞没。

子尧拉着波波迅速后退，向着房间里火小的地方转移。

"这个是？"郝波波依旧扭头看着熊熊燃烧的火焰，虽然只是惊鸿一瞥，她心中想到了一种可能。波波的嘴唇不由得动了动，可是最终，却什么也没说。

子尧笑了笑："是以前我向你求婚时的戒指，我一直带在身边。我设计了好多次送给你的方式，也幻想了好多次，我会在什么样的情况下把戒指送给你。却没想到，它在这里被火焰吞没了。"

"你为什么要进来？"郝波波突然紧紧地盯着王子尧问，"如果你没有进来，就不会和我一起被困在这个小房间里，看着火焰一点一点地燃烧过来。"

子尧低头，深情地看着波波："以前，我没做好保护你的事，让你受到了伤害。后来再次遇到你，我发现，你依旧是我生命中最重要的人。甚至比我自己的生命还重要，所以从那以后，我就决定会用生命保护你。"

郝波波紧紧咬着唇，热泪盈眶。她猛地抱住王子尧，小声在子尧耳边道："这一次，如果能活着，我们就在一起……"

子尧惊喜地看着郝波波，火焰中，二人紧紧拥吻。

火势蔓延得越来越快，火焰熊熊燃烧，似乎要将二人吞噬。就在这时，水龙从天而降！是平凡呼唤的救火队终于到了。

二人被救出火场的时候，已经双双昏迷，王子尧却还死死地抱住郝波波……

医院中，郝波波轻伤不需要住院。

而王子尧的腿部有轻度烧伤，腰部被撞击骨折。可王子尧却乐观地表示，一点问题都没有，只是遗憾戒指掉到了火堆中。

波波开始细心地照顾子尧，每天给子尧煨汤。

而秋秋看到子尧躺在病床上，她很担心，但也不知道能做什么，她只是在子尧的手臂上画四叶草，说希望子尧快点好起来，子尧很高兴……

每天晚上八点，平凡都会准时地走进病房。他是来换班的。郝波波白天上班，晚上还要来照顾子尧。平凡心疼不已，于是他主动替波波来顶晚班，让波波回家哄秋秋睡觉。

秋秋依依不舍地和子尧告别，病房里，只剩下了平凡和子尧两个人。

子尧有些犹豫地看着平凡，想起当初说好的。公平竞争的承诺，他突然觉得有些心虚。

平凡却笑了起来："我这几天，脑海里全是你冲入火场那一刻的画面。那时候，你根本就没有丝毫的犹豫，你比我勇敢。"

王子尧不好意思地笑了。

"但是，我夸你不代表我就放弃了对波波的追求。"平凡突然郑重地说道，"波波值得我用一生去追求，去守护。所以，如果你真的爱波波，最好更努力一些。否则，你不一定争得过我。"

"嗬！"王子尧笑了笑。他用坚定的目光看着平凡，"我对波波的爱只会比你更深，我无法想象，没有她我会怎样。所以你放心，我绝对不会输给你。"

平凡笑了笑，转身走出病房，在医院的走道上，他翻看着手机里波波的照片，长长地叹了一口气。

从火场中出来，他就有一种强烈的预感。也许这一次，他真的要输了。

医院的走廊尽头，慢慢地走来一个已经不再年轻的女人，她正是郝波波的母亲沈家琳，在火灾中，她被王子尧救出，倒是十分幸运地并无大碍。

听说子尧在这里住院，于是她登门道谢。可没想到，沈家琳刚进入病房，病房的门就再次被推开了。

王海涛站在门口，神色紧张："子尧，听说你受伤了。"

王子尧收起笑容，冷冷地看着自己的父亲："你来做什么？"

王海涛紧紧盯着沈家琳："你来干什么？"

沈家琳不安地看了看王海涛，又看了看王子尧，说道："我就是来道个谢，我先走了。"

她向王子尧道别，离开了病房。

王子尧阴沉着脸看着自己的父亲："你来，就是为了赶走我的客人吗？"

"客人！"王海涛冷笑，"她也配称为客人？想当年她……"

王海涛的话语突然顿住，他脸色变了变，没有再往下说，只是看着病床上的王子尧道："看来你没什么问题，那我先走了。"

说罢王海涛匆匆离开，在医院走廊拦住了还没走远的沈家琳："我不知道你为什么要到这里来。但是，沈家琳，我现在郑重地告诉你，我希望你的女儿离我的儿子远一点。"

沈家琳看着王海涛，冷冷地回答："你特地追上来，就是为了警告我这个吗？我并不知道王子尧是你的儿子。如果知道，我就不会过来了。我也不希望你儿子和我的女儿在一起，你无须自作多情。"

"非常好！"王海涛沉着脸回答。

两人不欢而散，沈家琳压抑着情绪，独自回家。在经过街角时，她似乎看到一辆悬挂着金色铃铛的车内，有一个熟悉的身影，一闪而过。

一周后，身体强健的王子尧顺利出院了。他高兴地被郝波波和平凡还有刘欣雨接回家中。

郝波波认真地告诉王子尧，她答应和他在一起。但是，她需要完成这次重要的古凡尼布料设计，也希望王子尧能将公司最重要的游戏发布工作完结，那时候，是最合适的时机。她也需要时间让母亲、孩子接受这一切。王子尧幸福地答应了。

他迅速地重新回到公司，由于有了爱情的鼓舞，王子尧充满了斗志。他带领整个游戏开发团队，顺利地完成了游戏的前期开发！胜利就在眼前……

古凡尼家族的布料送达，郝波波兴奋地和冯经理一起将这一大批高档布料从机场送往早就订好的仓库。工作室的人手不够，刘龙刘虎两兄弟被平凡临时借出，用于保护布料的安全。

只是，当车队到达仓库时，却是铁将军把门。郝波波看着仓库紧闭着的大门，疑惑不已。

就在这时，仓库的主人走了出来，向他们说道："仓库不外租了。"

"李先生，咱们虽然是第一次合作，但是之前也谈得不错。订金也付了，价格咱们也谈妥了，为什么你要反悔？"冯经理奇怪道。

仓库主李先生摇头："别问了，总之，仓库不外租。按合同，我退你双倍的订金。这事咱们就这样吧。"

"你怎么可以这样不守信诺？"冯经理跳脚道，"像你这样，谁还来跟你做生意？"

李先生似笑非笑地看着他："我怎么做生意倒用不着冯经理您来操心，您还是担心一下您的布料吧！"

冯经理顿悟："原来是这样，王海涛那个老东西！"

"冯经理，仓库主退了订金不再外租仓库，我们现在怎么办？"郝波波皱眉问，"现在要找个恒温又防潮的仓库是不可能了，先临时找个地方放吧！只是，这么几大车布料，工作室也放不下啊。"

突然，刘虎眼前一亮，他拍手道："我知道一个地方可以放布料。"

"哪里？"郝波波急切地问。

"幼儿园的地下室。"刘虎兴奋地说道，"那里虽然不是恒温，但是，气温变化不大，也没有潮湿的问题。而且，空间足够大，完全可以放下这些布料。我和我哥还能帮忙看着，不会让人偷走。"

平凡眼前一亮，连连点头："地下室还有空调，有需要的话，我把空调也打开。"

于是车队迅速掉转方向，来到了平凡的幼儿园。

就在大家忙忙碌碌地卸货时，一个小小的脑袋从地下室的门口探了出来，平凡迅速回头，对着那个小身影招了招手："秋秋。"

秋秋怯生生地看着堆满了布料的地下室，以及地下室里站着的人，又看了看自己的妈妈，小小的身子往后缩了缩。

"秋秋！"平凡蹲下身子，对秋秋伸出手，秋秋飞快地扑进平凡的怀里。又举起手中的图画册，递给王子尧。

子尧翻开，画册上画着两个稚拙可爱的人物，用幼儿稚嫩的笔触在旁边写着"平凡爸爸""子尧爸爸"。

"秋秋画得真好。"子尧愣住了，他的手颤抖了一下。当即决定，要尽快将故事结束，他要真正的和郝波波重新在一起。

布料安放结束，郝波波拖着疲惫的身躯回到家里，却意外地收到了一个好消息。

哥哥郝宋宋因为表现优异，获得减刑，提前出狱！

郝波波的心情激动不已，十年前，二十一岁的郝宋宋原本是一名司机，因意外造成巨额财产损失而被判失火罪，刑期十年……

具体的案情，母亲却从没告诉过郝波波，只是说她相信儿子是无辜的……

现在，她的哥哥终于要出狱了！

而郝宋宋的出狱，最兴奋的人是陈美媛，这个与郝家兄妹一起长大的女孩，已经等了他七年。在这七年中更是以郝家一员的身份替宋宋照顾波波、秋秋和沈家琳，三人早已经把她视为家庭的一员，现在郝宋宋即将出狱，她的等待终于要有结果了。

出狱当天，波波、沈家琳、陈美媛一行三人满怀期待地等在监狱的门口。铁门缓缓拉开，健壮的郝宋宋提着包走出，他紧紧地拥抱了沈家琳、波波。

他很坚定地告诉他们，这个家以后他来扛。

陈美媛紧张地看着郝宋宋，等待着他与自己的对话。

然而，郝宋宋却忽略了她，陈美媛失望至极！回到家，她就将自己关在了房间里。

郝波波放心不下，小心进入陈美媛的卧室。

"美媛姐。"郝波波心疼地叫道。

陈美媛抬起头来，十分勉强地扯出一个微笑。

"你别管我哥的态度！"郝波波站到陈美媛面前，"我一直都是支持你的。"

"谢谢你！波波。"陈美媛擦去眼泪，坚定地对郝波波说道，"我没事，别把我看得太脆弱。我陈美媛不是那种人。他郝宋宋就是块铁，我也要把他彻底熔化。"

沈家琳的房子之前因为火灾被毁，于是，郝宋宋和沈家琳都暂住在了郝波波的家里，一家人其乐融融地相聚。

在得知波波的哥哥到来之后，王子尧为了和未来的大舅子搞好关系，出钱请客吃饭，庆祝郝宋宋的出狱！酒桌上，子尧开朗豪爽的性格，和对波波与秋秋的疼爱，让宋宋对他印象颇佳。

而在出狱之前，郝宋宋已经想明白自己以后的路。找一份踏实稳定的工作，承担起作为郝家唯一男人的责任，照顾好母亲和波波。而现在，他还需要在这份名单上加上秋秋。

这些都是他的家人，是他需要守护一生的人。

波波家里房间不够，郝宋宋认为自己应该出去找房子。

即使沈家琳劝说、郝波波质问、秋秋撒娇也没用，他不想再给家人添麻烦。但郝宋宋最终拗不过陈美媛直接锁门的霸道，在家里住了一晚上……

第二天，郝宋宋一大早就出门找工作，但是因为入狱的特殊经历，他遭遇了各种各样的嘲讽与拒绝。

这甚至让他开始怀疑自己还能不能找到工作。

就在这时一辆豪车悄无声息地开到他的身边停下，副驾驶座的车窗摇下，王海涛的心腹石管家正坐在副驾驶位上向着郝宋宋笑："宋宋，多年不见，这车你还敢上来吗？"

郝宋宋冷哼一声："有什么不敢的。"

他毫不犹豫地打开豪车后座，上车。这辆车再次悄无声息地启动，将郝宋宋带到了海尧集团。

郝宋宋面无表情地坐在车的后座，毫不惊讶。

王海涛正在海尧大厦顶层的办公室里等着郝宋宋，见到宋宋，王海涛笑眯眯地起身，亲自为郝宋宋奉上一杯滚烫的热茶："宋宋来了，我们也好多年没见过面啦。听说你最近在找工作，找得怎么样？我可以帮你解决工作问题的。"

"谢谢您哪，王总。"郝宋宋冷冷地道，"我现在只想安安静静地过日子，别的什么都不愿意再涉及。"

"哈哈，我可没说让你再做点什么。其实我真的只是想帮帮你。"虽然被拒绝，王海涛依旧爽朗地笑着，他终于放下水杯，却取出一张名片塞给郝宋宋，"这样吧，这是我的名片，等什么时候你想通了再来找我，我随时恭候。"

郝宋宋没再拒绝，他收好名片道："那么王总，如果没有其他事，我就先告辞了。"

"可以可以，什么时候想来玩了随时都可以过来啊！"王海涛连连点头。突然，他似乎想起了什么，问道："你出来以后，一定见过王子尧吧？他是我的儿子，也是海尧集团唯一的继承人。我也是最近才知道他和你妹妹是邻居。六年前，他们还曾经在一起过。以后，你如果有什么事情，也可以找他帮你解决，跟找我是一样的。"

郝宋宋脸色大变，他匆匆告辞，几乎是冲出王海涛的办公室。

王子尧竟然是王海涛的儿子？郝宋宋想起吃饭时妹妹郝波波与王子尧那异常明显的暧昧，坐立不安。

他直接去工作室寻找郝波波。

郝波波被哥哥突然拖出工作室，也是疑惑不已："哥，你叫我出来干什么？"

郝宋宋明确表态："郝波波，你给我听着。如果你继续和这个王子尧在一起，我就和你断绝兄妹关系！"

"你在说什么，哥哥！"郝波波简直不敢相信自己的耳朵，她对着郝宋宋叫道，"你到底是听了谁的胡言乱语啊？"

"我没有听谁胡言乱语，我相信自己的判断。"郝宋宋严肃地说道，"话已经说在这里了，要怎么做随便你。"

他没有再给郝波波辩解的机会，迅速地转身离开，留下莫名其妙的郝波波。

爱不曾遗忘

郝波波不明白哥哥的激烈态度是为什么，下班后，她专门找到王子尧，和他一起分析情况，然而，二人都很迷茫，分析不出具体的原因。

本着人多力量大的想法，王子尧拉着刘龙与刘虎两兄弟吃烧烤喝酒，希望两人能帮忙分析下郝宋宋的心态，却失望而归。

刘氏兄弟为帮子尧，决定找郝宋宋谈谈。

他们在连续蹲守多天之后，终于在小区的门口，发现了郝宋宋。

"喂！你是郝宋宋吧？"性格冲动的刘虎直接冲上去拦住了郝宋宋的去路。

郝宋宋眯起眼，全身紧绷，戒备地看着眼前拦路的两人："你们是什么人？"

"你别管我们是什么人！"刘虎拍拍胸脯，大大咧咧地说，"我们是来替天行道的。"

"哦？替什么天，行什么道？"郝宋宋冷笑，"谅你们也不敢说是哪个混蛋请你们来对付我，不过，也别以为我就会怂。两个一起上吧！"

刘龙和刘虎面面相觑。

"哥，他不按套路出牌啊！"刘虎愣头愣脑地说道。

"让你小子瞎叫唤！"刘龙敲了刘虎一脑袋，他正色向郝宋宋说道，"郝宋宋是吧，我是刘龙，这是我弟，刘虎。"

"你别跟我套近乎。"郝宋宋冷冷道。

刘龙没在意郝宋宋冷淡的态度，他径自说道："我们哥俩找你，不是谁请的。我们就是想问问你，为什么要突然干涉你妹妹郝波波的恋情。"

"这事你们管不着，"郝宋宋眯起眼睛，冷冷地回复，"王子尧不能和我妹妹在一起，谁来劝都不行。"

"嘿！给你面子来问你，你还嘚瑟上了。"刘虎捏起拳头叫道，"王子尧有什么不好？大老板，高富帅，跟你妹妹又两情相悦的。你在中间横插一杠子，棒打鸳鸯，你真是当哥的人？"

郝宋宋没有回答刘虎的问题，他同样捏起了拳头："想打架吗？我奉陪。"

然而，有刘龙强拉着，这场架，终于还是没能打起来。性格敦厚的刘龙强拉着郝宋宋与刘虎去大排档喝酒。一顿酒下来，性格相近的三人却成了朋友，甚至差点磕头拜把子。

但是只要提及子尧，郝宋宋就沉默以对，这让刘氏兄弟郁闷无比。

两兄弟在聊天喝酒时得知郝宋宋正在找工作，倒是帮上了忙，推荐郝宋宋到小区隔壁的超市当保安。

郝宋宋欣喜不已，开始兢兢业业地工作，誓要做出点成绩来。

然而，好景不长。郝宋宋上班没多久，超市就出现了物品丢失的事件。

得知此事后，超市的李经理直接找到了郝宋宋："东西都去哪了？"

郝宋宋一愣，他抬起一只手指着自己："经理，您是在问我吗？"

"废话，我当然是在问你。"李经理不耐烦地回答，"除了你，难道还可能是别人吗？你来之前，咱们超市可从来没丢过东西。你一来，就接二连三地丢东西。而且你还进过监狱。"

"你怀疑我，就因为我进过监狱？"郝宋宋愤怒地叫道，"我说没偷就是没偷，不是我干的。既然你不信我，那我在这干着也没什么意思，我这就辞职。"

"呵！洗不清罪名就辞职？"李经理冷冷地笑着，"你既然拿不出证明来，那么，这段时间失窃的货物就都由你来赔付了。我会从你的工资里扣掉的。"

不到半个月的工资，本来就没有多少，再扣除了失窃货品的费用，财务室给郝宋宋结算的工资只剩下了两百元。

郝宋宋愁眉苦脸地拿着这两百块钱，不知道接下来该怎么办。

他坚持要独立生活，如今已搬出了郝波波家。之前缴房租，买生活用品，就已经花掉了他所有的钱。

而现在，他身上所有的钱加起来，也只有两百出头了。

就在郝宋宋冥思苦想要如何做的时候，身后突然传来陈美媛惊讶的声音："宋宋？"

郝宋宋一愣，他急忙收起仅剩的两百元，回过身来。

陈美媛定定地看着郝宋宋，取出钱包，将里面的现金一股脑地全拿了出来，也没有数，全部塞进了郝宋宋的手里："你别担心，不管是什么情况，困难早晚都会过去。我相信你一定能成功。"

看着手里的钱，郝宋宋无比痛心，他推掉了钱，用力摇头："不，我绝对不接受这个钱。"

"为什么？"陈美媛不明白宋宋为什么这么固执，可宋宋却头也不回地走了。

他没有再回头，也不忍去看陈美媛的表情，这是他男人的尊严，他无法忍受自己接受女人的援助。

避开陈美媛后，独自一人的宋宋犹豫再三，拿出了王海涛留下的名片。

看着名片上的号码，郝宋宋没有再犹豫，他拨通了王海涛的电话："王总，我想通了。我接受你的帮助，所以你打算给我安排什么工作？"

听着郝宋宋的话，王海涛满意地笑了："从明天开始，你到海尧集团保安处上班。月薪嘛，一个月一万五。"

郝宋宋准时来到了海尧集团的保安处报到。王海涛早已等在那里。

再一次见到郝宋宋，王海涛不由得露出了满意的微笑。只有他和郝宋宋知道当年那场火灾的真相，郝宋宋甚至为此进了监狱。

而这真相一旦说出，海尧集团，又或者王海涛自己将会有灭顶之灾，对于王海涛而言，郝宋宋就是一颗随时可能爆炸的雷，只有彻底掌控住，他才能安心。

他给郝宋宋安排了进入海尧的第一件工作，阻止波波与子尧继续在一起。

郝宋宋在接到王海涛的任务之后，对郝波波与王子尧恋情的态度越发坚决。他以阶级差距为由，阻止郝波波与王子尧见面。

而令郝波波感到惊讶的是，无论是陈美媛还是沈家琳全都站在郝宋宋一边。三人似乎达成了某种默契，没人支持她与王子尧的恋情。

甚至，只要子尧出现在冯记工作室，陈美媛就会出来捣乱，将王子尧赶出去。

当王子尧听说郝宋宋去了海尧集团上班时，他立刻明白背后一定是父亲在操纵着什么。为了自己的爱情，为了郝波波，王子尧又一次主动来到海尧集团。

"郝宋宋突然到海尧上班，他是郝波波的大哥。所以，你是在以一份工作作为交易，让郝宋宋阻止我和郝波波吗？"王子尧问。

"是！"王海涛干脆地承认。

"为什么？"子尧心中的悲愤无以言喻，"波波是个好女孩，我喜欢她，为什么你总是要阻止她和我在一起？"

"因为你被骗了。"王海涛冷冷地看着自己的儿子，他扔出了一份文件，"你自己看吧，看完再说那个秋秋是不是你的孩子。"

王子尧警惕地看着父亲，他小心地拿起文件翻看。

那是秋秋与子尧的DNA检测报告，结果显示，秋秋与王子尧的DNA相似度极低，两人没有血缘关系。

"这不可能，这不可能！"王子尧不可置信地翻看着检测报告的内容，他猛地抬头，看着王海涛大声叫道："这一定不是秋秋的检测报告，我相信郝波波不是那种女人，她单纯、开朗、甜美，我喜欢她，我要娶她。关于这件事，我会亲自去问波波。"

"而你，如果你还有一点良心，请自重。"

王子尧转身跑掉了，手上还抓着那份检验报告。

他迫切地需要一个答案，一个解释。他冲到工作室，找到郝波波，甚至没有给陈美媛反应的时间，就把郝波波拉出了工作室。

"波波，你告诉我，王海涛在撒谎，你告诉我好不好？"王子尧情绪激动地把检验报告递给郝波波。

郝波波看了一眼检验报告，笑了笑："他说的是真的，秋秋不是你的孩子。"

"什么？"王子尧如遭雷击，他呆立在原地，双眼发直，"怎么可能，王海涛说的怎么可能是真的？"

"我早就告诉过你，秋秋不是你的孩子，她是四年前我领养的。"郝波波平静地阐述着事实，"只是，你好像没有信过？"

　　"怎么可能？这怎么可能？"王子尧看着手中的检验报告，飞快地翻动着报告的内页。他一直把秋秋当作亲生女儿，从没想过，秋秋真的是别人的孩子。而现在，突然发现这个女儿确实并不是自己的，他无法接受。

　　最终，他扔下那份检验报告，失魂落魄地离开了。

　　不知不觉间，子尧习惯性地又来到了幼儿园的门口。

　　幼儿园的小朋友们正在外场活动，秋秋独自一人，拿着小铲子正在堆起一座沙雕的城堡。她的自闭症在大家的精心呵护下已经有所减轻，虽然还是不乐意和小朋友们在一起，但显得比以前要开朗了一些，自顾自地玩，也显得十分快乐。

　　孩子的笑容，让子尧忍不住也露出了微笑。

　　秋秋嘀嘀咕咕地哼着歌，抬头发现子尧就站在幼儿园门口时，她欢快地叫了起来："子尧爸爸。"

　　子尧伸出手，秋秋扔下小铲子乐颠颠地跑过来，扑进王子尧的怀里。

　　王子尧只觉得自己心中似乎有什么坍塌了，看着怀里的秋秋，他心中只剩下满满的温柔。这一瞬间，他突然明悟。是啊，秋秋不是亲生的又如何？这并不影响他们的感情，也不影响自己喜欢秋秋。

　　他慢慢露出一丝笑容。虽然秋秋不是亲生，但自己视她为亲生，一辈子照顾她就好。

　　王子尧再次找到郝波波，表达了态度，而郝波波说出了实情。

　　当年二人分手后，郝波波还是像大学时期一样，去孤儿院做义工，发现了秋秋。当年两岁的秋秋，笑起来和子尧是那么像，于是，她领养了秋秋。

　　王子尧看着碧蓝的天空，终于彻底放下了心结，他郑重地对郝波波说道："我会是她永远的子尧爸爸。"

"子尧！"郝波波感动地叫道，扑进了王子尧的怀里。

但是二人却不知道，他们的感情在巨大阻力下，该何去何从。

郝波波和王子尧的误会消除，生活看似恢复了平静。

可王海涛开始连续出击，他利用自己强大的关系网络和在服装制造领域霸主级的实力，阻拦冯记工作室的发展，给冯经理的工作室造成了极大的损害。

冯记工作室本来成绩优异的冬季订单锐减大半。困境中的冯记，必须找到一条出路。

王子尧觉得十分愧疚，因为自己的父亲，让整个工作室陷入了困境，可他对此却无能为力。他只能等在门口，待郝波波回来时，替自己的父亲向郝波波道个歉。

但他被陈美媛再次拦在门外，总是被阻拦，王子尧心中的怒气再也忍不住了："美媛姐，你是不是对我有意见？为什么每次我跟波波见面，你就一定要在中间阻挠？"

"我为什么要在中间阻挠？难道你不该问问你自己？"陈美媛冷笑。

"美媛姐！你别这样。"郝波波急忙拉着陈美媛劝道，"你不要把怒气撒在子尧身上。"

"你还护着他！"陈美媛愤怒地叫道，"你知不知道宋宋为什么被判刑，蹲了这么多年的监狱啊？"

她一手指向王子尧，恶狠狠地说道："罪魁祸首就是他爸！七年前，宋宋上班的海平集团，就是海尧集团的前身。"

"他是老板的专职司机，工作再怎么失误，也不可能导致仓库失火。"陈美媛含着泪，把自己所知道的事情，一点一点地讲了出来，"只不过是当时，需要一个人顶罪而已。当时，沈姨因为炒股欠了很多债。王海涛就找到了郝宋宋，提出帮他还债。但是，宋宋要出面顶罪。"

郝波波愣住了，她猛然想起当年的事。母亲炒股欠下巨额债务，哥哥也因为纵火罪进了监狱。可是后来，母亲却再也没提过欠债的事，仿佛突然获得了不明资金，在一夜之间还上了所有的欠账。

波波伸出颤抖的双手，紧紧抓住陈美媛："美媛姐，我都不知道还有这种事，你又是怎么知道的？"

"之前我在路上遇到了宋宋，他经济紧张，却不肯接受我的援助。后来，我在公园里听到他和王海涛通话。"陈美媛狠狠地抹了一把眼泪，"我心下存疑，就去问了沈姨。"

郝波波的手慢慢地松了，她抱着头蹲了下来。

"波波！"看着郝波波崩溃的神情，王子尧紧张得叫了出来。他不再顾及陈美媛，一个箭步冲到郝波波身边，试图抱住她。

郝波波默默地推开了子尧的手，她抬起头来，已经是满脸泪水："子尧，我累了，你先回去。让我们各自冷静一下，好吗？"

波波悲伤地看着子尧，子尧只觉得喉头哽得慌，一句话也说不出来。他默默地点头，一步三回头地回了屋子。

两个人在一起的美好愿望，如此看来，是几乎不可能的事。

为什么相爱，这么艰难……

知道王郝两家隐藏许久的秘密之后，王子尧连续好几天都提不起精神。然而，就在这最让他悲伤的时刻，更大的打击紧随而来。

公司的服务器崩溃，代码全部丢失。

王子尧飞快地赶到公司，第一时间冲进机房。公司所有的技术人员都聚集在这里。人头攒动，大家在讨论着什么。就连子尧进来也没人发现。

"到底怎么了？"子尧急吼吼地问道，大嗓门把所有人都吓了一跳。

"服务器坏掉了，虽然做了紧急处理，然而，代码依然损毁严重。"公司的技术总监林平转过身来，回答了王子尧的问题。

"怎么可能，服务器怎么可能会坏？"子尧不敢置信地叫道。

"我叫了维修人员过来检查。检查的结果是，服务器在安装时未按规定安装，长期电压不稳，以至于服务器不堪重负而烧毁。"林平推推眼镜回答。

"什么？那我们到底抢救回了多少代码？"子尧喃喃地问道。

"抢回来的代码不到百分之十，"林平答道，他怜悯地看着王子尧问道，"老板，服务器是谁安装的？如果可行，现在我们唯一的办法是找到负责安装服务器的公司要求赔偿损失。至于丢失的代码，已经彻底无法找回，只能重写了。"

王子尧无力地靠墙，双手捂住脸颓然道："这个办法行不通，服务器，是我自己装的。"

"老板，你让我说你什么好？"林平摇头叹息，"你一个写代码做软件的，为什么要自作主张地去装硬件呢？这下可真是没救了。"

"不，还没有结束。"王子尧眼中突然升起一丝希望，跌跌撞撞地起身，向机房外走去，"我去找吴迪，只要他愿意继续投资，我们就能重新写出代码，发布游戏。"

员工都沉默了，他们目送着老板走出机房，走出办公室，消失在电梯里。

王子尧开着车在上海的街道上飞驰，他现在需要时间，也需要钱。一切都很宝贵，然而，只有一个人能决定他能不能抓住它们。

那个人，就是吴迪。

车来到吴迪的别墅外，向来自信的王子尧看着那豪华的建筑，心中突然忐忑起来。吴迪，会答应他的条件吗？

他深吸一口气下车，敲开了吴迪家的大门。

在金碧辉煌的客厅，吴迪接待了王子尧。

在听完王子尧的请求以后，一向给钱很爽快的吴迪却沉吟了："这种情况，我需要再考虑一下，才能做出决定。"

"我可以给出一半的股权。"王子尧坚定地道。

"不是股权的问题。"吴迪摇着头，"你应该知道游戏行业的变化与更新有多快。几个月前开始研发，所能评估出的价值，并不代表它现在重新开始就能获得同样的评估价值。"

"做游戏，每一分每一秒都在与你的同行赛跑。当初看好这个项目，是因为业内还没有这么做的。但是现在，几个月的时间白白浪费，你还能不能赶得上这个时机，我需要重新评估。"吴迪站起身来，对王子尧做了一个手势，"你先回去吧，评估完毕，我会告诉你我的决定。"

王子尧失望地站起身来，走出了这栋金碧辉煌的建筑。

吴迪站在巨大的落地窗前，看着王子尧的车慢慢开出小区，沉沉地叹了口气。这次突如其来的事故，不但让他前期投入的资金打了水漂，更是面临着项目失败的危险。

"你还打算给他投钱吗？"突如其来的声音在他耳边响起，吴迪回头，看到徐丽莎穿着清爽的绿色羽绒服，站在楼梯的尽头。

她没有化妆，看起来十分憔悴，而且眼睛红肿，显然是刚哭过一场。

"他的企业出问题，是你下的手吧。"吴迪没有回答徐丽莎的问题，反而问道。

"没错。"徐丽莎低声说道，"他的服务器安装确实有问题，但是不至于这么严重，是我请人推波助澜了一把。"

"你这是何苦!"吴迪叹息道。

"你不懂!"徐丽莎根本就控制不住涌出来的眼泪,"吴迪,我从五岁就开始喜欢他了!你不懂从小喜欢一个人,喜欢了十几年的感受。"

吴迪静静地看着徐丽莎,慢慢走到她面前递上一块手绢。

"我明白了!"他叹息道,"那就让王子尧的公司倒闭吧。"

吴迪不再进行投资,资金链彻底断裂,公司只能解散。

遭受打击最大的,还是王子尧。他将自己锁在家中每天怔怔地看着窗外的天空发呆。他不知道自己该如何重新开始。

一只小手放在了他紧握的手上,子尧低头,是来画室画画的秋秋,她睁着圆圆的大眼睛看着王子尧,眼睛里透露出一丝担心。

看着孩子的小脸,王子尧心痛莫名。

就在郝波波决定重新和他开始的时候,自己却失去了给予她们幸福的能力。不能,不能这样!王子尧抱起秋秋,做出了决定。

子尧再度鼓起勇气,决定重新开始。开发大型游戏已经不可能,子尧目前唯一能利用的,就是自己身边的这台电脑。

他开始自己一个人编写一些简单耐玩的趣味性小游戏,上传到小游戏平台。子尧将自己一个人憋在房间里,开始熬夜奋斗、琢磨、设计。

郝波波和平凡也同样陷入了极端的忙碌之中。

如今,服装的初期设计已经结束,销售合同已经签订,代工的服装厂也已经找好。他们忙着审查服装厂出的样品,决定大规模制作时的标准。

就在这时,噩耗传来。

由于冬天太冷,幼儿园的水管被冻破,汹涌的水流在深夜淹没了整个幼儿园。

当郝波波和平凡赶到时，破掉的水管已经被刘氏兄弟想办法堵住。可存放在地下室的布料因泡水被全部损坏！

"为什么，为什么会这样？"郝波波默默地坐到满是泥水的地上，看着积水的地下室发呆。

"我的错！"冯经理喃喃地道，"明知道地下室只能用来临时存放布料，却为了省一点仓库租借费而不去再找一个仓库。"

"现在不是忏悔的时候！"虽然所有的心血与梦想全部被毁，平凡却依旧是这群人里最冷静的一个，"后面该怎么办？我们要想出解决办法。"

"没有办法！"冯经理叹道，"无论是对于经销商还是生产商，我们都只能赔违约金了。我们要售出的是使用古凡尼家族特制布料制作的成衣。但是现在布料被毁，工厂无法按期开工，我们也拿不出这样的成衣提供给经销商。"

"没有其他的变通方式吗？"平凡问。

冯经理摇头。冯记工作室，默默地关上了大门。冯经理更忙，他开始变卖个人财产。海尧集团曾派出李伟来找冯经理谈判，希望能够收购四叶草品牌和所有相关的设计，却被冯经理断然拒绝。

郝波波看着现在的情景，心里极度不是滋味。如果大家能够谨慎一点，如果能将布料及时转移，是不是就不会出现这样的事情了？

情感上家人的反对，事业上对手的逼迫，家族命运上离奇的纠缠，都让波波疲惫不堪。她独自找到一间酒吧，喝起了闷酒。

光怪陆离的酒吧，甘爽的鸡尾酒，这一切都没能让郝波波的心情好起来。而王子尧的到来，更是让她的情绪达到了一个爆发点。

对于工作室发生的事情，王子尧一点都不知情，他兴致勃勃地拉着郝波波叫道："波波，我想到了一个绝佳的好点子。"

"什么东西？"波波给自己灌了一杯酒。

"我今天想到，这世界上有那么多的自闭症儿童。他们该如何学习与人交流相处？"王子尧兴奋地说，"然后我就想到，很多人虽然在现实里拒绝接触外人，在网上却显得十分自然。所以，我们可以开发一个关于自闭症儿童的趣味互动游戏。"

"是吗？"郝波波摇了摇手中的酒瓶，"这跟我有什么关系呢？"

王子尧被泼了一瓢凉水，他愕然地看向郝波波："波波，你怎么了？这当然和你有关系啊！这个游戏如果成功，我就有了东山再起的资本，就可以对抗我的父亲了。"

"对抗你的父亲？"郝波波冷笑，"这一切都是你父亲闹出来的。他钱多势大，你一个吃饭都要靠别人的人，拿什么去对抗他？"

王子尧愣住了，他轻声问道："波波，你是不是有什么不满？"

"我当然不满！"郝波波冷冷地回答，"今天李伟来我们工作室了，你说，他是来做什么的？"

"什么？"王子尧惊讶道！

"他是来收购我们工作室的！"郝波波呵呵地笑着给自己灌酒，"真是巧了，工作室刚出事，消息都还没传出去，他是怎么知道的？"

"工作室出事了？"王子尧惊叫，"波波，工作室出什么事了？"

"地下室进水，布料被淹了个彻底。我们没法再生产服装了，现在，我们要向所有的合作伙伴赔付违约金。冯记只能倒闭。"波波随手扔掉了手中的空瓶子，"王子尧，你别来找我了。我现在觉得，决定跟你在一起是我这一生最大的错误。感情这种事，不是两个人互相喜欢就行的。"

她拍拍手起身，从呆立的王子尧身边走过："你回去娶你的徐丽莎吧，至于我，会选择和一个真心对我好，还能得到彼此家人祝福的男人在一起。"

"你等等，郝波波！"王子尧突然反应过来，他疯了一般地抓住郝波波，"你说什么？你不要我了？你怎么可以不要我？"

郝波波挣扎着从王子尧的禁锢中挣脱出来："王子尧！你倒是说说，自从我们在一起，有发生过什么好事情吗？现在连工作室的布料都毁了，我的事业毁于一旦。你告诉我，我该拿什么跟你在一起？"

"我的公司也倒闭了！"王子尧怒吼。

"你是要将公司倒闭的责任归罪到我的身上吗？"郝波波瞪着王子尧问道。

"不，我只是想说，遭遇挫折的不止你一个。"王子尧抹了一把头上的冷汗，突然抖抖索索地掏出了一枚戒指。

那是子尧在米兰送给郝波波的结婚礼物，也是曾经遗失在火场的那一枚信物。子尧居然将它找了回来。

"这个戒指，我从火场的废墟里重新找了出来。"子尧诚恳地看着郝波波，"波波，我不能决定自己的出身，但是，我能决定自己的感情。我依然喜欢你，现在我们确实都遭遇了重大的失败，可是，我们还能重新开始。"

"波波，希望你接受这枚戒指，然后我们一起重新站起来。"

郝波波冷漠地看了王子尧一眼："你自己留着吧！"

她转身离开，没有再回过头。

王子尧呆立在原地，那枚被大火烧过的戒指被他紧紧握在手里，这是他曾经最珍视的礼物。可是，如今却被对方弃若敝屣。子尧第一次感受到了什么叫心痛。

他的手机适时地响了起来。王子尧拿出手机，一条短信映入眼中，发信人是王海涛。

短信很简单，只是一句话："你该回家了，我的儿子。"

王子尧看罢短信，狠狠地将手机砸向地面。

随着一声脆响，这个陪伴王子尧好几年的手机四分五裂，就好像他此刻的心。

冯记工作室遭遇的这一场巨大的失利，令工作室元气大伤。除了平凡、波波和美媛，其他的工作人员都辞职离去。

四个人在郝波波家里碰头商议接下来的发展，冯经理显得十分精神，一点也看不出他刚刚变卖了所有的房产和工作室的办公场地。

"虽然我们遭遇了巨大的失败，甚至所有的不动产都丢掉了。但是，四叶草的品牌，我并没有丢弃。"冯经理挥舞着手中的设计稿，精神十足地叫着，"平凡和波波的设计稿我也没卖！"

"我们完全可以东山再起。"

平凡惊讶地看着平时表现得极为抠门小气唯利是图的冯经理："您打算怎么做？"

"大家也知道，我现在没钱了！"失去了所有的财产，冯经理倒是显得洒脱了许多，他爽朗地笑道，"你们几个，如果打算离开，那我也不说什么了。我就把这些设计稿卖掉，拿钱重新开一个工作室，聘请几个小设计师，就像之前一样，卖我的服装设计，走定制路线。"

"但是，你们没有走，还在支持我，那么，情况就不一样了。"冯经理看着郝波波和平凡，"你们两个，一个世界服装设计大赛的第一名，一个新锐服装设计大赛的无冕之王。我要是只做点服装定制，简直污了你们的名头。"

"既然如此，那咱们就干一把大的！"冯经理说着，重新拿出一份合同。

看着这份合同，郝波波有些动容："这不是之前我们和服装厂签订的代工合同吗？"

"没错！"冯经理笑道，"服装厂的老板是个好人，他愿意将生产订单延期。因此，我省了一笔赔偿金。我算过了，可以用来购买一批普通的布料。大家都看过平凡的设计，确实是完美至极。因此我相信，就算是用普通布料生产，这一批的成衣也不愁销售。"

"只不过，四叶草的市场定位就要改变一下了。普通布料做出来的服装，只能走大众路线，卖给普通人。不可能像以前一样，做高端奢侈品。这样的话，倒是委屈了你们两个这么高端的设计师。"

"我觉得做大众服装更好！"

"我不介意！"

郝波波与平凡异口同声地回答，他们对视一眼，惊讶于双方的默契，却终于忍不住笑了出来。

这是自工作室出事以来，大家第一次如此开心的笑。

在一次次的打击与失望以后，他们发现，希望仍未断绝。大家为了再度崛起，开始分头努力工作。冯经理和陈美媛负责营销，平凡和郝波波则包办了生产阶段的所有质量监控。

再见再也不见

　　子尧开车向海尧集团的方向而去，他想要调查幼儿园的事件，而且觉得海尧集团最为可疑。

　　然而，车行至半路，他突然看到了陈美媛的车，以一种异乎寻常的速度从他身边驶过。美媛的车紧紧跟着一辆出租车，仿佛正在上演一场紧张刺激的追逃活动。

　　王子尧一愣，然后果断开着车跟了上去。

　　虽然陈美媛从来都对子尧没有好脸色，但子尧依旧不希望看到陈美媛出现什么问题。

　　天色暗了下来，而美媛的车却越开越偏僻，跟得子尧直皱眉。当夜幕降临的时候，他们来到了上海郊区一个荒凉无比的地方。出租车在前方突然转向，开向一条小路。美媛的车转动车身，非常果断地在出租车转弯之前堵住了它的去路。

　　然而，郊区糟糕的路况和这一轮操作却让她的车出现了问题。随着一声清脆的爆响，陈美媛的车爆胎了。

　　子尧把车隐在树木的后方，看着陈美媛。而被美媛堵住的出租车上下来一个人，正是郝宋宋。

"陈美媛,除了围追堵截,你还能干出别的事来吗?"郝宋宋冷漠地讽刺着。

"当然能,"美媛踹开车门,红着眼睛道,"我早就跟你说过,我陈美媛生是你家的人,死是你家的鬼。我都不介意,你一个大男人还介意什么?"

"当然是介意你呀!"一个男生嬉皮笑脸地说道。

美媛与宋宋望去,却是路过的小混混,他们一共六个人,全都以一种极为暧昧的眼光看着美媛。

"你们给我闭嘴,滚开!"陈美媛怒喝道。

"哎哟,妹子,这么凶以后不好嫁啊!长得这么好看,怎么脾气就这么火爆呢?"混混们轻佻地笑着,伸手向陈美媛脸上摸来。

陈美媛吓得直往后缩,然而,性格固执的她却也不肯认输,依旧牙尖嘴利地叫道:"情侣吵架,和你们有什么关系?滚!"

"哟呵!原来是情侣吵架!"混混们笑道,"可是你男朋友都不帮你呢!"

他们肆无忌惮地一步一步靠近陈美媛,美媛只是一个女生,根本无法与他们对抗,她只能挥舞着手机尖叫:"你们再动一下我就报警了啊!"

"妞儿,爷看上你是你的福气。"混混们七嘴八舌地笑着,完全无视了陈美媛身边的郝宋宋,"要不是你长得好看,我们才懒得理你呢!"

王子尧终于忍不住了,捞起后座的球棒就下车,指着那几个小混混怒吼:"你们几个,光天化日之下好大的胆子!"

与此同时,眼见陈美媛欺负的郝宋宋终于忍不住同时发声怒吼道:"你们这几个不入流的小浑蛋,给我滚!"

"哟呵!点子还挺硬!又来了个管闲事的。"为首的混混掏出了匕首,挥舞着向陈美媛扎去。在首领的带动下,剩下的小混混们也纷纷掏出匕首围了过来。

陈美媛被吓得动弹不得，情势危急之时，郝宋宋及时拉开了她。

"美媛姐，你先走！"王子尧紧接着一个飞腿踹上混混的胸口，将混混踹了开去。然而，剩下的混混却都扑了上来，一时间，子尧有些寡不敌众。

好在郝宋宋并未袖手旁观，他大吼一声加入了战团。

在郝宋宋的配合下，两人艰难无比地打跑了这群不长眼睛的混混，身上却都挂了彩。

"宋宋！我就知道你不会真的不管我！"陈美媛欢呼一声，扑入郝宋宋的怀抱。

王子尧看着郝宋宋，两人都觉得十分尴尬。好在王子尧豁达，他笑着对郝宋宋道："谢谢你帮我打流氓！"

"没什么，"郝宋宋被陈美媛抱着全身僵硬，说的话也十分僵硬，"我也该谢谢你。"

这句话，郝宋宋说得十分艰难。在他的印象里，王海涛一直是为达目的不择手段的人。而过往的经历，更是让他根本就无法相信王家的任何一个人。

但是，这次却是王子尧主动出手，和他一起打走了流氓。这也令郝宋宋无法再以对待敌人的态度对待王子尧。

"不用谢，对付流氓是应该的。美媛姐没事就好。"王子尧笑了，他看了看陈美媛已经爆胎的车，主动提出，"不如，我送你们回家吧！"

"不用了！"郝宋宋僵硬地拒绝了王子尧的提议，把陈美媛推向王子尧，"你送美媛回去就好。"

子尧再劝了几次，郝宋宋的态度却十分坚决。

　　在回程路上，也许是因为受到了刺激，也许是由于王子尧救了她，陈美媛的态度好了很多。

　　"你是不是很好奇为什么我今天会追着郝宋宋？"还没等子尧问，美媛就主动说了起来，"也不怕得罪你，原因还是在你爸身上。"

　　"宋宋和王海涛混在一起，王海涛让宋宋做了一些见不得光的事。"陈美媛摇头，"他需要工作我能理解，可是，我无法接受他为虎作伥。"

　　"他做了什么？"王子尧奇怪地问道。

　　"我也不是很清楚，但是，好像王海涛想要搞垮平凡的幼儿园。"陈美媛答道。

　　"你说什么？"如同一盆冰水由头顶浇下，王子尧立刻想到了平凡幼儿园水管炸裂的事件。他第一次觉得，自己有必要跟郝宋宋好好谈谈。

　　从陈美媛手中要到郝宋宋的手机号，王子尧刚到家就拨了过去。

　　很快，郝宋宋粗犷的声音就从电话那头传来："哪位？"

　　"宋哥，是我，王子尧！"子尧急忙说道。

　　"你有什么事吗？"对王子尧已经有所改观的郝宋宋，在得知是子尧的来电以后，并没有第一时间挂断电话。

　　"我想知道，平凡家幼儿园水管炸裂的事，和你有没有关系。"子尧问。

　　"有意思，"郝宋宋笑了，"你和你老子果然不是一路人。没错，幼儿园水管炸裂的事情和我有点关系。"

　　"可以告诉我详情吗？"子尧继续问道。

　　"这可不能告诉你！"郝宋宋警惕地道。

　　"那你知道海尧和李伟为什么要对幼儿园动手吗？"子尧说，"因为幼儿园的地下室里存放着冯记工作室的布料。由于仓库主毁约，布料不得不存放到了平凡家幼儿园的地下室。上次水管爆裂，整个地下室全部被淹，布料也全部损毁。"

郝宋宋在电话那头彻底安静了下来。

王子尧继续说着："由于失去原料，冯记不得不停止了服装的生产，并向所有已签约的客户进行赔偿。而冯记工作室，就是波波和美媛工作的地方。"

"你说的是真的？"郝宋宋在电话那头问，他的声音沙哑而颤抖，仿佛受到了巨大的打击。

"你可以去问陈美媛，也可以去问波波或者平凡。"王子尧答，"无论他们中的哪一个，都能告诉你答案。"

郝宋宋没有说话，他知道郝波波就职的工作室出了大事，却不知道，这一场大事，竟然也有自己插手。他看着自己的手，想起七年前发生过的事。

到了和王海涛划清界线的时候了，郝宋宋打定了主意。他对着电话说道："兄弟，我今天承你这个情，谢谢你把这些事告诉我。后面的我会自己处理，你保重。"

"等等，宋哥！"王子尧急忙叫道。然而，电话传来了嘟嘟的忙音。

郝宋宋的态度和语气让王子尧觉得，情况不妙。

王子尧飞快地驱车前往海尧集团。

他对自己的父亲十分熟悉，深知以王海涛的工作狂程度，这个时候也会仍留在办公室里加班。

黑色的轿车在上海的夜幕中狂奔，王子尧无视了滚滚的车流与闪烁的霓虹灯。他以最快的速度来到海尧集团大厦的楼下。

王子尧以飞一般的速度冲进大楼，一路向上。他慌乱地寻找着，突然听到楼顶传来隐隐约约的争吵声，天台上有人！他飞快地顺着楼梯向天台跑去。

这两个人正是郝宋宋与王海涛。

两个人正面对面站着，发出激烈的争吵。突然，郝宋宋伸出手将王海涛推向天台边。

情急之下，王子尧猛地冲出，一拳打向郝宋宋。郝宋宋在猝不及防之下，被王子尧打得飞了起来，头部狠狠地撞到了天台的柱子上。

子尧扑上前去，发现郝宋宋早已血流满面、昏迷不醒。他急忙将郝宋宋送进了医院。

在得知宋宋出事后，陈美媛与郝波波第一时间赶到。

郝宋宋已经被紧急处理了一番，却还没有苏醒。他头部撞伤，被缝合了八针。

看到头部包着厚厚的纱布的郝宋宋，陈美媛异常愤怒："王子尧，前面你帮了我，我很感激。但是，宋宋哪里得罪你了？你为什么要对他下这么重的手？"

"美媛姐，我也不愿意对他出手，"子尧无奈地回答，"但是，宋哥都打算把我父亲推到楼下了！我无论如何，也不能不救自己的父亲！"

"我的哥哥怎么可能会是那种人？"郝波波根本就不信王子尧的说法，她激动地道，"他跟你父亲无冤无仇，怎么会莫名其妙地打算推他下楼？"

"幼儿园的水管爆裂，有郝宋宋的一份功劳！"情急之下，子尧语出惊人。

"呵！王子尧，"郝波波冷笑，"我真是第一次看透你这个人，真没想到，你为了甩脱自己的责任，连这种谎话都编得出来。"

"郝波波！"子尧怒道，"在你眼里，我就是这样爱耍卑劣手段的男人吗？为什么你不怀疑一下郝宋宋，他就是一个罪犯！"

"你够了！"郝波波猛地一巴掌甩到王子尧脸上，"我哥哥是罪犯？他是为什么进的监狱？你在我面前提这个？王子尧，我们郝家不过是普通平民，高攀不起你们王家。你走吧，我们以后永远不要再见了。"

郝波波用力将子尧推出了病房，又将门狠狠地关上。

郝宋宋昏迷不醒，陈美媛默默地在病床边垂泪。她甚至顾不上理会郝波波与王子尧的争吵。

在忙碌了一整夜之后，郝宋宋终于有了一点动静。他慢慢地睁开了眼睛。

"宋宋，你醒了？"陈美媛第一时间发现了郝宋宋的苏醒，她惊喜地叫了出来。

"疼！"郝宋宋叫道，"有水吗？"

"你磕到了脑袋，好不容易救醒。"陈美媛急急忙忙地倒了一杯水喂他喝下。

郝宋宋喝过水，清醒了一些，他眨眨眼睛，打量着身边的环境："我这是在哪？"

"你被那个王子尧打昏了，现在正在医院里。"提到王子尧，郝波波和陈美媛就没好气。

郝波波气冲冲地说道："哥哥，我真是看错王子尧的为人了。他竟然还污蔑你破坏幼儿园的水管。"

"他说得没错！"郝宋宋扶额低声叹道，"幼儿园的水管破裂，确实与我有关。"

王子尧说的居然都是真的？郝波波的身体直发软。而就连陈美媛，也露出了不敢置信的表情。

"我并不知道幼儿园的地下室里有你们的布料，"郝宋宋双手抱着头，用力摇动，"如果知道，我绝对不会帮忙。原本，我只以为那是王海涛对平凡个人的打击报复，属于私人恩怨。"

"直到今天，王子尧告诉我实情。我决定和王海涛做个了结，没想到他说，如果我现在说出真相，当年我就是做伪证，犯了伪证和包庇罪。他进监狱不假，我一样要再进监狱。我不想回去！"

"王海涛！"郝波波咬着牙，整个人都在颤抖，她愤怒地紧紧握着拳头，从牙缝里一字一句地挤出话来，"这个人，真的好算计！"

"我就看他靠这种卑劣行径能走多久！"陈美媛气得站起身连着绕了好几个圈，"他真是欺人太甚！"

"放心，他害咱们这么狠，咱们总要报复回去。"郝波波阴沉沉地道，"虽然现在不是时候，但是这账，咱们是记下了。"

波波说着，突然转向郝宋宋："哥哥，你当年进监狱又是什么原因？听你刚才那话头，海平当年火灾并不是你的错？"

郝宋宋叹了口气："事已至此，我也没必要再隐瞒了。"

当年，郝宋宋误打误撞，进入了王父设计的火灾现场，被王父当作替罪羊诬陷放火。王父给了郝宋宋一笔不菲的报酬，这让当时想替母亲偿还炒股欠款的郝宋宋动了心，扛下了此事，被判了十年。

"原来，原来是这样！"陈美媛哭道，"宋宋，你怎么那么傻呀！"

郝宋宋没有说话，以他当年的工资，要还上家里的欠债，几辈子不吃不喝也还不完。他唯有依靠这样的方式，才能迅速地还完债款，免去母亲和妹妹的后顾之忧。

只是，他却从未想过，以王海涛的凉薄与小人心性，从来不会有情谊上的顾念，也不会任由某件事脱出自己的控制。

郝宋宋出狱之后，却依旧身处王海涛的控制之中，从未得到解脱。

郝波波默默地靠着墙站立，她格外害怕，她想起了王海涛曾经对她使用过的一切手段，无论是抄袭事件还是新闻发布会事件，又或者是之后的水淹幼儿园。

这些事，一桩桩、一件件，无一不是把她往死里逼。

郝波波叹息着，喃喃地道："看来，我跟子尧真的是注定不能在一起啊！"

"波波！"陈美媛猛地擦掉了汹涌而出的眼泪，她坚定地说，"要放下王子尧，你就必须彻底果断。不可以和他藕断丝连，也不可以再对他心软。"

波波默默地点头："我不会再见他了。"

陈美媛看着郝波波失落的样子，始终还是不放心。她趁着工作的时候，偷偷找到平凡，希望平凡能带着郝波波走出这段情绪低迷的日子。

只是，当她把自己的委托与期望说出后，平凡笑道："美媛姐，你真为难我。波波和子尧都已经旧情复燃，我再去横插一杠子，不好吧？"

陈美媛静静地摇头："他们不可能在一起了。"

"那怎么可能？"平凡根本就不信，他笑着说，"美媛姐，波波前段时间还跟我说过呢，等子尧解决他父亲的问题，他们就会在一起。我现在已经想开了，只要她能幸福就好。子尧那么喜欢她，她也喜欢子尧，他们在一起一定会得到幸福。"

"已经没有可能了。"陈美媛叹息。

"怎么了？"平凡愣住了，他问道。

"幼儿园的水灾，是王海涛的阴谋。而且，宋宋出狱，翻出了一些七年前的旧账。郝家和王家之间的矛盾并没有那么简单。"陈美媛叹道，事情涉及郝宋宋，她并不能直接说出事情的所有真相，只能含糊地道："如今，波波已经不可能和王子尧在一起了。"

"虽然还是不怎么明白，但我知道该怎么做了。"平凡郑重地点头。

就好像守护骑士一般，平凡在波波情绪最低落，最需要安慰时出现。

"最近出了那么多事，回想起来，我最对不起的，其实是你。"郝波波勉强地笑了笑，扭头看向平凡，"你一直在我身边默默地付出，我却从未给予你对等的感情与回报。"

"你并没有对不起我。"平凡轻声说。

"但是，即使我和子尧的感情出了问题，我也无法和你在一起。"郝波波摇头，"我无法欺骗自己的内心，也无法欺骗你。"

"不答应也没关系，我可以照顾你就好。"平凡笑着说。

接下来的每一天，平凡的呵护无微不至，他甚至带着波波来到父亲平东升的农庄里一起吃饭。

早已过着退休生活的平东升十分热情地欢迎了郝波波，他为波波准备了一大桌美味可口的饭菜。

郝波波看着农庄里的竹篱茅舍，心情平静了很多。这一段时间的相处，平东升对她的热情，与和王子尧在一起时王海涛的激烈形成了鲜明的对比。与平凡在一起时恬淡而舒适的感觉是她从未有过的体验。波波甚至在想，平凡也许是最好的选择。

饭罢，平凡带着波波参观这个小小的农庄。

"其实，我也算得上是在这里长大的了。"平凡笑着说道。

"你居然是在这种地方长大的？"郝波波好奇道，"以你父亲的身份，还有你和王子尧的关系，我以为你一直都是在豪宅大别墅住着呢。"

"怎么可能！"平凡爽朗地笑，"我父亲虽然出名，但他只是个裁缝而已。我也就是个普通家庭的小孩。就算是从小跟子尧关系好，一起长大，那也是父亲职业的关系。"

他带着郝波波逛遍了农庄的屋子后，从他房间紧锁的书桌抽屉里珍而重之地取出一本老旧的相册。

"这是家里的老照片。"平凡笑道,"我想着,反正也没有什么事,给你看看也不错。你看看我小时候的样子,还能认识一下我妈。"

波波打开相册,不想一张相片却掉了出来。

她急忙捡起,却惊讶地发现,这竟然是平凡的父亲平东升和波波的母亲沈家琳年轻时的照片。两人依偎在一起,显得亲密异常。

顿时,两人都没有再说话,突然出现了一张如此亲密的照片,平凡和波波都察觉到了异常。

郝波波紧张地看着平凡,她小心地伸出手,碰了碰平凡:"你还好吧?"

"不,我不好!"平凡仰起头,慢慢地红了眼眶,"我真没想到,害死我母亲的那个小三,竟然是她!"

自己的母亲与平凡的父亲,竟然有过这样的前史?而自己的母亲,竟然是害死平凡母亲的罪魁祸首!

郝波波抬头看向平凡,嘴唇颤抖,她轻轻摇头道:"对不起。"

平凡摇了摇头:"波波,也许,我无法再爱你了。"

是啊,这样如何可以相爱?平凡和波波的关系,戛然而止。

郝波波匆匆离开,平凡却对着母亲留下的日记本发了半天呆。

六年了,六年以后,他却发现,自己仍然是一个人。那个曾经给过他温暖的人,却成了幻影泡沫,虚无缥缈。

他抱着母亲的日记本回到幼儿园。坐在母亲留下的幼儿园之中,平凡黯然泪下。

波波尴尬万分,犹如逃一般地回到了家里。沈家琳期盼地迎了出来:"回来啦?和平凡玩得还开心吗?"

　　郝波波冷漠地笑了笑，扔下自己随身的包包："开心，怎么不开心？我们还发现了一个大秘密呢。"

　　沈家琳好奇地看着波波："什么秘密？"

　　"妈，你可真能啊！"郝波波冷笑，"我这才知道，我爸去世以后，你还和初恋情人藕断丝连过。"

　　"什么？初恋情人？"沈家琳惊讶，"你说平东升？"

　　郝波波失望地看着自己的母亲："是啊！就是这个名字，平东升。"

　　沈家琳正色道："我从没和他在一起，我嫁给你爸这么多年，还从来没对不起过你爸。"

　　"妈，你知道平凡是谁的儿子吗？他是平东升的儿子，他姓平！"郝波波摇头，眼中闪过一丝嘲讽，"你知道平凡的母亲怎么去世的吗？母亲得了绝症，治疗期间却发现丈夫的初恋情人给丈夫打电话，活活气死的。妈，你不仅仅是对不起我爸啊！"

　　"虽然你不信，但这是真的。"沈家琳静静地站着回答，"我和平东升从来没有旧情复燃。当年我给他是打过一次电话，但是，电话响了一声我就挂掉了。那时候，你哥哥正出事，家里背着巨债，你哥又进去了。我是实在没有办法，才打了这个电话。可我又后悔了，毕竟，我和他都已经过去了。我还是不想去打扰他。"

　　郝波波无力地笑了笑，转身走入了自己的房间。

　　仿佛一夜之间，各种旧事全部翻腾了起来。哥哥郝宋宋还在医院，可是她却发现，郝宋宋与王海涛当年曾有交易。

　　母亲还借住在自己家，可是，平东升却与母亲有旧情。

　　仿佛是一夜之间，那两个和她关系最亲密的男人，却都成了她的陌路人。她甚至连正常地和他们打一声招呼都做不到。

　　沈家琳看着郝波波走进房间，她对着紧闭的房门犹豫了半天，最终还是没能敲响。

想了想，她鼓起勇气，来到了平东升的农庄。

两位老人从未想过，在相隔三十年后再见，却是这种情景。沈家琳尽量保持着当年的优雅，走进那个竹篱茅舍的小院。

"我为波波而来。"沈家琳低声道，"她是我的女儿。"

平东升猛地后退一步，不敢置信地看着沈家琳，他惊呼道："郝波波居然是你的女儿？"

沈家琳点头，平东升突然一边摇头一边苦笑："难怪啊！难怪！难怪平凡会突然离开。"

"我也从未想到过，平凡是你的儿子。"沈家琳静静地说，"我挺喜欢他，也希望他能和波波在一起。"

"当年我给你打电话，虽然只是响了一下就挂断。可是，我从没想过会给你造成这样的困扰。平凡和波波怪我没什么，但是，两个孩子都是无辜的。我不希望他们为了当年的事情而影响幸福。"

"所以，你打算怎么做呢？"平东升问。

"我知道一些信息，所以过来和你确认一下。"沈家琳淡淡地道，"当年，你的夫人去世，除了因为我那一通电话，似乎还有其他的原因。"

"当年啊！"平东升露出不堪回首的表情，"当年确实苦了她。那时候，她生病进了医院，我又因为公司的事情，两头不能兼顾。"

沈家琳道："我知道王海涛的一些事。当年，他踢你出海尧集团，我怀疑不是意外，而是他精心策划的阴谋。"

"你说什么？"平东升简直不敢相信自己的耳朵，"你怎么可能知道王海涛的事？"

"海平集团因为纵火而被判刑的那名员工，他叫郝宋宋。"沈家琳说，"宋宋是我的儿子。其实他并没有纵火，他是为王海涛顶罪。"

沈家琳回忆着："当初，宋宋进监狱，我仿佛天都塌了一样。家里还欠着巨债，宋宋又出了事。然而，没过多久，就有一笔巨款打到了我的账户上。金额足够我还完所有的欠款，还有剩余。那一场火灾，其实是王海涛自己故意纵火。"

平东升的脸黑了，他想起了那次火灾的后果。

火灾烧掉了所有生产用的原料，导致他所负责的项目无法正常进行。平东升想尽办法从全国各地寻找合适的布料，却依旧无济于事。

市场上，合适的布料仿佛全部销售一空。

最终，他因为缺乏合适的生产原料而导致项目失败，亏损了大量的资金。

他回想当年的事情，集团一些细节证明王海涛当年确实是在说谎。如果是谎言的话，那么当年火灾难道并不是意外？那导致他被踢出海尧集团的这场项目失败会不会也不是意外？

想到平凡在离开海尧集团之后的遭遇，再想到自己的不甘。平东升决心查清真相。

他开始翻找当年的记录，在大量的档案查阅之后，他找到了蛛丝马迹。

那一年，市场上的同类布料，销量并没有非常好。如果按照当年的产出和销量来看，他不可能采购不到合适的原料。

而当年的采购经理王旭，在平东升离开海平集团后，也迅速离职，前往美国，并在美国休斯敦购置了豪宅。

平东升根据采购经理的收入和家世判定，那个时候，王旭并没有能够支撑他出国的经济能力，更何况在休斯敦购置豪宅？

平东升断定，王海涛和当时的采购经理王旭肯定有背后的秘密交易。

无颜面对的真相

在得出这个结论之后，平东升再次来到了海尧集团。

王海涛依旧笑呵呵地欢迎着老友，平东升却冷冷地看着他："海涛，我今天来找你，是为以前的旧事而来。"

"到底是什么事啊！"王海涛平静地笑着。

"有人告诉我，当年你收买了王旭，让王旭故意瞒报市场情况，造成了海平集团当时的重大项目失败。"平东升虽然老迈，却依旧站得直挺挺的，他目光锐利地紧盯着王海涛问道，"你告诉我，是不是真的？"

"这怎么可能嘛！"王海涛大笑，"项目失败，对我有什么好处？我为什么要收买王旭，让他故意瞒报市场情况？"

"是吗？"平东升笑了笑，转身就往外走，"既然如此，那也没什么好说的了。你难道没想过，王旭既然能收你的钱，被你收买，为你办事。他当然也就能被其他人收买，为其他人办事啊！"

王海涛的笑容凝固了，他看着平东升的背影，眼中露出锐利而凶残的目光。

平东升一边摇着头，一边走向上下楼的电梯。而王海涛的办公楼设计，要到达电梯，就要经过楼梯口。就在平东升路过楼梯口时，王海涛突然猛冲过来，将平东升狠狠地推下了楼梯。

平东升猝不及防，狠狠地摔了下去，脑袋磕到台阶上，昏迷不醒。

看到平东升不再动弹，王海涛喘着粗气来到平东升身边。他红着眼睛观察了一遍，确认平东升是真的昏迷之后，他突然起身，狠心用自己的头撞墙壁，制造着二人争执的假象。

在现场伪造完毕之后，他才气定神闲地掏出手机，给李伟打了一个电话。

李伟匆匆赶来，把平东升和王海涛一起送进了医院。

半天之后，平凡才收到父亲从台阶上摔下，昏迷不醒如今在医院抢救的消息。他匆匆赶到医院，却只看到父亲瘦小的身子掩盖在医院洁白的被单之下。

此时此刻，平凡也顾不得与平东升的嫌隙了。想起父亲平日的慈爱，平凡泣不成声。

"医生，我父亲究竟怎样了？"看到前来的医生，平凡仿佛抓住了救命稻草，他紧紧抓着医生的手，丝毫不肯松开。

"病人的情况不太好。"医生叹息着摇头，"他从楼梯上摔下时磕到了脑袋。而且，非常巧的是，这一磕，在他的大脑中形成了内出血，凝固的血块压迫大脑，导致他至今昏迷不醒。"

"有什么办法能解决这个问题吗？如果拿出血块，是不是就会好起来？"平凡激动地问道。

"没有办法！"医生叹气，"内出血已经形成，不是拿出血块就能解决问题的。你父亲的伤，还导致了大量的毛细血管出血。这些地方凝固的血液与大脑已经融为一体，取出血块势必伤害大脑。"

"如果真的这么做，你的父亲很可能会永远也醒不来。"

平凡失望地放开医生，跟跟跄跄地后退了几步，看着自己昏迷不醒的父亲。

这个人，虽然自己恨他，讨厌他，有时候甚至恨不得他去死。但是，他仍然是自己的父亲啊！当他真的出事的时候，平凡才知道，自己有多么的爱他。

"平凡，你节哀！"王海涛头上裹着厚厚的纱布，做出一副慈爱的样子前来劝慰。

平凡猛地抬头，双目充血。他狠狠地盯着王海涛，那副择人而噬的样子，仿佛要把王海涛吞没。

"王海涛，用不着你来装好心！"他怒吼道，"你是什么人，我心里清楚。你是故意把我爸推下楼梯的吧？他到底碍着你什么事了？"

"这孩子，你胡说什么呢！"王海涛怒道，"你爸因为你的事来和我吵架，还气急败坏地攻击我，把我的头往墙上撞。我合理反抗挣扎，结果他自己站不稳，摔到了楼梯底下。这也能怪我？"

"呵！"平凡用力抹了一把脸，"我爸要找你，也只会去你的办公室。办公室和楼梯的距离你当我不知道？"

"喂，平凡，你可别胡说啊！"李伟对着平凡猛地一抬下巴，"你父亲出事，你情绪激动我们可以理解。但是你的父亲攻击王总可是我去找王总的时候亲眼看到的。两人当时在楼梯口打架，你父亲抓着王总推推搡搡的，把脑袋直往墙上撞。都这样了，王总要是还任打不还手，被打死的只怕就是他了。"

"你闭嘴！这里没你说话的份！"平凡怒道。

"平凡！你冷静一点。这种结果肯定不是我爸想要的，你先接受现实，我们再慢慢给平伯伯治病。"陪着平凡来医院的王子尧，之前一直在冷眼旁观。此刻见事态变得不可收拾，不得不出来控制场面，他拉住平凡劝着。

"你住口！"平凡猛地甩开王子尧的手，瞪着血红的眼睛向他怒吼，"出事的不是你爸，你当然冷静。"

"够了！没看到我爸也受伤了吗？"王子尧被一顿吼，怒气值也升了上来。他指着王海涛头上的纱布叫道，"我爸头上包的是什么，你看到没？我爸和平伯伯多年的好兄弟，无缘无故的怎么可能会伤害他？"

"那你的意思，出这事倒是有点什么缘故的喽？"平凡气极反笑，"你告诉我，什么缘故？"

"不是说了吗？都是你惹出来的。"王子尧叫道。

"我惹出来的？"平凡推搡着王子尧，"王子尧，你说这话亏心不亏心？我为什么要从海尧离职？王海涛逼着我走，难道这还是我的错了？

"你够了，我这辈子就当从来没有过你这个兄弟！门在那里，你给我出去！"平凡指着病房的大门把王子尧往外推。

"平凡，你个混蛋，我是好心，你却不领情！用不着你推，我自己会走。"王子尧的倔脾气也上来了，他推开平凡，自己气冲冲地走出了病房。

两个人，各自为了自己的父亲，彻底决裂……

王海涛看着平凡直摇头："平凡，你还是先冷静吧！你这样做，伤害的可不仅是你自己的心，还有子尧和你的兄弟情啊！"

"你也出去，用不着你假惺惺！"平凡瞪着血红的眼睛怒吼。

王海涛一副极为惋惜的样子摇头叹气，带着李伟迫不及待地出了病房的大门。

平凡看着病床上的父亲，眼泪终于忍不住落了下来。

他心里有着深深的怀疑，父亲在农庄颐养天年已经那么多年，怎么可能会突然跑到海尧集团与王海涛发生冲突呢？

这里面，一定有阴谋。

事件一起又一起，平凡留在医院照顾父亲，子尧伤心地回了家。

郝波波因为哥哥的原因与自己决裂，平凡又因为父亲与自己决裂。而自己现在却依然住在平凡家里。子尧看着空荡荡的屋子，心中百般不是滋味。

王子尧不支持父亲这种为达目的不择手段的做法，却对他无可奈何。

子尧想起倒闭的公司，如果没有出事，现在创业应该已经成功了吧？如果创业成功，现在自己是不是就有力量对抗王海涛，保护波波和平凡，保护自己觉得重要的那些人了呢？

他走进书房，看着熟悉的环境，想起了第一次见到秋秋的时候。从互不信任到成为朋友，他和秋秋付出了多少努力？

子尧想起在公司倒闭之后，那个关在书房里编写小游戏的自己。如今，他上传的小游戏反响不错，收益良好。那么，那个曾经的设想，关于自闭症儿童的趣味互动游戏，是不是也可以重新开始了呢？

王子尧打开电脑，开始了他的游戏设计。

郝宋宋恢复良好，终于得以出院。波波在忙碌之余，也终于松了一口气。

郝波波终于有空去回想当初和王子尧的矛盾。虽然不想面对，但是，当初郝宋宋进医院，她对子尧的误会与伤害却是实打实的。

波波纠结着要不要去向子尧道个歉。毕竟，她曾说过那么重的话，伤了子尧。

"想去就去吧！"陈美媛突然出现在波波身后，她拍了拍波波的肩膀道，"我虽然看他不顺眼，他父亲也确实一言难尽。但是，王子尧是没什么错的。你想道歉就去找他。"

"美媛姐，你不反对我去找他了？"郝波波讶异道。

"一码归一码，"陈美媛郑重地说，"我确实不喜欢他和你在一起，但我对他这个人并没有意见。我只是讨厌王子尧的不负责任而已。"

"他想和你在一起，却只知道从他的角度去考虑，去追求。他只是想和你在一起而已，却从来没有想过如果你同意和他结婚，该如何面对王海涛和徐丽莎的各种手段。王子尧从来没有主动去解决过他父亲和徐丽莎的问题，所以，他不是你的良人。"

"但是，之前在医院是我们的错，道歉是应该的。所以，现在无论你去找他，又或者不去找他，我都支持你。由着自己的心，不要让自己后悔吧！"

最好的闺蜜，在最重要的时刻，给了最关键的意见。郝波波激动地看着陈美媛。

"我明白了，美媛，谢谢你！"她向隔壁平凡家走去。她决定向子尧道歉。

子尧打开了门，让波波进入客厅。

郝波波犹豫了一下，对王子尧说道："子尧，我是来道歉的。对不起，之前在医院，是我错怪你了。"

王子尧摇头叹气，虽然郝波波前来道歉了，可现在的王子尧却觉得没了必要。两人之间，如果连基本的信任都没有，那又怎么能走下去呢？

他不想再说什么话，于是，气氛突然尴尬地沉默了下来。二人就这样一直坐着，直到秋秋的到来。

秋秋是来平凡的画室画画的，虽然郝波波与王子尧相对无言地坐着，可孩子却仿佛没有看到一般，直接就走了过去，进了平凡的画室。

"秋秋！"郝波波一愣，立刻从沙发上跳了起来，紧跟着秋秋进了画室。

平凡的画室，如今已被王子尧做了一些改动，他的电脑也放在这里。郝波波进门之前，王子尧正在这里开发游戏。

一进入画室，秋秋就被电脑屏幕上的游戏画面吸引了，她抬头看着那色彩鲜艳的画面直发呆。

"秋秋！"郝波波又叫了一声，她的呼唤把秋秋从呆怔的状态中拉了回来。

秋秋回过头，看着郝波波一字一句地说道："妈妈，没有你画得好。"

郝波波笑了笑，伸手摸了摸秋秋的头。这是子尧自己画的游戏界面图，郝波波伸手拿起电脑笔绘图，将那张图改了改，顿时就让画面变得更加生动起来。

紧随其后进入画室的王子尧看了一眼电脑上的图片，尴尬地咳嗽了一声。

郝波波回头，看向王子尧，带上了一丝笑意："我可以帮你设计游戏界面。"

王子尧开发游戏心切，答应了波波的要求。

就在王子尧与郝波波达成合作之时，沈家琳默默地来到医院，走进了平东升的病房。

这个原本精神矍铄的老人，此刻只能静静地躺在病床上。平凡守在病床边，仿佛一尊石化了的雕像。

病床的一头挂着一枚金色的铃铛，沈家琳记得，这是曾经挂在平东升车内的平安符。如今，却被平凡拿到了病床前，挂在了这里。

沈家琳默默地来到病床边。

"出去！"平凡头也不抬，沉沉地说道。

"我不能出去。"沈家琳回答。

"你要是不出去，我就把你扔出去。"平凡冷笑，"当年你害了我母亲，现在到这里来看我父亲，是打算缅怀你的初恋，还是打算幸灾乐祸？"

沈家琳悲伤地看着病床上的平东升，又看着陷入疯狂之中的平凡，继续坚定地摇头："我不能出去！有些事，我必须告诉你。"

"要辩白你跟我爸的关系吗？不必了，看在波波的分儿上，我不为难你。"平凡依旧冷漠无比。

"你的父亲，是被王海涛害成这样的。"沈家琳的目光依旧紧盯着病床上的平东升，"在他去找王海涛之前，我刚和他联系过。"

"你们还真是藕断丝连啊！"平凡冷冷地道。

"我们是三十年来第一次见面，"沈家琳没有理会平凡的话，她径自说着，"在将我们手头的消息进行了交换之后，我们发现，七年前那场令你父亲离开海平集团的项目事故，也许只是一个王海涛精心策划的阴谋。"

平凡的脸色变了。

"说下去！"他厉声说道。

"你知道的，郝宋宋是我儿子。"沈家琳定定地看着平凡，"他曾因纵火烧了公司仓库，被判纵火罪，获得了十年徒刑。郝宋宋工作的公司名叫海平集团。"

"嗯？"平凡终于有了一点动作，他抬起头来，看向沈家琳。

"实际上，宋宋并没有纵火。"沈家琳叹息道，"他不过是为了偿还家里的欠债，为王海涛顶了罪。"

平凡的目光锐利起来，就好像一把刀直直地刺向沈家琳："这和我的父亲出事有关系？"

"被烧的仓库存放的是平东升所负责项目的生产原料。"沈家琳答道，"而火灾之后，市场上合适的原料竟然采购不到了。"

"我在两周前，曾经因为波波的事拜访过平东升。"沈家琳沉沉地说着，"然而，在我们俩碰面之后才发现，当年的事有蹊跷。我们都怀疑是王海涛的阴谋。"

"东升决定重新调查当年那场导致他离开海平集团的事件。之后，我和他再也没有了联系。"沈家琳的目光转向病床上依旧昏迷不醒的平东升，"我今天才得知，东升在海尧集团出事了。我想，在没有十足的把握之前，他应该不会打草惊蛇去找王海涛。"

"东升应该掌握了当年王海涛使用手段的关键证据。"

平凡之前情绪激动，在沈家琳说完之后，他却出人意料地沉默了。他转头看向病床上的平东升，默默不语。

他从未想过，七年前父亲突然离开海平集团，竟然是事出有因。他想起了自己在海尧集团遭受的不公待遇，以及在离开海尧后，王海涛的手段，觉得，上辈人的那些纠葛离自己如此之近。

第一次，平凡感到了心寒，那是对王海涛彻底失望的感觉。

平凡艰难地控制住情绪，嘶声说道："我承你一个情，这次，就不追究你害我妈去世的那些事。我也不会将对你的情绪带到郝波波身上。

"但是，仅此而已。虽然很感激这次你过来向我说明实情，但是，我依旧不希望再看到你，也请你不要再和我父亲有所来往，谢谢。"

沈家琳默默地看着平凡，又看了看依旧躺在病床上一动不动的平东升，默默地点点头，转身离开。

当年的事情，如果说出去，谁也不会信她真的只是打了一个电话。而且，未等接通就挂断了。

这次，她来医院的目的已经达到，再去争辩是非对错，反倒非她所愿了。

何况，那个金色的铃铛，她曾在街头见过多次。也许，这些年平东升一直都暗中关心着自己也未可知。自己和他的儿子起冲突，也不会是平东升所乐意见到的。

病房里的平凡却默默地坐到了沙发上，他看着自己的手。这只手白皙修长，却紧紧地握成拳头，犹如他紧张的内心。

平凡第一次如此地希望海尧集团破产，让王海涛这么多年的心血彻底化为虚无。他默默地掏出手机，翻看着号码簿，最终，选择了一个号码拨出。

"独家新闻，你要吗？"平凡尽量以轻松的口气说出这句话，可惜带着的颤音却出卖了他的内心。

曾经，平凡因为王子尧，因为郝波波而有所顾忌，但这一次，看着依旧昏迷在病床上的父亲，他彻底愤怒了。

平凡打了一个又一个的电话，向媒体曝出了多次事件，服装大赛，恶意竞争，不良炒作，服装质量等诸多黑幕以及海尧集团曾经的恶性竞争手段。

这一次，他没有丝毫的犹豫。

大量有关海尧集团的负面新闻在同一时间放出，而当年闹得沸沸扬扬的新锐服装设计大赛时间终于勾起了人们的回忆。

有关新锐服装设计大赛决赛造假的传言开始发酵。现任的海尧集团头号设计师李伟直接受到了质疑。

一时间，大量负面消息所引发的各种问题，使整个海尧集团的股市和销售都受到了严重影响。

李伟站在王海涛的病房里，焦急地转着圈。突如其来的质疑对他的打击非常大，新锐服装大赛上，他依靠抄袭和评委的偏袒才获得冠军，也让他此刻底气十分不足。而海尧集团，也开始有了对他不满的言论。他暴躁地叫道："这个平凡，他疯了，他真的疯了。"

"平东升出事，平凡作为他的儿子，自然不会坐视不理。"王海涛头上包着纱布，却对此满不在乎，他老神在在地说道，"我还以为他会做出些出人意料的动作，没想到，也不过就是爆料而已。"

"但是这个爆料已经影响到了公司的发展。"李伟大叫。

"是影响了你的职业发展吧？"王海涛却十分平静，"你不用担心，在平凡离开海尧之前，我就考虑过他反咬的可能性。平凡虽然知道一些内幕，但他手上却没有任何证据。对于他的爆料，我们大可以同样联系记者发布对他不利的言论。"

"那我们什么时候开始？"李伟急切地问。

"你别急，我有计划。"王海涛沉沉地一笑。

各种对于海尧集团不利的新闻在各新闻板块疯狂地传播，海尧集团却没有任何的反应，任其发酵。

平凡在爽快之余，又多了几分疑惑。以王海涛的老谋深算，不至于一点反击的手段都没有啊！

然而，没过多久，一条新闻却震惊了整个服装行业。

医生确诊，王海涛肝癌晚期。

子尧收到消息时，正在家里忙碌着游戏的收尾工作。他没能第一时间看到新闻，却收到了来自徐丽莎的电话。

"子尧，你快到医院来！"电话里，徐丽莎焦急的语气根本无法掩饰，"王伯父病了，很严重！"

自王海涛受伤住院以来，王子尧并不愿意经常去医院看父亲，王海涛向来专制又阴险，即使子尧作为他的亲儿子，也经常不明白他心中所想。

然而，徐丽莎焦急的语气却让王子尧下意识地觉得有些不妙。

放下电话，子尧急匆匆地冲向医院。王海涛斜靠在病床上，他头上的纱布还没拆，看起来异常的憔悴可怜。

王子尧的到来让他十分高兴，然而，徐丽莎的表情却异常严肃。她把王子尧拉到病房外比较偏僻的地方，郑重其事地道："这件事，还是不要当着王伯父的面提比较好。"

"什么事？"王子尧一头雾水。

"这次住院期间，王伯父被查出了肝癌，已经是晚期了。"徐丽莎默默地抹了一把眼泪，低声道，"医生说，癌细胞已经全身转移，没法再手术。"

"什么？"王子尧如遭雷击，他大声叫道，"我爸？他肝癌晚期？"

"嘘！小声点！"徐丽莎紧张地看了看病房的方向，"你不要让王伯父再受一次打击。"

王子尧吓得压低了声音问："怎么发现的？你确定是肝癌晚期？"

"入院体检的时候就发现了一些端倪，但当时没确诊，我和王叔叔也没对外宣扬。前段时间，他专门让医院安排了一次检查，确诊是肝癌。"徐丽莎又擦了一把溢出的眼泪，看起来楚楚可怜，"医生说，王叔叔已经时日无多了。"

王子尧呆住了，他曾经想过，如果父亲对他再也无法进行全面掌控，将会是什么时候。也曾经想过，如果父亲即将去世，自己会如何反应。但是，当这一天到来的时候，子尧却发现，自己还未准备好。

他以为，父亲身体健康、中气十足，还能活很久。

却没想过，这样一个强势的男人，也逃不过病魔的魔爪。

子尧疯了一般地冲进医生的办公室，徐丽莎被他闪电般的速度惊到，甚至都还没能反应过来。

医生刚结束一个病人的咨询就被王子尧抓住了衣领。

"医生，你告诉我，病人王海涛的检查是真的吗？"子尧急匆匆地叫道，用力摇晃着医生。

"放手，放手！你再这样我要告你暴力伤医。"被吓坏了的医生甚至没能听清王子尧的问题，他下意识地叫着，试图挣脱王子尧如铁钳般的双手。

"子尧，你别冲动，有话好好说，有问题也要好好问！"徐丽莎跟进了医生的办公室，正好见到王子尧这冲动的一幕，她急忙冲上前拉开王子尧。

王子尧喘着粗气，虽然放开了医生，却依旧红着眼睛瞪着这位身着白大褂的老者。

还没等医生有反应，徐丽莎急忙挡在王子尧和医生之间解释道："抱歉医生，我们是八号病房的病人王海涛的家属。这位是王海涛的儿子，他刚刚得知自己的父亲得了绝症，受到的冲击比较大。"

医生整着衣领，心有余悸地道："哎呀，他太吓人了。突然冲进来抓着我就晃。"

"真是抱歉，"徐丽莎赔笑道，"我在这替他向您赔罪。"

王子尧这才发现自己的错误，他紧跟着徐丽莎向医生赔罪："对不起医生，刚才是我太激动了。"

"这还差不多嘛！"医生扭了扭脖子，问道，"你们来找我是为什么？"

"我想问问我父亲，也就是王海涛的病，确认是癌症吗？有没有误诊的可能？"王子尧急忙问道。

"你在怀疑我的专业性吗？"医生很不高兴地说道，"王海涛是海尧集团的董事长我知道，他从入院以来，前前后后做了三次检查，每一次的结果都非常一致。他是肝癌晚期，而且癌细胞已经扩散到全身。"

"还，有救吗？"王子尧紧张地问道。

"癌细胞早已扩散，他现在顶多还能活半年。"医生摇头叹息道。

"这怎么可能！"王子尧直接傻掉了，他呆呆地在医院走廊里转悠，想着父亲和自己一直以来的点点滴滴，却不敢去病房。

徐丽莎默默地跟在子尧身后，等到他的情绪略微平复，才拉着他道："去看看王伯父吧！他现在最希望的，就是有你陪着他。"

子尧一言不发地转身，走进王海涛的病房。

伪装的快乐

　　王海涛正虚弱地靠在床上，李伟在一旁照顾着他。子尧默默地站在病床前，看着自己的父亲。

　　"啊！子尧回来了。"见到王子尧，王海涛强打精神笑道，"最近怎么样？有没有空来多陪陪我这个糟老头子？"

　　王子尧看着一辈子要强，从未展露出如此软弱一面的父亲，鼻子一酸，差点掉下泪来："有空，我最近都有空。我天天都来陪着您。"

　　"那真好，我们父子也有很久没有在一起唠唠嗑了。"王海涛笑着说道，"从你回国，就不愿意见我，上次还是石管家强迫，你才来见了我一面。"

　　"以后我天天来见您。"王子尧轻声道。

　　"唉，真好。我的儿子又回来看我了。"王海涛慢慢地靠着病床躺下，"子尧，以前我管你管得太严，什么事都要插手，可能还做错了很多事情。你恨我吗？"

　　王子尧默默地摇头，强忍着悲伤的心情回答道："不恨，我从来都没有恨过您。"

　　"那么，你能不能满足爸爸的一个愿望？"王海涛期盼地看着子尧，"我一直遗憾，没能尽早看到你结婚，获得属于自己的幸福。你能不能在我临走前举行婚礼？"

突如其来的要求，令王子尧无所适从，他结结巴巴地问道："什么？举行婚礼？和郝波波吗？"

"怎么可能和她？"王海涛明显动了气，他猛地一阵咳嗽，仿佛要把自己的内脏都给咳出来。

李伟上前，熟练地给王海涛拍着后背，直到咳嗽声渐息。

好不容易缓过气来，王海涛指着王子尧，喘息着说道："还是那句话，我绝对不会同意你和那个郝波波在一起。在之前的新闻发布会上，我已经公布了你和徐丽莎订婚的消息。她和你青梅竹马，又对你痴心一片。我就剩这点时间了，只想看到你和徐丽莎结婚。"

王子尧嗫嚅着说不出话来，他想要拒绝，却又担心时日无多的父亲生气与伤心。可是，同意与徐丽莎结婚，从此放弃郝波波？一想到这个，王子尧就觉得心如刀绞。

子尧深刻地感受到，在经历了这么多事之后，他与郝波波，早已有了某种默契。而他所愿意与之携手共度一生的人，也只有郝波波。

让他娶徐丽莎，子尧打心底不乐意。可是，看着虚弱的父亲，他却说不出口。

王海涛期盼地看向王子尧，知子莫若父，看着子尧那犹豫不决的态度，他就知道，王子尧，还是不愿意接受他的安排迎娶徐丽莎。

王海涛失望地挥挥手，叹道："算了，我不逼你，你回去想想吧！反正，我也是快要死的人了。临死之前，我只有这一个愿望。"

子尧默默地离开了医院。

直到这种时候，他才发现，他还是在意自己的父亲的。王海涛的愿望，他无法满足，子尧并不愿意背叛自己的内心，他真的不想和徐丽莎结婚。但是，面对王海涛那渴盼的眼神，他却发现，自己也说不出拒绝的话来。

"子尧哥，你等等！"子尧走出医院没多久，徐丽莎就追了上来。

王子尧疑惑地停下脚步，看着气喘吁吁追来的徐丽莎。

"我刚刚想到一个办法。"徐丽莎喘着粗气，脸上还有因为奔跑而带来的潮红。她对王子尧说道，"我，我可以陪你演一场戏。"

"你说什么？"王子尧好奇道，"演什么戏？"

"我想，你应该也希望王伯父安安心心地走。"徐丽莎站直了身子，看着王子尧正色道，"但是，这么多年了，我也看出来，你对我是真的没有任何兴趣。你不爱我，我也不再强求，我徐丽莎怎么说也算是个国际知名人士，还不至于拿得起放不下的。"

"那你的意思是？"王子尧挑眉，他心中隐隐想到了一个可能，却不敢确定。

"我可以陪你演一场戏。"徐丽莎严肃地说道，"你暂时答应伯父的要求，我跟你假结婚。等到伯父去世后，我们俩离婚就可以了。毕竟伯父时日不多了，我也不希望他带着遗憾走。"

"你的意思是，我先同意和你结婚，以此来应付我的父亲。等到父亲去世，我们再离婚？"王子尧的表情也变得郑重起来，他小心翼翼地求证。

"对！"徐丽莎狠狠地点头。

"你知道这样意味着什么吗？"王子尧认真地问徐丽莎，"你是国际知名的超级模特，之前，父亲在新闻发布会上宣布我们俩订婚的消息，就已经造成了极大的影响。如果，我们真的宣布结婚，并当众举行了婚礼。你的身份就是我的妻子，就算以后我们离婚，对你的名誉，乃至事业，都会有着不小的影响。"

"这些代价我都考虑过。"徐丽莎沉声道,"我知道,婚姻对一个女人来说意味着什么。但是,王伯父从小看着我长大,对我也是宠爱无比,他现在这样,我不忍心看到他失望的样子。

"而且,我是徐氏的千金,徐家未来的掌门人。对于我来说,这个超级模特的身份不过是闲暇之余的玩票,我本就要在不久之后学着掌管家业,本就不打算继续当超模。"

子尧沉吟着,他下意识地觉得这不是一个好的建议。可是,想到病床上的父亲那期盼的眼神,子尧又觉得,也许接受这个建议,才是最好的选择。

一时间,他举棋不定,一会儿想起郝波波失望的眼神,一会儿又想起王海涛期待的样子。

"为什么?"徐丽莎长长地叹了一口气,"子尧哥,为什么你情愿让伯父带着遗憾走,也不愿意和我演这一场戏?他是你的亲生父亲,就算曾经犯过错,但他都是为了你啊!"

"我……"王子尧犹豫着,说不出话来。

良久,他终于咬牙道:"好吧,就先按你说的来。不过,能拖下去不举办婚礼,就别举办婚礼了。"

"你放心"徐丽莎满意地笑了。她站在医院门口,看着王子尧渐行渐远的身影,直到子尧从她的视线中彻底消失,徐丽莎这才转过身来,回到王海涛的病房。

王海涛依旧躺在病床上,白色的纱布裹着头。然而他的气色看起来却强了很多。

见到徐丽莎,他呵呵笑道:"如何,他答应了吗?"

徐丽莎露出满意的微笑:"当然。"

"就是委屈你了。"王海涛叹息道,"要用这种方式来让他同意婚礼。"

徐丽莎摇摇头，反过来宽慰王海涛："没关系的，王伯父，我并不在意这些。我对自己有信心，子尧只要肯举办婚礼，他就别想再离婚。"

"还是委屈你呀！丫头。"王海涛叹着气，"要是没有那个郝波波，我们又何必用这种手段？你放心，只要你们结婚，海尧集团我立刻交给你和子尧。"

徐丽莎微微地笑了，她并不在意海尧集团是否被王子尧继承。作为徐氏的唯一继承人，她只要结婚，就可以掌管徐家庞大的金融江山。

她只希望能嫁给从小就喜欢的小哥哥，就算得不到他的心，也要得到他的人。

而王子尧并不知道徐丽莎与王海涛的谋划，他违心地和徐丽莎拍摄婚纱照。摄影途中，徐丽莎光彩耀人，王子尧的脸上却见不得半点喜悦。

而同时，国内所有的媒体均在同一时间发布了海尧集团与徐氏联姻的消息。

看到报道的时候，平凡以为自己在做梦。他用力掐了一把自己的胳膊，传来的剧痛令他瞬间清醒过来。

"王子尧要和徐丽莎结婚？这怎么可能？"面对着手机里的新闻，平凡喃喃地念道。

即使清醒过来，知道是真的，平凡也不敢相信这个事实。自从王子尧回国以来，就一直对郝波波进行着疯狂的追求。就算是多次说好了和平凡要公平竞争，他也总会通过各种阴谋诡计，努力让自己在郝波波心里留下更深的印象。

甚至，在平凡与郝波波因公务而前往意大利出差时，自费各种转机跟到米兰，去监视他俩，以免平凡与郝波波产生感情。

这样的王子尧，突然宣布要和徐丽莎结婚？平凡不敢相信。

更何况，王子尧已经成功地打动了郝波波的心啊！突然看到这样的消息，波波会是什么感受？会不会伤心？会不会失落？会不会绝望？

想到这里，平凡飞快地赶往工作室。

郝波波正在办公室里呆呆地坐着，面对着电脑，她常年精致的妆容早已被眼泪冲花，可她自己却没能发现。

见到这样的郝波波，平凡心中刀割一般地疼痛。他冲上前去，拉住郝波波的手。

"波波，波波！"平凡急切地叫着，终于将郝波波从这种呆滞的状态中唤了回来。

"平凡，他要结婚了。"郝波波木然地说着，眼泪依旧不停地流淌。

"我看到了！"平凡重重地点头，不知道如何安慰她才好。

这是他想捧在手心细心呵护的人啊！可是，却一次又一次地被王子尧伤得这么深。平凡说不出心中是什么样的感受。

他深知，由于沈家琳的原因，他不可能和郝波波在一起。可是此时此刻，他却只想保护郝波波，让她得到幸福。

"我从来没想过，他会做出这样的选择。"郝波波长长地叹了一口气，抬头看向雪白的天花板，"也许，他从来就没有放下过徐丽莎吧！毕竟，他们从小一起长大。而且，比起徐丽莎这样出身良好、光彩照人又事业有成的优秀女性，我这种平民女子又算得了什么呢？"

"不！"平凡用力摇头，"你已经很好很好了，你是业内知名的服装设计师，在服装设计领域有着卓著的声誉。徐丽莎的成功来自她的家族，失去了家族，她什么也不是。但你不同，你所有的事业和成功，都是靠自己拼搏而来。"

"你高看了我，也小看了徐丽莎。"郝波波轻轻摇头，默默地擦干了眼泪，"她能成为国际超模，绝对不仅仅是靠家族的力量。而我，所谓业内知名，却没有什么含金量。除了新锐服装设计大赛决赛那一次以外，我并没有一款由我自己独当一面进行设计的成功的产品。对于这个行业来说，我依旧是一个新人。"

"就算是新人，也已经是非常成功的新人了。"平凡坚持道。

郝波波温柔地笑了笑："谢谢你，平凡。你总是在我最脆弱的时候出现在我面前，给我帮助和安慰。"

"应该的，我们是朋友嘛！"平凡艰难地道，"你也一样，甚至还救过我的命。"

"我并没有做什么！"郝波波摇头道，"真正救了你的，还是你自己啊！如果不是你自己选择鼓起勇气继续活下去，那么，我的那一次阻拦毫无作用。"

平凡轻轻笑了："毕竟那时候我选择了坚强。波波，我也希望你能坚强。"

平凡拐弯抹角地劝说，总算是起了点作用。郝波波决定，暂时抛开王子尧的问题，她将所有的精力全部投入了工作中，每天都在工作室加班到深夜。

郝波波虽然让自己忙碌不已，在夜深人静的时候，却依旧会想起曾经和王子尧在一起的那些日子。她依旧不敢相信，经过了这么多年依旧对自己痴心不改的王子尧，会在两人已经和好如初之后，又突然决定和徐丽莎在一起。

波波查找着新闻，试图从中找出端倪。可新闻从来就只会放出王子尧和徐丽莎的幸福瞬间。她想直接询问王子尧，却发现，自从和徐丽莎结婚的消息发布后，王子尧就再也没有回到过平凡家。

他仿佛一个到民间体验民情的王子，在终于腻味以后，回到了自己的城堡。

在工作的忙碌与心理的煎熬下，郝波波日渐憔悴，平凡看在眼里，疼在心里。终于，他找了个机会，以给秋秋买个礼物为理由，拉着郝波波来到了商场的珠宝柜台。

商场里的人并不多，各式各样高档的珠宝柜台里空空落落的，并没有几个顾客。这也就显得正在柜台前挑选珠宝的王子尧和徐丽莎格外惹眼。

看到这两人，郝波波悄悄拉了拉平凡的衣袖，打算拉着他先离开。然而，眼尖的徐丽莎却一眼就发现了平凡与郝波波的存在。

"呀！这不是郝波波吗？还有平凡，你们俩到珠宝柜台来，是做什么呀？"徐丽莎夸张地高声叫着，令郝波波不好意思再离开。

王子尧看见郝波波，激动地想向她打招呼，可想到自己现在的身份，就嗫嚅着说不出话来。一时间，四人间的气氛尴尬万分。

"我们来为秋秋购买生日礼物。"平凡不着痕迹地挽上郝波波的腰，替她解围。王子尧盯着平凡的手，嘴唇动了动，却终于忍着什么也没说。

郝波波尴尬地看着地面，没有发现子尧的小动作。

徐丽莎带着胜利者的微笑，高傲地看着郝波波。她从随身携带的提包里取出两份请柬，双手递了过去。

"今天我和子尧来挑选婚戒，能遇到二位也是缘分。选日不如撞日，请柬就今天送了吧。"徐丽莎得意地笑着，将请柬塞到郝波波手里，"一周后，天都大酒店，欢迎二位来参加我和子尧的婚礼。不管怎么说，郝波波女士与我还有我家子尧都是旧识，平凡你更是和我一起长大的小伙伴。我非常希望能在婚礼上看到二位。"

徐丽莎说着，意味深长地看了看平凡放在郝波波腰间的手。

"多谢你的请柬，"平凡不动声色地接过请柬笑道，"虽然你好意请我和波波参加婚礼，但是，我们却只能感谢你的邀请了。你知道我和海尧的关系，也知道波波和海尧的矛盾。毕竟是海尧少东家和徐氏的联姻，我们去了，反倒可能破坏气氛，就先说一声抱歉了。"

"那哪能呢！"徐丽莎看起来异常诚恳，"我和子尧都非常欢迎你们参加婚礼，不过，你们如果不愿意，我也不强求就是了。"

她咯咯娇笑，看起来容光焕发。

平凡微微点头，紧紧地拉着波波的手，护着郝波波离开。王子尧呆呆地看着二人交握的手指，内心如刀割一般痛苦。

他不由得质疑徐丽莎："咱们的婚礼本就是为了给外界一个交代而做的应付，为什么你还要这样向波波炫耀？"

"哟！心疼了？"徐丽莎冷笑，"现在心疼，当初答应的时候怎么就没想到你的心头爱会误会呢？又想要跟心头爱你侬我侬，又想你爸开开心心地走，哪有那么好的事。假结婚也是结婚，我为什么不炫耀？"

平凡带着郝波波走出商场，回过头，却发现郝波波早已泪流满面。

"波波，你别这样！"平凡吓了一大跳，他手足无措地安慰着郝波波，却收效甚微。

郝波波的眼泪犹如断线的珍珠一般落下，她用力摇着头咬牙道："不用安慰我了，平凡，让我哭一场吧！我识人不明，这是我理应付出的代价。六年前就已经有过一次，为什么我还会相信他！"

"也许，他也有不得已的苦衷。毕竟，他的父亲王海涛如今已被确诊为绝症，没有多少时日了。"平凡尽力宽慰着郝波波，试图找出王子尧变心的理由。

郝波波却淡淡地摇头："谢谢你，平凡！我已经决定了，王子尧这个人，变数太大，他当初追求我的时候有多用心，离去的时候就有多突然。他并不可靠，我也不敢再和他玩这种感情游戏。你放心，我是郝波波，我不会因为这点打击就垮掉。"

"那我就放心了。"平凡松了一口气。

在送郝波波回到家之后，平凡向医院走去。平东升仍昏迷在医院，作为独子，他其实并没有多少空闲时间。而现在，他还需要回到医院，照顾昏迷中的父亲。

平东升的病房位于走廊的尽头，要到达，需要穿过长长的走廊。天已经黑了，忙碌的医院也安静下来。平凡放轻了脚步，向父亲的病房走去。

在到达平东升的病房之前，他需要路过王海涛的病房，看着那紧闭的白色病房门，平凡的脸上不由得露出厌恶的神色。王海涛曾是他十分尊敬的老板与前辈，而如今，却只是他的仇敌而已。

但是，就在他经过王海涛的病房的时候，一个低低的声音传了出来。

"但是子尧等的时间长了，怀疑我是装病，那又该怎么做呢？"

是王海涛的声音！平凡猛地停住了脚步。装病？王海涛在装病？他为什么要这么做？

"这个并不用担心，等他们结婚以后，我们可以说研究出了一种新的癌症治疗方法。您只要坚持使用新方案治疗就可以了。即使不能治愈，癌症患者采用新技术治疗后生存时间延长也不是什么奇事。等时间长了，您的儿子没能离婚，也就习惯了。"另一个声音笑道，平凡听出，那是主治医生的声音。

很快，李伟的声音响起，他补充道："而且，您又何必担心呢，即使子尧继承了海尧集团，但集团实际上还是掌控在您手上的，他又怎么能翻出天去！"

"我怕的是他净身出户。"王海涛叹息着说，"以这孩子的脾气，他干得出这种事。"

"您怕什么，净身出户也是要有能力的。婚后海尧和徐氏联合，您不同意，徐丽莎不同意，以海尧和徐氏的能量，他打离婚官司都打不赢。"李伟满不在乎地说道。

"你说的是，"王海涛松了一口气，"别说我，就是徐丽莎也断然不会让他离婚的。"

"正是这样，您且放宽心吧，好日子还在后头呢！"李伟笑道。

平凡呆立在病房门口，心中涌起了惊涛骇浪。王海涛得绝症居然是假的。真是没想到，王海涛居然能这么狠，为了让王子尧和徐丽莎结婚，连假扮绝症都想得出来。

而平凡也不得不承认，这个计谋确实有效。王海涛罹患肝癌，已经晚期的消息公布后，社会上由于平凡爆料所导致的对于海尧集团的所有负面信息，全部因群众对于王海涛这个绝症患者的同情而彻底消失。

而王子尧，似乎也在王海涛的逼迫下作出了和徐丽莎结婚的妥协。

这个手段，是真正的一石二鸟啊！

然而，这个手段最大的问题在于，王海涛对于王子尧和公众的欺骗。只要平凡在合适的时候将这个消息对外公布，被欺骗的民众将会陷入绝对的愤怒之中，而海尧集团将会被愤怒所毁灭。

平凡的额头渗出了汗珠，此时，是否告诉子尧成了摆在他面前的艰难选择。不告诉子尧，好兄弟子尧就会和徐丽莎结婚，而王海涛的这个动作，将成为自己永远的把柄。在与海尧集团的斗争中，自己将不会再处于绝对的下风。告诉子尧，以他的性格肯定会强行中止婚礼，而同时，王海涛将提前得知装病的消息被泄露。

对付早已有准备的王海涛，平凡将毫无胜算。

该怎么做？整整一夜，平凡坐在父亲的病床边，内心激烈斗争。他一会儿想起波波悲痛的表情，一会儿想起子尧不甘不愿的样子。但最终，王海涛得意洋洋的表情越来越清晰。

平凡终于压下了第一时间通知王子尧的冲动，他抬头望向窗外，看着漆黑的夜空。

黑夜虽然漫长，但黎明终究会到来。他想着。

泡沫的幸福

　　刚从医院回到家，平凡就听到了敲门声。他打开门，看见郝波波忸怩不安地站在门外。

　　见到平凡，波波极为不好意思地说道："抱歉，这么晚了还打扰你。但是，我只能来请你帮忙了。"

　　"怎么了？"平凡奇道。

　　"是秋秋，她今天闹着要见子尧爸爸，说是很久没见过子尧爸爸了。"郝波波咬着牙恨声道，"现在这种时候，我不可能去找王子尧。所以，只好请你帮忙，劝慰一下秋秋。"

　　"我知道了！"平凡点头，"秋秋在哪？"

　　"在她的房间里。"郝波波急忙为平凡引路。

　　这是平凡第一次来到秋秋的房间，房间被布置成粉红色，各种充满童趣的可爱图案贴满了房间，被制作成可爱小兔子形状的小床则被摆在房间的正中。

　　秋秋独自缩在小床上，穿着粉色的睡衣，正小声哭泣。

　　平凡心中一痛，他冲上前去，抱住秋秋柔声安慰："不哭，秋秋不哭，平凡爸爸来了！"

"呜呜呜！平凡爸爸，你怎么才来呀！我还以为你把我忘了呢！"秋秋委屈地哭着，伸手抱住了平凡的脖子。

平凡只觉得心都要被秋秋哭得碎裂开来，他小心翼翼地哄着秋秋："对不起，平凡爸爸的父亲最近身体不好。平凡爸爸去医院看秋秋的爷爷了。"

"爷爷？"秋秋眨巴着眼睛，含着泪问道，"比秋秋还重要吗？"

"不，爷爷和秋秋是不同的。"平凡突然觉得，向一个有着自闭症的孩子解释，是如此的艰难，他斟酌着措辞，慢慢地道，"爷爷是我的父亲，而秋秋你是我的女儿。你们都是我最重要的亲人。"

"可是！"秋秋委屈地道，"平凡爸爸去看爷爷，却不看秋秋。"

"爷爷最近病了。"平凡低声道，"平凡爸爸不是不喜欢秋秋，不关注秋秋。只是，现在这种时候，爷爷更需要平凡爸爸的照顾啊！"

"我明白了。"秋秋点点头，"就好像秋秋生病的时候，妈妈就会格外关注秋秋，送秋秋去医院。"

"对！就是这样！"平凡笑着摸摸秋秋的小脑袋。

"可是！"秋秋犹豫着对了对手指，小声问道，"可是子尧爸爸呢？他为什么不来看秋秋？他的爸爸也生病了么？"

平凡愣了一下，重重地点头，违心地撒着谎："子尧爸爸的爸爸也生病了，子尧爸爸现在还在医院呢！"

"是很严重的病吗？"秋秋紧张地问道。

"很严重。"平凡沉着脸道，他想起了王子尧和徐丽莎挑结婚戒指时的样子。

"那，平凡爸爸下次去医院看爷爷的时候，能不能带上秋秋？"秋秋小心翼翼地问平凡。

"秋秋要做什么？"平凡好奇道。

"秋秋想去看平凡爸爸的爸爸和子尧爸爸的爸爸。"秋秋小声在平凡耳边说道,"秋秋要告诉他们,乖乖听医生伯伯的话,吃药打针,病才会好。上次医生伯伯让秋秋吃药,秋秋不肯吃,结果病就恶化了呢!"

平凡勉强地笑了笑,摸了摸秋秋的小脑袋:"好,下次平凡爸爸去医院就带上秋秋。秋秋也要听医生伯伯的话,要配合治疗哦。"

"嗯,我一定配合治疗。"秋秋连连点头。

好不容易哄睡了秋秋,平凡走出秋秋的卧室。郝波波紧跟在平凡身后,轻手轻脚地把卧室门掩上。她抬头看着平凡,眼中是掩不去的忧虑。

双目对视,无论是平凡还是郝波波,心中都十分明白,王子尧已经回到王家。他们要尽快消除子尧对秋秋的影响,以免秋秋病情继续加重。

而郝波波所不知道的是,此刻,王子尧就站在楼下的小区道路上。他一动不动地站在那里,看着波波卧室那扇亮着灯的窗户。

在海尧集团和徐氏的力量下,婚礼所需的一切都准备得极快。明天,他就要和徐丽莎举行婚礼了。

在婚礼前夜,专程偷溜出来,子尧其实也不知道自己要做什么。直到无意识地来到波波家楼下,王子尧这才明白过来。自己其实一直都没有放下对郝波波的感情,即使,这只是假结婚,即使,等半年后父亲病故,自己就能与徐丽莎离婚,选择自己真正的挚爱。

他呆呆地在楼下站了许久,终于做出了决定,他决心向郝波波坦白一切。

王子尧飞快地上楼,来到郝波波家门前。

大门紧闭,冰冷的防盗门似乎在诉说着,我们不欢迎你。

然而王子尧却毫不犹豫地敲响了这扇门。

"谁呀!"没过多久,波波熟悉的声音从门后传来。

子尧兴奋地叫道:"波波,是我,王子尧!"

门后立刻沉默了,良久,郝波波的声音再次传出:"抱歉,你都要结婚了。我觉得我们还是不要见面的好。"

"等等,波波,你听我解释。事情不是你想的那样,我和徐丽莎结婚,并不是因为我爱她。"王子尧急道,"因为我父亲得了绝症,他希望临死前看到我和徐丽莎结婚。"

"因为你父亲得了绝症希望他临死前看到你和徐丽莎结婚,你就去和徐丽莎结婚了,王子尧,以前我怎么就没发现你这么孝顺呢?"郝波波讽刺道,"不管怎样,你都是要当新郎的男人了,婚前来找老情人,难道你以为我会接受等你婚后给你当小三?"

"不不不,我不是这个意思!"王子尧急切地说,"我和徐丽莎是假结婚,徐丽莎已经答应了。等我父亲去世,我们就会离婚。现在结婚不过是为了让我父亲安心而已。"

郝波波沉默了一会儿,突然问道:"子尧,听说你是智商二百七十五的天才?"

"对,对啊!"王子尧一愣,不明白波波提出这个问题是什么意思。

"我怎么觉得,你是智商二百五的天才呢!"郝波波笑了,隔着冰冷的铁门,她冷笑着对王子尧说道,"你结婚的新闻都了,只要你结婚,徐丽莎的徐氏和你家的海尧就会联合,你的父亲王海涛,就算寿命再短也能撑到两家企业联合之后。你告诉我,到时候你怎么离婚?"

"我……"王子尧愣住了,他流着冷汗回答,"可是徐丽莎已经答应了我,她从来没有骗过我,大不了我净身出户便是。"

"那就等你离婚成功后再来见我吧。"郝波波冷笑。

子尧的心在黑暗中一点一点地沉了下去，他从未想过，郝波波竟然能这么心狠，连见他最后一面也不肯。

他怔怔地站在黑暗中，看着冰冷的铁门，许久许久。

而在另外一边，平凡背靠着大门，陷入了痛苦的挣扎。他并不是有意要偷听王子尧和郝波波的对话。只是，夜太静，声音直接传进了屋子里。

三人都明白，天亮之后，一切都将改变……

盛大的酒店中，一切都已准备就绪。摆满了整个宴会大厅的餐桌，琳琅满目的食物，和铺着红毯的走道。宾客已经三三两两地到来，王海涛坐在宴会大厅尽头的主席台上，洋洋得意地看着整个宴会大厅。

他头上的纱布早已拆下，额头上暗沉的印记被手法高明的化妆师以化妆的手段所掩饰。然而，他依旧坐在轮椅上，时刻不忘自己是一名肝癌晚期的病人。

徐丽莎在化妆间等待着化妆的结束，今天，她显得异常光彩照人，妆容美丽万分。吴迪在化妆间里陪着她，沉默地看着她继续接受化妆师的改造，多次欲言又止。

王子尧穿着定制的高档西装，站在酒店门前迎宾。这大喜的日子，他的脸上却没有半分喜色，倒是多了一层又一层的疲惫。

他昨晚在郝波波家门前站到天亮才离开。而那冰冷的铁门，却一直没有开启。

平凡急匆匆地赶来，见到门前迎宾的王子尧，急忙将他拉到一边。

"怎么？我还要迎宾呢！"王子尧顾忌形象不敢挣扎，只好身不由己地被平凡拉着，来到一处偏僻的角落里。

"你听我说！"平凡警惕地检查了四周，确定没有引起王海涛的手下注意，这才压低了声音对王子尧说道，"这次婚礼是一个阴谋。"

子尧愕然地看着平凡，伸手摸了摸平凡的额头问："你疯了？什么阴谋？"

"我没疯！"平凡拍开王子尧的手，郑重地说道，"假结婚这个办法，是不是徐丽莎提出来的？"

"什么假结婚？"子尧一愣，猛然反应过来，他小心地左右看看，压低了声音问道，"你怎么知道？"

"我当然知道！"平凡气结，"你知道不知道，这个假结婚的办法，不过是徐丽莎和王海涛联合起来让你和徐丽莎结婚的手段啊！"

"什么手段？让我和徐丽莎结婚对他们有什么好处？"王子尧冷笑，他一把推开平凡，重新整理西装，打算回到酒店门口继续迎宾。

"当然有好处，和徐丽莎结婚，首先就能解决海尧的资金问题。"平凡看着子尧离开，并没有伸手阻拦，他站在子尧身后冷冷地道，"其次，徐丽莎喜欢你多久了？她为了嫁给你，对波波也用了不少诡计，这次怎么会这么甘心就为了一场假扮的婚姻做出这么大的牺牲？"

子尧的脚步猛地停下，他犹疑不定地回头，看着平凡问："你的意思是，为了让我和徐丽莎结婚，我的父亲和徐丽莎已经达成了合作？"

"我刚才就说过了！"平凡冷笑，"你以为我会为了这个骗你吗？骗你对我有什么好处呢，你和徐丽莎结婚，正好没人和我抢波波了。"

"真的？"王子尧失魂落魄地站在原地，喃喃地问道，"为什么？明明我的父亲都已经得了绝症，为什么他还要和徐丽莎合谋？"

"因为他的癌症是假的。"平凡淡淡地回答。

"你说什么？"子尧震惊了，他惊疑不定地看着平凡问道，"你怎么知道？"

"前几天我去医院看父亲，路过你父亲的病房。"平凡平静地回答，"听到他正在和医生还有李伟一起商量这件事。他买通了主治医生，与徐丽莎合谋，打算让你先与徐丽莎举办婚礼。至于结婚之后你想要离婚，就没那么容易了。"

王子尧深吸一口气，骤然得知这样的消息，他有些承受不住。虽然王海涛一直以来对他都是严厉和刚愎自用的态度。但是，子尧从未想过，自己的父亲会不惜用这种对外公布绝症的方式，来欺骗自己，让自己与他所看中的儿媳妇结婚。

而子尧也从未想过，徐丽莎为了和自己结婚，连这种手段也使得出来。

即使子尧知道，徐丽莎从小就喜欢自己，也知道，为了拆散他和郝波波，徐丽莎曾经使用过一些手段。但他也从未想到，徐丽莎愿意如此委屈自己。

徐丽莎应该十分清楚，这场用欺骗得到的婚姻，一旦被子尧发现真相，即使不能离婚他也一定会让这场婚姻名存实亡。然而，徐丽莎却依旧选择了这种方式。

子尧觉得自己喘不过气来，仿佛有无数无形的绳索，一条一条地缠在他身上，牢牢地捆着他，令他只能向一个方向前进。

他粗暴地拉开领带，解开衬衫上端的扣子，终于觉得好了一些。用力呼吸着新鲜的空气，子尧慢慢平静下来。

"你有证据吗？"子尧紧盯着平凡问道。

"没有，"平凡耸肩，笑道，"我得到这个消息还没多久，最近事情也多，还没来得及去查证据。不过，王海涛虽然打点了主治医生，倒未必会连着科室的其他医生和护士一起打点，你如果要查，自然能查出蛛丝马迹。"

"不用了！"王子尧长叹一口气，"这确实是他的风格，我只是，不愿意相信而已。"

"那你？"平凡同情地看着王子尧，叹了一口气，轻轻拍了拍子尧的肩膀。

"帮我个忙。"子尧抓住平凡的手道，"你现在去找刘龙和刘虎两兄弟，就说我需要他们的帮助，然后带他们来婚礼现场。"

平凡点点头，转身离去。他无法为了一己私欲而隐瞒真相。而如今，自己过去的兄弟，现在的死敌向他求助，他也无法坐视不理。

子尧看着平凡离开，直到平凡的身影彻底不见，他才重新整理了身上的服装，若无其事地回到酒店门口继续迎宾。

很快，参加婚礼的客人们就纷纷到场。主持人通知婚礼正式开始。

穿着洁白婚纱、光彩照人的徐丽莎也在吴迪的搀扶下来到现场，子尧对着徐丽莎和吴迪微微点头，嘴角勾起一抹嘲讽的笑容。

徐丽莎下意识地觉得有些不对，然而很快，即将嫁给王子尧的喜悦就盖过了那一丝微小的忧虑。她笑容满面地迎上去，主动勾住子尧的胳膊。

王子尧笑着将胳膊从徐丽莎手中抽出，上前一步，拿过主持人手中的话筒。

"在婚礼正式举行之前，我有话要说。"子尧试了试话筒，直接对着全场宾客说道。

原本有些吵杂的宴会大厅渐渐地静了下来。着装得体的宾客们满面笑容地看着王子尧，以为在这个大喜的日子里，他还要为新娘增加一点小浪漫。

吴迪的脸色却猛然一变，他上前试图抢下子尧手中的话筒却被子尧灵活地闪过。

"举行这场婚礼，并非我所情愿，我也是受了欺骗。然而，今天我知道了真相，所以，这场婚礼取消。"子尧大声对宾客们宣布着自己的态度，就连吴迪也阻止不及。

"混账！你知道自己在说什么吗？"王海涛坐在轮椅上，愤怒得用手直拍轮椅的扶手。

"我当然知道。"王子尧转过头，毫不示弱地和王海涛对视，"你不就是想让我娶徐丽莎吗？可是我不爱她，你为什么非要逼着我娶一个自己不爱的人呢？结婚，爱才是第一位的。我无法想象自己将来和一个不爱的人过一辈子。

"我是您的儿子，我一辈子的幸福，就真的什么都不值吗？"王子尧激动地问，"为了让我和徐丽莎结婚，你甚至不惜假装得了绝症。你和徐丽莎联手，一个以绝症最后的心愿来欺骗我，一个说愿意假结婚，实际上你们就是想弄假成真。可是，我想娶的只有我的恋人啊！郝波波除了家境不如徐丽莎，哪一点不比她强？你不就是为了徐家的钱吗？可是父亲，我是王子尧，我的人生，不由别人主宰。所以，婚礼取消，我不会娶徐丽莎的。"

被子尧一顿连珠炮的抢白震得目瞪口呆的王海涛直到子尧说完话才反应过来，他气得浑身发抖："混账！你这是受了谁的挑拨来这婚礼上瞎闹腾，你是要气死我吗？"

"不是我要气死您，是您自己自身不正，怪不得我。"王子尧傲然道。

"我怎么生了你这个孽障，有人说我的病是假的你就信。"王海涛颤颤巍巍地道，他挥了挥手，场边的保安立即围了上来，"我告诉你，今天这个婚，你不肯结也得给我结了。司仪，别管他，婚礼照常进行。"

"呵！"子尧被气得笑出声来，"我看谁威胁得了我。"

　　王海涛不理会王子尧的态度,他用力拍着轮椅的扶手,招呼着:"保安,给我抓住他。婚礼一定要照常举行。"

　　王子尧扭身,反应迅速地开始逃跑。他在人群中犹如一条滑不溜秋的鱼,很快就冲向了宴会大厅的门口。

　　然而,就在他即将离场时,却被突然冒出来的吴迪抓住。

　　吴迪明显是练家子,被他一抓一扭,即使是身为运动健将的王子尧也毫无反抗能力,被吴迪轻松地拖回了礼台。

　　礼台上,被子尧的举动震惊的徐丽莎早已哭成了一个泪人。

　　吴迪定定地看着流泪的徐丽莎,默默地从口袋中摸出一方柔软的手帕递给她,他低声说道:"新娘子,妆哭花了就不好看了。"

　　徐丽莎咬着唇,默默接过手帕。

　　就在这时,刘虎突然从斜刺里杀出,猛地撞向抓着王子尧的吴迪。猝不及防之下,吴迪被刘虎撞倒,王子尧趁机脱离了吴迪的钳制。

　　刘虎一个揉身抱住了想要重新抓住王子尧的吴迪,对着王子尧大喊:"老大,跑啊!快跑。"

　　王子尧又惊又喜,好在他知道,只要他能逃脱刘虎就不会有事。于是毫不犹豫地再次冲向宴会大厅的大门。

　　然而,现场的保安早就将他团团围住。

　　子尧心中暗自道了一声抱歉,他迅速选了个看起来比较瘦小的保安突围。然而,其他的保安迅速围了上来,七手八脚地拉着他。

　　就在子尧的逃跑大计眼看要失败之时。

　　平凡和刘龙到了。平凡看似文弱,体育能力却也仅次于王子尧,刘龙更是手舞一把凳子虎虎生风。

　　在两人的配合之下,这群保安竟然被他们驱散,近不得王子尧的身。

　　"太好了!"王子尧欢喜地叫着,有样学样地也抄起一把凳子挥舞起来。在大家的帮助下，子尧终于打出一条路，突围而出。

平凡和刘家兄弟帮子尧断后，在场的众人阻拦不住，眼睁睁地看着王子尧扬长而去。

"冤孽！冤孽啊！"看着这样混乱的场面，王海涛气得浑身发抖，他在石管家的搀扶下，颤颤巍巍地站起身来，拱手向全场的宾客致歉："抱歉，让大家看了一场笑话。今天的事，我会查清是谁在污蔑我和徐家，之后，由我来统一给大家一个交代。我王海涛教子无方，实在是，哎……"

王海涛长叹一口气，连连摇头。而老成的石管家则开始安排宾客离场。

不一会儿，原本热闹的宴会大厅就空了下来。空空荡荡的大厅里，却摆满了用于宴会的圆桌，上边还满是婚礼用的菜肴。然而，婚礼的主角和参加婚礼的宾客却已经离去。

徐丽莎怔怔地站在台上。她依然穿着洁白的婚纱，带着价值不菲的首饰，打扮得娇美异常。然而，她的心情早已由高空跌落谷底。

吴迪站在徐丽莎身边，想要安慰她，却不知道说什么好。

他只能眼睁睁地看着徐丽莎穿着婚纱一步步走下礼台，走到桌椅之间。

"吴迪，你说，王子尧他在想些什么呢？是不是觉得徐丽莎这个女人真是坏透了？"徐丽莎随手拿起一个透明的高脚酒杯，偏着头微笑看向吴迪。

吴迪心里咯噔一下，他觉得徐丽莎有些不对劲。

"你别乱想。"吴迪急忙拉住徐丽莎，他想要阻止什么，却发现，自己这双本以为无所不能的手，此刻却无比软弱。

徐丽莎咯咯笑着，砰地打开一瓶香槟，给自己倒了满满的一杯。

"喝酒吗？"她晃动着明亮的水晶高脚杯，偏头看着吴迪，笑颜如花。

"我不喝，你也别喝！"吴迪严肃地道，他上前试图抢下徐丽莎手中的酒杯，却不妨徐丽莎猛地将一整杯酒都灌进了肚子里。

"你！香槟哪有这么喝的？"吴迪又气又急，看着自己心爱的女人这副模样，又是一阵浓浓的心痛。

"不这样喝，还能怎样喝呢！"徐丽莎晃着脑袋笑道，"我现在心里难受，什么规矩、礼仪，都不想管。我只想大口地喝酒，管它是香槟还是二锅头，喝醉了，就能把那个人忘掉。"

吴迪长叹一口气，拉了一把凳子，在徐丽莎身边坐了下来。

"行！你喝，我陪着你。"他拿起香槟，给徐丽莎满满地倒了一杯，徐丽莎一饮而尽。

"以前还真是从没想过，还能这样喝香槟。"两杯酒下肚，本来酒量就不甚高的徐丽莎眼神迷蒙起来。她笑着摇晃着凳子，看着布满装饰的天花板道，"虽然从小想要什么都能得到，但我还真没干过这种毫不在意礼仪的事。"

再次喝下一杯酒，她的眼神暗淡了下来："真可惜。"

吴迪一言不发地给徐丽莎倒酒，出现这种事情，无论是海尧集团还是徐氏，都会受到极大的影响。

而首当其冲的就会是徐丽莎。她是公众人物，作为一个国际超模，她所需要拥有的，不仅仅是甜美的脸蛋与姣好的身形，更要有良好的名声。

之前的徐丽莎，出身良好，也没有任何的污点和负面新闻。

但现在，却完全不同了。王子尧这一闹，不出一个小时就能上各大网站的头版头条。不仅海尧集团压不下来，连徐氏也压不下来。

这一闹，坐实了徐丽莎心怀叵测，即使王子尧十分抗拒，她也想凭手段嫁进王家。这不但会直接毁了她的事业，更会让徐氏也受到影响。

到时候，那些心怀恶意的记者会写些什么。吴迪甚至都能猜出标题。

而现在，徐丽莎想哭，想喝酒。那就随她吧。

抱着这样的想法，吴迪陪着徐丽莎，看她喝了一杯又一杯。徐丽莎的眼神越来越迷蒙，终于酩酊大醉。

吴迪长出一口气，决定带着徐丽莎离开这里。

他并不喜欢王海涛这个极其功利的男人，更不喜欢王子尧这种把他心爱的女人往地上踩的男人。更何况，这是他们原本要举行婚礼的现场。

若不是为了徐丽莎，吴迪连一刻也不想在这里多待。

他起身，来到徐丽莎面前，伸手打算抱起她。

就在这时，徐丽莎突然睁开了眼睛。

"吴迪，你说，王子尧他为什么就是不肯娶我？明明我那么爱他。"她小声地嘟囔着，紧紧抓着吴迪的衣袖，神志依然模糊不清，"我哪一点不如那个郝波波？"

"这次总算没把我认成王子尧。"吴迪笑了笑，伸手小心地摸了摸徐丽莎精致的头发，低声说道，"你是世界上最好的，你比郝波波强一百倍、一千倍、一万倍，她根本就不能和你相提并论。王子尧不肯娶你，那是他没眼光，没能力，他配不上你。"

"是吗？原来是他没眼光。"徐丽莎满意地笑了，她摇摇晃晃地站起来，抬头看着吴迪，"你是不是很想娶我？你想不想和我结婚？想的话，我现在就可以嫁给你。"

吴迪的脸色顿时沉了下来，他把徐丽莎按回座位，严肃地告诉她："我想娶你，特别特别想。但是，不是现在。你还爱着王子尧，你的心里，想嫁的依然是他。我并不想成为王子尧的替代品。如果有一天，你想要嫁的人是我吴迪。那么，我二话不说，立刻给你准备全世界最盛大的婚礼。但是，现在你心里的那个人还不是我。所以，我不会娶你。"

"呵，连你也不肯娶我。"徐丽莎咯咯笑了起来，"我果然是个没人肯要的女人啊！"

她笑着笑着，笑声渐渐变成了哭声。最终，徐丽莎一个人趴在酒店的宴会大厅号啕大哭。

吴迪静静地站在一旁，他想要安慰徐丽莎，却不知道从何说起。最终，他强忍住自己的冲动，转身离开了宴会厅。

吴迪走了，徐丽莎哭得宛如泪人。她知道，世界上真的有不可能属于自己的东西。

最终，当她停止哭泣时，整个大厅里已经只剩她自己。徐丽莎冷笑两声，自己擦掉眼泪，站起身来，向酒店外走去。

她是徐丽莎，上海徐氏的天之娇女。曾经创造过一代传奇的超级模特。

即使被全世界抛弃，她依旧要坚强地走下去。

当徐丽莎走出酒店时，却发现，吴迪斜倚着他的黑色宾利正在等她。见到徐丽莎走出来，吴迪替她拉开车门："上车吧，妆都哭花了，不好看了。"

徐丽莎坐进宾利后座，车辆发动，她看着窗外变幻的街景，泪水随风而去。

突如其来的打击

　　王子尧在离开婚礼现场后，心情十分愉悦。他终于觉得，自己是真正地自由了。这是他第一次正式对王海涛的强权发起反抗，而过程虽然曲折，自己却终于成功了。

　　"谢谢你们帮忙，没有你们，我根本就没法离开婚礼现场。"子尧向着为他断后的平凡和刘家兄弟道谢，接着，他转向平凡，诚恳地道，"平凡，谢谢你。要不是你来报信，也许我就糊里糊涂地被套住了。"

　　平凡淡淡地看着他："没什么，我只是昨晚听到了你和波波的对话。虽然我们决裂，但是，我也不愿意你因为一场阴谋，就糊里糊涂地和一个自己不喜欢的人结婚。"

　　"谢谢！"王子尧哽咽了，他想起之前和平凡的决裂，又想起平凡的父亲仍然在医院。一时之间竟不知道说什么好。

　　平凡却淡淡地对他点了点头："如果没事，我就先走了。我要回医院，而且，从立场来说，我们现在是敌人。"

　　"我懂，我懂。"子尧失魂落魄地答道。

　　平凡潇洒地转身，毫不留恋地离开，只留下子尧和刘家兄弟俩在原地。

"老大，现在你要去哪？"刘龙看了看子尧，小心地问道。

子尧一愣，他突然发现，在离开王家之后，自己竟然无处可去。他已和家里彻底闹翻，而由于平父的原因和平凡决裂，也让他不好意思再堂而皇之地住进平凡家里。

然而，他却满不在乎地挥手："放心吧，我总能找到住的地方。不用担心我。"

"那就好！"憨厚的刘龙没发现子尧是在打肿脸充胖子，他松了一口气，拉着弟弟告辞。

而刘虎的想法却显然要多一些，他眼珠一转，建议道："老大，既然你还没找到住的地方，要不然就住我们那去吧。"

"你们那？"子尧好奇道。

"对，"刘虎兴奋地挥舞双臂，"就是幼儿园里，平园长给我们安排了条件非常好的宿舍，我跟龙哥一人一间房。还有一间是空着的，你要是愿意，可以住在那个房间里。各种家具都是齐全的。"

"对！"刘龙顿时眼前一亮，他连声赞同弟弟的提议，"幼儿园宿舍的条件非常好，而且空着的房间并没有人住。老大你如果不嫌弃，可以跟我们住在一起。"

摩挲着下巴，子尧十分心动。幼儿园仍是平凡的地盘，虽然平凡嘴上说与自己决裂，但从他帮助自己的态度来看，他并没有放下这一份从小到大的友情。自己住到幼儿园里又可以一直陪伴秋秋，可谓是最好的选择。

于是，王子尧连连点头："好啊！那我们就去幼儿园。"

三人欢天喜地地向幼儿园走去。

幼儿园门口，波波正在接秋秋放学。不想，秋秋突然一声欢呼："子尧爸爸。"

郝波波抬头，却看到不远处站着身着笔挺的西装，还打着领结的子尧。

见到秋秋，子尧露出一个大大的笑容。他半蹲下身，对秋秋张开双臂，秋秋欢呼着扑进王子尧怀里。

在两人互动了好一会之后，郝波波极其不自然地开口："秋秋，好了，我们要回去了。"

秋秋恋恋不舍地从王子尧的怀中离开，却一定要和子尧拉钩明天再见。

王子尧收敛了笑容，心不在焉地和秋秋拉着钩，目光却被站在不远处的郝波波吸引。可郝波波只是冷漠地站在离他不远不近的地方，没有走过来，也不让子尧靠近。

这些日子的变故，似乎让二人之间隔了一座巨大的山峰。子尧甚至开始怀疑，曾经的那些甜蜜，是不是真实。

最终，他松开手让秋秋回到郝波波的怀抱，目送着她们远去。

当子尧在幼儿园里忙着布置自己房间的时候，王海涛正在看视频。

王子尧在婚礼现场的突然举动，以及事后平凡的救援，让王海涛迅速地确定了幕后下手的是平凡。

只是，平凡是如何得知自己是装病？王海涛百思不得其解。

于是，他调出了医院的监控。王海涛立刻就发现，在他们讨论事情的那天，平凡正好经过他的病房。监控视频里，平凡在病房门口站了很久很久。

王海涛看着监控视频，双手紧紧地握成了拳。

"平凡！"他从牙缝中挤出这个名字，恨恨地念着。

原本，平凡各种爆料就令王海涛十分不满。只是当时海尧集团突然出现的危机让他暂时没有合适的方法来应对，只得仓促地采用了装病这个隐患极大的办法。同时打算借此让王子尧和徐丽莎结婚，借徐氏的资金渡过这轮危机。

只是，王海涛没能想到，王子尧会在婚礼上大闹一场。这一闹，不但得罪了徐氏，让整个局面起了变化，王海涛也不知道如何让那些记者放弃发布这样一条大新闻。

平凡的做法，让海尧集团迅速地陷入了一场更大的危机。想到这里，王海涛就恨得牙痒痒的。他决定，不惜一切代价，先对付平凡。

而平凡对此浑然不觉。

平凡虽然是个天才的设计师，却天生对这种勾心斗角的事不甚擅长。他并不知道，王子尧在婚礼上捅出了王海涛装病的事。此刻的平凡手里拿着一张黑色的银行卡，正犯着愁。

原本，他的收入应该是极高的。然而，从海尧离职后，平凡以合伙人的身份加盟冯记，冯记给他开的工资并不算高。

而且，他又因为郝波波的婚纱赔款，消耗了一大笔积蓄。

现在平东升昏迷不醒，每天所需要支付的巨额医药费，更是消耗了平凡的所有积蓄。如今他的卡里没钱了。

看着自己手中的黑卡，又看看依旧昏迷不醒的父亲，平凡默默地咬牙，他决定，一定要让四叶草这季的服装设计成功。这是他最后的希望，只有四叶草成功，他才能挣到更多的钱。也只有四叶草成功，他才能对父亲有所交代。也只有四叶草成功，他才能证明，他依旧是当年的那个设计鬼才。

平凡将全部的心思投入到四叶草的项目实施之中。没有高级布料，他就用服装城的普通料子，没有发布平台，他甚至在商城举办展览。

而白天忙完这些之后，夜晚，他还要回到医院看护自己的父亲。

郝波波眼看着平凡疲倦、消瘦。想到平凡一直以来的温柔与帮助，波波觉得，自己应该做些什么。

终于，她在下班之后来到医院，平凡正在为父亲擦脸。

见到郝波波，他吃惊异常："你怎么来了？"

郝波波抿嘴笑道："设计工作已经完毕，公司的事，我暂时已经帮不上什么忙了。我看你很不放心平伯父，不如，我来帮你照顾他吧。"

平凡一愣，深深地看了郝波波一眼。

郝波波惴惴不安地道："我就是一个提议，而且，下班以后你也可以来看平伯父。这样不会太占用你的精力。我知道，你想要四叶草成功。我也一样。"

平凡犹豫道："照顾病人很辛苦的。"

"我知道！我承受得来。"郝波波坚定地说，"你现在这样更辛苦。又要负责四叶草，又要照顾父亲。倒不如我来帮你分摊一项，你专心负责四叶草。项目成功，无论是对你还是对我都有好处。"

郝波波轻声笑道："所以，照顾平伯父我可不亏。何况，他对我又那么好。"

平凡想了想，点头道："那就辛苦你了。"

说罢，平凡轻轻地转过身去，握住父亲的手："爸，我要暂时离开了。可能很久都不会过来。我要去创造自己的品牌，打败海尧。郝波波会帮我照顾你，就是你特别喜欢的那个女孩子。"

他从口袋里掏出一部手机，小心地放到父亲的手里，继续在平东升耳边道："这个电话给你，这里面所有的快捷拨号我都设定的是拨打我的号码，你要是醒了，就第一时间给我打电话。"

郝波波默默地看着，眼睛湿润了。

平凡开始全身心地投入到四叶草的准备中。他思考着如何用普通布料做出高档衣料的质感，一遍又一遍地审查着四叶草新款的样衣，以求在目前的状况下，做到最好。

每一天，平凡工作室的灯都亮到深夜，即使工作狂人冯经理，也不由得劝说平凡多休息。

然而平凡却只是微笑着摇头："现在这个样子，让我怎么安得下心来休息呢？"

忙碌之中，四叶草的新款服装终于上线。

冯记工作室无法再撑起一场服装发布会，因此，平凡带着四叶草参加了春季服装展销订购会。

展销会上品牌众多，平凡默默地靠在四叶草的展台边发呆。陈美媛更是茫然无比。

四叶草的展台是由平凡亲自设计的，白色的背景上有着清新的绿色四叶草点缀，看起来极其富有档次。而模特们身上展示的服装，更是质量上乘，裁剪得体。设计更是出自平凡之手，无与伦比。

平凡为这场展销会花了不少心思。

然而，订购会上，熙熙攘攘的代理商们从四叶草的展台经过，却没有一个人进来看一看。

终于，陈美媛忍不住了，她拉住一个代理商试图推销四叶草的服装："您好，我们是四叶草服装，今年新参加这个服装展销会，我们的服装从设计到工艺再到面料，都是一流的，您要不要来看看？"

"不看，不看。"这个人连连摇手。

陈美媛委屈地咬着唇，看着这个人头也不回地钻进人群，又鼓起勇气去寻找下一个客户。

然而，无论她多么努力，所有的经销商却都不肯理会她的推销。

终于，一个好心的经销商不忍看陈美媛继续徒劳无用的努力，他把美媛拉到展台的一角，小声说道："你别白费力气了。海尧集团私下给大家都通了气，和你们合作就是不给他们面子，以后在市场上别想混下去，海尧会不计一切代价整垮和四叶草合作的经销商。大家还要吃饭呢，谁敢违背王海涛的意思？你们还是提前回去休息吧。"

经销商说完立刻挤进了人群里，徒留目瞪口呆的陈美媛独自站在展台上。

美媛从未想过，对冯记一直怀恨在心的王海涛，会下这样的狠手。这分明是违背商业道德的做法。然而，这个手段，却十分有效。

如今，四叶草的展台无人光顾，整场展销会下来，订单为零。

展销会结束后，平凡一直沉默着不说话。美媛甚至不敢抬头看平凡一眼。

然而，对于陈美媛的表现，平凡却恍若未觉。

回到工作室之后，平凡突然抬头问道："美媛姐，你说，我要是卖掉幼儿园，会不会有人来买？"

"什么？"陈美媛惊讶得叫出声来，"卖掉幼儿园？你为什么要卖掉幼儿园？"

"我已经没钱了。"平凡苦笑，"父亲在医院，每天的医疗费用就是一笔巨额支出。工作室还要继续，这些都需要钱。四叶草没有订单，我们就没有资金来源。不卖掉幼儿园，该如何撑下去呢？"

"我们可以像以前一样，接单做设计啊！"陈美媛急切地道，"以你的名气，做设计的收入不会少。"

平凡笑了笑拍拍美媛的肩膀："如果是平时，那确实不会少。然而，现在王海涛和他的海尧集团在用全部的力量对付我们，对付四叶草这个刚刚诞生的品牌。所以，我们不会接到设计单。我们现在能做的，只有让四叶草这个品牌振兴起来。只有品牌做大了，王海涛才没法再对付我们。"

陈美媛低下了头，她低声道："可我听说，那是你母亲的遗产。"

"是啊！"平凡长叹一口气，仿佛所有力量都被抽空了一样，靠在工作室的墙上望着渐渐变暗的天空，"但是我的父亲还在医院，幼儿园卖了，以后还有赎回的可能。但父亲如果因为缺少治疗费用而去世，以后就没有任何后悔的机会了。"

平凡的主意已定，他开始将幼儿园整间委托给中介公司，挂牌出售。

很快，中介就给平凡回了消息。有一位客户愿意以略低于市场价的价格买下这间幼儿园。平凡接受了这个价格，却提出了一个条件，幼儿园需要开到学期结束，之后他才能将幼儿园的房子交给购买者。

很快，双方就达成了共识，拿着那一纸沉甸甸的合同，平凡的心情无比沉重。

这个合同已经签完，幼儿园就是别人家的了。买主并不打算继续开幼儿园，所以，平凡需要将下学期幼儿园不再开园的事情，通知到所有的家长、老师和幼儿园员工。

平凡做出决定的那天，所有人都来到了幼儿园。平凡默默地站在幼儿园门口，看着前来的家长与老师，一时间，他什么话也说不出来。而幼儿园的草坪上，不知事的孩子们还在快乐地玩耍。

"想必，有些人已经知道了。"平凡深吸一口气，对大家说道，"由于资金原因，我不得不卖掉了幼儿园。买下这栋屋子的人，并不打算继续开幼儿园。因此，到了下学期幼儿园将关闭，改做别的用处。这将是幼儿园继续开办的最后一学期。"

"非常抱歉，我独自做出了这样的决定，也感谢大家的体谅。幼儿园的职工，在本学期结束后将得到本园的赔偿。而家长们请早做准备，为小朋友们联系新的幼儿园。"说罢，平凡对着大家深深地鞠了一躬。

人群沉默着，无论是老师还是家长，都不发出声音。直到一声低低的抽泣从人群中响起。

"平园长，你就这样不要我们了吗？"发声的是秋秋班上的林老师。她的眼眶发红，却依旧强忍着眼泪。

"对不起，大家。但现在我确实无力再支撑幼儿园的运转。"平凡低声道，"勉强维持的话，幼儿园将连工资都开不出来。"

"都是那个王海涛害的！"人群中，有家长义愤填膺地叫道，"平园长，我是卖衣服的，连我都知道，王海涛在对付你，不让经销商采购你的服装。他就是想逼死你。你卖掉幼儿园是无奈之举，我们能理解。但是，那个王海涛不得好死啊！"

顿时，人群里轰的一声炸了锅，家长和老师们议论纷纷。

"就是，就是！我看过新闻，平园长为他们海尧集团做了那么多事，结果他觉得平园长没有利用价值了，就把平园长赶出了海尧。"

"太过分了，没有功劳还有苦劳呢！何况平园长是有大功的。"

"以后找工作啊！得擦亮眼睛，海尧集团绝对不能去。"

"我听说，平园长的父亲住院就是被王海涛害的，到现在都没醒呢。"

"这王海涛真不是个东西，他就该走路被车撞死。"

"平园长，如果你需要帮助，一定要告诉我啊！"

平凡感动地看着这些为自己说话的人，一直以来，他都处于孤立无援的境地。而无论是幼儿园的老师，还是这些家长，实际上都并不是当事人。然而，他们却能站在平凡的立场，替他着想。

平凡清了清嗓子，大声说道："请大家安静。"

躁动的人群，慢慢安静下来。平凡感慨万千，他大声叫道："谢谢大家一直以来对我的支持，虽然我现在遇到了困难，但是，也请大家放心。我一定会度过这些困难的。幼儿园现在虽然卖掉了，但是，等我度过这段困难时期，我就会出面把它赎回来重建。"

"平园长，如果你重建幼儿园，一定要通知我们啊！我们还给你干活儿。"刘虎带头大声叫道。

"对，平园长，幼儿园以后如果重建。你一定要说，不管我在哪个幼儿园，我都会再回来的。"林老师也叫道。

"大家放心，我一定通知大家。"平凡哽咽着道。

子尧远远地站在幼儿园里的大树下，看着门口的情形。这种场合，他并不方便出面，因此独自一人留在这里。

但是，这一刻，他却觉得，自己需要做些什么。

王子尧走向众人，来到平凡身边，向着大家深深鞠躬。虽然，这些家长也许并不知道他是王海涛的儿子，但是，子尧觉得，他必须如此，这是他代父亲对众人的道歉。

幼儿园的房产转让非常顺利，虽然幼儿园依旧在营业，但如今，那栋白色小楼的主人，却已经换成了别人。

王海涛看着石管家呈上来的房产证，满意地笑了："就是这样，先收了他的幼儿园。然后，再一步一步地，逼死他的那个什么四叶草品牌。"

"四叶草已经名存实亡了。"石管家笑道，"平凡带着他的作品去参加了春季服装展销会，但是订单量是零。没有人敢违背我们的意思采购他们的服装。"

"做得好！"王海涛拍手道，"不过，也不能掉以轻心。平凡还是有点本事的，他亲自设计，监督制作出来的服装，无论是从质量上，还是设计裁剪上，都是国际一流。冯记又是小工作室，定价不高。保

不齐有不开眼的撞上去订他这么一单。要是给他盘活了，那咱们又有
得折腾。"

"您放心。"石管家得意地笑着说，"业内所有的大经销商，我
都专门打过招呼了，小企业不会有多少单给他们的。而且，我也派了
专人通知。大家应该都知道咱们海尧要弄死那个不开眼的冯记。"

"何况，春季展销会之后，并没有什么大型的展销会让他们参加。
小型的展销会，我们也打过招呼，不会让四叶草入场。他们也没钱了，
不可能自己去开服装发布会。平凡卖幼儿园的那点钱，还不够给他爸
治病呢！"

"那就好！"王海涛满意地笑了，"既然如此，陪我一起去看看
老朋友。平东升还没醒是吧？"

"还在医院躺着呢！医生说，他这辈子是醒不过来了。"石管家
一边说着，一边急忙为王海涛拉开门。

很快，黑色的轿车就驶入了医院里。王海涛得意洋洋地背着手，
带着胜利者的姿态走入了平东升的病房。

病房里，郝波波正在为平东升整理身上盖着的被子。

见到郝波波，王海涛抬起下巴颏示意了一下，紧跟在王海涛身后
的石管家迅速站了出来："老板要和平先生单独说几句话，郝女士，
请你跟着我离开病房。"

"开什么玩笑！王海涛可是害得平伯父昏迷不醒的罪魁祸首，我
会让他和平伯父待在一个房间？"郝波波冷笑，她站起身来，指着床
头的报警铃叫道，"你们给我出去，这里是医院，你要是不出去，那
我就按铃叫护士和保安赶你们出去。"

"郝女士有一个女儿吧？"石管家不慌不忙道，"我记得，在平

凡家的幼儿园里上学？”

郝波波的动作僵住了，她警惕地看了石管家一眼：“你要做什么？”

“我并不打算做什么，只是提醒一下郝女士。”石管家笑道，“我们老板确实只是想和老朋友谈谈话，您可以放心，我们不会对平先生做任何事。当然，如果您一定要阻挠，我也可以告诉您，平凡幼儿园的房产证，现在在我们手上。”

郝波波咬着下唇，最后看了一眼平东升，又伸手给平东升掖了掖被子。随着石管家走出了病房。

她一离开病房，就掏出手机给平凡打了个电话。

“平凡，你快过来！”顾不得身边还有石管家盯着，郝波波直接说道，“王海涛今天来平伯父的病房了，说要独自跟平伯父说说话。”

“你的幼儿园是被他们买了，他们拿秋秋的安全威胁我，我现在在病房外面。”

“什么？”电话那头，平凡惊讶地叫出声来。他飞快地问，“你能看到病房里面的情况吗？”

“看不到！”郝波波回答，“从这里只能看到病房的门，里面的情况和声音，都看不到也听不到。”

“我马上就过来。”平凡当机立断。他飞快地放下手头的事情，驱车向医院赶去。

郝波波在走廊里，焦躁地看着紧闭的病房门，坐立不安。

石管家老神在在地坐在病房走廊的条凳上，看着郝波波的动作，咧嘴笑道：“丫头！我劝你一句。不要总跟平家的人混在一起，这对你不好。还有，我家少爷不是你能染指的，你最好离我家少爷远一点。”

“你说什么，我听不懂。”郝波波生气地回答。

石管家笑了笑，不再说话。

而病房里，王海涛正独自站在平东升的病床前。他得意地看着依旧躺在病床上的平东升，缓缓开口："老平，咱们认识也快一辈子了吧!

"看到你现在这个样子，我真是心痛啊! 你说，你为什么非要和我作对呢? 如果你不和我作对，现在，咱们还能是好朋友，好兄弟。

"哦，对了，你老婆的幼儿园，被你儿子当宝贝的那个。现在他卖给我了，亲自卖掉的。他已经没钱了，你知道吗? "

王海涛说着，大笑出声："平东升，你输了你知不知道。不但你输给了我，你的儿子也注定会输给我。现在他已经没路了，我只需要看着他的品牌怎么一点一点地死掉就好。

"所以现在我来看你，你之前不是想知道当年的事情吗? 你不是去查了吗? 告诉你，没错，就是我的手段。

"当年我的项目出了问题，服装不过关。你这人又古板得紧，这方面管得那么严，让你知道了，我没有好果子吃。所以，我倒不如先下手为强。

"我制造了一场火灾，不但烧掉了质量不过关的服装，也烧掉了你的项目材料。你看，一切就死无对证了。而且，我还能获得巨额的保险赔偿，可谓一石二鸟。而出面顶罪的，就是我的司机郝宋宋。他的母亲不但炒股，还炒期货，结果亏了一大笔钱。

"郝宋宋只能听我的。所以你看，他不是去坐牢了么，他判了十年。十年啊!

"接着，我用那些赔偿，在市面上大量购入你最急需的布料。造成了市面上的材料缺口。你买不到最需要的原料，项目怎么能成呢? 所以，你当然只能卖掉股份，离开公司啊!

"你猜王旭收了我的钱假造市场数据来骗你，没错，他就是收了我的钱。不过，老平，你现在又做得了什么呢?

"你可是已经成了个植物人了啊！"

"呵呵呵呵！"王海涛突然诡异地笑了起来，"你这个人，一直都是一副清高冷漠、才华横溢的样子，看不起身边的所有人。没错，你是当年的十大裁缝之一，你是天才设计师，你对服装设计和制作有着天然的天赋。我不如你。

"但是那又怎样呢？你还不是被踢出了公司，躺在这里？

"你看，你现在成了植物人，躺在这里，再也醒不过来。你的儿子也是，被称为天才设计师又怎样呢？还不是只能在小工作室里混日子，现在还混不下去了。而我的儿子，将继承我的事业，成为这个服装帝国的王。"

"而当年被你看不起的我，没有你所谓的设计天赋的我。如今却站在这里，作为一个胜利者，骄傲地站在你的病床前，告诉你这些事。"王海涛弯下腰，恶毒地在平东升耳边道，"天才，你当年把我这个普通人逼得喘不过气来的时候。有没有想过这一天呢？"

原本躺在床上一动不动的平东升，突然动了动眼皮。

王海涛吓得猛地后退了一步。他仔细观察着平东升，突然怪叫起来："你醒了吗？哈哈哈哈，告诉你，就算你醒了也无济于事。你一个一穷二白的小裁缝，拿不到证据又能耐我何？"

然而，平东升却再也没有其他的动作。

王海涛再次仔细观察了一下平东升，发现他依旧没能醒来，这才松了一口气。他重新整理了一下仪容，抬头挺胸地拉开病房门，对等在病房外的石管家道："行了，我们走吧。"

希望的曙光

郝波波第一时间冲进病房里，检查着平东升的状态。看到平东升看起来并无异常，郝波波略微放下心来。紧接着，她走出病房，警惕地盯着王海涛和石管家，看着他们消失在电梯里。

波波这才长出一口气，软软地靠在病房门口。然而，事情还没有完，她强撑着身子回到病床边，从平东升的枕边翻出一个屏幕和按键都极大的老人机。在看到这台老人机完好无损时，她的心中重重地松了一口气。

这正是当初，平凡留在父亲手里，嘱咐父亲醒来后第一时间打电话的那台老人机。老人机的功能极为简单，却有一个方便使用也极好操作的功能——录音。

就在王海涛要求郝波波离开病房的时候，波波借着给平东升整理被子的机会，偷偷地按下了老人机的录音键。

从现在的情况来看，王海涛显然并未察觉。

而当她将目光从老人机上转到平东升身上时，波波惊讶地发现，病床上的平东升，不知何时已睁开了眼睛。

"丫头，是你啊？"平东升在努力了好几次之后，终于发出嘶哑的声音。

"平……平伯父……"郝波波低声叫着,几乎以为自己在做梦。她用力掐了一把自己的大腿,立刻哎哟一声叫了出来,"这不是梦,您,您真的醒了?"

"对!我听到了王海涛说话。"提到王海涛,平东升忍不住冷哼了一声,"他还真以为自己就赢定了?这么赶着来我的病房里炫耀。"

"他,他说了些什么?"郝波波结结巴巴地问。

"说了以前的事。"平东升喘着气,勉力想要爬起来,却因为在病床上躺了太久而失败。他不得不对郝波波伸出一只手道:"丫头,帮个忙,扶我起来。"

郝波波收好手机,小心地扶起平东升,并在他的腰后加了一个枕头。

平东升长长地出了一口气,恨恨地道:"王海涛这个不要脸的东西,自己阴谋害人,还以为别人家都跟他是一样的?之前离开海平集团是我无心跟他争,但是现在,他想动我儿子,我饶不了他。"

"什么?他要动平凡?"郝波波一惊,她急忙掏出那台老人手机。

按下播放键,清晰的声音从手机里传出,"老平,咱们认识也快一辈子了吧!"

郝波波听着录音,脸色越来越凝重。王海涛说的话并不多,但里面却包含了极为重要的几个信息。

她从没想过,平凡的父亲平东升与王子尧的父亲王海涛,还曾经有过这样的过往。她更没想到,自己的哥哥郝宋宋,竟然卷进了这一场阴谋里,他之前的纵火罪,竟然是因此而起。

而平东升,则是又惊又喜:"丫头,没想到你还用这个录了音,这下可好了,连扳倒他的证据都齐全了。"

郝波波看着手中的手机百感交集，没想到，在离开病房时，为了防止王海涛对平东升做什么事而留下的后手，却记录了如此重要的内容。

"王海涛呢？让他给我出来！"就在这时，平凡猛地冲进了病房。他的双眼通红，杀气腾腾。

然而，在看到坐在病床上的平东升时，平凡立刻愣住了。他傻傻地站在病房门口，说不出话来。

"他已经走了。"郝波波抬头，面色沉重地回答。她依旧沉浸在得知郝宋宋入狱真相的震惊中。

而平凡，却也没有精力去理会郝波波的话，他呆滞地看着平东升，慢慢走到病床前，对着平东升伸出手来："爸，是你吗？你醒了？"

"是我！我醒了。"平东升握住儿子的手，百感交集。然而，千言万语却化为一句简单的回答。

"爸！王海涛对你做了些什么？有没有欺负你？"平凡立刻红了眼眶，他强忍着泪水问道。一时之间，这些时候所强忍的委屈全部冲上心头。平凡猛地抱住父亲，泪流满面。

"别哭，别哭！"平东升缓缓拍着儿子的背笑道，"你放心，我不会有事的。"

在平东升的安慰下，平凡的情绪渐渐稳定了下来。然而，他又想起了平东升的入院经历，忍不住问道："爸，你是怎么昏迷的？王海涛他到底做了些什么？"

"你别急！我知道是王海涛在捣鬼，我们先慢慢厘清这里面的头绪。而且，有一个好消息要告诉你。"平东升道。

"什么好消息？"平凡疑惑。

平东升笑着指向郝波波："这丫头机智，出去的时候开了老人机的录音功能。王海涛跑到我病房里说了一通话，全部被录下来了。王海涛干的那些事，他自己竹筒倒豆子，全说了。现在，这个录音就是证据。"

平凡看向郝波波，又惊又喜："太好了！波波，你每次都能成为我的救星。"

波波交出手中的老人机，她的面色依旧沉重。郝宋宋的参与，给她的震惊太大，以至于，她此刻只想赶紧回家，去询问郝宋宋事情的真相。

平凡没有注意到郝波波的不对劲，他打开手机里的录音，听了一遍。听到王海涛的话，平凡的面色越来越沉郁，他紧紧攥着手机，从牙缝中挤出王海涛的名字。

"冷静，平凡，冷静。"平东升急忙叫道。然而，由于他昏迷太久，此时又坐了太久，竟然一时精力不济，身子晃了晃，倒在床上。

"父亲！"平凡惊叫，冲上前去。

"我没事。"平东升喘着气，勉力向平凡挥挥手，"我就是刚刚醒来，精力不济而已。休息一会就好了。"

"平伯伯还没吃饭吧？"郝波波冷静地提醒，"好像从醒来到现在，也没吃过东西，也没喝过水。而且，我们也还没通知医生给平伯父做身体检查。"

平凡这才醒悟过来，赶紧按铃叫医生，又为平东升倒了一杯温水。检查过平东升的身体并无大碍，只是还须留院观察，平凡终于放下心来。而郝波波却急匆匆地告辞，她需要立刻回家，向哥哥问清纵火罪的真相。

平东升喝过水躺回病床上，辛苦地喘着气，却依旧拉着平凡的手不放："平凡，你听我说。无论如何，现在是最关键的时候。你把录音收好，不要随便行动。我们必须让王海涛付出代价，但不是现在，他现在的势力，还是太大了。"

"是，我知道了，父亲。"平凡坐在病床边，紧紧握着父亲的手答道。然而，他心中的怒火却不可遏止地在疯长。

这些时间以来，王海涛的小动作不断，压得他喘不过气。刚刚看到父亲醒来的喜悦，却立刻被录音里的内容压倒。

他恨不得立刻给王海涛打个电话，把王海涛威胁一通。

然而，知子莫若父。平东升立刻看出了平凡的想法。

"你觉得，咱们有录音在手，对付王海涛就稳了，对不对？"平东升问平凡，"你觉得，咱们握着录音，只要交给警方，王海涛就会被抓进监狱，是吗？你现在，大概还想着给王海涛打个电话出口气吧？"

"不，父亲。我只是觉得，他在背后做了这么多坏事，我们现在却还要忍，太憋屈。"平凡扭过头去，别扭地回答。

"小不忍则乱大谋。"平东升严肃地道，"为什么我现在会躺在医院？因为我在发现了一点线索之后没忍住，跑去找了王海涛。结果呢？我被王海涛推下了楼梯，摔成这个样子。作为一个植物人，在医院躺了一个多月。"

"爸！你进医院果然是他在捣鬼！"平凡跳了起来，他此刻格外想做点什么。

"你急什么？咱们现在拿到了证据，已经不是毫无反击之力的时候了。"平东升喝止了平凡激动的做法，他艰难地撑起身子道，"扶我起来，咱们回家，现在就回去。"

"为什么？"平凡不解地问道。

"这里不安全。"平东升答道，"我现在如果留在医院，王海涛随便买通一个医生，咱们就会面对各种各样的死亡威胁。王海涛这个人，为了利益，无所不用其极。逼急了他是真的会杀人的。何况现在我醒了，想必，过不了多久消息就会传到他的耳朵里。"

"何况，这里人来人往的，你就是想和我商量个什么也要防范别人听到。倒不如你现在就带我回农庄，那是我的私人住所，王海涛并不知道。"

平凡犹豫道："可是，您的身体……"

"既然检查过无大碍，就不要紧了。"平东升和缓地笑道，"回去以后我联系以前的医生朋友继续治疗就行。"

平凡默默点头，扶起父亲，走出了医院。

而郝波波，在离开医院之后，就找到了哥哥郝宋宋。

郝宋宋与沈家琳已经搬回了整修后的老房子，当波波找到他的时候，他正忙着为屋子的墙壁刷乳胶漆。

"别刷了。"郝波波愤怒地冲上前，将刷墙的刷子从郝宋宋的手中夺下。

郝宋宋奇怪地看着妹妹，摸不着头脑："你怎么了？今天吃炸药了？"

"你住口，我问你，七年前所谓的纵火案，你是不是替王海涛顶罪？"郝波波气道。

"你怎么知道？"郝宋宋愣住了，他惊讶地问着郝波波，心中却是惊疑不定。郝波波，为什么会知道他七年前顶罪的事？

"我怎么知道？王海涛自己都说出来了！"郝波波失望地看着郝宋宋，"我从来没有想过，我的哥哥竟然是这种人。竟然会为了钱而出卖灵魂。"

"你给我进来！"她拉着郝宋宋进入里屋。正遇上了听到外间吵架，想出来看看的沈家琳。

"波波来了！"沈家琳打着招呼，奇怪地看着兄妹俩，"你们这是怎么了？宋宋，你又惹波波生气了？"

"妈，我没有。"郝宋宋急忙辩白。

"妈，你来得正好。"郝波波咬牙切齿地叫道，"这事儿，您也该知道了。"

"怎么了这是？"沈家琳一时摸不着头脑。

"七年前，哥哥的那桩纵火案，是给人顶罪的。"郝波波跺脚道，"他为了钱，对外做了伪证。然后，被判了十年徒刑。我真是没想到，他竟然会做这种事，太让我失望了。"

"还有吗？"沈家琳平静地看着郝波波，问道。

"还要有什么？"郝波波冷笑，"妈，你和爸从小教育我们，为人要诚信，丢什么都不能丢了骨气。可郝宋宋他都做了什么事？不就是钱吗？他为了那点钱，连自己的灵魂都丢了。"

"你住口！"沈家琳怒道，"你知道当时什么情况吗？当时家里欠了债，你在学校里不受影响，然而妈和哥哥都在家里。债主逼得我们都不敢回家。要不是你哥哥收钱顶罪去坐了这十年牢，你以为你还能好端端地在学校里读书？"

"不收钱，你妈我和你哥哥还不上债被起诉，坐牢的时间比这十年还长。没人供你读书，你早就辍学了。"沈家琳说着，哽咽了起来，"也怪我没用，不但挣不到钱，还亏了那么多。"

"别说了，妈，我坐牢不怪任何人，这都是我自己的选择。"郝宋宋手足无措地安慰着自己的母亲，"您也是想为家里挣点钱。"

郝波波看着哭泣的母亲，又是焦急，又是懊悔："对不起，妈，我不知道是这种情况。"

"不知道，你就不知道来问问我吗？一上来就怪你哥，你哥也是为了这个家啊！"沈家琳怒道。

"我不仅仅是为了这个。"郝波波急忙解释，"妈，现在事情闹大了。"

"怎么了？"沈家琳一愣，立刻止住了哭泣。

"王海涛今天去看平伯父，在病房里，把这件事说了出来。"郝波波低头说道，"他说的话，全部被平伯父手里的一台老人手机录了下来。

"王海涛现在似乎想要把平伯父和平凡置于死地，这个录音，他们应该会拿出去作为王海涛使用不正当手段的证据。但是，一旦拿出这个录音，哥哥当年作伪证的事情就无法隐瞒了。他会因为伪证罪再次入狱。"郝波波说着，悲哀地看向郝宋宋。她的哥哥刚刚从监狱里出来啊！

"那怎么办？"沈家琳急道，她急忙起身，匆匆地向门外走去，"我去找平东升。"

"够了，妈！"郝波波大声叫道，"你还想像以前一样，去找他，然后引起别人的误解吗？"

沈家琳猛地停住脚步，转过身来，她厉声叫道："那怎么办？这也不让，那也不让，难道我就该眼睁睁地看着自己的儿子再一次进监狱吗？"

"妈，波波说得没错！我们不能再找平伯父和平凡了。"郝宋宋沉声道，"这是我犯下的错，理应我负责。"

"你也是为了这个家！"沈家琳的声音再次哽咽了，她含着眼泪道，"难道就没有别的办法了吗？"

"之前和王海涛闹翻的时候，我就想过了。"郝宋宋却显得十分镇定，他来到母亲身边，拉着母亲的手在沙发上坐下，轻声说道，"其实，平凡他们要扳倒王海涛，与我们的利益并不冲突。王海涛是个彻头彻尾的小人，只要有一点把柄被他抓在手里，就能被他利用一辈子。

"而他让人去做的事，往往又都是些犯法的事。这些犯法的事一点一点地做下来，只能被他抓得更牢。"郝宋宋说着，勉强微笑了一下，"妈你看，我就是帮他顶了一次罪，他就能拿这个威胁我，让我带李伟去平凡家的幼儿园。

"如果不扳倒他，谁知道，他后面还会让我做什么事？倒不如就让平凡和平伯父把这个录音曝光出去，我顶多也就是再进监狱坐个一两年的牢。好过被他一直威胁，最后被判死刑或者无期。

"妈，你也认识平伯父，也认识王海涛，你该知道，王海涛是一个什么样的小人。他真的是什么事都做得出来的啊！"

"所以，你就又要去监狱里蹲着吗？"沈家琳流着泪，轻轻抚着郝宋宋的脸颊，"我的儿啊！你怎么就这么命苦！"

"没关系的，妈，这也只是我们的猜测。"郝宋宋笑道，"说不定，我因为不知道当年的情况，不会被判刑呢？"

郝波波想了想，低声对沈家琳说道："平伯父是纵火事件的受害人，如果我们能取得平伯父的谅解，哥哥应该会从轻判决。"

"那……"一时之间，沈家琳也犹豫不决起来。

郝宋宋看出了沈家琳的想法，他大声道："妈，您也别犹豫，我不害怕再进监狱。我现在，反倒是更害怕被王海涛威胁。明天我就去见平伯父和平凡，把事情和他们说清楚。要是有什么需要我帮忙的，我就尽力帮忙，他们都是好人，应该会原谅我。"

沈家琳终于下定了决心："那就这样吧！唉，也是我没用，连累了你们两个孩子。"

"妈，您别说这个。如果没有您，我们也不会平安健康地长大。"

郝波波急忙连声安慰。

"对啊！妈，爸出事的那会儿，要不是您，我和妹妹都不知道会成什么样呢！"郝宋宋也急忙说道，提到这个，他的声音里都带上了恨意，"可惜撞倒爸爸逃逸的凶手，到现在也没能找出来。"

沈家琳却是心中一动，想起了当年在医院见到的那个挂着金色铃铛的车。

当年，平东升的车是否就已经挂上了那个金色的铃铛呢？郝敏国出事，和他又有没有关系？一时之间，沈家琳心乱如麻。

她害怕当真相查出之后，发现害死自己丈夫的凶手就是平东升。又希望查出真相之后，确定背后另有其人。

而郝宋宋的事，更是让她忧心不已。如果平东升真的是害死郝敏国的人，他会真的宣布原谅郝宋宋，让郝宋宋获得从轻判决吗？最终她决定，先去见过平东升，确认当年的情况以后，再做决定。

想到这里，沈家琳抬起头来，郑重地对郝宋宋说道："明天，妈和你一起去见平东升。"

"好嘞。"郝宋宋不知道沈家琳的心事，他咧开嘴，如释重负。

郝波波终于放下担忧，她高兴地拥抱了哥哥和母亲："我们一家会越来越好的。"

在平东升和平凡离开医院没多久，就有人将平东升出院的消息告知了王海涛。这条消息，让王海涛坐立不安。

他想起下午在平东升的病房里得意洋洋地说出的那些话，开始怀疑，平东升究竟听到了多少？就算一点也没有听到，他在办公室里推平东升下楼的这条若是抖出来，他也是要被警察局传唤的。

而且，海尧集团如今负面消息缠身，还有个原本应该是强力援助，如今却几乎反目成仇的徐氏要安抚，实在无法再承担更多的负面风险。

想到这里，王海涛决定，这些隐患，都要彻底解决。

他拿起桌上的电话机，给李伟打了一个电话。

李伟正与女友刘欣雨在一起吃饭，虽然，曾经刘欣雨由于越来越美丽、越来越能干而引起了李伟的不安，但是，当王子尧的公司倒闭之后，李伟的这些不安，仿佛随着这间公司的消失而消失了。而刘欣雨却如往常一样。

公司倒闭之后，她并未急着找工作，而是决定休息一段时间。而在这段难得的空闲时间里，刘欣雨选择了调整心情，以及陪伴男友。

她对李伟虽然失望，但李伟始终是她深爱多年的对象。一时之间，刘欣雨并不想放弃李伟。

而李伟，在看到王海涛来电时，却是又惊又喜。

自从上次王子尧的婚礼出事后，他仿佛被王海涛打入了冷宫。王海涛的所有行动都不再向他说明，也很少再找他去总裁办公室商谈秘事了。本就立身不稳的李伟，在公司里的日子变得难过起来。

他迅速接通电话，激动地道："王总，您找我？"

"对！我给你一个任务。只要你能成功，我就提拔你做海尧集团的副总，兼任下任 CEO，如何？"王海涛嘴角泛起一抹奇异的微笑。

李伟本能地警觉了起来："王总，您说，只要我能办到。"

"你知道，平凡一直是咱们公司的一个隐患，我也做了决定，要让他绝对没有东山再起的机会。"王海涛慢悠悠地说道，"但是呢，现在有一个问题，平东升那个老东西醒了。"

"什么？他醒了？"李伟惊讶地叫出声来，他警惕地看了一眼身边的刘欣雨，转身避到了餐厅的外边。刘欣雨看着李伟神神秘秘的样子，偷偷地跟了上去。

"王总，那您现在要怎么办？"紧张之下，李伟并没有发现身后的刘欣雨，他焦急地问着。当初送平东升进医院，他可是跟着做了伪证的。

"这个老东西的动作挺奇怪，刚醒来就出了院，现在不知道躲到哪里去了。"王海涛沉着脸说道，"我要你查出来这个平东升躲到了哪里，然后解决这个隐患。"

"别，王总，我可不杀人的。"李伟吓得小声叫道。

"放心，不是叫你杀人。"王海涛阴恻恻地笑了，"你把平东升找出来，然后，再查一查他们手里有哪些对咱们不利的证据。然后，把那些证据都抹掉。口说无凭，没了证据，就凭他平东升空口白牙，也定不了咱们的罪。"

李伟悲哀地发现，在帮助王海涛隐瞒平东升昏迷的真相时，他就已经卷入了这场事件。而现在，他已完全无法抽身。如果不去完成这个任务，如果事情暴露，他将会因为做出了伪证而和王海涛一起进监狱。

只要把那些证据清理掉就好了，这样，自己不但没有危险，而且还会因此而成为海尧集团的副总和下任 CEO。想到这里，李伟惴惴不安的心情渐渐平静了下来。他爽快地答道："成，只要不是杀人的事，我干了。"

"我果然没有看错你，加油。"王海涛笑道。

挂断电话，李伟转过身，却只见刘欣雨正站在他身后，一脸严肃地看着他。

"刚才是谁给你打电话？找你做什么？"刘欣雨直勾勾地盯着李伟，脸上看不到一点笑容。

"没什么，你怎么了？"李伟若无其事地收起手机，直接忽略了刘欣雨的第一个问题。

　　"我听到你说杀人。"刘欣雨并没有被李伟岔开话题的小技巧所引导，她依旧直勾勾地盯着李伟，"你是不是有什么事瞒着我？"

　　"怎么可能！"李伟笑道，"那是我的一个朋友，请我帮他一个忙，其实也不是什么大事儿。说杀人，那是我跟他开玩笑呢。"

　　刘欣雨狐疑地看了李伟一眼，并不说话。

　　"你放心吧！"李伟拍拍刘欣雨的肩膀，搂着她道，"我有分寸，我就是一个设计师，怎么可能去干坏事呢？"

　　刘欣雨笑了笑，心中的疑虑却没有消失。然而，李伟的话却也有道理，她跟着李伟回到餐桌，继续之前未完成的约会。

　　而李伟的心中，却开始谋划了起来。他已经被金钱迷住了双眼，欲望无限。即使是眼前的刘欣雨，也无法阻止他的贪婪了。

　　他匆匆和刘欣雨吃完饭就离开了餐厅，留下刘欣雨一人在原地。

不要说再见

不得不说，李伟在服装设计上虽然没有天赋。然而，做这种偷鸡摸狗的事情，却无师自通。

他再次从幼儿园下手，买通了一名清洁工，试图打听平凡的下落。然而，这名老师无意中透露出的消息，却让李伟被浇了个透心凉。

"你是说，平凡手里可能有一个录音？"李伟咬牙切齿地问着这名姓方的清洁工，他脸上狰狞的表情，甚至吓了对方一大跳。

"是，是的。"方大妈胖胖的身体微微颤抖，恐惧地看着李伟，手里还紧紧攥着李伟给她的钱。她的心中异常恐惧，不是说，把平园长最近的情况和动向告诉他就好么，为什么这个人现在看起来这么可怕？

"说清楚一点，什么样的录音，你是怎么发现的？"李伟厉声道。

"上次，我去平园长的办公室里打扫清洁。结果，刚到门口就听到屋子里传来一个男人的对话声。我以为是平园长的客人，也不敢敲门打扰，就在门口站着，打算等客人走了再进去。

"然而，那个男人一直在说话，讲的大概是七年前怎么把平园长的父亲踢出公司的事。后来说完了，就一直没有声音。我大着胆子敲了门，进了屋子才知道，屋子里根本就没有客人，只有平园长一个人在屋子里。"

方大妈战战兢兢地回答着，又想了想，补充道："对了，当时平园长的手上还握着一个老人用的手机。录音应该是从那个手机里放出来的。"

"行，我知道了，你可以先走了。"李伟不耐烦地挥了挥手，让方大妈离开。然而，他的心里却七上八下，恐惧不已。

一直以来，参与王海涛一些见不得人的勾当，李伟也算是知道当年的一些秘辛。当年，王海涛应该是使用了什么手段才将平东升踢出了海平集团。而上一次，平东升来找王海涛，更是逼得王海涛不得不将他推下楼梯，还伤了自己，这才混了过去。

李伟相信，平凡手里掌握的录音，应该是极为重要的证据。他掏出手机，毫不犹豫地给王海涛打了一个电话。

电话很快就接通了，然而，那头的王海涛，却显得有些不耐烦。他冷冷地问着："怎么了李伟，这么晚打电话给我，事情有进展了吗？"

"王总，我发现了一个重大的消息。"李伟喘着粗气，压低了声音对王海涛说道。

"什么消息？"王海涛立刻郑重起来。

"平凡的手里有一个录音。根据我调查得知的情况，那个录音是一个男人的声音，说的是七年前您使用手段将平东升踢出海平集团的事情。"李伟道。

电话的那头沉默了半响。而王海涛的心中，则是咯噔一声。他想起了不久前在平东升病房里说出的那些话，又想起了郝波波离开病房前那略显奇怪的动作。

几乎是立刻，王海涛就断定，他说的话，被录音了。

"找出那个录音，销毁它。要快，而且，那个录音必须被销毁。"

王海涛厉声喊道，对着电话那头的李伟下达着命令。

"是，是，一定办到。"李伟被吓了一跳，他连连点头回答着王海涛的要求，挂断了电话。

该怎么做，才能找到录音，然后销毁它呢？李伟看着手里的手机，犯了愁。他意识到，自己发现的问题，也许十分了不得。而平凡手里的录音，很可能就是王海涛的把柄。

然而，早已被绑上贼船的李伟，却不得不去帮王海涛消除这个把柄。不过，想到王海涛许给他的重利，李伟心中火热。虽然危险了一点，但也不是做不来。

既然录音是在平凡手里，那么，为了安全起见，平凡应该不会总是把录音随身带在身边。于是，李伟确定的第一个目标，就是平凡的家里。

由于曾经的金钱攻势，李伟顺利地进入了平凡家所在的小区。

趁着夜色，李伟来到平凡家楼下。平凡的家里，一片漆黑。

李伟并不知道，今晚平凡待在郊外平东升的农庄里，但他依旧为自己的好运气而庆幸。他围着这栋楼转了一圈，发现平凡家的一个漏洞。

由于这栋楼的阳台所设计的位置十分靠近楼梯间的窗户，他可以选择从十二楼的楼梯间爬进十一楼平凡家的阳台。

李伟毫不犹豫地冲上楼，冒险爬了进去。

房间里静悄悄的，没有人。李伟蹑手蹑脚地在黑暗中翻找着，他从来没有干过偷窃的活计，找得十分慢。

然而，好在他脑子灵活，和平凡共事过一段时间，对平凡的习惯也还算熟悉。在翻翻找找之下，他竟然真的在一个原本上了锁的柜子里，找到了一部手机。

看着这部手机，李伟咧开嘴。手机看起来和清洁工方大妈形容的样子一样。李伟按下播放键，王海涛的声音清晰地传了出来，"老平，咱们认识也快一辈子了吧！"

李伟的脸色变了，虽然他知道，这个录音应该会是很重要的证据，但他依旧没能想到，这居然是王海涛自己说出的话。李伟不由自主地听了下去，就连房间的大门被打开，也没有发现。

开门的是秋秋，原本，她抱着自己的玩具小熊，打算像平时一样进入平凡的书房画画。然而，刚一开门，就听到了书房里传来的男人声音。秋秋一手抱着玩具小熊，一手抓起放在门边的棒球棍作为防身的用具。

这是子尧曾经教给她的，子尧说，如果看到坏人就用这个教训他。秋秋牢牢地记在了心里。

她小心翼翼地推开门，正好看到一个陌生的身影。几乎是瞬间，秋秋就做出了判断，这个人不认识，要迅速离开。

秋秋拖着棒球棍转身就跑，却不曾想，棒球棍发出的声音惊动了李伟。他抬起头，凶神恶煞地看向声音发出的方向，正好看到一个正在逃跑的小女孩。

这个孩子，不能放走。几乎是瞬间，李伟就下了决定。她已经见过他的脸，不可以让她离开。李伟下意识地拦住秋秋，秋秋吓得尖叫出声，她挥舞着手中的球棍，用力地打向李伟的手腕。

可惜，她的年龄实在是太小了，李伟一把抓住秋秋，将她拎了起来。

"救命啊！妈妈！舅舅！平凡爸爸！子尧爸爸！"秋秋大声尖叫着，试图唤起仍在隔壁的家人的注意。

李伟惊慌地捂住秋秋的嘴，让她发不出声来。他飞快地冲出大门，下楼梯，冲出了这栋楼。

而秋秋在他怀里拼命地挣扎着，却无济于事。李伟顺利地把秋秋抱出了小区。

　　眼见着自己离家越来越远，秋秋挣扎得越发剧烈了起来。但李伟的大手，简直就像是一把巨大的铁钳，秋秋根本就不是他的对手，而就在这时，正在附近散步的刘龙与刘虎，发现了这里的异常。

　　"喂！那边那个人！你干什么呢？"刘虎下意识地觉得不对劲，他指着李伟大叫出声。

　　李伟更加惊慌了，他飞快地把秋秋塞进自己的车里，开起车，一溜烟地跑掉了。

　　只留下刘龙与刘虎面面相觑。

　　"妈的，那个人鬼鬼祟祟的，肯定有情况。"刘虎爆了一句粗口。

　　"刚才他的手里好像还抱着一个孩子，不会是人贩子吧？"刘龙看着汽车消失的方向，面色阴沉。

　　"他是从小区里出来的，走，咱们查监控去。"刘虎风风火火的性格，让他根本就无法忍受这样的事情在他曾经供职的小区里发生，他迅速拉着刘龙来到小区的保安室找到了当年的老伙计。

　　在老伙计的帮助下，刘家兄弟十分顺利地看到了小区监控。

　　只一眼，两人的脸色就沉了下来。

　　"那个被绑架的小女孩，好像是郝波波家的秋秋。"刘龙沉着脸道。

　　"是秋秋，没错。"刘虎点头，"我见过她抱着的那个玩偶，那是老大给她买的礼物。这孩子总抱着，跟宝贝一样。"

　　"一定要追回来！"两兄弟对视一眼，统一了想法。

　　刘龙和刘虎开始分别给王子尧和郝波波打电话。子尧迅速赶到小区，而得知秋秋被抓走的郝波波却慌了神。

　　"秋秋不见了！怎么办，怎么办？"她惊声叫着，一边冲向小区的保安室，一边掏出手机来，给郝宋宋打了个电话。

正打算第二天去见平凡和平东升的郝宋宋还没有休息，接到波波的电话，他觉得十分奇怪："怎么了，波波？"

"哥，你快来！秋秋不见了，刘龙和刘虎说，她被李伟抓走了。"郝波波凄厉的声音从电话里传出，吓了郝宋宋一跳。

"你别急！我这就过来！"郝宋宋一蹦三尺高，他迅速地冲出了屋子。

而另外一边，已经赶到保安室的子尧，同样通知了平凡。

很快，众人就齐聚在保安室。

个性冲动的王子尧看着监控，牙咬得咯吱咯吱地直响："这个家伙叫李伟？就是他绑走了秋秋？"

"就是他！"平凡一脸厌恶地回答，"他早就投靠王海涛了，当初抄袭波波的设计创意的，也是这个人。"

"你这样说我就想起来了。"王子尧阴恻恻地笑，"不要脸的东西，抄袭我都没跟他算账了，没想到他居然还敢来绑架秋秋。那我还真要让他知道知道，花儿为什么这样红。"

"现在的重点是，如何找到秋秋。"平凡冷冷地回答，"就算是要报复，那也必须是找到秋秋之后的事。"

"你打算怎么做？"王子尧看了平凡一眼。两人在对视之后，给出了同一个答案："报警！"

"为什么要报警？"郝宋宋不解地问道，"警察从来不管事，咱们就算是报警，难道就能指望他们找回秋秋吗？"

"当然不是！"子尧轻蔑地一笑，"靠那些办事效率低到爆的警察，没有任何用处。但是，报警会给我们的行动带来方便。"

"比如，报警之后，去交警大队调查那辆车的行车路线。"平凡冷冷地补充。

"调取各路口的摄像头。查询车辆情况和司机的动向,最终找到他的落脚处。"王子尧冷笑。

"我要做些什么?"郝波波终于从紧张与恐惧之中恢复了过来,她急切地问。

"你留在家里。"王子尧不由分说地抓住郝波波的手,将她往屋子里带。

"我怎么可能留在家里!"郝波波跳脚,"秋秋是我的女儿,找不到她,我怎么可能安心?"

"但是我们需要一个人居中策应,你最合适。"王子尧强硬地说道。

"你可以另外找一个人居中策应,但是,绝对不可能是我。"郝波波毫不示弱地瞪着王子尧,"看不到秋秋,我不会安心。我一定要亲自去救她。"

"这太危险了,鬼知道李伟绑架秋秋是出于什么目的。绑架的事情他都做了,想必,也不在乎再犯点什么别的罪。"王子尧咬牙叫道。

"你也知道危险?"郝波波对着王子尧怒吼,"作为一个母亲,我怎么可能安心将自己的孩子置于那么危险的境地而无动于衷!"

王子尧犹豫着,还想说些什么,却被平凡制止了。平凡疲惫地说道:"波波说得没错,让一个母亲离开孩子是不可能的,带上她吧。"

子尧沉默了。最终,他点了点头。

最终商定的结果,刘氏兄弟留下策应,而其他人则去报警以及寻找秋秋。

就在所有人都一团乱麻的时候,李伟带着哭闹不已的秋秋来到了一处看起来异常破旧的小楼。

这是他曾经的住所,位于这个小楼的地下,是一间小小的地下室。

李伟过去曾长期在这里租住。看着这间潮湿阴暗,连窗户都没有的地下室，李伟感慨万千。

他本是农村的孩子，身上并没有多少钱，而一个初出茅庐的小设计师，收入也并不高。因此，他曾拼命地加班和学习，试图在事业上更进一步。然而，他本身的设计天赋，却限制了他的发展。

即使最终混进了海尧集团这个被誉为服装帝国的大企业，他也没能获得出头的机会。

直到受到了王海涛的器重，李伟的收入和生活质量才一下子被拔高了起来。如今，他虽然搬离了这间地下室，但是作为贫穷时期的回忆，李伟依旧为这间地下室缴纳着租金。

原本，他想用这间地下室来提醒自己，不努力，就只能再回到这样的地方。

然而李伟自己也没能想到，在他绑架了秋秋的现在，这个地下室居然还派上了这样的用场。

李伟把秋秋塞进了这间小小的地下室，然后，独自一人缩在角落里，忧愁着下一步该怎么办。

原本，李伟并没有绑架秋秋的计划，他只是想找到录音，然后离开平凡家。却没想到，被秋秋撞破，而为了不暴露身份，他更是将秋秋带到了这里。

他第一次有了被王海涛利用的感觉。

王海涛画了一个大大的饼，然后高高地吊在那里，吸引着李伟的注意，引着李伟向他想要的方向走去。

而现在，李伟意识到，这个大饼，也许并没有想象中那么香，那么好吃。

他看着秋秋，心中想着该如何处理。也许是意识到再哭也没有用，秋秋已经停止了哭闹，她紧紧抱着她的玩具小熊，找了一个角落将自己缩成了小小的一团。

李伟紧紧盯着秋秋，目光渐渐变得凶狠。他并不想坐牢，但是现在，他挟持了秋秋，一旦被抓到，等待他的，将是长久的牢狱之灾。

也许，直接处理掉这个小女孩比较好？李伟想着。

就在这时，他的手机响了。

李伟掏出手机，却发现，是刘欣雨发来的短信。短信的内容十分简单，只有寥寥的几个字："回来吧！你错了！"

李伟痛苦地看着这条短信，只觉得心中犹如有一把刀子，在慢慢地割。

终于，他开始回想起那清贫却幸福的大学时代。

那时候，他和刘欣雨都还那么的年轻，刘欣雨并不是现在的CBD女神，自己也不是现在的首席设计师。

他们，只是两个贫穷却对未来怀有无限憧憬的学生而已。

李伟想起那个时候的自己，他曾对刘欣雨许下诺言，毕业以后，要成为国内最好的设计师，像平凡一样。

然后，赚很多很多钱，开着宝马去娶她。

然而，少年时期的梦想，却在踏入社会后，被残酷的现实击得粉碎。他并不是什么天才，甚至，他在服装设计方面的天赋都不算出众。

仅靠自己，李伟根本就无法在众多设计师中脱颖而出。

贫穷的家境让他甚至只能租住在地下室，每天靠着泡面过活。而刘欣雨，虽然一直体谅着他，他却觉得自己与刘欣雨已渐行渐远。

李伟的手，握了又松，松了又握，终于颓然放下。他始终还是无法对一个人下手，杀人，他做不到。

而就在李伟陷入纠结与沉思之时，秋秋小心翼翼地发送出了一张图片。

她的手腕上一直带着一块腕表。这是四岁生日的时候，郝波波送给秋秋的生日礼物。可以打电话，也可以发短信，或者照片。这是郝波波为了秋秋的安全，害怕她走失，而专门挑的。而现在，秋秋就借着李伟看手机的机会，偷偷地拍了一张地下室的照片，发送给了郝波波。

此刻的郝波波，刚报完警，走出警察局。突如其来的短信铃声让她心中一紧，她飞快地取出手机，却发现，是秋秋发来的短信。

"秋秋来短信了！"郝波波惊呼着，飞快地打开了这一条短信。

短信里，没有文字，只有一张图片，通过短信的传输之后，看上去模糊不已。

"这是什么？"众人飞快地围了上来。

"一张图，"平凡郑重地说道，"看起来，应该是秋秋所在位置的环境。"

"不要掉以轻心。"王子尧严肃地研究着这张图，"虽然是秋秋的号码发过来的东西，但秋秋现在处于被绑架之中。也许是李伟用秋秋的手机发来的短信。"

"他发这条短信，又是几个意思？"平凡沉着脸，恨声说道。

"也许，是想说明秋秋现在还活着？"陈美媛猜测。

"可这里面没有秋秋。"王子尧否定了她的想法。

"这双脚，是谁的？"郝波波紧紧盯着照片，不放过其中的任何一个细节。

"让我看看。"刘欣雨挤了上来。在上次与李伟约会之后，她的心中就一直惴惴不安。李伟的那一通奇怪的电话，以及李伟的态度，都让她无法放下心来。

而现在，她的不安，仿佛得到了证实。刘欣雨毫不犹豫地跟着大家一起行动，她希望能找到自己的男友，更希望，能让李伟放弃那些错误的举动。

只一眼，刘欣雨就看出了照片的所在地。

"这不是李伟以前租的房子么？"刘欣雨惊呼道。

"嗯？"王子尧饶有兴致地转过头看她，"你知道这房子在哪？"

"这地方，与其说是房子，倒不如说是一个地下室。"刘欣雨正色道，"以前，李伟刚来上海的时候，就租住在那里。那双脚我也认识，就是李伟的脚。"

平凡立刻松了一口气："看来，秋秋现在没事。而且照片是她找机会发出来的。"

"真是个聪明的孩子。"王子尧感慨道。

"我带你们去那个地方。"刘欣雨犹疑地说道，"但是，能不能请你们不要伤害李伟？"

"我们会尽量。"子尧严肃道，"但是，你应该知道，被他抓做人质的是秋秋。她是一个刚刚六岁的小姑娘，面对李伟，毫无反抗能力。"

"如果秋秋被李伟抓住，威胁她的生命，那我们也许会动手。一时之下控制不了轻重，李伟有可能会受伤。但是你放心，不会有生命危险。"平凡补充道。

刘欣雨长出一口气，坚定地道："那行，我带你们去。"

李伟在地下室里翻找着，当初他搬离地下室时十分意气风发，很多东西都留在了地下室没有带走。而现在，李伟想要做的，就是把这些东西找出来，看看有没有什么有用的。

就在这时，他的手机突然响起铃声。

李伟取出手机，发现是一个陌生的号码，他不耐烦地接起："谁啊！"

"是我！东西拿到了吗？"王海涛的声音从电话里传出。

李伟冷笑一声："王总，您大晚上的专程来电，就是为了这个吗？拿到了，您放心，东西正在我手上呢！"

"非常好！"王海涛满意地道，"毁掉这个录音。"

"您放心，我这就砸掉手机。"李伟笑道，猛地将那台厚重的老人机砸向秋秋身后的墙壁。

"啪"的一声，手机四分五裂。

"毁掉了。"李伟冷笑着对王海涛说道。

"很好，你尽快回来。"王海涛道。

李伟笑了笑，收起手机，伸手捡起一枚掉落在地上的电子芯片。

就在这时，地下室外传来杂乱的脚步声，在静谧的夜里，显得格外清晰。在刘欣雨的带领下，一群人浩浩荡荡地来到地下室外。

李伟警觉地发现了外面的动静，他飞快地抓住秋秋，用一把在地下室找到的水果刀顶住了她的脖子。

"都别过来，你们再动一步，我就杀了她。"李伟紧张地听着外间的动静，小心翼翼地从门板上破了的一个洞里向外观察着。

秋秋被吓得哭都不敢哭，她紧紧抵着李伟的胳膊，努力让自己的脖子离李伟手里的刀远一点。

"秋秋！"郝波波低呼一声，紧接着，她死死地用拳头堵住了嘴唇，尽力让自己不再发出声音。

李伟用力嘶吼着："还想要这小孩的命的话，就都不要动。"

所有人都停在了原地，这个昏暗的地下室，根本就看不清任何情况。李伟的房门又是紧紧关着的，一扇门遮盖了屋里的所有。

　　刘欣雨悲伤地出声叫道："李伟！李伟你别这样。秋秋是无辜的。"

　　"别说什么无辜不无辜的话，她无辜，我难道就不无辜了？谁让她不长眼，竟然看到了我的长相。"李伟恶狠狠地说道。

　　"你做了什么被秋秋撞到？"刘欣雨惊呼。

　　李伟沉默了一下，透过门上的那个小洞，他看着外边的刘欣雨。她依旧是那么的美丽，只是，原本她脸上的幸福与恬淡被惊恐所代替。他不禁有丝丝后悔，如果当初，没有参与这些事，自己与刘欣雨是不是依然幸福地在一起？

　　但是很快，王海涛的许诺又在他的脑中转了一圈，看着这个破旧的小地下室，又想起王海涛承诺的荣华富贵，李伟还是昏了头。他冷笑道："反正事情已经做出了，也不怕你们知道。平凡手里的那个录音，已经被我毁掉了。"

　　平凡和郝波波愣住了，而李伟依旧在喋喋不休地说着："但是，我找录音的时候居然被这小孩发现了。那我也就只好把她一起带走了。"

　　"李伟，你知不知道你现在做的是绑架。"刘欣雨含着泪叫道，她为她的男友感到悲哀。就算是偷窃被发现了又如何？无论怎么看，绑架的罪名也要比偷窃严重得多啊！

　　"我当然知道是绑架，但是，事情都做出了，我又能怎样？"李伟嘲讽道。

　　"我觉得我们应该谈谈。"王子尧沉声说道。

　　"谈，行啊，你想怎么谈？"李伟疯狂地笑了起来，"现在这个情况，我们又能怎么谈？"

　　"你所担心的，不过是你在盗取了平凡的录音之后，会因为盗窃罪被抓。但是你看，我们现在都在这里。"王子尧努力控制着自己的情绪，和李伟谈判，"被盗的人是平凡，只要他不起诉，你就不会有罪。"

"所以呢？你们又拿什么来保证平凡不起诉我？因为位置被我抢走，他可是恨我入骨啊。"李伟歇斯底里地叫道。

"我并没有恨你入骨。"平凡突然说道，他极力抑制自己的情绪，以一种看起来极为平静的态度说着话，"做出所有决定的都是王海涛，没有你，还会有别人。这一点，我还是拎得清的。王子尧说得没错，只要你愿意释放秋秋，我愿意放弃追索你盗窃这件事，既往不咎。"

"李伟！"刘欣雨含着泪叫道，"你不要再傻了，放了秋秋吧。现在他们都愿意原谅你，释放秋秋，走出来，你还是以前的那个你。"

地下室里沉默了很长一段时间，终于，李伟说话了："谁知道你们是不是在骗人，骗得我放了这个小孩儿以后，又把我送进监狱。"

"这样吧！"王子尧当机立断，"我可以成为你的人质。"

"你当我傻？"李伟嘶哑着声音说道，"绑架你一个大男人，可比绑架这个小孩儿要难得多了。"

"你所担心的，无非就是两点，一个是你自身的安全，一个是王海涛给你的许诺。但是，绑架秋秋其实于事无补。"王子尧沉着地分析，"秋秋是郝波波的女儿，而王海涛，是我的父亲。他对于波波是什么态度，想必你也知道。你觉得，他会不会因为你绑架了秋秋而过来救你？

"但是我就不同了。从另外一个角度来说，由我作为人质，也比秋秋要强。只要我愿意，你的绑架罪就不会成立。而且，我是王海涛唯一的儿子，他不会视我处于危险之中而不顾。我作为人质，你将更容易和王海涛谈判，获得他给你的承诺。"

地下室里，又一次没了动静。

李伟其实十分心动，到现在为止，自己为王海涛做了那么多的事，还冒了如此之大的风险。如果得不到王海涛所许诺的报酬，李伟觉得十分不值。而王子尧，李伟知道，他是王海涛最心爱的儿子，王海涛所做的一切，都是为了他。很多时候，看着王海涛处心积虑地谋划着一切，李伟都极为羡慕王子尧，有这样一个好父亲。

现在，王子尧主动送上门来将自己作为人质，李伟在沉默了许久之后，终于同意了王子尧的要求。

"你可以进来，其他人都不要动。"他冷冷地盯着门外，飞快地打开了地下室的门，并迅速退到角落里。

不止曾经拥有

　　子尧深吸一口气，营救秋秋的行动，终于取得了一点进展。他一步一步上前，推开地下室破旧的木门，屋子里的情况呈现在众人面前。

　　这是一间极为破旧的地下室，地上散乱着各种垃圾。一个小而破旧的木床摆放在屋子正中，占了大半的空间。

　　昏暗的灯光明明灭灭，带出了一丝诡异的效果。

　　而李伟，就站在门后，手中拿着一把尖利的水果刀，他一手抱着秋秋，一手将刀抵在秋秋脖子上，正警惕地望着他。

　　见到王子尧，秋秋含着泪，小声地叫道："子尧爸爸。"

　　子尧心中一痛，秋秋她还这么小啊，却不得不经历如此严重的恐惧与惊吓。在生与死的分界线上挣扎。他小心地对李伟说道："我已经进来了，我会好好地做一个人质。所以，请你先放了秋秋吧。她还小，受不起惊吓。"

　　"你想得美！"李伟疯狂地叫道，"你也不看看你自己和我的差距，放了她，我打得过你吗？你给我老实点在那边蹲着，只要一动，我就割破这小孩的脖子。"

　　子尧无奈地在原地蹲了下来，心中却依旧想着如何才能将秋秋从李伟手中救出。

好一会之后，王子尧忍不住出声问道："那么，你现在打算怎样？"

李伟此刻也十分犹豫，虽然他被王子尧几句话说得心动。但是，当王子尧真的走进地下室成为他的人质之后，李伟却发现，自己拿子尧并没有办法。

体力的悬殊让他依旧只能靠抓住秋秋来威胁王子尧，而这样，他就无法再联系王海涛了。

他想了很久，出声道："外面的人，给我准备一辆车。"

"有车，有车。"陈美媛急忙将自己的车钥匙贡献了出来。

"扔进来。"李伟不耐烦地说道。

一把车钥匙被扔进了地下室的房间里。

李伟看着那把小小的钥匙，抑制不住心中的激动，他抬起下巴颏，示意王子尧："把它捡起来。"

王子尧小心地移动着，来到钥匙旁边，捡起那把小巧的车钥匙。这一刻，他与李伟是如此之近。近得王子尧都忍不住想要发动攻击，将秋秋从李伟手中抢下来。

然而，李伟却警惕无比。他手上的刀抵得更近了一些，秋秋发出一声痛呼。

"离远点，你要是随便做点什么，这小孩就没命了。"李伟怒吼着，"出去，你先出地下室，去开车。车在哪？"

"在门外！"陈美媛战战兢兢地回答。

"你们都给我退出去，王子尧去把车开到门口。"李伟歇斯底里地嘶吼着，神情癫狂。

众人担心秋秋的安危，不敢违背他的意愿，纷纷撤出了地下室。子尧将车开到地下室的入口停好。

李伟这才抱着秋秋走了出来。他让王子尧坐在驾驶室并系好安全带，又警惕地命令众人走到他身边十米以外地方，这才小心地带着秋秋上车，坐在了后座。

秋秋委屈地看着被威胁的王子尧，她知道，子尧爸爸为了救她，冒了很大的风险。可是，秋秋太小了，根本就无法反抗这个拿着刀子威胁她的坏人。

王子尧坐在驾驶座上，通过后视镜看着身后的李伟，和被李伟挟持的秋秋。

"我们现在去哪？"子尧问道。

李伟突然一阵迷茫，是啊！去哪呢？直接去海尧集团找王海涛？这不可能，海尧那么多人，只要一进入海尧集团，他就立刻会被抓住。

去王海涛郊外的别墅？那也不行，别墅的安保系统，李伟可是见识过的。

他烦躁地摇着头叫道："别问那么多，开出城去就是了。"

子尧不再说话，发动了汽车，缓缓向着郊区开去。他将车开得很慢，因为后座上坐着的，不只有李伟，还有秋秋。子尧害怕秋秋被紧贴皮肤的刀刃伤到。

"开快点！你难道打着他们报警，让警车追上的主意吗？"李伟在后座怒喝道。

王子尧闷不吭声地加快了车速，原本属于陈美媛的车犹如一条轻巧的鱼游弋在车流之中。

"快点，跟上去。"眼见着银色的小车消失在视线之中，因为秋秋的生命被威胁而不敢随意动弹的众人迅速行动了起来。

郝宋宋带着郝波波和平凡飞快地来到另外一辆车前，这是平凡的座驾，这次来寻找李伟，他们一共开了两辆车过来。

现在，陈美媛的车已经被李伟带走，只剩下了平凡的车可以使用。

"美媛，你去报警！"郝宋宋大叫一声，拉开车门率先坐在了司机的座位上。

"那个，"他局促不安地看了平凡一眼，"不如我来开车吧，我是专业开车的，比较熟。"

平凡点点头，顺势坐到了副驾驶座上。

"带上我。"陈美媛冲上来拍着车门叫道，"我的车有卫星定位，可以通过手机查位置。报警也可以打电话的。"

郝宋宋看了陈美媛一眼，双目对视，郝宋宋默默地点了点头。陈美媛飞快地上车，开始查询车的位置。

刘欣雨失魂落魄地站在破旧的小楼前，看着沉沉的夜色。这是李伟曾经住过的地方，虽然贫穷，却有着那些幸福的回忆。而现在，一场绑架，仿佛把那些幸福都破坏了。

郝波波默默地拍了拍她的肩膀，赶着上了平凡的车。

车辆开动，夜幕中，那个站在破旧小楼前的身影，越来越小。

车里，陈美媛紧张地看着自己的手机，她早已调出了查询车辆位置的手机软件，看着那个小小的图标在地图上闪烁。

"车现在在江津路，往黄浦路的方向去。"陈美媛不停地报出车辆的位置。

郝宋宋发挥出自己的最强车技，开着车一路追击。

他第一次觉得开车是如此的紧张。不能跟得太近，这样会被李伟发现，从而威胁到秋秋和王子尧的安全。但是，也不能跟得太远，这样会不容易追上逃逸中的车。

而平凡，则默默地开着手机，与警方保持着联系。

虽然在地下室，平凡曾承诺过，如果李伟放过秋秋，他将会既往不咎。

但是，在王子尧以身相代的情况下，李伟却依旧没有放弃拿秋秋作为人质的做法，彻底激怒了平凡。

他决定，一定要把李伟送进监狱。

两辆车就这么一前一后地追击着，而另外一边，上海市的警车，也在平凡的指挥下悄悄地加入了追击之中。

而子尧，并不知道身后的情况，他小心地开着车，从后视镜里观察着李伟的情况。

随着车辆渐渐开出城，李伟的情绪仿佛也放松了下来，他架在秋秋脖子上的刀，也松开了一点。

王子尧趁着李伟不注意，偷偷地将扣在自己身上的安全带解开。他清楚现在的情况十分危急，李伟手中的水果刀从来没有离开过秋秋的脖子。而他们离开的时候，警惕的李伟更是让平凡等人留在原地不准动。

子尧并不知道平凡等人是否能及时追上来，而他也清楚，事情闹成这样，报警将是不可避免的手段。而李伟如今已成了惊弓之鸟，如果有突如其来的警车闯入他们的视线，也许李伟就会在激动之下伤害秋秋。

王子尧一边开着车，一边思索着，如何才能从李伟的手上救下秋秋。

制造车祸？这个念头刚一浮起，子尧自己就否决了。李伟手中的刀，和秋秋挨得太近。车祸中，突然的车身甩动也许会让秋秋的脖子直接撞上刀刃，造成生命危险。

向警察或者路人暗示？子尧焦躁地看了看这人烟稀少的道路。时间已是深夜，既没有警察，也没有路人。想等路人看到他的求援，还不如相信平凡他们的行动速度。

该怎么办呢? 子尧陷入了思索之中。

而他并没有注意到, 被李伟挟持的秋秋已经很久没有哭泣了, 她的眼泪早已干涸在脸上, 大大的眼睛露出的, 却是恐惧。在这样紧张的气氛之中, 秋秋的自闭症, 再次爆发。

秋秋猛地低头, 一口咬住了李伟放在她脖子附近的胳膊。

"我杀了你!" 李伟痛得尖叫, 他猛地把秋秋甩开, 举起刀就要向秋秋扎下。

还在思索着对策的王子尧, 被李伟的尖叫声惊醒。几乎是本能地, 他一跃而起, 在空中疯狂地转身, 险之又险地抓住了李伟刺向秋秋的刀子。

锋利的刀刃划过王子尧的手掌, 殷红的血液迅速涌出, 滴落在车辆的后座上。而王子尧却没有感受到丝毫的痛楚。

他紧张地喘息着, 看着被自己的双手紧紧抓住的刀刃, 猛然回过神来要夺下刀子, 这个念头从子尧的脑海中一闪而过。

李伟看着被王子尧紧紧抓住的刀刃, 用力将刀刃向外拔去。而子尧却将刀刃攥得越来越紧。他绝对不能让李伟拔出刀子, 绝对不行。

钻心的疼痛从手心传来, 子尧紧紧咬着牙坚持着。两人的博弈陷入了僵局。

就在这时, 无人掌控的车辆终于撞上了路边的灯柱。巨大的冲撞让两人都立身不稳, 摔倒在座位上。子尧依旧紧紧抓着那锋利的水果刀, 他终于将这把危险的利器从李伟手里夺了下来。

然而, 动力十足的汽车在撞上灯柱之后, 却依旧向前行驶着。它飞快地侧行, 终于冲出了路面, 翻滚着滚向路基的下方。

"秋秋!" 那一瞬间, 王子尧心中只闪过了这一个念头。他用尽全身力气扑向车辆的后座，拼命地抱住了被摔在车辆角落里的秋秋。

平凡的车以极快的速度飞驰着，在看到前方的车祸现场之后，一个漂亮的漂移停在了道路的旁边。平凡、郝宋宋、郝波波和陈美媛以最快的速度下车，冲向发生了车祸的车辆。

没过多久，闪着光芒的警车也飞快地开了过来。

车被甩出路面，连续的碰撞让车身严重变形。而车里的王子尧和李伟，也因为车祸而昏迷不醒。

王子尧以一个奇怪的姿势抱着秋秋，他的双腿搭在车辆前座的椅背上，已经严重变形。而他怀里的秋秋，却满身是血。

警察迅速动手，将王子尧、李伟和秋秋从车里救了出来。

当警察试图将秋秋从子尧怀中拉出时，他们遭到了激烈的反抗。秋秋用小拳头砸，用牙咬，用脚踢，却就是不肯离开子尧的怀抱。

"秋秋！"见到秋秋，郝波波发出一声悲呼，她冲上前去，抱住满身是血的秋秋，眼泪再也止不住。

秋秋一下子安静了下来，她缩在波波的怀里，瞪着大眼睛，惊恐地看着人群。

在郝波波的劝慰之下，秋秋这才离开了王子尧的怀抱。这时，大家才发现，王子尧的双手早已血肉模糊，手心露出了森森白骨。

受伤的子尧、李伟和看起来还算正常的秋秋被送进了医院。

经过检查，秋秋毫发无伤，李伟手臂骨折。而王子尧，却依旧被留在检查室里。

检查完毕，医生拿着王子尧拍的片子，沉默地走出检查室。

"怎么样，医生？"等在检查室外的众人迅速围了上去。

医生迎着众人期盼的目光，艰难地说道："情形并不好，王子尧的手受伤很严重，直接露出了骨头，但只需要治疗，就可以康复。严重的是他的腿伤。"

"在车里，他为了保护别人，保持了一个双腿搭在前座靠背上的特殊姿势。而这个姿势，直接导致了王子尧在车辆的翻滚中，双腿受到了最大的伤害。现在，他的双腿全都粉碎性骨折。"

"他有可能再也站不起来了。"

现场一片寂静，郝波波抱着秋秋，不敢置信地问道："您的意思是，子尧他，他的腿？"

"对。"医生点头，"他的腿伤非常严重，就算是立即手术，康复的概率也只有百分之三十。"

"这怎么可能！"郝波波只觉得双腿发软，她猛地抓住医生的手，哭着叫道，"医生，请你帮帮他，一定要帮帮他。"

"我尽量。"医生叹息着道，"我已经听说了，他是个好小伙子，我会尽最大的努力帮他。但是，你要知道，粉碎性骨折，并没有那么容易治愈。"

郝波波紧紧咬住了唇，她并非不知道粉碎性骨折的严重性。然而，她却依旧希望能够看到王子尧站起来。

子尧可是一个运动狂人啊！当他醒来以后，得知自己无法再站起来之后，他承受得了这个打击吗？

在绑架事件中受到惊吓的秋秋缩在妈妈怀里，她依旧懵懂，却似乎知道了一些什么。她"哇"的一声哭了起来。

"子尧爸爸！是不是出事了？"秋秋大声哭着，叫喊着，"我要子尧爸爸！"

"我不要子尧爸爸出事，我不要再也看不到子尧爸爸！"秋秋的哭喊声，在寂静的医院里传出很远。

在场的众人静静地站着，却不知道如何安慰哭泣的秋秋。

平凡上前一步，试图从郝波波手里接过秋秋，秋秋却伸着小手拼命推拒着平凡的亲近。

"有车祸，血啊！"秋秋大声惊叫着，她癫狂的表现，让陷入悲伤的郝波波猛然警觉。

她突然想起，秋秋曾经经历过一次车祸啊！那场车祸，让秋秋失去了所有的亲人，也让秋秋从此陷入了自闭症的阴影里。

而如今，子尧的这次车祸，再次诱发了秋秋潜藏在心底的恐惧吗？

"秋秋！别哭，妈妈在，妈妈在这里。"她急忙安慰着怀里的秋秋，试图用语言，让秋秋安静下来。

然而，无济于事。突如其来的车祸，与害怕失去王子尧的恐惧，让秋秋根本无法接受任何的安慰。

就在这时，检查室里响起了一阵轻微的咳嗽。接着，是一声极轻的询问："是秋秋在哭吗？"

然而，这一句问话传到秋秋与郝波波的耳朵里却仿如天籁。

秋秋立刻叫了起来："子尧爸爸！"

郝波波飞快地抱着秋秋冲进病房，却见子尧躺在病床上，他的双手和双腿都包着厚厚的纱布。疯狂流淌的血已经止住了，然而子尧却依旧十分虚弱。

他已经醒了，躺在病床上的双眼漆黑而明亮。可他的嘴唇却泛着白色，不停地颤抖着，显然正极力忍耐着剧痛。

然而，看到秋秋，子尧却依旧露出了一个苍白的笑容："秋秋，别哭了。再哭，就不好看了。"

"嗯！我不哭，我不哭。"秋秋抹着眼泪叫道。

"秋秋没事吧？"子尧微微偏头，看向脸上仍挂着泪珠的秋秋，"怎么哭得这么厉害？好孩子要勇敢哦。"

"秋秋勇敢，秋秋不哭。"秋秋用力抹去脸上的眼泪，抽泣着回答。

而郝波波则微微点头，回答了王子尧最为关心的问题："你放心，秋秋没事。因为你的保护，她毫发无伤。"

"那就好。"王子尧咧开嘴，露出一个微笑。他微微偏头对秋秋说道，"子尧爸爸要接受治疗，秋秋可以帮助子尧爸爸吗？"

"嗯！子尧爸爸要什么？秋秋一定帮忙。"秋秋用力地点头。

"这些天，秋秋要乖乖地待在家里，做一个好孩子。"王子尧忍着剧痛，笑着对秋秋说道，"等子尧爸爸的手术做完，秋秋就可以跟妈妈一起来看子尧爸爸了。秋秋能做到这些天都做一个好孩子吗？"

"秋秋能做到。"秋秋坚定地点头回答。

就在这时，病房的大门被急冲冲地推开，一个女人疯狂地冲了进来。

"波波！波波！"她大声叫着，扑向病床上的王子尧。

"母亲？"郝波波瞪大了眼睛，发出一声惊呼。

郝波波的声音让来人硬生生地止住了哭喊。来人正是沈家琳，她不敢置信地看向站在病床边的郝波波，愣了半晌，突然上前抱住郝波波大哭起来："波波！你没事就好，波波，他们都说你出了车祸，我差点以为你和你爸一样也要离我而去了。"

"母亲！"郝波波感动地叫道，她低声安慰着沈家琳，"没事，我没有事，我并没有出车祸，受伤的是子尧。"

"子尧！"沈家琳擦了擦红红的眼睛，转身看向病床上躺着的王子尧，带着一丝歉意，"对不起，子尧，让你见笑了。"

"没关系的，伯母。"子尧疼得满头大汗，却依旧露出一个爽朗的笑容。

沈家琳回头看了看站在一旁的女儿郝波波，以及被郝波波紧紧牵着手的秋秋，长叹了一口气。

"以后有时间的话，常带秋秋回来看看。"沈家琳说道。

"母亲？您接受秋秋了？"郝波波惊喜地叫道。

沈家琳摇头，没有再说什么，默默地离开了病房。

事已至此，她早已明白，秋秋早已是郝波波的精神寄托。与其继续坚持，不如退一步，就接受秋秋好了。

刘欣雨站在病房的角落里，看着王子尧、郝波波和秋秋一家人和乐融融，默默地退出了病房。

她没有告别，独自一个人来到了另外一个病房。

这个病房里，躺着的人是李伟。他的手臂骨折，正卧床休养。两名警察随时守着他，以防逃跑。

刘欣雨到达的时候，李伟正百无聊赖地刷着手机，看到刘欣雨，李伟露出一丝嘲讽的笑："你是来看我笑话的么？"

"不！"刘欣雨认真地看着李伟，慢慢地红了眼眶，"我来只是想问你一句为什么。为什么你要做这样的事？"

"我为什么做出这样的事？"李伟突然疯狂地笑出声来，"刘欣雨，你问我为什么要做出这样的事？"

"李伟！"刘欣雨被吓到了，她喊着李伟的名字，后退了几步。

李伟好不容易止住癫狂的笑声，带着一丝嘲讽看向刘欣雨："你觉得呢？你觉得我为什么要做出这样的事？我当然是为了你啊，我想要挣大钱，想要给你幸福，想要给你最大的荣耀，让你以我为荣。"

"你变了！"刘欣雨悲哀地说，"自从来到上海以后，你就变了，你变得越来越浮躁，失去了当年的淳朴本色。我和你在一起，从来就不是为了钱。金钱不代表光耀，也不能代表感情。李伟，你已经变得让我不认识了。"

"呵呵，呵呵，是吗？"李伟嘲讽地笑，"你现在这么说，不过是因为我失败了。如果我没有失败，你当然不会这么说。成功才代表一切。我失败了，愿赌服输。"

"随便你怎么以为吧！也许你会成功，但是，我不想看到那天了。"刘欣雨转头走出了李伟的病房，在扭头的那一刹那，她的泪水潸潸而下。和李伟在一起已经那么多年了呢！

可惜，那么多年的感情依然敌不过时间与人心。

李伟看着刘欣雨离开的背影，突然发出了一声犹如困兽的嘶吼。

"你不该这么对你的女朋友。"看着刘欣雨离开，守在病床边的警察突然说道，"你有一个好的爱人，很多人一辈子都不会有这样的福气。可你却不珍惜。"

"不用你管！"李伟猛地抬头，发出一声怒吼。失去了事业，失去了感情，如今连自己也身陷囹圄，李伟不知道自己还将会怎样。

警察摇摇头道："事已至此，你愤怒又有什么用？不如配合我们调查案情，争取立功减刑。"

"立功减刑？"李伟喃喃地念叨，他突然仿佛抓住了救命稻草一般，猛地抓住警察大声叫道，"怎样立功，怎样减刑？"

"这场绑架案，如果你说出幕后主使人，那你不过是从犯而已。量刑就会轻。"警察解释道，"如果你配合我们调查，提供的信息成功抓获了主使人，我们还会为你减刑。"

"真的吗？"李伟激动地叫道，"我说！我说！"

李伟说出王海涛就是幕后主使，对所有的案情均供认不讳。

而作为被警察大力调查的对象，王海涛罕见地没有坐在自己的办公桌前，他正在老宅的书房里团团转。

作为国内最大的服装生产商海尧集团的老板，他在李伟绑架秋秋的第一时间就获得了消息。而事后的发展也出乎了他的意料，王海涛没想到李伟居然会铤而走险地以这种方式来获取录音。

如今，录音没有拿到，李伟自己反倒已经落入了警方手里。警察的调查，和内心不安的加剧令王海涛惶惶不可终日。

石管家急匆匆地走了进来，压低了声音汇报："老爷，已经出现问题了。"

"说！是警察来了吗？"王海涛回头，看了石管家一眼，用严肃的神色隐藏着自己心中的不安。

"不，警察还没有来！"石管家摇头道，"出问题的是公司，因为之前的冒进策略和多次的非法商业活动，现在公司的账面已经出现了严重的赤字，资金链即将断裂。"

"这已经不是什么新消息了！"王海涛咬牙道，"公司赤字已经很久，我和徐家老太太达成过协议，只要子尧和徐丽莎结婚，徐氏就会向海尧投入资金。可是，子尧竟然非要娶一个平民出身的女人。"

"少爷没能和徐丽莎小姐结婚，反而得罪了徐家大小姐。所以现在，徐氏不会再向我们注入资金。"石管家定定地说道，"而且，这次的问题比之前更严重。公司已经处于严重的亏损状态，如果不尽快填补，公司将立即倒闭。"

"没关系，"王海涛冷笑，"公司倒闭，就让它倒闭吧！"

"老爷？"石管家愣了，他惊疑不定地看着王海涛，拿不准王海涛的意思。

"咱们账面上还有多少现金？全部提取出来。"王海涛说道，"我打算去国外，老石，你是跟我走，还是回家养老？"

"老爷，您不打算继续经营公司了吗？"石管家大惊，他叫道。

王海涛笑道："事已至此，你觉得，我继续下去还有什么意义吗？公司的资金赤字已经大到了快要倒闭的程度，却不会有新的资源进入，来作为补充。与其被动等着破产清算，倒不如我们主动点。"

石管家的身子晃了晃，犹豫了一下，说道："老爷，那我还是留在国内吧。如果您都不在国内了，那我回乡下去好了。"

"好！"王海涛点头应允，"我会为你准备足够的养老金。"

"老爷！"石管家感动不已。

王海涛摇头叹气，慢慢地走出了王家的老宅。他去了医院，如今，潜逃在即，王海涛依然希望能够和自己的儿子王子尧做一个告别。

当王海涛来到子尧病房时，子尧正独自一人躺在病床上，他的双脚被夹板和绷带紧裹着，高高吊在床头。见到王海涛进入病房，王子尧的眼中流露出一丝嘲讽。他转过头，不去看王海涛，也不理会他的任何行为。

父子二人，竟然相对无言。

王海涛感慨地看着眼前的一切，子尧的这副模样，让他心疼不已。作为一个性格坚强而又坚定的人，王海涛的心中第一次有了一丝懊悔。

但是强悍的虚荣心，却让他只是摸了摸子尧的头。

子尧猛地伸手，将王海涛的手推了开去。

王海涛长叹一口气："罢了，子尧。我累了，不想再这样纠缠了，我会离开中国。希望你今后一切顺利，就当没有我这个父亲吧。"

子尧没有说话，只是默默地闭上眼睛，他没有看父亲离去的画面，也不想去看。当他再次睁开眼睛时，王海涛早已经没有了踪影。

爱永无止境

小天使秋秋因为绑架案而导致自闭症再度袭来。她整日给自己带着一个纸袋子的脸罩，只是露出眼睛，王子尧、波波等人想尽各种办法让秋秋心灵修复，却都没有效果……

以父亲自居的王子尧是其中最为焦急的人，即使仍然躺在病床上，他依然想尽了一切办法。然而，所有的办法都徒劳无功。

随着时间的推移，王子尧终于开始了康复治疗。为了让秋秋坚强起来，子尧努力做着康复治疗，他不允许自己一辈子站不起来，他还要照顾波波和秋秋！

郝波波每天都尽量带着秋秋来医院，来看望王子尧。子尧的腿上还配着厚厚的夹板与绷带，正扶着栏杆，艰难地想要站起来。

秋秋的脸藏在纸袋子后面，透过两个圆圆的小孔，紧紧盯着他。

"秋秋，你看，子尧爸爸现在正在做康复。"郝波波紧紧盯着正在做复健的王子尧，嘴里却对秋秋说，"他是为了保护你，才受了这么严重的伤。现在，你是不是要保护他了？"

秋秋犹豫了一下，默默点头。

郝波波回头看了秋秋一眼，轻声说道："现在子尧爸爸每天的复健时间是半个小时，秋秋来陪子尧爸爸一起做康复训练好不好？"

秋秋圆圆的眼睛盯着王子尧，想了想，再次点了点头。她开始每天陪王子尧在医院康复走路半小时。

一日在医院的小花园中散步，秋秋带回来一片四叶草，献宝一般地拿给子尧看。

子尧看着那片嫩绿的小草，心中感慨万千。

"这种草，叫作幸福！"子尧慢慢地说道，带着自己曾经的记忆，"传说中，见到四叶草的人，就能获得幸福哦！"

秋秋高兴地抬头，圆圆的大眼睛紧紧盯着王子尧，学着子尧的话："幸福……"

子尧微笑了。

也许是秋秋每日的陪伴，也许是子尧自己的努力，他的腿竟然奇迹般地康复到了可以行走的程度。当王子尧歪歪斜斜地站起来走了几步的时候，郝波波激动得泪流满面。

而秋秋，则兴奋地扑了上来，和王子尧拥抱。

她的自闭症，在和王子尧一起做了这么多天的复健之后，终于好转，秋秋不再带着那个纸袋子的头套，一切似乎都在往好的方向发展。

平凡的父亲平东升出院了，平凡送他回了农庄。在医院时，平凡虽然细心照顾，但是，当平东升恢复了健康之后，平凡却不再见他。

平凡告诉平东升，他无法原谅父亲当初对母亲的背叛，今后将不再见他。平东升黯然坐在空空落落的庭院里。

而王子尧出院时，却没有这样的问题，无论是郝波波、陈美媛又或者别的人，都十分欢喜地来接他出院。一切的恩仇，在爱的面前，都已不复存在。

一到家，王子尧就神神秘秘地掏出了自己的手机。

"感谢大家来接我出院,我也没有什么好报答的。"子尧举着手机笑道,"住院期间,我继续进行互动游戏 APP 的开发,如今游戏终于制作完毕。现在,我正式邀请大家作为第一批玩家,来体验这个游戏。"

众人一愣,然后脸上都泛起了笑容。

"子尧,你终于成功了!"郝波波激动地说道。

子尧微笑不语,他看着第一次体验这款手机游戏的秋秋,看着秋秋脸上的笑,他知道自己成功了……

"子尧爸爸,你跟我来。"几天之后,秋秋神秘地将王子尧带入了自己的小屋,拿出了王子尧送给自己的第一个小熊。她将小熊举到王子尧的面前,笑道,"这个小熊守护着咱们俩。"

"嗯!秋秋真乖,小熊守护着咱们俩。"子尧点头,微笑着应和秋秋的话。

秋秋摇摇头,认真地说道:"小熊保护了我们。"

子尧一愣,看着秋秋认真的神情,突然觉得事情没有这么简单。他还没有做出更多的反应,就看到秋秋翻转小熊,露出了小熊曾经破损的地方。

"小熊的这里怎么了?"王子尧一愣。

"小熊为了保护我而受的伤。"秋秋认真地说道,她伸出小手,突然从小熊的破损处掏出了一块芯片。

"这是什么?"王子尧脸色一变,他顾不得其他,急忙将芯片从秋秋手里拿过,发现那正是被李伟捡走的那块芯片。

"那个坏人,捡走了以后,扔在了房间里,我捡了回来。"秋秋认真地看着王子尧说道。

而王子尧惊喜地看着秋秋,用力地抱住了她:"秋秋,也许,你留下了一个很重要的东西。"

他飞快地将芯片接通到电脑上，利用技术读取了其中所存储的内容。在进行筛选之后，王子尧迅速地找到了录音。打开音频文件，王海涛得意的声音立刻传了出来。

子尧听着王海涛得意的声音，和他所说出的过去的种种罪行，无比纠结。如果这个音频流出，王海涛和郝宋宋都将面临审判。一方面是公理和正义，而一方面是血脉至亲，他犹豫不决……

波波和平凡都知道了此事，但两人都没有逼迫子尧，平凡强制忍住想要将录音交给警方的想法。毕竟亲手将父亲送入监狱对一个儿子来说太过残忍，他们让子尧自己决定。

子尧为此纠结了三天，直到三天后，他猛然发现，这个日子竟然是自己母亲的忌日。

心思烦乱的王子尧，带着祭祀的鲜花来到了母亲的墓前。墓地安详而又宁静，地下长眠的人都已经得到安息，可活着的人，却依然忍受着尘世间的纷繁困扰。

当王子尧到达时，他发现，已经有人先他一步到达了这里。母亲的墓前，站着的是石管家。

这个与王海涛一般头发早已花白的老人，看到王子尧到来，愣了一下，然后露出了一丝微笑："少爷来了？"

"嗯！"王子尧低声回答，默默地将花束放在母亲的墓碑前，看着墓碑上的文字和母亲的照片，只觉得心中酸楚。

"老爷就要出国了。"石管家看着王子尧，低声说道。

"是吗？"王子尧没有什么反应，他呆呆地看着白色的墓碑，似乎陷入了自己的世界里。

"这次出国，老爷就不打算再回来了。海尧的资金链已经断裂，撑不了多久了。"石管家摇头叹息着离开了。

王子尧终于有了一点反应，他看了一眼石管家离去的背影，突然有了一种如释重负的感觉。他做出决定，放下一切，让王海涛离开中国。一切是该结束了。

想了想，子尧给父亲打了个电话。电话接通之后，王海涛还没有开口，王子尧就飞快地说了起来："父亲，现在我在母亲的墓前，现在母亲已经知道了，她自己的丈夫是一个混蛋。"

说罢，王子尧也不等回复，就飞快地挂断了电话。他并不知道王海涛其实就在不远的身后，他本打算祭拜后离开中国。

王子尧走后，王海涛来到墓前，颤抖地看着墓碑前的鲜花，以及摆在一边的手机芯片。他所做的一切，都是希望成功。因为成功是他定义的幸福。他想让儿子如自己一般成功，却没想到，却令两人渐行渐远……

石管家默默地看着王海涛，他是最了解王海涛的人，他相信王总会做出正确的选择。

当王子尧再次看到王海涛的消息时，已经是第二天，各大报纸与新闻网站的头条上，都刊登着王海涛自首的消息。

紧接着，子尧接到了来自王海涛律师的电话。

"王子尧先生，王海涛先生在自首前，将海尧集团良性资产进行了剥离，他委托我帮他办这件事，并且让我将这笔资金交给您继承。"律师在电话里诚恳地说道，"如今，有王海涛先生的全权委托书和资产转让书，您是这笔资金的合法继承人。"

"是吗？"王子尧淡淡地说，他抬头看着天空，想起那些困窘不已，为了钱而拼命奋斗的日子。这笔钱也许可以让他的公司死而复生，也许可以让他王子尧过上优渥的生活，只是现在，子尧觉得自己不需要了。

从自己独立研发的那款手机游戏完成的那一刻起，从秋秋玩着游戏露出笑容的那一刻起，子尧就知道，自己早已获得了成功，不再需要外来的资金支持。

他想了想，对王海涛赠予的财产做出了处理。他做出决定，将资金作为基金，成立自闭症儿童基金会，名为四叶草基金会。刘欣雨成为了基金的执行董事，负责管理。她依旧是子尧最信任的左右手、好知己。

同时，王子尧惊奇地发现，平凡那早已被卖出的幼儿园作为集团产业，由自己继承。

子尧看着那一份幼儿园的相关证件和资料，将它独自取了出来。

他找到了忙于设计事业的平凡，将这份用档案袋封好的资料放到了平凡的面前。

平凡看了一眼档案袋，一愣："你这是什么意思？"

"是你的幼儿园！"王子尧认真地说道，"王海涛将他名下的资产都以赠予的形式交给了我。这些资产中，就包括了这个幼儿园。"

平凡静静地看着王子尧，默默地把档案袋推回："那你就收着吧，好好打理幼儿园。"

"不，我不能要！"子尧坚定地说，"这个幼儿园本来就是我父亲以不光彩的方式从你手里抢过来的。它本来就是你的东西。"

"可我把它卖了。"平凡淡淡地说，"你如果有心，就好好打理它，等我挣到足够的钱，我会再把它买回来。"

子尧犹豫了一下，突然笑了起来："平凡，你要买回幼儿园吗？"

"当然！"平凡坚定地说。

"你记不记得，我刚回国的时候，由于缺乏资金，卖掉了你家里的名贵家具？"王子尧笑道，"当时你说，那个钱算是借我的。那些家具卖了不少钱，以我现在的收入，我大概一辈子也不能还清了。现在，我能不能用幼儿园抵债呢？"

平凡一愣，接过子尧手里的档案袋，微微笑了起来："好吧，我领你这个情。"

幼儿园重新归于平凡的名下。而管理幼儿园园长的责任，平凡却不能再次担任了。

随着王海涛的倒台，冯经理的电话就开始疯狂地响了起来。

因海尧集团的压力而不敢向四叶草品牌下订单的商家纷纷找上门来，原本濒临死亡的四叶草，在飞快地复生。无论是平凡还是波波，都忙得不可开交。

于是，平凡将幼儿园交给了刘龙和刘虎负责。二人担任起了园长和副园长，整天嘻嘻哈哈地带着孩子们玩耍……

而在郝波波家里，得知王海涛自首的郝宋宋看了报纸一眼，笑着将报纸卷了起来，握在手里。他默默地起身，走出了家门。

"等一等！郝宋宋，你要去哪？"陈美媛敏感地发现了问题，她飞快地上前，拦住了郝宋宋。

"既然王海涛都自首了，我又有什么理由还赖在家里等着警察上门呢！"郝宋宋的嘴角带着如释重负的微笑，"别担心，美媛。我会回来的，更好地回来。"

陈美媛的眼睛刷地红了，她眼含热泪地说道："宋宋，那我等你回来。我等了你七年，不在乎多等几天。"

郝宋宋微微点头，坚定地向前走去。

没多久，法庭就宣判了。王海涛被判有期徒刑十年，而李伟却因为绑架情节过重，被判处有期徒刑十五年。郝宋宋因属于被欺骗，且有自首情节，被判处有期徒刑一年，他表示会努力配合改造，争取更好的未来。

在人潮汹涌的上海虹桥国际机场，徐丽莎独自在候机厅等候。

这些天来，在中国所发生的一切，仿佛一场怎么也醒不来的噩梦。而如今，徐丽莎知道，梦已经醒了。

她拿着那份以王海涛获刑十年为头版的报纸再次看了一眼，露出一个微笑。

就连王伯父都放下了，自己也是时候放下了啊！

临登机前，徐丽莎掏出手机打了一个电话，她拨的是王子尧的号码。

令人意外地，王子尧接通了电话。

徐丽莎看着通话状态的手机，露出了微笑："喂，王子尧，我要走了。我马上就要离开上海，回到美国，再也不回来了。祝你和郝波波幸福。"

"谢谢！"子尧十分意外，那个缠着他十几年的女孩子，突然改变了态度，这令子尧十分不能适应。他甚至不知道应该如何回答。

"你会成功的，因为你知道，自己的幸福在哪。而我，也要去找属于我的幸福了。"徐丽莎笑着说道，紧接着，她不等王子尧回答，就挂断了电话，关了机。

她独自一人拖着行李箱，走向登机口。站在机场的停机坪，徐丽莎茫然四顾。举目之间，竟然再也没有一个自己认识的人，一股失落之感从她的心头涌起。

就在这时，一个男人微笑着走到了她的面前："美女，可以认识一下吗？"

徐丽莎抬头，然后惊呆了。站在自己面前的这个人，是吴迪。徐丽莎看着微笑的吴迪，突然觉得自己好傻。她一把拉住吴迪，抱入怀中："老娘知道了，你才是老娘最贴心的人。"

"徐丽莎，你没事吧？你犯什么病？"吴迪顿时被吓了个半死，他大声叫着，却被徐丽莎的吻堵了回去。

徐丽莎的吻，让吴迪知道，自己不是做梦。他十几年默默的等待，终于唤醒了这个女魔头。

时间转瞬即逝，转眼，就已经过了半年。

这半年间，发生了很多事情，秋秋的自闭症终于在游戏与亲人的陪伴中渐渐痊愈。

而郝宋宋，也在这半年间表现良好，获得了减刑。众人去接减刑的郝宋宋出狱。王子尧却趁着这个时间，独自去探望王海涛。秋秋紧紧跟在子尧爸爸的身边，子尧无奈，只得将她带在身边。

戴着脚镣走出的王海涛，让王子尧瞬间红了眼眶。

一直以来，王海涛给子尧的印象，都是一个强势而健壮的人。可眼前这个人，却白发苍苍，仿佛早已到了垂暮之年。

然而，王海涛的神色，却显得十分轻松。他看向王子尧的眼神安定而平和："子尧来了？"

"是！我来了！"王子尧答道。然而下一刻，他却不知道该说些什么才好。

"你愿意来看我，我很高兴。"王海涛笑道，"这半年，我在监狱里也想了很多。这么多年来，我做了那么多事，一直以为是为了你好。可现在想来，全是错的。我伤害了很多人，你替我道个歉吧！无论他们是否接受。"

子尧终于动容了，他隔着厚厚的防弹玻璃，看着监狱里的父亲，小声说道："好！"

王海涛笑了，他看向依偎在王子尧身边的秋秋问道："这个就是秋秋吗？"

"是！"王子尧摸了摸秋秋的小脑袋，露出一丝幸福的笑容。

而秋秋带着甜甜的笑，对王海涛叫了一声："爷爷。"

王海涛一愣，这个一向鹰派的老牌硬汉顿时潸然泪下……

从看守所回来之后，王子尧终于放下了一切心结。子尧做出了决定，他答应送给秋秋的礼物，发布那一款他自行研发的互动游戏APP，让更多的自闭症家庭因此获得帮助。

这是一款家庭互动式游戏，需要家长陪同孩子进行手机游戏，有助于孩子和家长的沟通，以及孩子性格和智力的开发。提醒人们，在手机病泛滥的时代，不要忘记和身边人的沟通。

这一款游戏，在上线之前，就积累了大量的玩家与人气，无数的自闭症家庭开始依靠这一款游戏与自己家的宝贝沟通。

发布会当天，王子尧穿着得体的西装，站在发布会的展台上。即使肩上坐着自己的宝贝秋秋，他看起来依然仿佛是这个游戏世界的国王。

子尧举起手里的手机，向大家示意："我们的设计理念是，为更多的自闭症儿童提供帮助。因此这是一款需要爸爸、妈妈和孩子三人同时联机，才能进行的游戏。而现在，我、秋秋，我们只有两个人，因此，还需要一名女士提供帮助。"

而台下的人已经欢呼起来："郝波波、郝波波……"

他们有节奏地叫喊着，王子尧笑容满面地看着台下，目光已经投向了一个地方，那里坐着的正是郝波波。

见到王子尧漆黑的眼眸看了过来，郝波波露出一抹微笑，她起身应约，在众人欢呼中，走上台前。

王子尧笑着将早已准备好的手机递到郝波波的手里，秋秋发出了一声欢呼。

随即，发布会现场大屏幕的内容切换，开始展现游戏中酷炫的画面。很快，游戏就开始了。子尧和波波坐在一起，秋秋挤在他们中间，一家三口幸福地打起了游戏，所有人的脸上都带着微笑。

台下，闪光灯拼命地闪烁着，将这温馨的画面收入相机。

很快，一局终了，王子尧抱起秋秋，牵着郝波波站起身来，在台上接受众人的欢呼。

一家三口，幸福的游戏。很快，这个理念就被传播开来。业界评论，这款游戏将掀起手游的改革。

与台上的灯火辉煌以及子尧的光辉荣耀比起来，默默站在发布会角落的平凡，显得极为暗淡。他仿佛一抹影子，默默地站在发布会的角落里，静静地看着台上和睦融洽的一家三口。

虽然不愿意承认，平凡却依旧意识到了一个事实。在这场郝波波与王子尧的感情里，自己始终是一个外人。就连秋秋也是更愿意与王子尧相处。

顿时，平凡觉得仿佛只剩下了自己一个人。自己的身边，竟然一个亲人也没有。

虽然这半年间，郝波波曾多次劝说平凡去看看自己的父亲。可平凡一直都微笑着拒绝，他仍有心结未解。

他知道，郝波波曾去农场见过平东升。他也知道，平东升独自留在农场，再也没见过沈家琳，也再也没有如当年一样偷偷地来看过自己。平东升似乎在用自己的行动表明着态度，可平凡却不愿领情。

每次想到母亲的死亡原因，想到临终时母亲枯槁的手，再想到母亲临死时是何等的绝望，平凡就觉得，自己绝对无法原谅自己的父亲。

平凡长叹一口气，在灯火最为辉煌的时候，走出了这个热闹的新闻发布会现场。

会场外，是一大片空地，平凡站在空旷的场地上，看着来来往往的人群与明媚的阳光，长出了一口气。也许，是时候该放下一切了。不是自己的，永远都不会是自己的。平凡默默地想着，打算就此离开。

就在这时，他的衣襟被一只小手拉了拉。

平凡愕然转身，惊讶地发现，不知何时，秋秋竟然偷偷地跟着自己离开了发布会的会场。

"秋秋！"平凡惊讶地叫道，"你怎么也跟着出来了？突然不见，妈妈可是要心急的。"

"没有关系！"秋秋抬起头，认真地看着平凡说道，"和平凡爸爸在一起，妈妈不会担心的。"

听到平凡爸爸这个称呼，平凡愣住了，他伸手摸了摸秋秋的小脑袋，又一次长叹了一口气："是吗？可你是偷偷跑出来的吧？"

"平凡爸爸有心事。"秋秋没有回答平凡的问题，却低头说道。

"没，没有！"平凡犹豫了一下，仍然嘴硬，不想承认。

可秋秋却摇了摇头："平凡爸爸现在的样子，和秋秋生病的那时候很像。都很不开心，还说不出来。"

平凡顿时愣住了，他蹲下身，看着秋秋，却不知道该如何回答才好。

秋秋想了想，将那枚她一直挂在脖子上的四叶草挂坠取下，郑重地送到平凡的手里。

"秋秋以前生病的时候，就是这个项链陪着秋秋的。"看着平凡的眼睛，秋秋一副认真的样子说道，"平凡爸爸现在不开心，秋秋把项链送给平凡爸爸。子尧爸爸说过,四叶草是代表幸福的草。这个项链,是一枚四叶草项链,秋秋希望平凡爸爸也能得到幸福。"

平凡愣住了,他伸出颤抖的手接过秋秋手中的项链,突然间抱住秋秋,泣不成声。

这一刻,平凡终于觉得,是时候去农庄看看了。

那么多年的恩怨情仇,是该放下了。

就在众人为了手机游戏的成功发布而欢庆之时,平凡独自一人来到了平东升的农庄。

平东升静静地坐在小院里的躺椅之上,摇着蒲扇,呆呆地看着蜂飞蝶舞。

平凡站在小院简陋的门前,静静地看着院子里的父亲。

仿佛感受到了平凡的目光,平东升猛地回头。在看到平凡的下一刻,他激动地站了起来。

"是平凡来了啊!"平东升激动地看着平凡,向前走了两步。然而,他似乎又想起了什么,又默默地退了回去。

平凡看着自己的父亲,半年的时间,平东升也老了。他推门走进小院,站在平东升面前,低声叫道:"父亲!"

"哎!"平东升激动地回答道。

"我是来向您告别的。"平凡静静地看着自己早已垂暮的父亲,轻声说道,"我决定去意大利。"

"是吗?"平东升的眼中难掩失望,却强忍着道,"去意大利也好,那里有文化名城,服装业也很发达,对你的事业发展很有帮助。"

"对不起父亲,我没能追到那个好女孩。"平凡苦笑了一下,说道,"如今,我觉得,也许只有在意大利那样的地方,我才能找到自己的幸福吧！”

平东升看着平凡，郑重地拍了拍他的手："去吧，找到自己的幸福，才是最重要的。"

平凡离开了，就在最为欢快的时候，就在子尧与波波都获得了事业成功的时候，他独自一人登上了前往意大利的飞机。这个男人从来没有放下过母亲去世的心结，他觉得只有离去，他才会得到幸福，故事也才能是最美好的结局。

当大家得知平凡离开的消息时，已经是三天之后。

平凡留下了一个视频给大家，在平凡留下的视频中，他告诉波波和子尧："你们都找到了生命中的那第四片叶子，你们才是命中注定陪伴对方的人，而我，只是那个开门的钥匙。我要前往意大利设计院继续游学，在那里，我能去感受你们的完美爱情，我也可以学到更多服装上的精华，突破我的瓶颈。等我回来时，我一定会是最好的那个人……

"这是我给你们的礼物。王子尧，不要对波波不好，否则，我会在下一秒赶到。"

平凡留下了最后的礼物，那是一个极大的盒子，被装饰得极为精美，封得也是严严实实。

打开礼物，竟然是郝波波的那第一件设计的，被王子尧损坏的婚纱。婚纱开线的下摆，被平凡缝上了一串璀璨的水晶，耀眼无比。

子尧和波波眼眶湿润。他们知道，平凡才是他们的第四片叶子。

"趁着还是夏天正好有时间，秋秋也病愈了，我们出去走走吧！"王子尧看着婚纱，低声说道。

"去哪里？"郝波波愣愣地看着婚纱，下意识地问道。

"去巴伐利亚的新天鹅堡。"王子尧认真地说道，"迪士尼所有的城堡都是以它为原型，可秋秋还从来没见过那个童话城堡的样子。"

"好！"郝波波微笑。

新天鹅堡位于拜恩州南部的一个小山峰上，是根据巴伐利亚国王路德维希二世的梦想所设计，并花费了 17 年时间建造而成的。在国王的想象里，那曾是白雪公主居住的地方。

郝波波徜徉在新天鹅堡的美景之中，而秋秋欢叫着要去湖面上喂天鹅。波波微笑着任由子尧带着秋秋前往，她却独自来到了城堡的小教堂内，祈祷幸福。

就在这时，一个人走进了小教堂，他笑着说道："女士，你所祈祷的一切都会实现。"

郝波波惊愕地回头，却看见王子尧穿着极为正式的西装，微笑着站在她身后。

"子尧，你怎么来了？"波波惊讶地叫道，却见王子尧取出了一枚钻戒！这正是那枚波波还给子尧的钻戒！它曾经在六年前的米兰大教堂出现过，又曾经在沈家琳家的火场中险些被大火吞噬，而如今，它出现在了这里。

子尧微笑着走上前来，宛如六年前，在教堂圣洁的音乐中，带着那标志性的阳光微笑，单膝跪地举起那枚光彩熠熠的钻戒："郝波波同学，你愿意嫁给我吗？让我作为你的丈夫，秋秋的爸爸，这次，我绝不后退。"

郝波波热泪盈眶，秋秋在一旁开心地喊着："我愿意。"

一周后的新天鹅堡，一场华丽而盛大的婚礼正拉开了帷幕，新郎与新娘的友人们，郝宋宋、陈美媛、刘欣雨、刘龙、刘虎与秋秋都出席了这场特殊的婚礼。

在华美的婚礼现场，郝波波穿着那件特殊的婚纱，站在花环之下。

她戴着花冠，看起来美丽得犹如春之女神。

王子尧一身白色的西装登场，大步地走向他的爱人。他向郝波波伸出手来，等待着郝波波的回应。

郝波波一笑，将手放到了子尧的掌心。她挽着子尧走过长长的红毯，向着幸福的彼岸走去。

站在高高的礼台上，郝波波低声对子尧说道："你知道吗，这件婚纱相当宝贵，当年有一个坏人拽断了它的丝线，差点害死我。我想起来，就不想和那个坏人结婚了。"

王子尧笑了笑："有些线，一辈子也拽不断。它永远在那里。"

婚礼的礼炮响了起来，在众人的祝贺声中二人相拥，幸福地接吻。身边的秋秋笑得异常开心幸福。

夕阳辉映，阳光反射在草坪的露珠上，仿佛那枚曾经的四叶草项链放射着灿烂的光芒。

三叶草，代表健康、真爱、幸运。有人说，谁能找到带有第四片叶子的三叶草，谁就能收获真正的幸福。但那片叶子，其实就在你的身边。